SÉRIE NOIRE

Collection créée par Marcel Duhamel

CHRIS PAVONE

DEUX NUITS À LISBONNE

TRADUIT DE L'ANGLAIS (ÉTATS-UNIS)
PAR KARINE LALECHÈRE

nrf

GALLIMARD

Cet ouvrage a été publié avec le concours
de Marie-Caroline Aubert.

Titre original :
TWO NIGHTS IN LISBON

La justice, c'est la vérité en action.

Benjamin Disraeli

I

LA DISPARITION

1

Lisbonne, Portugal
Jour 1 – 7 h 28

Ariel se réveille, seule.

Le soleil filtre entre les volets et projette sur le mur une colonne de lumière vive qui fait presque mal aux yeux.

Ariel a chaud. Elle repousse le drap et regarde la place vide à côté d'elle, là où devrait se trouver son nouvel époux. Ses yeux fébriles parcourent la pièce, comme on bondit de pierre en pierre pour traverser un ruisseau. Aucun signe de John. Aussitôt, elle se sent happée par les rapides glacés d'une panique qu'elle connaît par cœur : si elle s'était trompée sur lui ? Sur toute cette histoire ?

Le cadran sur la table de chevet affiche 7 : 28 en chiffres rouge urgence. Elle se réveille encore plus tôt en temps normal, surtout à cette période de l'année. Entre les oiseaux qui entament leur concert matinal à 4 heures et le travail aux champs qui débute aux aurores dans un tumulte d'aboiements, de cris et de moteurs enroués, il est difficile de dormir, même si on en a envie.

Ariel est une lève-tôt depuis la naissance de George. Au début, quand il était bébé, elle n'avait pas le choix, et à force elle a pris le pli. Aujourd'hui, c'est devenu un principe, un trait de caractère. Une marque distinctive de la personne qu'elle veut être aux yeux du monde, et surtout aux siens : première levée, première couchée, dure à la tâche entre les deux. Une femme sérieuse et responsable qui a tiré un trait sur ses erreurs de jeunesse. Et quand elle parle d'erreurs, elle est charitable.

En dépit de son pouls rapide, Ariel est encore groggy. Elle se sent déshydratée, l'esprit vaseux. Elle paie la fatigue du voyage, le décalage horaire, le repas copieux, le vin, la baise, et le somnifère que John lui a donné.

Hier soir, alors qu'ils étaient tous les deux en sueur, rompus, il s'est levé pour l'admirer, nue sur le lit, alors qu'une roseur gagnait la poitrine haletante d'Ariel, sa gorge et ses joues, se propageant comme une infection. Puis il s'est penché sur elle. Il s'est arrêté juste au-dessus de ses lèvres et il a plongé son regard dans le sien jusqu'à ce que, n'y tenant plus, le corps douloureux de désir, elle tende le cou vers lui. Ils ont échangé un long baiser, presque trop intense, qui a déclenché en elle une nouvelle vague de frissons, s'ajoutant à ceux qui ne s'étaient pas totalement évanouis, sa peau vivante comme jamais, toutes ses terminaisons nerveuses stimulées. De l'excitation à l'état pur.

Ensuite, elle l'a regardé marcher lentement dans la pénombre, attentif à ne pas trébucher, à ne pas se cogner l'orteil. Nu devant la fenêtre, il a bataillé un instant avec l'espagnolette des vieux volets. Lorsque la poignée s'est soulevée avec un déclic satisfaisant, il a pris un battant dans chaque main et les a écartés très doucement. Une chorégraphie familière, les doigts délicats et légers, comme s'il demandait la permission.

Tout ce à quoi Ariel aspirait. Tout ce qu'elle n'avait jamais obtenu. Jusque-là.

Elle entend un bruit de l'autre côté de la porte de leur chambre d'hôtel où règne un joyeux désordre.

— John ?

Pas de réponse.

Elle se dirige vers le grattement fantôme sur la pointe des pieds, puis s'immobilise, consciente d'être vêtue d'un simple tee-shirt. Elle vérifie ce qu'il couvre. Pas grand-chose. Le bruit, encore. Il y a quelqu'un derrière la porte.

— John ?

— *Desculpe*, dit une voix étouffée. *Serviço de limpeza.*

Ariel regarde par le judas. Une femme de chambre range son chariot.

— *Desculpe*, répète-t-elle.

Ariel se retourne. Elle examine le salon de la suite, dont les murs sont peints d'un gris pâle si lumineux qu'on se croirait à l'intérieur d'une coquille d'huître. Ses yeux se posent sur les derniers verres qu'ils ont bus, les coussins jetés par terre, les chaussures aux quatre coins de la pièce. Son regard s'attarde sur le canapé. C'est là qu'ils ont commencé, encore habillés mais déboutonnés ; là qu'ils se sont renversés et caressés, pelotés et léchés, les genoux irrités par le tapis. Lorsque John a fini par dire : « On serait mieux sur le lit », sa voix tremblait d'excitation. Ariel, elle, ne pouvait même plus parler.

Elle jette un coup d'œil à son téléphone. Pas de notification, pas d'alerte, rien que son écran d'accueil verrouillé, qui affiche un petit garçon enlaçant deux gros chiens. La photo remonte déjà à quatre ans, mais elle est tellement craquante qu'Ariel n'a pas le cœur de la remplacer par une plus récente.

Sur la côte Est, où vivent presque toutes ses connaissances, il est seulement 1 h 30. Elle n'a pas encore reçu son premier spam de la journée. Elle lance l'appli de localisation où sont enregistrés le portable de son fils, celui de son mari et le sien. Les données mettent une éternité à se charger. La première bulle qui apparaît est la sienne, AP, dans le centre de Lisbonne. Puis George, GP, qui dort comme il se doit dans sa chambre à six mille cinq cents kilomètres d'ici, avec au moins l'un des deux chiens, Scotch, et peut-être Mallomar. Ils lui sont d'une loyauté à toute épreuve, et il le leur rend bien. Cela fait beaucoup de monde dans un lit une place : une montagne de mammifères malodorants qui rêvent à l'unisson, blottis les uns contre les autres.

L'appli cherche toujours John. L'icône JW affiche « Localisation en cours… », puis admet son échec : « Aucune position disponible », comme si elle devait s'en prendre au téléphone, à John, aux caprices de l'éther, à tout et n'importe quoi, mais surtout pas à la technique. Même les programmes informatiques déclinent toute responsabilité de nos jours.

Ariel est réveillée depuis trois minutes.

Lorsqu'elle avait quitté son premier mari, près de quinze ans plus tôt, elle s'était dépouillée de tout. Elle avait vidé sa vie pour repartir de zéro, remplissant son existence au compte-gouttes : une vieille maison dans un endroit tranquille, un bébé, un chien fou, puis un second chien encore plus fou, une nouvelle coiffure, une nouvelle garde-robe, un nouveau métier, de nouveaux amis et de nouveaux loisirs, une nouvelle façon de tenir son corps, d'interagir avec le monde et de l'inviter à interagir avec elle. Elle ne voulait plus être perçue d'abord et avant tout comme une femme séduisante.

Très récemment, elle s'est rendu compte qu'elle était prête à ajouter la touche finale à cette vie qui n'était plus si nouvelle que ça, et peut-être pas tout à fait assez remplie. Est-ce son désir qui a fait apparaître John ou l'inverse ? La question mérite d'être posée.

Hier soir, il est resté un moment à la fenêtre, éclairé par les réverbères qui projetaient une ombre longiligne au plafond. Une silhouette tout droit sortie d'un tableau d'Edvard Munch, baignée par la lueur bleutée de la nuit urbaine. L'atmosphère sinistre de la scène a provoqué chez Ariel un bref spasme de terreur, un phénomène déplaisant qu'elle connaît bien, une attaque surprise qui n'en est pas vraiment une : elle sait que ça va lui tomber dessus, mais elle ne peut jamais prévoir quand.

Ariel a fermé les yeux et inspiré à fond, s'efforçant de se concentrer sur les sensations physiques immédiates. La brise chaude qui montait du Tage, le cri distant d'une mouette, une bouffée d'air salé qui charriait un vague relent de poisson, les picotements sur sa peau brûlante. Elle a exhalé par la bouche, une lente expiration parfaitement contrôlée. Le contrôle, tout est là.

Ensuite, elle a rouvert les yeux, concluant le petit drame qui existait uniquement dans sa tête, un pays intime gouverné par la panique.

Il fut un temps où Ariel n'avait peur de rien. L'audace de la jeunesse. Car il en fallait, pour être actrice. Puis la vie avait sapé son courage, miné sa confiance. Elle avait appris à ses dépens que son sentiment de sécurité était une illusion. Elle ne croyait plus qu'elle pouvait traverser l'existence en dansant, libre et insouciante. Elle était devenue prudente.

John se tenait toujours devant la fenêtre ouverte, son corps nu à la fois familier – elle avait l'impression d'en avoir exploré chaque centimètre carré du bout de ses doigts, de sa langue –, et radicalement étranger. Mais n'est-ce pas inévitable, quelle que soit la personne ? On peut savoir à quoi ressemble l'autre, le goût qu'il a. Mais pas ce qu'il éprouve ni ce qu'il pense.

Ariel doute de sa capacité à porter un regard lucide sur ses semblables depuis qu'elle a découvert qu'elle s'était trompée sur toute la ligne au sujet de son premier mari. Elle avait tellement cru en lui. Et elle ne peut s'en prendre qu'à elle-même, car, avec le recul, elle se rend compte que la vérité crevait les yeux. Mais elle voyait ce que Bucky souhaitait qu'elle voie, ce qu'il voulait bien lui montrer. Elle a été la complice involontaire de cette mascarade, et, le jour où ses paupières se sont dessillées, il était trop tard. Trop tard non seulement pour cette relation, mais aussi pour les suivantes. Depuis, elle se méfie de son propre jugement, se croit incapable de lever les masques. Pendant longtemps, elle n'a même pas essayé.

A-t-elle appris quelque chose ? Bien sûr que oui. Mais toutes les leçons s'estompent si on ne les révise pas de temps en temps. Le calcul infinitésimal, le français, l'histoire coloniale, la mythologie grecque : Ariel a tout oublié. Elle ne sait même plus ce qu'est le calcul infinitésimal. Il y a quelques années, elle a cherché dans le dictionnaire, mais la définition ne l'a guère éclairée.

— Tu penses à quoi ? a-t-elle demandé à John.

John a tourné la tête. À présent que la lueur du réverbère ne l'éclairait plus, son expression était encore plus indéchiffrable. Elle ne voyait rien du tout, en fait.

— À demain, a-t-il répondu.

Et ça y est. On est demain.

Prendre une douche, voilà ce qu'elle va faire. Prendre une douche et enfiler les vêtements qu'elle a choisis une semaine plus tôt, alors qu'elle étudiait son armoire en réfléchissant aux tenues dont elle aurait besoin en fonction des jours et des activités qu'ils avaient prévu de faire durant leur escapade à Lisbonne. Ce matin, ce sera une tunique brodée sur une jupe mi-longue, simple mais sexy. En temps ordinaire, son uniforme se compose d'un jean et d'un tee-shirt. Surtout pas de maquillage. Mais ce séjour à Lisbonne n'est pas ordinaire. Elle se maquillera donc et portera un pendentif, mettant en valeur des parties de son corps dont elle ne se soucie pas d'habitude.

Puis elle ouvrira la porte devant laquelle on aura déposé un quotidien américain, où il n'y en aura que pour le vice-président décédé et l'homme pressenti pour lui succéder, l'information qui tourne en boucle dans les médias depuis des mois.

Ariel ramassera le journal et descendra le large escalier à pas précautionneux afin de ne pas glisser sur le marbre lisse, les doigts caressant la rampe patinée par deux siècles de frottements, le bois lentement poli par la main de l'homme. Elle pénétrera d'un air décidé dans la vaste salle de restaurant ensoleillée, qui donne sur une place grouillante de monde, bordée d'arbres feuillus et de vieux tramways grinçants, véritables cercueils ambulants dont se déversent des flots de touristes matinaux et de travailleurs terminant leurs *pastéis.* Leur regard encore embué de sommeil sera peut-être attiré par les rideaux qui flottent à la porte-fenêtre ouverte du premier étage, au centre de l'élégante façade de l'hôtel. C'est là, derrière ces rideaux, qu'Ariel et John ont pris leur petit déjeuner deux jours de suite. Et c'est là que l'attendra certainement son mari, attablé devant son café et ses journaux, levant la tête vers elle avec ce sourire…

Il n'y a personne.

2

Jour 1 – 7h49

TU ES OÙ ?

Son doigt reste suspendu au-dessus d'ENVOYER. Ariel n'est pas une hystérique et ne souhaite pas être perçue comme telle. On l'a déjà accusée de l'être. D'avoir des réactions disproportionnées. On a plus d'une fois refusé de la croire dans des circonstances gravissimes. Depuis, elle n'affirme rien qu'elle ne puisse étayer par des preuves irréfutables. Pas de « c'est sa parole contre la mienne ». Sa parole, elle l'a donnée et ça n'a pas suffi.

Une seule table est occupée, le couple de retraités australiens qui était déjà là hier. Le décalage horaire doit être encore pire, pour eux. Au-dessus du bar, une petite télévision est allumée sur une chaîne du câble au logo inconnu mais aux images familières : l'hommage au vice-président défunt à Washington. Des sénateurs, d'anciens chefs d'État, quelques juges de la Cour suprême et le président des États-Unis, bien sûr.

Ariel délaisse cet écran pour celui de son téléphone, et appuie sur ENVOYER. Elle attend le chuintement de confirmation, les yeux sur son message. Une bulle solitaire qui incarne tout le pathétique d'une lettre d'amour sans réponse.

João, le serveur, essuie des verres, tandis qu'un apprenti dispose des pâtisseries sur un plat. Le petit déjeuner est un buffet. Elle ne va pas rester assise bêtement, sans boisson ni nourriture. Elle devrait au moins aller chercher un café. Elle devrait lire le journal en dégustant son café, et attendre son mari.

C'est le plus dur dans une relation intense, non ? L'une des choses les plus dures. L'attente. C'était peut-être plus facile autrefois, quand on ne pouvait correspondre que par lettre manuscrite, qui devait être acheminée à pied, par Pony Express ou par trois-mâts. Il fallait des mois pour échanger quelques phrases. Aussi ardent soit-il, aucun amant – réel, potentiel ou purement imaginaire – ne pouvait répondre dans l'instant. Inutile de rester là à s'angoisser, cramponné à l'écran comme à une bouée de sauvetage, espérant qu'il va s'allumer, la petite fenêtre apparaître : *Je suis là, je t'aime toujours !*

Assise devant son café et son journal américain, Ariel se force à se concentrer sur la première page, le gros titre, l'unique information qui compte en ce moment. Être seule au café ou au restaurant ne la gêne plus depuis longtemps, surtout quand elle est plongée dans un roman policier, s'imaginant tantôt à la place de l'enquêteur, tantôt dans la peau du criminel retors, immergée dans les détails de l'investigation et les arcanes du système judiciaire.

Mais pas ce matin. Ce matin, elle se sent incapable de lire. Elle est mal à l'aise.

— Vous désirez quelque chose ? demande João, toujours prévenant.

— Non. *Obrigada*, dit-elle, l'un des dix mots de portugais qu'elle a appris.

Elle a étudié la petite liste de vocabulaire à la fin de son guide de voyage, mais n'est pas allée très loin.

— Vous êtes sûre ?

Ariel ne veut pas passer pour une femme qui s'inquiète de l'absence de son époux, cet archétype du manque de confiance en soi. Mais elle n'a pas le choix.

— Vous avez vu mon mari, ce matin ?

Il est pris au dépourvu. Très vite, il se rabat sur un « Je suis navré » accompagné d'un sourire apitoyé, de ceux qu'on adresse à une personne dans cette situation humiliante.

— Pas aujourd'hui, *senhora*.

— Il doit être parti au travail, dit Ariel d'une voix douce, presque un murmure, comme pour minimiser son implication dans ce mensonge flagrant.

— Je peux demander aux autres employés, propose João.

Sa bienveillance manifestement sincère ne fait qu'ajouter à la mortification d'Ariel.

À cet instant, elle préférerait la sollicitude de façade américaine, qui relève plus du service à la clientèle que de l'échange humain. Une prévenance hypocrite.

— Le matin nous avons deux… comment dit-on ? Les femmes *de quarto* ?

— Non, non, vous êtes très aimable, mais c'est…

— Et Duarte à la réception, et…

— Je vous en prie, non, ne vous embêtez pas, proteste Ariel, secouant vigoureusement la tête.

— Cela ne m'embête pas du tout…

— Mon mari devait travailler tôt ce matin, dit-elle avec l'impression de s'enfoncer. Je ne me suis pas réveillée.

Elle accumule les incohérences qui ne convaincront personne.

— Vous êtes sûre ?

— Tout à fait, affirme-t-elle alors qu'elle rêve de disparaître sous la table. Je vous remercie.

— Si vous changez d'avis ?

— Je vous le dirai.

Plutôt mourir.

— Merci beaucoup, répète-t-elle.

Ariel est réveillée depuis seulement vingt-quatre minutes.

— Que se passe-t-il ? demande Rodrigo.

João n'a aucun goût pour les cancans. Il ne colporte pas de ragots sur la clientèle ni sur personne. Mais il s'inquiète pour cette Américaine qui consulte à tout bout de champ son téléphone, incapable de dissimuler sa détresse. Elle qui respirait le bonheur hier encore.

— Tu vois qui est le mari de cette femme ?

— Bien sûr.

L'hôtel est loin d'être plein. Il est facile de reconnaître les clients, surtout ceux qui s'attardent à la table du petit déjeuner en échangeant des regards énamourés.

— Tu l'as vu, ce matin ?

— Non. Pourquoi ?

— Elle non plus.

Ariel inspecte la suite. Le chargeur de John est là, mais pas son téléphone. Elle ouvre son ordinateur professionnel. On lui réclame aussitôt un mot de passe ; elle n'essaie même pas de le deviner. John n'a apporté aucun papier, aucun dossier, aucune chemise remplie de tableaux et de graphiques. Uniquement ses vêtements, son téléphone, un ordinateur portable inaccessible et… quoi d'autre ?

Elle retourne dans la chambre, ouvre l'armoire où se trouve le coffre, tape le code…

Oui, le passeport de John est toujours là, comme le sien. Avec la clé de leur voiture et des dollars, tout ce qui est important, mais dont ils n'ont pas besoin ici.

Combien de temps s'est-il écoulé ? Quatorze minutes depuis qu'elle a envoyé le SMS. Assez pour se manifester, s'il est en mesure de le faire. John met un point d'honneur à répondre aux appels et aux messages aussi rapidement que possible. C'est l'une des choses qu'elle sait à son sujet. Elle sait également qu'il préfère les vins rouges charpentés du sud de la France. Elle connaît sa date de naissance et sa pointure, beaucoup de détails de ce genre. Et lui en sait à peu près autant sur elle. Des bêtises insignifiantes.

Elle a suffisamment attendu pour s'autoriser un coup de fil. Elle tombe directement sur sa messagerie. Ce n'est pas que son mari refuse de décrocher : il ne peut pas. Il ne se doute même pas qu'elle l'appelle.

— *Bom dia*, dit Ariel, embrassant du regard la réception décorée avec soin, les antiquités et les œuvres d'art, le cuir et la soie, tous les attributs du luxe.

— Bonjour, répond le réceptionniste en anglais.

— J'occupe la suite de l'Ambassadeur avec mon époux, John Wright.

— Oui, *senhora* Wright. Je m'appelle Duarte. Tout se passe bien ?

Ariel est tentée de le corriger à propos de son nom de famille, mais à quoi bon ?

— Quand je me suis réveillée ce matin, mon mari n'était pas dans notre chambre et je n'arrive pas à le joindre au téléphone.

Duarte a l'air mal à l'aise. Il se demande sans doute ce qu'on va exiger de lui. C'est le genre d'hôtel où les clients peuvent se plaindre de tout et n'importe quoi. C'est presque un sport pour certains : l'eau est trop chaude, l'électricité trop bruyante, les serviettes trop moelleuses, il n'y a pas de Splenda alors que c'est la seule marque d'édulcorant qu'ils tolèrent. Il s'attend donc aux requêtes les plus absurdes.

— João proposait d'interroger d'autres employés. Est-ce que cela vous ennuierait ?

— Pardon ?

— Vous voulez bien leur demander s'ils ont vu mon mari ?

— Oui, bien sûr. Je m'en occupe.

Duarte, qui manifestement ne saisit pas l'urgence de la situation, pense qu'elle va partir. Ariel s'assied et croise les jambes pour lui faire comprendre qu'elle ne bougera pas.

— Ah, dit le jeune homme. Très bien.

Il décroche son téléphone, a un rapide échange, puis se tourne vers la cliente.

— Maria et Leonor seront là dans un instant.

Ariel hoche la tête.

— Vous êtes satisfaite de votre chambre, *senhora* Wright ?

— Je m'ap…

Elle s'interrompt. Quand elle a épousé John, elle avait déjà changé deux fois de nom au cours de sa vie. Il n'était pas question qu'elle renonce à sa nouvelle identité méticuleusement construite. John ne s'y est pas opposé ; il n'y a même pas eu de discussion à ce sujet.

— Oui. Merci. La chambre est parfaite.

Maria et Leonor arrivent ensemble ; Maria est la femme qu'Ariel a vue dans le couloir à son réveil. Les trois employés parlent un portugais rapide, une langue qui lui fait penser à un mélange de russe et d'espagnol. Elle parvient à interpréter le ton, rien de plus : bon ou mauvais, oui ou non. Ça doit être ce qu'on ressent quand on est un chien. Et là, ce qu'elle comprend, c'est non. Mauvais. Si elle pouvait rabattre les oreilles, elles seraient aplaties sur son crâne.

— Maria, elle voit qui est votre mari mais elle ne l'a pas croisé ce matin. Leonor ne sait pas qui c'est.

Ariel fait défiler les photos sur son téléphone : château, cathédrale, rues pavées et, enfin, deux selfies du couple, un décor pittoresque à l'arrière-plan, le genre d'image qu'elle afficherait sur les réseaux sociaux si elle les utilisait.

— Là, c'est mon mari.

Leonor examine le portrait, puis Ariel, puis de nouveau l'écran, comme pour s'assurer que la personne devant elle est la même que celle de la photo. Ariel a envie de hurler : *Il ne s'agit pas de moi !* mais elle se retient, pendant qu'ils échangent encore un flot de paroles incompréhensibles.

— Je suis désolé, dit enfin Duarte. Leonor n'a pas vu cet homme aujourd'hui.

À présent, les trois employés dévisagent Ariel, l'air de se demander s'ils peuvent la laisser et vaquer à leurs tâches.

— *Obrigada.*

Ils lui adressent tous un sourire de soulagement crispé, heureux de pouvoir fuir les problèmes conjugaux de l'étrangère.

L'absence d'indices est un indice en soi.

3

Jour 1 – 8 h 58

Ariel redresse les épaules et durcit son expression avant d'affronter la rue, une armure pour dissuader les regards masculins et décourager les sollicitations intempestives, ou au moins les limiter. Elle a eu sa période combative, pendant laquelle elle était prompte à lever le majeur, à jurer entre ses dents, à lancer des piques, ne se retenant que s'il n'y avait ni issue de secours ni témoin. Mais elle a vite compris que l'hostilité améliorait rarement la situation, quand elle ne l'aggravait pas. En outre, dans une petite ville, n'importe lequel de ces goujats, même l'inconnu qui la klaxonne en voiture, pourrait un jour se transformer en ennemi si elle se retrouvait face à lui dans un parking sombre, sur une plage déserte, voire dans sa propre maison.

Désormais, Ariel ravale donc sa fierté et muselle ses instincts militants au profit de l'esquive, la désescalade, l'apaisement. Il n'y a pas de quoi être fière, mais c'est toujours mieux qu'une agression. Dans le meilleur des cas. Car les hommes qui importunent violemment les femmes sur le trottoir sont trop souvent ceux qui les frappent, les violent ou les tuent à coups de cric.

La façade blanche de l'hôtel réverbère le soleil matinal déjà brûlant. Ariel regarde la ville en contrebas. John se trouverait quelque part par là, s'il était en compagnie de ses clients dont les bureaux se situent près de la vaste Praça do Comércio, prise entre un arc de triomphe majestueux et l'estuaire du Tage, large de plusieurs kilomètres. La place était autrefois le cœur battant du Portugal, l'un des carrefours commerciaux les plus importants d'Europe, du monde entier. Aujourd'hui, les affaires se concluent au sommet de hautes tours de verre, dans des quartiers excentrés.

La *praça* est au sud. Ariel se dirige vers le nord et le Bairro Alto, gravissant les ruelles abruptes tendues de guirlandes lumineuses et de cordes à linge, où des torchons et des maillots de foot claquent au-dessus des tables disposées devant les *cervejarias* et les *tabernas*, des échoppes où l'on vend aussi bien des baskets que des sardines en boîte, et une variété impressionnante d'articles en liège.

Lundi matin. La ville se réveille plus vite que le week-end. Les magasins ouvrent et les cafés se remplissent ; les Lisboètes se rendent au travail d'un pas tranquille sur les trottoirs ornés de mosaïques. Il y a des arbres partout, et beaucoup de graffitis : des noms, des initiales, des symboles de la paix, des sourires éclatants et des chiens de dessins animés. Pas d'armes, pas d'hommage aux morts, pas d'insignes de gang. Les tags de Lisbonne reflètent l'exubérance, pas le désespoir.

Le téléphone à la main, Ariel appuie à tout bout de champ sur le bouton principal pour vérifier ses messages. Rien, toujours rien, encore rien.

Des arômes variés s'échappent des boulangeries, ici beurre et sucre, là farine et levain. Des odeurs très européennes qui, comme les petits marchés aux poissons et les vendeurs de jus de fruits pressés, ne font pas partie de son quotidien. Aux

États-Unis, la palette olfactive est plutôt carnée, et graillonneuse.

Ariel continue de grimper. Ses jambes commencent à fatiguer. Sa cheville gauche l'élance, celle qu'elle a tordue l'automne précédent, quand elle a été renversée par un labrador dans le parc. Ce n'était que la dernière d'une longue série de blessures vexantes : le pouce coincé sous un gros carton de livres, la déchirure à l'épaule en changeant une ampoule, l'épine calcanéenne – aux deux pieds, s'il vous plaît –, et une hernie cervicale pour couronner le tout.

— Que voulez-vous que je vous dise ? lui a déclaré sa kinésithérapeute. Il ne fait pas bon vieillir.

Au début, elle s'est accrochée à l'espoir que ces tracas finiraient par disparaître : le tendon guérira, la nouvelle orthèse sera efficace, la pratique du yoga diminuera le mal de dos, ci ou ça s'arrangera et tout ira bien. Mais cela fait maintenant des années que les douleurs vont et viennent, et Ariel commence à se faire à l'idée qu'elle n'en sera jamais totalement débarrassée. Ce sera un bobo après l'autre, auquel s'ajoutera une blessure plus grave de temps en temps, et des maladies de plus en plus sérieuses, une détérioration constante jusqu'à la fin. Comme le réchauffement climatique, une tendance qui progresse dans une seule direction : la catastrophe inévitable, unique issue possible.

À ce moment-là, elle a pris conscience que, si elle avait des projets qui lui tenaient à cœur, elle avait intérêt à s'y mettre.

Les hauteurs de Lisbonne offrent un panorama varié : le château médiéval d'un côté, le dédale de la vieille ville en contrebas, le large méandre du fleuve et le pont suspendu qui lui rappelle le Golden Gate. Vue d'ici, la capitale semble tentaculaire, une multitude de quartiers qui s'étendent à l'infini.

Ariel n'a plus l'habitude des grandes villes. Quand son

univers s'est écroulé, elle a soldé tout ce qui était associé à son ancienne vie. Elle ne voulait plus entendre parler de New York : tous ces gens, les hommes, la pression constante. Elle a tourné le dos au tintamarre, à la foule, à la pollution et aux agressions sensorielles. À la démesure. Elle ne se rend que très occasionnellement dans des métropoles, un ou deux voyages d'affaires par an, deux nuits, pas plus, si elle parvient à convaincre sa mère de venir de Caroline du Sud pour garder George et les chiens, comme cette semaine.

Ariel rappelle John et tombe encore sur sa messagerie.

Elle regarde sa destination, de l'autre côté de la rue. Elle n'a pas envie d'y aller, car elle sait qu'elle va passer un moment désagréable, mais elle ne peut pas y couper. Elle songe à une mésaventure qui lui est arrivée l'hiver dernier. C'était le soir. Elle était sur le point de s'endormir, lorsqu'elle avait éprouvé une douleur soudaine à la poitrine et une sensation de froid dans tout le corps. Elle avait cherché à tâtons son téléphone sur la table de chevet pour appeler sa meilleure amie, les doigts déjà engourdis.

— Ariel ? avait demandé Sarah, la voix enrouée de sommeil. Ça va ?

— Je… pense… besoin… urgences, avait répondu Ariel, la respiration sifflante.

Elle ne voulait pas d'une ambulance. Elle avait entendu des horreurs sur les coûts non remboursés.

— J'arrive.

George était allongé à l'arrière de la Subaru de Sarah, serrant son nounours, une parka par-dessus son pyjama, tandis qu'Ariel frissonnait sur le siège passager, de plus en plus terrifiée à mesure qu'ils se rapprochaient de l'hôpital où sa vie risquait de basculer : elle avait peut-être une crise cardiaque, une rupture d'anévrisme, qui sait. Elle était – relativement – jeune et elle ne connaissait les symptômes des maladies potentiellement mortelles que par la télé et le cinéma. Elle ignorait ce que son corps essayait de lui dire. Elle avait besoin d'un interprète et les interprètes travaillaient à l'hôpital.

À peine arrivée aux urgences, on l'emmena sur un lit à roulettes dans un couloir aux lumières crues, tandis qu'on lui demandait son nom et sa date de naissance à plusieurs reprises. Puis elle eut droit à une batterie d'examens et on lui injecta un colorant dans le sang. Après il y eut l'attente, les mots effrayants « embolie pulmonaire » répétés plusieurs fois, pendant que George somnolait dans un hall, à côté d'un distributeur. Enfin, à 2 h 30 du matin, un docteur s'approcha d'elle avec un grand sourire. Elle ignorait s'il était réellement soulagé ou si c'était simplement pour la rassurer.

— Madame Pryce, vous avez une pneumonie.

Après deux jours de repos et d'antibiotiques, elle était sur pied. Mais si elle n'était pas allée aux urgences, elle serait peut-être morte, cette nuit-là. Parfois, on peut se permettre de procrastiner. Et d'autres fois non.

Elle grimpe les marches et pénètre dans le bâtiment.

— *Bom dia*, dit-elle à l'accueil. Mon mari a disparu.

Ariel s'efforce d'absorber la rapide série de mots en portugais dont la mitraille la policière en uniforme. On dirait tantôt des affirmations, tantôt des accusations, avec une ou deux questions par-ci par-là.

— *Desculpe*, dit Ariel, utilisant le mot qu'elle a entendu les gens employer pour s'excuser. Je ne parle pas le portugais. Y a-t-il quelqu'un qui parle anglais ?

La policière la foudroie des yeux.

— *Desculpe*, répète Ariel, la mine contrite dans l'espoir de l'attendrir.

Encore un regard noir. Comment arranger ça ?

— Ah ! fait Ariel, levant l'index pour lui demander un instant, un signe qu'elle suppose universel.

Elle n'a pas appris beaucoup de portugais avant le voyage, mais elle a acheté une application. Une réaction typiquement américaine : quand on a un problème, on achète quelque chose. C'était l'un des traits qu'elle détestait le plus chez les gens qu'elle détestait le plus : cette manie de dégainer leur portefeuille pour un oui ou pour un non.

Elle pianote si vite qu'elle multiplie les fautes de frappe. Une, c'est déjà trop. On ne peut pas demander à une application de traduction d'interpréter les erreurs. Elle lève encore le doigt, marmonne de nouvelles excuses et appuie sur TRADUIRE, avant de tendre l'appareil à la femme.

Celle-ci examine l'écran, prend quelques secondes pour lire, puis elle lève les yeux et réévalue l'excitée incohérente plantée devant elle. Son expression s'adoucit.

— *Um momento*, dit-elle.

— Mon mari, répète Ariel, son regard allant d'un policier à l'autre.

— Il a disparu ? demande l'homme.

António Moniz a un visage chaleureux et ouvert, mais Ariel devine le doute dans les sourcils, les yeux qui se plissent à peine.

— Eh bien, disparu, je n'en sais rien. En tout cas, j'ignore où il est.

Moniz hoche la tête.

— Quand l'avez-vous vu pour la dernière fois ?

— Vers minuit.

Elle se rappelle John devant la fenêtre, puis plus rien. Elle n'est pas sûre de l'heure à laquelle elle a sombré, mais minuit lui semble une heure raisonnable.

— Minuit ? répète Moniz, surpris. Vous voulez dire, la nuit dernière ?

— Oui.

— Il y a… dix heures ? insiste-t-il après avoir jeté un coup d'œil à sa montre.

— Oui.

Le policier inspire profondément. Il ne sait manifestement pas quoi dire à cette touriste. Il échange un regard avec sa partenaire, une femme séduisante au visage sévère appelée Carolina Santos, qui pour l'instant n'a pas ouvert la bouche.

— Je me rends compte que cela ne fait pas très longtemps, ajoute Ariel.

— En effet, acquiesce Moniz, réagissant peut-être un rien trop vite.

— Mais ce n'est pas son genre.

— Bien sûr. Bien sûr.

Le second *bien sûr* du policier ressemble moins à une répétition qu'à une contradiction, ou à un sarcasme.

Pour l'instant, il n'est pas question de John. Il s'agit uniquement d'Ariel et de sa crédibilité.

— Je suis inquiète.

Elle regarde ses interlocuteurs tour à tour, en quête de soutien. Peine perdue. Non seulement l'inspectrice Santos n'a pas ouvert la bouche, mais elle n'a même pas pris son stylo. Son rôle semble être de dévisager leur visiteuse. Elle fait un peu peur à Ariel.

— Votre mari court ? Pour le sport ? Il est peut-être allé courir ?

— Non. Ses chaussures sont dans la chambre.

— Est-ce que c'est le… comment dit-on quand on a des problèmes pour dormir ?

— Est-ce qu'il est insomniaque ? Non.

— Non. À cause du voyage. La différence d'heures ?

— Le décalage horaire ?

Moniz claque des doigts.

— Oui, le décalage horaire. Il s'est peut-être réveillé très tôt et il est sorti se promener. C'est possible ?

— Peut-être. Mais pourquoi ne pas avoir laissé un mot, dans ce cas ? Pourquoi ne pas avoir téléphoné ? Pourquoi ne pas avoir répondu à mes appels ?

— Je n'en sais rien, *senhora*. Vous voyez une raison ?

Elle secoue la tête.

— De toute façon, John a pris un somnifère la nuit dernière. Moi aussi. Pour nous aider à nous ajuster. Et qu'il soit en forme au travail aujourd'hui.

— Au travail ? Vous êtes à Lisbonne pour affaires ?

— Mon mari est consultant. Il doit voir un client.

— Vous l'avez contacté ? Il est peut-être déjà à son bureau.

— Je ne peux pas. Je ne connais pas son nom. John me l'a dit, mais j'ai oublié. J'aurais dû le noter, je sais. Mais je ne l'ai pas fait.

— Et vous ? Vous êtes ici pour affaires, vous aussi ?

— Non. Je l'accompagne.

Ariel remarque que le policier a une tache sur sa cravate, de l'huile ou de la sauce, quelque chose de gras.

— Vous ne savez pas du tout où votre mari peut se trouver, *senhora* ?

— Non. Je suis inquiète.

— Pourquoi ? Vous avez peur de quoi ?

Les possibilités sont innombrables, non ? John pourrait avoir été victime d'une agression ou d'un accident. Il pourrait être à l'hôpital, après avoir été renversé par un tramway, une voiture, un camion. Être étendu dans une impasse, dévalisé, blessé, sans connaissance. Il pourrait être mort dans une halle aux poissons désaffectée, de l'autre côté du Tage, enchaîné à un tuyau rouillé, son sang gouttant dans des canalisations industrielles, emporté vers les eaux saumâtres du fleuve.

Peut-être a-t-il été accusé à tort et incarcéré dans un poste de police différent. Ou bien il subit un interrogatoire dans une ambassade. À moins qu'il soit à Tanger, détenu par des forces de sécurité qui le soupçonnent d'être un espion, un contrebandier, un criminel en cavale.

Et s'il n'avait pas été accusé à tort ? Ariel ne connaît pas tous les recoins obscurs de la vie de John. Il pourrait avoir un passé douteux qui l'a rattrapé, ou même un présent douteux qu'il dissimule habilement. Il pourrait être impliqué dans des activités de blanchiment, de fraude, d'évasion fiscale... son métier de consultant n'est peut-être qu'une façade. De toute manière, qui sait ce que fait réellement un consultant ?

Ou alors il est en parfaite santé. Ariel va encore passer pour une angoissée hyper protectrice, une idiote. Exactement ce qui s'est passé autrefois : on l'accusera de ne pas être crédible.

— Je n'en sais rien, admet-elle.

Moniz tapote la pointe de son stylo sur le papier, lequel est presque entièrement blanc, remarque Ariel. Elle n'a pas dit grand-chose méritant d'être noté, à l'évidence.

— *Senhora*, j'espère que vous comprenez que la police ne peut pas se mettre à la recherche de tous les hommes que leur épouse ne trouve pas au réveil. On ne ferait rien d'autre !

Sa plaisanterie tombe à plat, il le voit immédiatement et enchaîne.

— Je suis sûr que ce n'est rien. Votre mari est au travail et il rentrera à l'hôtel à la fin de la journée.

C'est le genre d'optimisme fade et inepte qu'elle ne supporte pas. Un optimisme de politicien doucereux ou de coach sportif. Ariel abhorre les laïus de motivation.

— Il aura une explication. Cette explication vous conviendra ou elle ne vous conviendra pas, mais elle ne sera pas liée à un acte criminel. Ni à quelque chose de grave. D'une manière ou d'une autre, il reviendra.

— Et s'il ne revient pas ?

— Si votre mari n'est toujours pas rentré demain matin, repassez nous voir. Ou appelez-moi.

Moniz prend une carte de visite dans une boîte en cuivre et la lui tend.

— Écoutez, je sais que cela fait seulement quelques heures et que je n'ai aucune preuve. Je sais que je n'ai pas autant d'informations que je le devrais. J'en suis consciente, mais je suis sincèrement inquiète. Il ne répond ni à mes appels ni à mes messages, il ne m'a pas laissé de mot, et ça ne lui ressemble pas. On ne peut pas commencer à le chercher maintenant ?

Moniz hoche la tête. Il comprend qu'elle ait du mal à comprendre.

— *Senhora*, rien n'indique que son absence est suspecte. Quelques heures sans nouvelles de votre mari, ça ne suffit pas pour ouvrir une enquête. En ce moment, il y a des centaines de personnes à Lisbonne, des milliers peut-être, qui n'ont pas vu un proche ou un ami depuis hier soir. Dont la femme ou le mari ne répond pas. De nos jours, on voudrait que les gens soient disponibles en permanence, on voudrait pouvoir les contacter à toute heure du jour et de la nuit, simplement parce que c'est possible. Mais ce n'est pas parce que c'est possible que c'est souhaitable. Pas tout le temps, pas pour tout le monde.

Il a au moins raison sur ce point.

— Alors, c'est tout ?

À quoi bon discuter avec lui ? Il s'est fait son opinion.

— Je suis navré, mais on ne peut rien faire pour l'instant, dit-il, lui tendant la main. J'espère que vous comprenez.

Ariel pourrait très bien avoir besoin de la police prochainement, inutile de se lancer dans une bataille perdue d'avance.

António Moniz regarde l'Américaine s'éloigner.

— Alors, à ton avis ?

Sa partenaire prend quelques secondes avant de répondre.

— Je pense que cette femme ne connaît pas son mari aussi bien qu'elle le croit.

Tous les policiers sont plus ou moins cyniques, songe Moniz. C'est le métier qui veut ça. Mais chez Carolina Santos, c'est une seconde nature.

— On pourrait en dire autant de presque toutes les femmes, continue-t-elle. On nous ment à toutes. Constamment.

Moniz ne la contredit pas. Le sujet est sensible. En outre, elle a sans doute raison.

— Erico ! appelle-t-elle.

Un jeune policier qui lit le journal un peu plus loin lève les yeux de la rubrique football.

— Tu as vu l'Américaine qui vient de partir ?

— Oui ?

— Suis-la.

4

Jour 1 – 10 h 44

— Enchanté, madame. Saxby Barnes.

Il retient sa main une seconde de trop.

— Si vous voulez bien vous donner la peine de me suivre.

Barnes est un homme adipeux qui arbore au revers de sa veste le drapeau américain et sur ses lèvres le sourire figé d'un politicien. Le genre de sourire que l'on sait factice, même si tout le monde fait semblant d'y croire, ceux qui sourient et ceux à qui l'on sourit, liés par un vaste pacte de silence.

Il ouvre la porte à l'aide d'une carte magnétique, puis guide Ariel à travers l'open space, tournant la tête de temps en temps, sans doute pour s'assurer qu'elle ne lui a pas faussé compagnie. L'ambassade américaine est ultra sécurisée. Des formulaires et des formalités en veux-tu en voilà, un contrôle très strict. Le but est de prévenir tout incident fâcheux, pas d'offrir aux visiteurs une expérience agréable.

Ariel sent un regard appuyé à l'autre bout de la salle. Elle jette un coup d'œil dans cette direction, le temps de voir un homme d'une cinquantaine d'années, le menton dissimulé par une courte barbe, avec ce qui ressemble à un badge de presse sur sa chemise froissée.

— Donc, si je comprends bien, vous ignorez où se trouve votre mari, dit Barnes, tandis qu'ils tournent dans un couloir.

— Oui.

— Et nous pouvons affirmer qu'il ne vous a pas simplement quittée, bien sûr.

Il se retourne en souriant et Ariel le dévisage d'un air interrogateur.

— Qui pourrait quitter une femme comme vous ?

Il rayonne, manifestement très fier d'avoir trouvé le moyen de draguer une femme mariée inquiète dont il vient à peine de faire la connaissance.

— Certainement pas un homme sain d'esprit, insiste-t-il, à l'évidence étonné qu'elle ne le remercie pas pour le compliment.

Ariel s'attache à voir l'humanité en chacun. Quand elle rencontre quelqu'un, elle s'efforce toujours de lui accorder le bénéfice du doute. Mais ce type ne va pas lui faciliter la tâche.

Elle prend sur elle et lui offre un sourire.

— Entrez, dit-il, ouvrant la porte d'un petit bureau bien rangé.

Lorsqu'elle passe devant lui, elle sent son haleine chargée d'alcool. Ce matin ? Ou le reste d'hier ? Elle connaît ce genre d'homme, qui ne dit jamais non à un verre, et s'arrête rarement au premier.

— Donc, mademoiselle…

— Ariel Pryce. Madame.

— Oui. *Madame* Pryce, dit-il avec un petit sourire. Puis-je vous offrir à boire ? Un verre d'eau ?

— Non merci, répond-elle aussi aimablement que possible.

— Vous avez l'air un peu…

Elle a dû marcher sous un soleil de plomb avant de trouver un taxi, dont la climatisation laissait à désirer. Ensuite, il a fallu patienter devant l'ambassade, puis dans une salle d'attente étouffante bondée, où la frustration était palpable. Ariel doit avoir l'air d'un épouvantail dégoulinant de sueur.

— Il fait très chaud, dehors, admet-elle.

— Eh oui, le Portugal en juillet ! C'est normal, ici. Mais j'ai l'habitude de la chaleur. Je viens de l'État de Géorgie.

Bien sûr, toute la tradition du vieux Sud. Visage rose et costume bleu trop serré en tissu gaufré, cravate club, derbies blancs. Saxby Barnes, gentleman flagorneur.

— Vous êtes sûre ? Un verre d'eau, peut-être ?

Qu'une femme puisse trouver lourdingue sa courtoisie empressée ne lui traverse même pas l'esprit. Ariel a appris que c'étaient les plus polis dont il fallait se méfier, ceux qui mettaient toujours en avant leur prévenance, leur générosité, leur caractère chevaleresque.

— D'accord, concède-t-elle. Volontiers, en fait.

Barnes sourit, ravi de cette petite victoire. Cette sollicitude agressive a un but bien précis : s'il lui accorde une faveur, c'est parce qu'il compte en obtenir une autre en échange.

« Ne t'arrête pas à un non », a dû lui dire une mère qui souhaitait lui enseigner les bonnes manières. « Ne t'arrête pas à un non », a renchéri un père qui voulait qu'il réussisse dans les affaires, en politique, dans tous les secteurs. « Ne t'arrête pas à un non », lui ont seriné ses copains de la fraternité étudiante, affirmant qu'il devait se fier à son propre jugement plutôt qu'à ce que disaient les filles. Et maintenant il ne fait qu'appliquer ces conseils.

La galanterie peut être une forme d'hostilité. La galanterie peut même être une arme.

— Gazeuse, ça vous va ? Je n'ai plus d'eau plate, je le crains.

Bien sûr : donner d'une main, reprendre de l'autre.

— Gazeuse, c'est parfait.

Barnes caresse presque amoureusement la poignée du réfrigérateur. Ce doit être une acquisition récente. Quelque chose qu'il a dû obtenir par le mérite ou la flatterie. Il est fier de ce petit luxe.

— Merci encore, dit-elle.

— Je vous en prie, répond-il en s'asseyant. Bien, nous allons avoir besoin de… hum… détails.

Il ouvre un tiroir de bureau, en sort deux carrés de nylon molletonnés.

— Canal carpien, explique-t-il, enveloppant son poignet gauche.

Les yeux d'Ariel se posent sur le journal qu'elle n'est pas parvenue à lire le matin, la couverture exhaustive des événements récents aux États-Unis. La une est dominée par la photo d'un homme qui est devenu une figure de la politique intérieure américaine en l'espace de quelques années, d'abord nommé conseiller de son vieil ami le président, puis ministre, un choix inattendu mais plutôt bien accueilli. Aujourd'hui, après l'hémorragie cérébrale du vice-président, ce politicien novice va bientôt faire ses premiers pas sur la scène internationale. Et le président arrivant au terme de son mandat, il pourrait bien être le prochain candidat aux élections.

Barnes attache la bande Velcro, la retire pour la resserrer, s'assure qu'elle est bien en place. Il répète le processus à droite, puis hoche la tête en direction d'Ariel, à présent protégé contre les ravages jumeaux de la tendinite et de la pesanteur. Elle ne peut pas s'empêcher de le plaindre un peu. Un tout petit peu.

— Pourriez-vous décrire votre mari, s'il vous plaît ? Taille, poids ?

— Il fait un mètre soixante-dix-huit. Je ne connais pas son poids ; je ne le regarde pas se peser.

— Sa corpulence ?

— Svelte, élancé.

Elle ne sait pas quoi dire du corps de John. Il est parfaitement proportionné. Beau.

— Musclé, mais sans excès.

— OK.

Entendre vanter le physique d'un autre homme met Barnes mal à l'aise. Le manque de confiance en soi et l'homophobie vont si souvent de pair qu'Ariel les soupçonne d'être étroitement liés.

— Et sinon ? Les cheveux ?

— Châtain foncé, bien fournis, ondulés. Yeux verts.

— Signes particuliers ? Cicatrices ? Boucles d'oreilles ? Tatouages ? Pilosité faciale ?

Ariel secoue la tête. John est l'un des hommes les plus sobres qu'elle connaisse. Sa garde-robe est dénuée de logos et de marques connues ; ni équipe sportive, ni université, ni bijou, ni casquette de base-ball. Même sa voiture est passe-partout. Son refus d'affirmer une identité est tel qu'on pourrait dire que c'est une revendication en soi.

— Âge ?

— 36 ans.

Barnes lève rapidement les yeux puis retourne à son clavier : Ariel a dix ans de plus que son mari, différence qui n'est pas anodine quand elle penche en défaveur de la femme.

— Peut-on le qualifier de séduisant ?

— Certainement.

Elle le voit venir avec ses gros sabots. Elle devine ce qu'il a pensé à son arrivée, et le récit qu'il est maintenant en train d'échafauder. Non pas qu'Ariel a épousé un homme plus jeune, mais que John a épousé une femme plus vieille. Barnes a à peu près l'âge de John. Il se demande peut-être ce qui l'a poussé à épouser une femme plus âgée. Cette femme-là.

Ariel l'examine. Le tissu du costume est trop tendu par endroits, plissé là où il ne faut pas ; le bouton du col de sa chemise ne peut pas se fermer. Il a pris du poids récemment, et pas seulement un kilo ou deux, mais sa garde-robe n'a pas suivi. Il est peut-être dans le déni, persuadé que cette petite surcharge pondérale fondra dès qu'il renoncera aux desserts. La semaine prochaine, peut-être. Ou celle d'après.

— OK, donc, ce matin, pas de nouvelles, rien ?

— Il ne répond ni à mes SMS ni à mes e-mails. Quand j'appelle, je tombe directement sur sa boîte vocale. Je lui ai laissé un ou deux messages.

Barnes jette un coup d'œil au formulaire qu'Ariel a rempli : une tonne de paperasse, pire que pour une assurance maladie, le genre d'imprimé qu'on vous donne avec une planche à pince en plastique, et un stylo à bille rétractable au nom d'un nouveau médicament contre le diabète.

— Depuis votre arrivée, qu'avez-vous fait à Lisbonne ?

— Des activités touristiques classiques.

— Mais encore ?

Ils ont fait une balade matinale en gyropode sur un front de mer dédié aux loisirs : une succession de restaurants et de discothèques, séparés de la marina par une promenade réservée aux coureurs et aux cyclistes. La réhabilitation urbaine rêvée, selon les critères du XXIe siècle. Ils ont gravi et descendu des pentes abruptes à bord d'un vieux tramway, le célèbre numéro 28, une guimbarde grinçante qui penchait dangereusement dans les virages. L'impression de chevaucher des montagnes russes vintage dans un wagon bondé, une expérience inconfortable et carrément effrayante.

Barnes tape à la vitesse d'un escargot. Il n'utilise que quelques-uns des doigts dépassant de l'orthèse. Ses yeux vont du clavier à l'écran, avec un regard occasionnel en direction des seins d'Ariel. Elle ne peut pas s'empêcher de vérifier son décolleté.

— Vous avez parlé à des gens ?

— Bien sûr, partout. À l'hôtel, au restaurant, au musée.

Ils ont visité le Gulbenkian, une structure brutaliste qui abrite l'une des plus grandes collections privées du monde, un butin d'une richesse digne d'un État-nation. Ainsi que le musée des azulejos aménagé dans un ancien couvent. Ces carreaux de faïence sont partout dans la ville : sur les façades où ils créent des motifs géométriques fascinants, aux murs des magasins et des cafés, au sol des hôtels. Il suffit de regarder les surfaces bleu et blanc pour avoir soudain moins chaud.

— Vous avez rencontré quelqu'un que vous connaissiez ? Vous ou votre mari ?

— Non.

Ariel ne va pas parler à Barnes de la femme du café.

— Nous avons un dîner prévu demain soir, avec le client de John, ses associés et leurs épouses. C'est pour cette raison que John m'a demandé de l'accompagner. Ce genre d'homme d'affaires aime apparemment faire la connaissance des épouses des autres.

— Quel genre d'homme d'affaires ?

— Les Européens.

Barnes lui adresse un sourire de connivence qu'il croit sans doute charmeur. Il ne l'est pas. Tout chez cet homme l'irrite, en particulier son amabilité obséquieuse de gentleman du Sud.

— Votre mari se déplace fréquemment pour son travail ?

— Quelques fois par mois, en général pour deux ou trois nuits. Il se rend principalement en Europe.

— Vous l'accompagnez souvent ?

— C'est la première fois. Nous sommes tous les deux très occupés et ce n'est pas évident de se libérer en même temps. La seule autre fois où nous sommes partis ensemble, c'était à l'occasion de notre voyage de noces.

— Quand ça ?

— Il y a trois mois.

Ariel voit à son haussement de sourcils que sa théorie se précise : vous êtes jeunes mariés, vous vous chamaillez peut-être, vous ne connaissez pas vraiment cet homme, il vous a probablement quittée. Qui irait le lui reprocher ? Il a disparu depuis quelques heures à peine et vous vous précipitez à l'ambassade. Respirez, ma petite dame. Hydratez-vous.

— Pourquoi être venue cette fois ? Un voyage d'affaires, ce n'est pas très romantique.

— C'est vrai, mais je ne connaissais pas le Portugal. Et tout ce qu'on me demandait, c'était d'acheter une nouvelle robe.

— Il y a pire, en effet.

En réalité, Ariel n'avait aucune envie de cette robe. Elle fait très attention à ses dépenses, par principe, et elle ne s'intéresse pas à la mode. Quand elle était plus jeune, bien sûr, elle lisait tous les magazines qui prescrivaient aux femmes ce qu'elles devaient acheter et leur apprenaient à se sexualiser – le maquillage, les vêtements, les chaussures, l'épilation –, mais aujourd'hui elle ne jette même plus un regard aux gros titres : LES SANDALES LES PLUS SEXY DE L'ÉTÉ, DES FESSES PLUS FERMES EN DIX ÉTAPES, TAILLEZ-LUI LA PIPE DE SA VIE. Fini tout ça.

— Vous avez vérifié le solde de votre compte en banque, ce matin ?

Ariel est surprise par le tour que prend la conversation. Et en même temps, pas vraiment.

— Non.

— Vous ne pensez pas que vous devriez ?

Elle ne le pense pas. De toute manière, il n'y aurait pas énormément à retirer, même si Barnes avait raison. Et c'est impossible.

— Pourquoi ne pas s'en assurer ? Qu'on puisse rayer ça de la liste.

Refuser signifierait qu'Ariel redoute de découvrir une vérité blessante. Ce qui n'est pas le cas.

— Vous voulez vous servir de mon ordinateur ?

— Non merci, répond-elle, sortant son téléphone. Quel est le code wifi ?

Barnes note une série de chiffres et de lettres. Ariel les saisit sur son clavier et lance l'application de la banque, attend le chargement de la page de connexion, puis la suivante…

Elle sent son pouls s'accélérer. Est-elle nerveuse ? Elle devrait pourtant savoir qu'elle n'a aucune raison de l'être. Elle en est sûre.

Il y a du réseau, mais son téléphone est d'une lenteur incroyable. Ariel est prête à parier que l'accès n'est pas sécurisé. L'installation doit être paramétrée pour enregistrer l'historique de navigation, les écrans, les recherches et les mots de passe de tous les invités qui l'utilisent. Ce n'est pas le département d'État qui risque de lui voler les quatre mille dollars qu'elle a sur son compte courant, mais elle commence à s'impatienter. L'application mouline…

Enfin, son solde apparaît. Le montant est exactement ce qu'il devrait être.

— Tout est normal.

— Parfait. C'est une excellente nouvelle.

Il est clairement déçu de devoir écarter son hypothèse : un homme séduisant épouse une femme plus âgée, vide son compte en banque et, dès qu'il est à l'étranger, s'évanouit dans la nature, hors d'atteinte de la justice américaine. Mais peut-être en penserait-elle autant à sa place, si elle se trouvait face à quelqu'un comme elle.

Ariel est très consciente d'être surveillée. Par des caméras c'est sûr, et peut-être par des gens qui visionnent les images en temps réel. Elle n'a pas pu s'empêcher de remarquer les boîtiers noirs en traversant les bureaux ; il doit y en avoir dans cette pièce également.

Les caméras ne l'effraient pas. Quand elle était actrice, elle devait être attentive à son apparence, à ce qu'elle communiquait par la parole, mais aussi à travers ses expressions et son langage corporel : les doigts qui pianotent, les genoux qui tressautent, les yeux fuyants, le genre de signes qu'on émet en toutes circonstances, et pas uniquement sur une scène ou un plateau de tournage, parce qu'on est toujours observé d'une manière ou d'une autre. Parfois, on peut l'oublier, l'ignorer. Et d'autres fois, une caméra est là pour vous le rappeler, fixée dans un coin de la pièce comme ici. Souriez, vous êtes filmé.

Après quelques questions de pure forme, il est clair que Barnes ne tient pas à recourir à la police portugaise ni à faire intervenir un autre service de l'ambassade.

— Il n'y a vraiment rien que vous puissiez faire ?

Ariel lui lance son regard de biche aux abois. Elle était douée pour ça, autrefois, tirer parti de son physique afin d'obtenir ce qu'elle voulait des hommes, en particulier quand ils n'étaient pas très malins ou n'avaient pas assez de recul pour se rendre compte qu'on les manipulait. Certains se méfient d'instinct des jolies femmes trop aimables ; ce n'est pas le cas de Saxby Barnes.

Ariel se penche en avant ; elle voit les yeux de son interlocuteur s'égarer un instant dans l'échancrure de sa tunique.

— S'il vous plaît ?

C'est un don qu'elle a laissé délibérément s'atrophier. Un talent qu'elle aurait préféré n'avoir jamais eu, dont elle aurait voulu ne pas avoir besoin. Un talent qui ne devrait même pas exister. Mais elle doit bien admettre que c'est une monnaie d'échange utile, quand on traite avec le patriarcat.

— Écoutez, madame Pryce, je ne suis pas policier. Nous ne sommes pas…

Elle baisse la tête, désemparée. Elle le voit presque saisir l'occasion pour couler un autre regard dans son décolleté.

— Ce n'est pas ce qu'on fait ici, poursuit-il. Rechercher des gens qui n'ont pas donné de nouvelles à leur… euh… conjoint depuis quelques heures. C'est le travail de la police, s'il y a de bonnes raisons pour cela, et j'espère sincèrement que ce n'est pas le cas. Honnêtement, votre mari est sorti ce matin sans rien dire ? Cela ne signifie pas qu'il a disparu. C'est sans doute qu'il était pressé. Au pire, qu'il n'est pas très prévenant. Ou qu'il est distrait. En tout cas, ce n'est pas illégal et il est peu probable qu'il lui soit arrivé malheur. À ce stade, nous ne pouvons pas…

Barnes laisse sa phrase en suspens, dans l'espoir qu'Ariel va en profiter pour intervenir et dire oui, je comprends. Il peut toujours attendre. Finalement, il se lève, lui tend la main, sourit.

— J'aimerais pouvoir faire plus.

— Vraiment ?

Il hoche la tête, s'efforçant de paraître sincère, alors que son hypocrisie est flagrante.

— Bien sûr.

Elle est déçue. Parce qu'il lui a opposé un refus et qu'elle n'a pas su le faire changer d'avis. Parce que ses charmes ont été sans effet sur un homme qui semblait pourtant facile à embobiner.

Saxby Barnes ne sera pas son allié. Elle devra s'en remettre au policier portugais, qui au moins a un visage compatissant, et à sa partenaire. C'est peu, mais c'est toujours mieux que rien – et rien, c'est tout ce que lui offre cet Américain. Rien, hormis une bouteille d'eau. Gazeuse.

Ariel n'est pas seulement déçue. Elle est en colère, contre cet homme, contre elle-même, contre le monde entier. Elle la prend au dépourvu, cette fureur. Comme un volcan qui entre en éruption, après des années de pression accumulée.

— Drôle de prénom, Saxby. Ça vient d'où ?

— C'est un prénom qui est dans la famille depuis dix générations.

Comme si la tradition était en soi quelque chose d'admirable, comme si c'était un argument. Le genre de justification qui sert à légitimer la plupart des injustices depuis la nuit des temps.

— Alors, c'est quoi ? Le fier héritage du Sud ? Un précieux souvenir du bon vieux temps ?

Le sourire s'efface.

— Mais oui.

Des foutaises. Ariel connaît bien les effets insidieux et corrosifs du culte de la tradition.

— Comme le thé glacé ?

Barnes laisse tomber la main qu'elle n'a pas daigné serrer.

— Ou l'esclavage ?

Il bombe le torse, lève le menton, désireux de défendre son honneur, frustré de ne pas pouvoir se disputer avec cette femme. La galanterie l'interdit ! En outre, son travail consiste à être accommodant.

Ariel fait un pas vers la porte.

— Madame Pryce ?

Quelque chose dans sa voix fait naître une inquiétude en elle. Elle tourne la tête.

— À tout hasard, vous n'auriez pas un autre nom ? Vous ou votre mari ?

5

Jour 1 – 11 h 27

Elle attend devant l'ambassade que les battements de son cœur retrouvent un rythme régulier, que son cerveau mette son corps au pas. Sur le trottoir, une touriste qui porte un sac à dos lève son téléphone pour photographier le bâtiment avec Ariel au premier plan.

Celle-ci déverrouille son propre appareil, consulte ses différentes applications de communication. Elle est assez âgée pour se souvenir clairement de la vie d'avant, sans les portables, les voitures informatisées, les télés connectées et les thermostats réglables à distance. Elle ne croit pas à l'infaillibilité de la technologie, craint toujours que le réveil ne sonne pas, que les prévisions météorologiques se trompent, que le message ait été englouti dans les tréfonds de la boîte vocale.

Non, rien de John. Rien de personne.

— Madame ?

Un homme s'est matérialisé à côté d'elle. Surprise, elle tressaille.

— Désolé de vous déranger.

C'est le barbu de l'ambassade.

— Je m'appelle Pete Wagstaff. Je suis journaliste. Je peux peut-être vous aider.

Elle plisse les yeux pour se protéger de l'éclat du soleil. Elle sent déjà la sueur perler sur sa nuque.

— Les diplomates, ils ont souvent les mains liées, vous savez ce que c'est.

Il sort une carte professionnelle de sa poche. Ariel reconnaît le logo d'un grand journal. Correspondant à Lisbonne, téléphone, e-mail, adresse de bureau.

— Je vous remercie. Je ne veux pas être désobligeante, mais je ne peux pas vous parler.

L'homme n'est pas aussi âgé qu'elle l'a cru au premier abord. Il est également plus séduisant, et elle lit dans ses yeux une douceur rassurante.

— On vous a demandé de ne rien dire ?

Elle secoue la tête.

— C'est juste que… je ne peux pas. Rien de personnel.

— D'accord. Mais si vous changez d'avis et si vous pensez que je peux vous aider, n'hésitez pas. Je connais bien la ville, et je suis toujours disponible.

— C'est très gentil, répond-elle, lui offrant son sourire le plus chaleureux. J'en prends bonne note.

Ariel sait qu'elle ne peut pas se permettre de parler à un journaliste. C'est hors de question. Mais ça ne signifie pas qu'elle n'aura pas besoin de lui à un moment ou un autre.

Elle regarde l'heure. C'est bon. Il s'est écoulé assez de temps pour envoyer un : TOUT SE PASSE BIEN ? Elle ne peut pas s'en empêcher quand elle est loin de lui, même si elle sait qu'elle ne devrait pas.

Son téléphone émet presque aussitôt une brève sonnerie, et elle consulte l'écran, le cœur battant.

ÇA VA, MAMAN.

Mieux que rien, songe-t-elle. Mais pas assez. Elle l'appelle.

— Salut, fait son fils. Alors, Lisbonne, c'est comment ?

— Il fait très chaud.

Elle ne veut pas lui dire ce qui se passe. Tout ce qu'elle désire, c'est entendre sa voix.

— Et toi, quoi de neuf ?

— Rien de spécial.

En ce moment, c'est la réponse de George à presque toutes ses questions. Rien de spécial, ou parfois, OK. Le laconisme d'un ado, qui va de pair avec sa silhouette dégingandée. Malgré tout, de temps en temps, il lui arrive de dire quelque chose qui lui rappelle qu'il est encore un enfant. « Est-ce que les chiens sont des citoyens ? » C'était la semaine dernière. Ils étaient en voiture et la radio diffusait un reportage sur les sans-papiers. « Non, mon chéri », a-t-elle répondu gentiment. Elle ne voulait pas donner l'impression qu'elle se moquait de lui.

Quels droits et quels devoirs les chiens-citoyens auraient-ils selon lui ? Voteraient-ils ? Paieraient-ils des impôts ?

— Comment vont les chiens ? lui demande-t-elle au téléphone, consciente que c'est le seul sujet qui lui arrachera plus de trois mots.

— Ils sont en train de manger leur petit déboubou.

Ce qui signifie petit déjeuner dans le langage chien imaginaire qu'ils ont inventé. Le dîner devient dîboubou. La gamelle gaboubou. Il y a un thème.

— Mallomar pique une croquette et part en courant pour la manger dans un coin. Scotch l'ignore.

— Mallomar est maboul.

— Complètement. Maman, il faut que j'y aille. Le bus du centre de loisirs va arriver. Je t'aime.

Voilà, songe-t-elle : c'est tout ce qu'elle attendait de cet appel.

Il est toujours prêt à lui dire « Je t'aime », même si ce n'est qu'en privé, et peut-être seulement pour conclure une conversation téléphonique. Elle prend ce qu'il veut bien lui donner.

La cheffe de poste Nicole Griffiths sent une présence dans l'encadrement de la porte. Elle pose la pointe de son stylo sur la page pour pouvoir reprendre sa lecture là où elle l'a laissée, puis lève les yeux. Saxby Barnes attend, une feuille de papier dans la main gauche, la droite en l'air.

— Toc toc, dit-il en frappant dans le vide.

À l'évidence, il se croit spirituel.

— Je peux entrer ? ajoute-t-il.

Barnes se présente régulièrement à sa porte, persuadé d'avoir déniché des informations relevant de la sécurité nationale, qui se révèlent systématiquement dénuées d'intérêt. Nicole espère de tout son cœur que ce n'est pas elle mais la CIA qui le fait fantasmer.

— Si c'est indispensable.

Barnes referme derrière lui.

— Une touriste américaine vient de signaler la disparition de son mari, un homme d'affaires. À son réveil ce matin, il était parti et il ne répond pas au téléphone.

— Intéressant, dit Nicole d'une voix qui indique clairement le contraire.

Il y a des membres du corps diplomatique à qui elle fait confiance, mais ce pauvre Barnes n'a pas inventé l'eau tiède.

— Vous lui avez dit de s'adresser à la police ?

— Elle en sortait. La police ne veut pas bouger. Il est trop tôt.

Rien d'étonnant. Nicole ne répond pas.

— Elle a l'air d'une citoyenne modèle, poursuit Barnes. Le mari aussi, a priori. À l'exception d'un détail : ils ont tous les deux changé de nom, chacun de leur côté, des années avant leur rencontre.

La pointe du stylo de Nicole est toujours posée sur la page devant elle, un rapport ridiculement dense sur une brutale augmentation des traversées illégales du détroit de Gibraltar, un bras de mer tumultueux de quatorze kilomètres entre l'Afrique et l'Europe. L'auteur du rapport doit imaginer qu'il est payé au mot. Comme Dickens, dont elle n'a jamais supporté les longueurs. Abrège, par pitié.

— Lui, il y a seulement quelques années, elle, il y a plus de dix ans. J'ai lancé une petite recherche sur eux pendant qu'elle patientait, se vante Barnes, l'air très fier de cette vérification de routine. Eh bien, figurez-vous que la femme ignore que son mari a changé de nom.

Une fois n'est pas coutume, Barnes est peut-être tombé sur une information qui mérite d'être creusée. C'est l'une des raisons pour lesquelles le chef de poste et une poignée d'agents sont basés à l'ambassade. Et c'est pourquoi son identité n'est pas secrète.

— Alors, monsieur Barnes, que pouvons-nous faire pour vous ?

Il pose devant Nicole la feuille déjà signée par son supérieur.

— Vous pourriez trouver le téléphone de cet homme ?

— Pas de problème.

— Et, si c'est possible, me tenir au courant, au cas où ?

— Bien entendu.

Elle n'en a aucune intention. Barnes n'est ni intelligent ni discret, une combinaison dangereuse dans le monde de Nicole.

Ariel traverse le quartier de l'Alfama, un dédale de ruelles pavées, d'escaliers abrupts et de vieilles maisons blanchies à la chaux coiffées de tuiles rouges, qui semble appartenir à une autre ville. C'est la seule partie de Lisbonne épargnée par le tremblement de terre de 1755 et ses séquelles, un raz-de-marée et un incendie qui détruisirent quatre-vingt-cinq pour cent des bâtiments et causèrent la mort de près d'un cinquième de la population. Il règne là une atmosphère de village : les voisins bavardent sur le pas de la porte, les enfants jouent au ballon contre les murs, il flotte dans l'air un fumet de poisson mijoté, de coquillages et de porc rôti, les chats se promènent sur les rebords de fenêtre, et les chiens trottinent dans les rues piétonnes sans crainte d'être écrasés.

Un quartier qui semble heureux, un endroit sûr où rien ne peut arriver. Sauf qu'Ariel sait que cela n'existe pas.

Il y a trois hôpitaux dans le centre de Lisbonne. Elle les appelle en premier. Aucun n'a admis de John Wright ni d'Américain anonyme. Elle en essaie d'autres un peu plus loin, en amont du fleuve, en aval, dans les terres. Non, non et non. Il n'est pas à l'hôpital.

~

— Allez, papi, dit Kayla Jefferson. Ordre de la patronne : il faut trouver un téléphone.

— Un téléphone ?

— Son proprio, si tu préfères.

Guido Antonucci prend ses Ray-Ban, les accroche dans l'encolure de son maillot bleu, et se lève sans entrain. Ses pieds lui font un mal de chien avant même de marcher ; il a besoin de nouvelles semelles. Antonucci travaille à Lisbonne depuis plus de deux ans, mais il ne s'est toujours pas mis en quête d'un podologue. Ça le fait suer rien que d'y penser.

— L'appareil n'a pas bougé depuis six heures, ajoute Kayla.

Il y a peu de chances qu'on trouve le type en question. Sauf s'il est mort.

Kayla est une jeune femme athlétique, qui a gagné ses galons sur les bancs de Spelman, l'université afro-américaine d'Atlanta. Quand elle taquine Antonucci, elle ne lui épargne rien : ni l'âge, ni la calvitie naissante, ni les semelles orthopédiques. Ses meilleures amies sont encore ses copines de fac, mais elle ne tardera pas à déchanter. La vie à la direction des opérations esquinte vite la santé, quelle que soit sa condition physique de départ. Antonucci a été lui aussi un sportif universitaire émérite, mais à quoi bon le mentionner ? C'était il y a une éternité. Il ne se souvient même pas de la dernière fois qu'il a parlé à un ancien copain de fac.

— Voilà où on va, dit Kayla en lui montrant le plan sur l'écran de son téléphone, où figure un point rouge à environ huit kilomètres de l'ambassade. Il n'y a rien là-bas, j'ai l'impression. L'adresse la plus proche est un entrepôt désaffecté.

Antonucci sort du tiroir inférieur de son bureau un pistolet qu'il glisse dans son étui de cheville. Un entrepôt abandonné : un endroit idéal pour abriter des activités illégales. Pas question d'y aller sans arme.

— Pas impossible qu'il soit mort, ouais, dit-il en se redressant.

— Te lève pas trop vite, lance Kayla.

Antonucci sait qu'il est de la vieille école, ce qui n'est clairement pas le cas de Kayla. C'est pour ça qu'on les envoie souvent en mission ensemble. Il l'aime bien. Et ses taquineries ne le dérangent pas. La plupart du temps. Quand Antonucci est entré à la CIA, il n'y avait pratiquement que des hommes et les Italo-Américains se comptaient sur les doigts de la main. À présent, sa partenaire est une femme, son boss est une femme, et parfois la camaraderie virile d'antan lui manque. Il doit constamment faire attention à ce qu'il dit. Et ça aussi, c'est fatigant.

Même son prénom est une relique. Qui aux États-Unis irait baptiser son fils Guido aujourd'hui ? Personne, sans doute, et tant mieux. Il déteste son nom, trop caricatural, trop facile à ridiculiser. Cela dit, le ringard a une fâcheuse propension à se recycler, remis au goût du jour avec un vernis d'ironie.

— À qui appartient le téléphone ? demande-t-il.

— Un homme d'affaires américain.

— Il a perdu son iPhone ? C'est quoi, ici ? Le Genius Bar ?

— Non, c'est sa femme qui l'a perdu lui. Mais t'inquiète, Guido. Si on se dépêche, on sera rentrés à temps pour ta sieste.

6

Jour 1 – 12 h 48

Ariel couvre du regard les banques, les boutiques, les cafés et la croix verte clignotante de la pharmacie autour de la place. Il y a toujours du monde, ici. Dès le matin et jusqu'à tard le soir. Un environnement a priori on ne peut plus sûr, mais qui peut certainement être dangereux. Un endroit idéal pour…

Bien sûr.

Elle en repère une là-bas. Et une autre un peu plus loin, et… oui… encore une devant son hôtel, vers lequel elle se dirige à présent d'un pas décidé. Elle escalade les marches lisses deux par deux et débouche à la réception, essoufflée, en nage. Duarte lève un regard inquiet sur la foldingue américaine.

— Je peux voir les images de la caméra de sécurité ?

Carolina Santos raccroche, finit de rédiger ses notes, puis se tourne vers António Moniz. Il a quelques années de plus qu'elle, mais il est sous ses ordres : il est entré dans la police sur le tard, après une jeunesse mystérieuse qu'il n'évoque jamais. Elle le soupçonne d'avoir passé sa vingtaine à se droguer et à voyager, peut-être en Asie du Sud-Est et en Amérique latine, dans la grande tradition hippie, ou simplement d'avoir traîné ses guêtres en Europe : Berlin, Prague, Bucarest, les capitales où les gens gaspillent leurs plus belles années, avant de se rendre compte qu'elles ne sont pas éternelles. À présent, Moniz est un quadragénaire comme tant d'autres, avec la photo d'une fillette sur son bureau et un emploi respectable dans la fonction publique. Tout le monde rentre dans le rang tôt ou tard. Quand on ne finit pas en prison. Ou mort.

— C'était Erico ? lui demande-t-il.

Les visiteurs supposent que c'est un portrait de sa fille. C'est pour cette raison que le cadre se trouve là.

— Oui. Il a suivi l'Américaine. Elle a passé au moins une heure à son ambassade. À la sortie, elle a été abordée par le journaliste américain qui fouine partout. Erico a oublié son nom. Tu t'en souviens, toi ?

Moniz secoue la tête.

— Ils ont échangé quelques mots, elle a pris sa carte puis elle est montée dans un taxi qui l'a ramenée à son hôtel. Avant de rentrer, elle a passé une minute sur le trottoir, à regarder autour d'elle. Elle a pivoté lentement et scruté la place. Elle cherchait peut-être des indices.

C'est l'explication la plus logique. Moniz a des doutes, mais il les garde pour lui. Carolina Santos va bâtir une théorie, en fonction de son expérience et de sa personnalité. Moniz élaborera la sienne. Avec un peu de chance, leurs deux scénarios coïncideront. Ce sont les affaires les plus simples. Malheureusement, Moniz craint que ce ne soit pas le cas ici.

Que devrait-on ressentir quand on prend conscience qu'une situation est sur le point de basculer ? Lorsqu'il apparaît que, d'une seconde à l'autre, l'incendie va embraser la voiture, l'ouragan emporter la toiture de la maison, la rixe de bar tourner au meurtre ? Sur le moment, cela peut sembler insignifiant, un simple hoquet, puis on s'étouffe, et soudain on n'a plus que quelques secondes pour sauver sa peau.

Ariel se trouve-t-elle dans ce genre de situation ?

Si elle n'avait pas appelé Sarah, l'hiver dernier, si celle-ci ne l'avait pas emmenée aux urgences en pleine nuit, elle serait peut-être morte de cette pneumonie. Parfois, ce que l'on prend pour de la panique est en fait un instinct de survie rationnel.

— Putain, grogne Antonucci. Qu'est-ce qu'on fout ici ?

— On cherche un téléphone, Guido. Tu as déjà oublié ? C'est Alzheimer ?

Il continue à fouiller dans les ordures.

— Je sais ce qu'on fait au sens littéral.

— Alors c'est quoi la question ? Ce qu'on fait au sens figuré ?

— Sérieux, c'est pour ça que t'es entrée à l'Agence, Jefferson ? Pour chercher des téléphones dans les poubelles portugaises ? Comme un flic de base ?

— Spécifiquement ? Non. Je te l'accorde volontiers, ce n'est pas ce que j'avais en tête.

— On aurait dû mettre des gants.

— Là. Regarde !

— Ne le touche pas.

— Tu me prends pour une demeurée ? Tu te demandes peut-être qui lace mes chaussures le matin ?

Antonucci s'écarte pour appeler leur supérieure sur une application sécurisée.

— On a trouvé l'appareil dans une poubelle devant un entrepôt désaffecté.

— Pas trace du propriétaire ?

— Pas trace de quoi que ce soit. On est au bord du fleuve. Pas exactement les beaux quartiers.

— À quoi ressemble l'entrepôt ?

— Il a l'air désert. Le portail qui mène à la plateforme de chargement est cadenassé et je ne vois aucun véhicule. Il y a une fenêtre accessible de la rue. L'intérieur semble complètement vide. Bien sûr, il est possible qu'il y ait du matériel ou des gens cachés quelque part. Pour être certain, il faudrait…

Antonucci ne termine pas sa phrase. Application sécurisée ou non, il ne tient pas à indiquer qu'il se propose d'enfreindre la loi.

— Non, dit Griffiths. On ne balancerait pas un téléphone à côté de l'endroit où on a agressé son propriétaire.

Antonucci jette un coup d'œil au bac à ordures, bizarrement rempli pour un lieu aussi dépeuplé. Les gens doivent venir ici pour se débarrasser en douce de Dieu sait quoi.

— La poubelle est pleine, dit-il.

Il a déjà travaillé dans des villes où la gestion des déchets était le parent pauvre de la politique municipale, de véritables dépotoirs. Ce n'est pas le cas de Lisbonne. On ne laisse pas déborder les ordures, ici.

— Je suppose qu'on ne va pas tarder à la vider. On embarque le téléphone ?

— Bien sûr. On va y jeter un œil.

Il apparaît à l'écran qu'il était 6 h 51 quand John a traversé le hall de l'hôtel. En fait, hall est un terme bien pompeux pour ce passage sans meuble ni bureau. Un espace vide carrelé, avec d'un côté la grande porte, et de l'autre l'ascenseur et l'escalier en spirale. La réception se trouve au-dessus, au deuxième étage, ou plutôt au premier, comme on dit en Europe – c'est perturbant, ces termes trompeurs, comme le mot *entrée* qui désigne le plat principal aux États-Unis. Le hall du rez-de-chaussée est surveillé depuis la réception, grâce à une caméra installée face à la porte.

Au moment où John est sorti, quelques employés étaient déjà arrivés : un commis de cuisine à 5 h 30, Duarte un peu avant 6 heures, suivi quelques minutes plus tard des deux femmes de chambre.

Une seconde caméra est installée à l'extérieur, dirigée de biais vers l'entrée, fournissant un semi-profil des visiteurs et une vue correcte d'une portion de trottoir. Il est difficile de distinguer les visages, sous cet angle. Cette caméra permet surtout de contrôler ce qui se passe, ou d'empêcher qu'il se passe quoi que ce soit. Elle est facilement repérable si on la cherche, ce que ferait certainement un individu ayant des desseins malhonnêtes.

Il était 6 h 51 lorsque cette caméra a filmé John. Il a poussé la porte, regardé autour de lui, fait un pas sur le trottoir et levé la tête progressivement, comme s'il avait remarqué quelque chose ou quelqu'un. Il s'est immobilisé un instant, peut-être surpris, ou pour réfléchir à ce qu'il allait faire ensuite. Il s'est décidé à avancer. Puis il est sorti du champ.

Sur les images, on voit surtout le dos de John, et, fugacement, son profil. Ariel constate qu'il est vêtu d'un pantalon de costume et d'une chemise blanche, sans veste ni cravate. Et il ne porte rien à la main : pas de mallette, pas de journal. Il ne ressemble pas à un homme d'affaires partant au travail.

— Vous pouvez repasser la séquence ?

Duarte jette un coup d'œil à Ariel. Ils l'ont déjà visionnée deux fois et il n'y a rien à voir. Mais il ne va pas la contredire. On ne contredit jamais les clients, et surtout pas une femme dans cette situation. Avec ce genre de personnalité.

Ils regardent le passage en entier, voient John sortir du cadre. Il n'y a rien à tirer des images, mais Ariel garde les yeux rivés sur l'écran, cherchant autre chose, un mouvement, un changement, un…

— Là, dit-elle à Duarte. Vous avez remarqué ?

— Pardon ? Quoi ?

— Là. Revenez quelques secondes en arrière.

Le jeune homme s'exécute.

— Vous voyez ? Cette ombre ? Elle bouge quelques secondes après la sortie de John, exactement dans la même direction. Ce n'est pas étrange ?

— L'ombre se déplace dans le sens de la circulation, c'est certainement une voiture. Qu'est-ce que ça pourrait être d'autre ?

— Je n'en sais rien. Un tramway ?

— Non, elle serait plus grosse et la forme serait différente.

Le jeune homme s'écarte de l'écran avec la mine satisfaite de quelqu'un qui vient de résoudre une énigme.

— Je pense qu'il s'agit d'une voiture, *senhora*. Et elle s'éloigne. Après que votre mari est monté dedans.

Ariel se trouve à l'endroit où la voiture fantôme a dû s'arrêter. L'hôtel se dresse d'un côté de la rue. Il y a des places de parking en face. Elle étudie les arbres, les réverbères, les portes et les rez-de-chaussée des bâtiments, les entrées des commerces et des immeubles d'habitation. Elle repère une bonne dizaine de caméras, mais ne distingue pas d'objectif, ce qui signifie qu'aucune n'est braquée sur cet endroit précis. Si elle ne peut pas voir leur objectif, alors les caméras ne la voient pas. C'est le principe, non ? La physique oculaire ? Ça semble logique.

Être acteur exige un sens aigu de l'observation. Lorsqu'elle a renoncé à sa carrière, elle n'a pas cessé de regarder pour autant. Elle a simplement dirigé son attention vers d'autres objets. Et les romans policiers qu'elle dévore depuis lui ont fourni un bon entraînement à la recherche d'indices.

Il y a trop d'arbres qui bloquent la vue. Ce n'est pas ce qui manque, à Lisbonne, dans les parcs et sur les places, mais aussi sur les trottoirs, et dans des bacs devant les magasins, offrant un refuge salutaire contre le soleil impitoyable.

Ariel sait qu'aucune caméra autour de l'hôtel ne pourra lui fournir d'information utile.

Encore une impasse. Elles s'accumulent rapidement.

7

Jour 1 – 13 h 49

L’heure du déjeuner. Les trottoirs du centre-ville sont bondés, mais les gens n’ont pas l’air pressés, ils ne sont pas absorbés par leur écran, ne se disputent pas des positions stratégiques aux croisements, ne défient pas les voitures, les camions, les autres passants. Ils font une pause, marchent sans hâte sous le soleil, en chemise, les manches retroussées, cherchent l’ombre dans les rues bordées de bâtiments pastel, pêche, prune, lavande, menthe et toutes les nuances de jaune imaginables. Les fines lignes noires des lampes suspendues, des cadres de fenêtre et des balcons semblent des traits à l’encre de Chine sur un lavis à l’aquarelle.

Ariel devrait manger. Elle n’a pas pris de petit déjeuner – elle se rongeait trop les sangs –, et son état ne s’est pas arrangé depuis. Elle ne se voit pas s’asseoir à table comme une personne civilisée, attendre le serveur, le menu, l’addition. Déjà qu’elle trouve ça assommant en temps normal...

— *Senhora* Pryce, quel plaisir de vous revoir. Si vite.

Moniz n’a pas l’air ravi. Mais qu’imaginait-elle ?

— J’ai de nouveaux éléments.

Ariel pose la clé USB sur son bureau. Il plisse les yeux.

— Ah. Attendez, dit-il en tapotant ses poches pour en sortir une paire de lunettes. C'est désagréable. La vue qui baisse. Vous connaissez ?

Elle secoue la tête.

— Pas encore ? Vous avez de la chance.

De la chance, ce n'est pas le terme le mieux adapté à sa situation, mais elle ne va pas discuter. Pas maintenant, et pas à ce sujet, en tout cas.

Le policier retourne le petit objet d'un air dubitatif.

— Pardon, mais c'est quoi ?

— Une clé USB. Elle contient des images de la caméra de sécurité de l'hôtel qui montrent mon mari sur le trottoir ce matin.

— Cet appareil, ces images, c'est l'hôtel qui vous les a donnés ?

— Oui.

Ariel voit bien qu'il rechigne à connecter son ordinateur et le réseau informatique de la police à une unité de stockage externe apportée par une Américaine un peu fêlée. Il la repose, la repousse, comme si la clé était dangereuse ou nauséabonde. Pour finir, il décroche son téléphone fixe, échange quelques mots avec un interlocuteur.

— Un instant. Je vous en prie, dit-il en indiquant une chaise à Ariel.

Leurs regards se croisent et presque aussitôt ils se détournent tous les deux, lui pour se concentrer sur son calepin, elle pour étudier la grande pièce. Le décor qu'on s'attend à trouver dans un poste de police. Cela fait longtemps qu'elle n'est pas entrée dans ce genre d'endroit, mais elle se souvient de sa dernière visite comme si c'était hier.

Ses yeux reviennent sur Moniz, qui semble lui aussi parfaitement à sa place ici. Le flic standard : dans les 45 ans, le crâne dégarni, compensé par une moustache bien fournie, large d'épaules, avec dix kilos en trop au niveau du ventre qui tend sa ceinture. Certains hommes portent leur âge – et leur bière – ainsi, comme une grossesse de six mois. En début de matinée, il avait une tache sur sa cravate. S'y ajoute à présent une éclaboussure de ce qui doit être de la sauce tomate sur sa chemise bleu ciel.

Sur son bureau, une fillette sans charme de 5 ou 6 ans sourit dans un cadre argenté. Pas de mère à côté. Ariel cherche une alliance à son doigt, n'en trouve pas.

Un collègue en uniforme entre, donne un ordinateur portable à Moniz, qui insère la clé dans le port USB et regarde la brève séquence. Puis il s'approche de l'écran pour la visionner une seconde fois.

— Vous voyez ? dit Ariel. Quand John sort du cadre ? L'ombre ?

— Oui ?

— Vous la voyez qui se déplace ? Je pense que c'est une voiture qui s'en va. Avec mon mari à l'intérieur.

Il ne réagit pas à son hypothèse. Il continue d'examiner l'écran attentivement, une scène totalement immobile, pendant encore dix secondes, puis vingt. Ariel se demande ce qu'il cherche. Rien, peut-être. Il gagne du temps, ne sait pas quoi dire pour se débarrasser de cette enquiquineuse, pour se sortir de cette galère. Elle ne pourrait pas faire ce métier. Passer toutes ses journées à régler les problèmes des autres.

Sa partenaire apparaît. Carolina Santos salue Ariel d'un hochement de tête, puis échange quelques mots en portugais avec Moniz. Il indique l'ordinateur portable et elle se penche. Les deux policiers regardent la vidéo, concentrés. Puis l'homme ôte ses lunettes de lecture et les pose avec soin sur son bureau, ajustant leur angle.

— Je suis désolé, dit-il enfin. Je comprends votre inquiétude. Mais cette vidéo ne montre rien de suspect.

— Vous voyez l'ombre ?

— Oui.

— Il n'y a pas moyen d'améliorer la définition ? Pour distinguer les détails de la voiture ?

— La définition de l'ombre ?

— Il n'existe pas un logiciel qui permettrait de… je ne sais pas… déterminer la marque ? À partir de l'ombre ?

Moniz se mordille la lèvre, comme s'il ruminait l'idée. Il se tourne vers sa partenaire.

— C'est possible, dit-elle.

Elle parle !

— Alors, vous voulez bien le faire ? demande Ariel en regardant la femme.

Les policiers réfléchissent. Ils considèrent sa suggestion. Ou se demandent comment l'envoyer promener, et lequel des deux va s'y coller.

— S'il s'agit bien d'une voiture, vous ne croyez pas que votre mari est monté dedans pour se rendre au bureau de son client, où il se trouve en ce moment même, en train de travailler ?

Ariel se retient de lever les yeux au ciel.

— Ce n'est pas une explication plausible ? L'explication la plus plausible ?

— Bien sûr que c'est plausible. Mais regardez : il ne porte ni veste ni cravate. Il a pris quatre cravates en prévision d'un voyage d'affaires de trois jours. Pourquoi emporter toutes ces cravates à Lisbonne si c'est pour les laisser à l'hôtel le matin où il va enchaîner les réunions ?

Les policiers n'ont manifestement pas d'argument à lui opposer.

— Il a disparu, insiste Ariel.

— Peut-être, mais disparaître sans veste ni cravate n'est pas un crime.

— Mais...

Que peut-elle dire ?

— J'ai peur qu'il lui soit arrivé malheur.

— Malheur ? répète Moniz. Quel genre de malheur ?

Ariel indique la photo sur le bureau.

— C'est votre fille ?

Il se tait.

— Si à votre réveil ce matin elle ne se trouvait pas dans son lit, si elle n'avait pas laissé de message et que vous n'arriviez pas à la joindre ? Que feriez-vous ?

Il ne répond toujours pas. Elle se tourne donc vers l'inspectrice qui n'a pas bougé, mais se garde de se mêler à la conversation.

— S'il vous plaît. Vous ne pouvez vraiment rien faire ?

Ariel n'aime pas ça : devoir faire appel à la compassion d'une autre femme. C'est si bête, si réducteur. Mais ça marche. Ça marche presque toujours. Carolina Santos hoche la tête.

— Bien, dit Moniz. Reprenons du début. Pourquoi votre époux est-il au Portugal ?

Leonor éteint la lumière de la salle de bains et s'attaque à la chambre. Les draps sont emmêlés, à moitié par terre, les oreillers aux quatre coins de la pièce. Une nuit torride, semble-t-il. Et maintenant le mari aurait disparu. Leonor s'attend presque à trouver du sang, de la drogue ou Dieu sait quoi. Elle se méfie des Américains.

Avant de rajuster le drap-housse, elle s'agenouille – l'aspect le plus douloureux de son travail – pour regarder sous le lit. Et là, elle remarque quelque chose.

— Je devrais connaître le nom du client, répète Ariel. Je le sais. Je devrais connaître le nom de la société, l'adresse, le contact de mon mari. Je devrais pouvoir vous communiquer ces renseignements, ou au moins une partie.

Énumérées ainsi, elles ne lui rendent pas service, toutes ces informations qu'Ariel ignore.

— Mais quand John m'a fourni les détails, je ne les ai pas notés, et maintenant je ne m'en souviens plus. Je suis désolée.

— Mais il vous les a donnés, vous en êtes sûre ?

— Bien sûr.

— Quel genre de société ? Vous vous en souvenez ? Ça nous permettrait de réduire le champ.

— Industrielle.

— Bien, c'est un début, dit Moniz, écrivant un mot. Mais encore ?

— Un truc lié aux ressources naturelles.

— Bien, bien ! L'exploitation minière est importante ici. Le fer, le zinc, le cui…

— Je ne crois pas qu'il s'agissait d'exploitation minière…

— La pêche ? Le vin ?

— Je pense que je m'en souviendrais, si c'était quelque chose de ce genre. Je ne parlerais pas seulement de ressources naturelles.

— Nous avons une large industrie forestière. Le liège notamment. Le Portugal est l'un des plus gros producteurs mondiaux, vous le saviez ?

— J'avais remarqué.

— Alors, le liège ?

Ariel fait une pause respectable avant de hausser les épaules. Elle ne veut pas donner l'impression qu'elle méprise le liège ou les efforts des policiers. Ils essaient. C'est tout ce qu'elle peut leur demander.

— Je crois que le cadre avec qui il est en relation s'appelle Jorge.

— Jorge, d'accord. Un nom de famille ?

Ariel secoue la tête.

— Bon, là aussi, c'est mieux que rien. Quoi d'autre ?

— Jorge, je suis quasiment sûre que c'est son nom, a un bon handicap au golf.

Le policier continue d'écrire.

— Quand votre mari vous a-t-il parlé de tout ça ? intervient Carolina Santos.

— Il y a un mois, je dirais. Quand il m'a proposé de l'accompagner.

— Un mois, ce n'est pas si vieux. C'est étonnant d'avoir déjà oublié.

— Le soir où John m'a donné ces détails, j'avais un peu bu. Normalement, je fais attention.

Elle regarde l'inspectrice, une femme qui ne devrait pas avoir besoin d'explications supplémentaires. Ariel ne peut pas s'empêcher de jeter un coup d'œil à sa main. Pas d'alliance non plus.

— Nous avions fait un bon repas au restaurant avec d'autres personnes, la soirée n'en finissait pas et il y avait toujours quelqu'un pour remplir mon verre... Quoi qu'il en soit, il m'en a parlé dans la voiture, en rentrant à la maison. Je me souviens d'avoir pensé que j'étais heureuse de ne pas être au volant. C'est là qu'il m'a bombardée d'informations qui me sont passées au-dessus de la tête. Je croyais qu'on en rediscuterait. Ça ne me semblait pas très important. Mais l'occasion ne s'est pas présentée.

Carolina Santos soutient son regard. Ariel devine qu'elle jauge son récit. De toute manière, ces policiers l'évaluent depuis le début. C'est systématique, quand une femme signale un délit potentiel impliquant un homme avec qui elle a une relation intime. On en revient toujours à ça : la crédibilité.

— Vous auriez une photo de votre mari ? demande Moniz. Pour la transmettre à nos collègues et aux hôpitaux.

L'entretien va se terminer sans qu'elle ait obtenu quoi que ce soit.

Ariel sélectionne les deux selfies qu'elle a déjà soumis aux femmes de chambre. Le policier examine l'écran en plissant les yeux, pousse un soupir théâtral et reprend ses lunettes. Devoir porter des lunettes de lecture semble vraiment lui peser.

— Vous en auriez une autre ?

Celle qu'elle lui a montrée met plutôt l'accent sur le décor, le panorama de la ville en contrebas, une vue spectaculaire.

— Un gros plan sur son visage, ajoute-t-il.

— Je crains que non.

Ariel fait défiler sa photothèque, sachant qu'elle perd son temps. Il n'y en a pas d'autre.

— Je ne prends pas beaucoup de photos de John.

— Ah oui ? Et pourquoi ?

— Il n'aime pas ça, cette manière de se mettre en scène constamment. Moi non plus.

Rien, rien et rien. Les employés de l'hôtel, la police, l'ambassade. Personne ne prend Ariel au sérieux. Ils voient tous en elle une femme émotive, irrationnelle, bouleversée, une femme qui se trompe. Une femme que personne ne croit, encore et toujours.

La réverbération du soleil sur les murs clairs l'éblouit. Toutes les surfaces semblent dures et réfléchissantes, tous les édifices conçus pour repousser les rayons et préserver un minimum de fraîcheur à l'intérieur. Ce qui transforme les trottoirs en un four à ciel ouvert.

Ariel se traîne en direction de son hôtel, en quête d'un peu d'ombre. Des filets de sueur coulent sur ses tempes ; son crâne la démange ; elle sent sa peau rougir, les joues, la gorge.

Seuls les touristes et les désespérés sortent par une chaleur pareille en plein milieu de l'après-midi. Elle est les deux, une touriste désespérée, slalomant entre les potelets métalliques qui séparent la chaussée étroite des trottoirs encore plus exigus. Elle tourne dans une rue totalement dépourvue d'ombre, les deux côtés incandescents sous un soleil de plomb. Il doit faire quarante degrés, et l'air est humide, l'éclat tel qu'elle doit plisser les paupières derrière ses verres teintés. Cette chaleur est une agression pour le corps et l'esprit.

Elle envisage de faire demi-tour, de s'abriter quelque part. Une douleur lancinante bat sous son crâne – le soleil, l'épuisement, la tension, l'inquiétude –, et elle se rend compte qu'elle est assoiffée. Elle n'a presque rien bu de la journée, hormis du café, elle a la gorge sèche, le tournis…

Elle doit s'arrêter, au moins un instant, sinon, elle va tomber dans les pommes. Elle s'appuie à un mur de pierre brûlant. Elle est passée devant une supérette à l'instant, un endroit frais où elle pourra avaler une bouteille d'eau et attendre le taxi qui la ramènera à l'hôtel. Là, elle prendra une douche froide, s'allongera sur le lit, boira un litre d'eau.

Oui, c'est ce qu'elle va faire.

Elle tourne le dos au soleil et revient sur ses pas lentement, précautionneusement. Elle doit avoir l'air d'une ivrogne prudente qui craint de trébucher. On néglige trop souvent l'épuisement et la déshydratation dus à la chaleur, et elle…

Un instant.

Le type qui se dirige vers elle, sur le trottoir d'en face ? Ariel l'a déjà vu.

Elle l'étudie discrètement à travers ses lunettes de soleil : des

Ray-Ban, un polo bleu ciel, le torse en poire d'un homme plus tout jeune, de grosses chaussures à semelles de caoutchouc qui ressemblent à des billots de bois sous le pantalon kaki froissé. Ariel ne suit plus la mode depuis longtemps, et elle ne s'est jamais trop attachée à la toilette masculine, mais elle s'oblige à se concentrer sur la tenue de cet homme, à la fixer dans sa mémoire, le pantalon en particulier, car le haut est facile à changer.

Elle tourne au coin de la rue, hors de vue, puis cherche un magasin qui pourrait lui fournir un reflet. Là : une boutique de cadeaux avec une grande devanture et… oui ! Il s'est arrêté lui aussi et a fait demi-tour, comme elle.

Difficile de distinguer ses traits parmi le bazar en vitrine – trop d'articles, trop de liège –, et l'angle n'est pas idéal, ni la lumière. On dirait qu'il s'adosse au mur, tête baissée pour regarder… quoi ? Ce doit être son téléphone. Un type lambda qui consulte son portable. Sauf que ce n'est pas logique. Il s'est arrêté en plein soleil, le pire endroit pour faire une pause. La seule explication, c'est qu'il a une autre raison de se poster ici. Surveiller Ariel, au hasard.

Elle l'examine pendant trente secondes. Il ne bouge pas. C'est tout ce qu'elle a besoin de savoir.

Elle pénètre dans la supérette, où l'accueille une climatisation agressive. Ariel profite de la fraîcheur pour boire sa bouteille d'eau, tournée vers la vitre. Elle rend la bouteille vide au commerçant, en achète une autre et ressort. Elle s'immobilise un instant devant l'étalage dont les couleurs vives – oranges, pêches, cerises, citrons – font de l'œil aux passants.

Elle cherche le reflet de l'homme dans la devanture. Elle se tourne, regarde dans la rue, à gauche, puis à droite. Personne.

Que doit-elle faire ? Elle pourrait revenir sur ses pas, essayer de le retrouver, se prouver à elle-même qu'elle est bien suivie. Ce qui la rendrait surtout plus facile à suivre.

Elle pourrait en profiter pour le semer.
Ou elle pourrait lui demander des comptes.
Tout dépend de qui la file.

Ariel s'agrippe à la poignée de la portière. Le chauffeur a le pied au plancher ; il fait une embardée à gauche, accélère pour dépasser le tramway qui ralentit. Puis, voyant un véhicule arriver en face, il freine brutalement et braque à droite…

— On a eu chaud ! hurle-t-il en anglais d'un ton joyeux, tandis qu'il se range derrière la rame.

Lorsque la voiture les croise à toute allure, le conducteur lui adresse un geste obscène. Le taxi hausse les épaules, comme si la colère des automobilistes était un des aléas du métier.

Le tramway jaune s'arrête et libère un flot de passagers ; d'autres montent. Ariel regarde le bâtiment blanc derrière eux, une large façade en stuc tapissée d'affiches publicitaires qui semblent toutes vendre des produits américains : une femme spectaculaire affublée de vêtements ridicules, des captures d'écran de commentaires railleurs sur un réseau social, une influenceuse vantant des cosmétiques. La culture américaine, le commerce américain, les mensonges américains, partout.

Ariel demande à être déposée de l'autre côté de la place, d'où elle peut observer l'entrée de l'hôtel avant de descendre. Elle fait particulièrement attention aux hommes seuls alors qu'elle traverse l'esplanade, l'œil aux aguets. À la chaleur du dehors succèdent le calme, la pénombre et le carrelage frais du hall. Elle monte dans le petit ascenseur bruyant : un mécanisme caché, mais pas secret ni mystérieux.

Normalement, elle ne prend l'ascenseur qu'à l'hôpital, un lieu qu'elle connaît trop bien à son goût. Certains n'y ont jamais mis les pieds, savent à peine où il se trouve. Elle est jalouse, envie cette ignorance heureuse.

George est né prématuré et il a passé cinq semaines terrifiantes dans l'unité de soins intensifs néonataux. Il a fallu des années pour qu'il rattrape son retard. Il a grandi au rythme des examens et des traitements, des visites à l'hôpital, chez les spécialistes et les professionnels paramédicaux : ergothérapeutes, kinésithérapeutes, orthophonistes. Jusqu'à l'âge de 10 ans, il n'était pas question qu'il dorme sous un autre toit, même celui de son meilleur copain, à une minute en voiture, cinq minutes en courant si nécessaire.

C'est l'une des raisons pour lesquelles Ariel vit perpétuellement en état d'alerte, qu'elle est toujours prête au pire.

8

Jour 1 – 16h27

— Allô ?

Reconnaissant le numéro du fixe de la librairie, Ariel suppose qu'il y a un problème.

— Salut ! C'est Perséphone.

— Bonjour, P. Que se passe-t-il ?

— Rien. Je veux juste te donner les chiffres du week-end. C'est bien ce que tu m'as demandé ?

Ariel a laissé une série d'instructions de dernière minute à ses employés avant de leur confier le magasin : quelques lycéens à temps partiel et deux étudiantes embauchées pour l'été, plus Perséphone qui est à plein temps et s'appelle en réalité Ember.

— Je hais ce nom, lui avait-elle expliqué lors de leur première rencontre.

C'était celui qui figurait sur les bulletins de salaire de la jeune femme, ses papiers administratifs, son permis de conduire. Elle n'était pas encore prête à faire le changement officiel.

— Ce n'est même pas un nom qui existe vraiment. Mes parents sont débiles.

Perséphone avait sans doute raison, au moins en ce qui

concernait sa mère. Deux mois plus tôt, celle-ci s'était présentée au tribunal pour contester une infraction routière, arborant un tee-shirt L'APÉRO C'EST LA VIE sous les yeux d'un juge sidéré. Ariel ne comprenait pas comment elle avait pu choisir cette tenue sciemment, sachant qu'elle devait comparaître.

— C'est comme s'ils avaient voulu m'appeler Amber – qui est déjà un nom de pétasse à la base – et qu'ils n'en avaient même pas été capables. Ils ont fait une faute à Amber.

— Mais c'est plutôt sympa, non ? avait demandé Ariel. *Ember*, ça signifie étincelle.

— Non. Ça signifie braise. C'est un truc brûlant qui reste après un incendie. C'est une cochonnerie dangereuse.

Elle n'avait pas tort, pensa Ariel, mais elle ne voulait pas retourner le couteau dans la plaie, surtout pendant un entretien d'embauche, alors qu'elles venaient de se rencontrer. Elle n'avait pas non plus envie de discuter du prénom que la jeune femme avait choisi à la place.

— Perséphone, répétait-elle à tout bout de champ, visiblement agacée et peut-être étonnée que ses concitoyens ne connaissent pas mieux leur mythologie grecque. Tu sais, la reine des Enfers ?

— Percé quoi ? demandaient ses interlocuteurs, tandis qu'elle levait les yeux au ciel.

— Per-sé-*phone*.

Elle accentuait la dernière syllabe, la chargeant de toutes ses déceptions et ses frustrations. Elle ne se facilitait pas la vie. Mais de quel droit Ariel aurait-elle remis en question sa quête d'identité ? Son besoin de se réinventer ? Elle n'allait certainement pas reprocher à quelqu'un de souhaiter changer de nom, de refuser d'être la personne que ses parents voulaient qu'elle soit. Ariel avait fait exactement la même chose.

La dernière demi-journée à la librairie n'avait pas été de tout repos. Elle l'avait passée principalement dans la pièce du sous-sol qui servait à la fois de bureau, de réserve et de salle de pause. Un espace au plafond bas, sans fenêtre et étouffant, auquel Ariel avait fini par s'accoutumer, grâce aux plantes vertes éclairées par des lampes de croissance et aux publicités pour des romans affichées aux murs.

Elle était remontée en début d'après-midi, chargée d'une lourde pile de livres de cuisine pour regarnir les rayons. Perséphone était à la caisse, plongée dans un roman postapocalyptique, un genre qu'elle avait étudié en troisième cycle à la fac, ainsi qu'elle ne manquait jamais de le rappeler, nostalgique d'un âge d'or où tout semblait possible, où elle croyait encore en un avenir radieux. Perséphone commençait à se dire que cette lumière à l'horizon n'était pas la promesse d'un jour nouveau mais les derniers feux d'une réussite académique surfaite et ruineuse, qui se révélait presque inutile sur le marché du travail. Vingt ans d'études, en partie financées par des petits jobs de vendeuse, à plier des chemises et à taper sur les touches d'une caisse enregistreuse, tout ça pour quoi ?

C'était l'une des raisons pour lesquelles Ariel l'avait embauchée. Ses connaissances encyclopédiques, en particulier de la littérature de genre, étaient un atout indéniable pour la librairie, mais ce qui l'avait décidée, c'était qu'elle s'était reconnue en elle. Perséphone voyait son monde s'écrouler et Ariel voulait l'aider à amortir le choc.

La clochette à l'extérieur tinta. Perséphone lança un « Bonjour » machinal, mais plein d'entrain, tandis que deux femmes entraient, laissant grand ouvert derrière elles, en dépit du panneau soigneusement peint à la main sur lequel était écrit : MAGASIN CLIMATISÉ ! MERCI DE FERMER LA PORTE !

— Idiotes, marmonna Ariel, poussant le battant de la hanche.

Les deux clientes discutaient des mérites comparés de diverses destinations de safaris : « Oui, les gorilles, c'est formidable, mais l'Ouganda, quand même ? » L'une d'elles dit quelque chose au sujet des vols commerciaux vers l'Afrique qu'Ariel n'entendit pas, puis il y eut un silence soudain. Les femmes s'étaient tues. Cette pause anormale attira son attention. L'une d'elles la dévisageait.

— Incroyaaable ! glapit la femme. Laurel ?

Lorsqu'elle avait quitté New York, Ariel ne s'était pas contentée de couper les ponts. Elle les avait fait sauter. Tout au début, elle avait maintenu des relations avec trois ou quatre amis, mais en l'espace de quelques mois, il ne restait personne. Quinze ans s'étaient écoulés, et voilà que ressurgissait un fantôme de son passé, tendant vers elle une main parfaitement manucurée où brillait un énorme diamant de fiançailles serti sur une alliance incrustée de diamants plus petits, tenant un sac à vingt mille dollars. Une main qui résumait toute la vie de cette femme.

Ariel avait échappé de justesse à des rencontres similaires à plusieurs reprises. Au stand d'un maraîcher du coin, un type arrogant était descendu de son SUV et avait sorti une liasse de billets de 50 dollars pour acheter des épis de maïs. Lorsqu'il l'avait appelée Laurel, elle avait nié le connaître et s'était enfuie au volant de son vieux pick-up déglingué. Au bar à huîtres où des clients débarquaient en bateau d'enclaves plus chics pour s'encanailler chez les bouseux, c'était elle qui avait repéré le couple la première – c'était facile, elle était toujours sur le qui-vive, alors qu'ils ne lui accordaient sans doute jamais la moindre pensée –, et elle avait réussi à les éviter.

Les nantis ne s'installaient pas ici, n'achetaient pas de résidence secondaire dans les environs. Il y avait une certaine prospérité, typique des petites villes : retraités, commerçants et professions libérales, reconnaissables à leur Mercedes Classe S, à leur Rolex, à la minceur des mères de l'association de parents d'élèves. Les mêmes signes extérieurs de richesse qu'ailleurs. En revanche, pas de célébrités, pas de méga-yachts, pas de jets privés, pas de milliardaires. Personne ressemblant de près ou de loin à la femme devant elle.

— Ça fait une é-ter-ni-té. C'est dingue !

Elles s'effleurèrent les joues, lèvres en cul-de-poule. Ariel, qui portait toujours sa lourde pile de livres, s'excusa d'un petit haussement d'épaules de ne pas pouvoir l'étreindre. Elle jeta un coup d'œil à Perséphone pour voir si elle avait entendu la cliente l'appeler par son ancien prénom. Évidemment, elle n'en perdait pas une miette.

On ne se faisait pas la bise, ici. Jamais. Ariel le faisait autrefois sans y penser, quand elle était quelqu'un d'autre, parce que c'était la norme dans son milieu. Il y a pire, dans la vie.

— Comment vas-tu, ma chérie ?

— Ça va, Tory. Et toi ?

— Merveilleusement bien !

Du temps où elle s'appelait encore Laurel Turner, Ariel voyait Tory Wasserman régulièrement. Les deux femmes vivaient dans le même quartier, fréquentaient les mêmes lieux, déjeunaient dans les mêmes clubs privés, assistaient aux mêmes galas de charité, obéissaient aux mêmes modes en matière d'activité physique. Elles troquaient le kick-boxing contre le spinning, le pilates contre le yoga, changeaient de tenue, d'accessoires et d'instructeur à chaque nouvel engouement, leurs journées rythmées par les soins du corps : des ribambelles de femmes qui sillonnaient le quartier en taxi et en VTC – c'était avant qu'Uber ne les démocratise –, pour aller à la salle de sport, au salon de beauté, chercher les enfants à l'école et, très occasionnellement, au supermarché. Chez elles, la plupart des courses étaient faites par des domestiques qui empruntaient la porte de service.

Tory avait travaillé dans la publicité de mode, puis elle avait arrêté lorsque la préparation de son mariage était devenue une occupation à temps complet. C'était à cette époque qu'elle avait décidé d'employer un coiffeur à domicile qui venait quand elle avait des soirées.

— Je paie pour trois rendez-vous par semaine, même si parfois je ne l'appelle que deux fois, parce que je préfère me reposer à la maison. Me recentrer. Mais j'aime mieux payer pour trois. Au moins, je suis sûre qu'il est disponible.

C'était ce qu'elle expliquait, alors qu'elle picorait une salade à trente-quatre dollars dans le café d'un musée. Ses amies hochaient la tête en chœur, émerveillées, jalouses de ne pas y avoir pensé avant, un point pour Tory. L'art et la manière de dépenser de l'argent était une discipline ultra compétitive. C'était à celle qui jetterait l'argent par les fenêtres avec le plus d'ingéniosité, d'originalité, de panache : chariot de golf Bentley, expédition en Antarctique, tableau de maître, chauffage au sol. Une quête effrénée de la vie parfaite, qui les laissait étonnées et déçues quand elles découvraient que, apparemment, cela ne s'achetait pas.

Tory examinait la librairie autour d'elle, l'air de se demander quel rôle Ariel y jouait, une application déjà ouverte sur son téléphone. Elle était devenue une femme toujours prête à poster, toujours en représentation, sourcils arqués, cheveux bouffants, exclamations perçantes et rires encore plus stridents, une campagne d'autopromotion permanente, qui posait, faisait défiler, retouchait, publiait et commentait, likait, constamment en quête d'approbation – OMG, TU ES TROP BELLE, JE N'Y CROIS PAS –, renvoyait l'ascenseur, buvait les conseils de Taylor Swift, Lizzo, ou peut-être Adele, toutes délivrant le même message : aime-toi, c'est le plus important. Mais on le savait déjà, non ? En tout cas, Tory le savait.

Autrefois, Ariel admirait l'impudence de Tory, cette volonté inébranlable de se mettre en avant, ce narcissisme décomplexé, ce désir sans faille de plaire au risque de déplaire. Ariel n'avait jamais été capable de l'imiter, d'être ce genre de personne. C'était l'une des raisons pour lesquelles sa carrière d'actrice n'avait pas décollé. Elle détestait ce trait de sa personnalité à l'époque, mais aujourd'hui elle en était plutôt fière.

— Mais… est-ce que tu… *travailles* dans cet endroit ? murmura Tory d'un ton conspirateur.

Ariel se retint de répondre qu'elle était la propriétaire des lieux, même si ça la démangeait.

— Oui, je travaille ici.

Le visage de Tory s'illumina de la joie qu'on éprouve à entendre les malheurs des autres. Un *travail*?

— C'est… euh… formidable.

Dixit une femme qui dépensait trente mille dollars par an pour ses cheveux.

— Tu te souviens de ma cousine Madison ? On est toutes les deux à East.

En clair, Tory et Madison passaient l'été à East Hampton.

— Tu vis dans le coin ? C'est ici que tu es venue quand tu as quitté New York ?

Ariel sourit. Elle ne souhaitait ni confirmer ni démentir, n'avait aucune envie de s'expliquer, de s'excuser de n'avoir pas retourné les appels, d'avoir disparu des radars. Il y avait une époque où Tory aurait été la première personne à qui elle se serait confiée, mais Ariel n'avait jamais donné tous les détails de sa situation à ses anciennes amies, et ce n'était pas maintenant qu'elle allait commencer.

La porte carillonna de nouveau, livrant le passage à un

homme à la mâchoire carrée. Chemise de golf, polaire sans manches avec les mots EXCALIBUR CAPITAL cousus sur la poitrine, casquette de base-ball HBS rouge vif, et montre tape-à-l'œil. Pas de méprise possible : on avait affaire à un cador de la finance. Il faisait plus de 30 degrés dehors. Le gars devait vraiment aimer sa polaire.

— Laurel, tu te souviens de mon mari, Slade ?

Bien sûr. Comment oublier Slade Wasserman, un connard de compétition qui crachait son venin comme un arroseur automatique, répandant sa masculinité toxique autour de lui.

— Bonjour, Slade, dit Ariel.

Quinze ans plus tôt, le premier mari d'Ariel, Bucky, avait été l'un des pionniers du look gilet de sport sans manches sur chemise habillée. À présent, c'était devenu l'uniforme des adeptes de la religion capitaliste, toutes chapelles confondues.

— Ah. Salut, répondit-il, sa voix et son langage corporel exprimant une indifférence si totale qu'elle touchait au sublime.

— Où sont les enfants ? demanda Tory.

— Ils sont allés acheter des glaces.

— Des glaces ?

Tory jeta un coup d'œil à sa montre, une monstruosité en or, comme celle de son mari. Un couple bien assorti.

— À 16 heures ?

— Et alors, il y a un problème, chérie ?

— Ils dînent dans une heure !

Slade haussa les épaules. Qu'est-ce qu'il en avait à faire ? Son cœur de métier, c'était la gestion des actifs financiers, pas les horaires de repas de la marmaille.

Ariel était censée prendre des nouvelles des enfants de Tory, c'était ce que la politesse exigeait. Mais elle n'en avait pas le courage. Elle ne pouvait pas demander à son ancienne amie ce qu'elle devenait, ce qu'elle faisait ici, si loin de son lieu de villégiature. Parce que, si elle commençait à poser des questions, elle serait obligée de répondre à celles de Tory.

Sans même faire semblant de jeter un coup d'œil aux livres, Madison appela Perséphone au petit comptoir à café.

— Je vais prendre un *latte* décaféiné au lait d'amande, décréta-t-elle, se servant de son téléphone comme d'un miroir, inclinant la tête d'un côté et de l'autre.

Ariel se souvenait de cette femme qui trouvait toujours une excuse pour se regarder dans la glace, retoucher son rouge à lèvres, son mascara, faire la moue, passer la main dans ses cheveux. Elle dégainait sa brosse au moindre prétexte, créant l'occasion là où il n'y en avait pas dès qu'elle avait trente secondes devant elle, dans une voiture, quand elle attendait qu'on la place au restaurant, dans la file à la caisse.

— Je regrette. Nous n'avons pas de lait d'amande.

— Pardon ? s'étrangla Madison, tellement estomaquée qu'elle en oublia un instant de s'admirer.

Ariel retint une grimace. C'était ce qu'elle commandait toujours autrefois, et elle aurait exprimé la même déception dans ce genre de situation.

Tory se précipita à la rescousse.

— Oh, regardez, c'est ravissant !

Elle brandissait une carte de vœux colorisée, une scène nautique tout ce qu'il y avait de plus attendue.

— J'adooore !

La transaction fut promptement conclue.

— Vous voulez du lait entier ou écrémé ?

— Du lait de *vache* ? s'indigna Madison, un sac en alligator se balançant au creux de son bras.

Ariel avait l'impression d'observer une autre espèce, évoluant dans une reproduction de son habitat naturel, un zoo ou un diorama du musée d'histoire naturelle. Le cartel en cuivre afficherait : HOMO OBSCENICUS, AMÉRIQUE DU NORD, XXIe SIÈCLE. Et pourtant, elle ne pouvait pas le nier : Ariel avait appartenu à cette espèce.

Elle répondit au « Il faut qu'on déjeune ensemble » de Tory par un « Absolument », bien décidée à n'en rien faire. De toute façon, Ariel ne faisait plus partie de la tribu et tout le monde le savait. Ce n'étaient que des paroles en l'air.

— Cela m'a fait tellement plaisir de te voir !

— À moi aussi, dit Ariel, surprise de se rendre compte que c'était vrai.

C'était agréable de retrouver une vieille amie. Au point où, sur le moment, elle fut presque tentée de la rappeler en rentrant de voyage, même si elle savait que l'envie lui passerait.

Les Wasserman et leur acolyte partirent après un nouveau simulacre d'embrassades, laissant dans leur sillage une cascade de rires aigus, des relents d'Hermès et de Botox, et un parfum de gentrification imminente. Il y avait eu d'autres signes avant-coureurs de changement. Récemment, une jeune tatouée de Brooklyn lui avait demandé si la librairie était à vendre, une question qu'Ariel avait trouvée ridicule dans un premier temps, puis intrigante. Le progrès était en marche, et elle n'était pas sûre de vouloir en être. D'abord, il y avait eu les néoruraux las du stress citadin, fervents adeptes du compostage et du paillis, puis les hipsters, et bientôt ce serait le tour de la faune en Range Rover noir – son milieu d'autrefois.

« Je sais qu'on voit débarquer beaucoup de gens de la ville qui ne jurent que par le bio et les variétés de légumes anciens », avait dit Ariel à Pedro il y a une dizaine d'années, lors de leur première conversation. Pedro cultivait les terres qu'elle venait d'acheter pour le compte du précédent propriétaire : essentiellement des pommes de terre, du maïs, des tomates et des choux de Bruxelles.

L'homme avait hoché la tête, chapeau de paille à la main. Le loyer qu'il lui versait payait les impôts, et pas grand-chose d'autre. Personne ne s'enrichissait en exploitant trente hectares, dans la région.

Ariel était arrivée à un stade de sa vie où elle avait tiré un trait sur beaucoup de ses idéaux. Ils lui avaient surtout valu des ennuis. Elle avait suffisamment de combats à mener, et l'agriculture biologique n'était pas la cause pour laquelle elle se sacrifierait.

— Pas moi, avait-elle déclaré. Faites votre travail comme vous l'entendez.

Toujours au téléphone, Ariel regarde par la fenêtre de sa chambre d'hôtel. Elle scrute la place et la rue, à la recherche de l'homme qui la suivait. Elle ne l'aperçoit nulle part.

— Perséphone, tu n'as pas eu de client bizarre au magasin, cette semaine ?

— Bizarre comment ?

— Quelqu'un qui demandait à me voir ? Ou posait des questions sur moi ?

— Non, pas que je m'en souvienne. Pourquoi ?

— Au cas où, note-le.

— Qu'est-ce que tu veux savoir au juste ?

— La date et l'heure, à quoi ressemble la personne, et ce qu'elle a dit exactement.

— Ça n'aurait pas un rapport avec les femmes qui étaient à la librairie vendredi ?

— Pardon ? Non, pas du tout.

— Alors, tu m'expliques ?

— Désolée, je n'ai pas le temps maintenant. Est-ce que tu peux faire ça pour moi ?

Perséphone est d'une curiosité maladive. Elle pose constamment des questions, persuadée qu'elle a droit à des réponses. Ariel ne lui en veut pas. La jeune fille a grandi dans un monde post-vie privée qui a aboli les limites, même quand il s'agit des secrets les plus intimes des autres, ou peut-être surtout dans ce cas. Ariel la surprend régulièrement en train de lire des documents qui ne la concernent pas, de s'intéresser à ce qui ne la regarde pas. Et elle est têtue. Au début, son attitude irritait Ariel, mais on ne peut pas changer le caractère profond de quelqu'un. Alors, elle en a pris son parti. À défaut de pouvoir empêcher Perséphone de fouiner, elle fait attention à ce qu'elle laisse traîner.

Ariel a un coffre, sous son bureau, dans lequel elle range presque tout ce qu'elle veut soustraire à sa vue. Elle n'essaie pas de le cacher. Si quelqu'un cambriole la librairie, elle ne tient pas à ce qu'il mette les lieux à feu et à sang. Et si les voleurs sont capables d'ouvrir un coffre, le dissimuler ne servira à rien. Dans ce cas, ils ne seront pas là pour piquer la recette du jour.

Ariel est prête à cette éventualité.

Le vendredi après-midi, alors qu'elle réglait les dernières questions et donnait ses instructions en prévision du long week-end de congé qui se profilait, les yeux d'Ariel furent attirés par la rue de l'autre côté de la vitrine, où un énorme pick-up tentait péniblement de faire un créneau. Depuis quelques années, ces véhicules dopés aux stéroïdes avaient envahi la ville. À croire que tous les conducteurs agressifs qui vous collent au cul, tous les enragés de la queue de poisson, tous les excités du feu rouge étaient désormais au volant de l'un de ces monstres, serrant Ariel de près, l'éblouissant de leurs pleins phares, menaçant tout le monde sur la route avec leurs kits ressorts, leurs roues démesurées et leurs silencieux, les mots POWER STROKE tracés sur l'aile comme pour clamer leur propre puissance.

Tout dans ce véhicule indiquait le caïd des cours de

récréation, jusqu'aux autocollants sur le pare-chocs : l'effigie sinistre des New England Patriots, BLUE LIVES MATTER – le slogan du mouvement de défense des policiers –, l'étrange aigle armé de la NRA, le logo de l'équipe de lacrosse que coachait le conducteur. Il était aussi pompier bénévole et trésorier du club de tir. Un citoyen actif. Engagé. Un prétendu patriote : tout le monde le savait parce qu'il le disait, c'était même dans le nom de son équipe de football américain.

La guerre culturelle était là, sur les routes américaines, où les belligérants s'affrontaient à coups de pare-chocs.

L'homme s'extirpa péniblement de son siège, obèse, à l'image de son véhicule. Il était vêtu d'un haut qui tenait plus de la tente que du tee-shirt, d'un short de base-ball qui lui arrivait en dessous des genoux, et de claquettes en plastique : habillé de pied en cap pour un vestiaire de gymnase, même s'il était évident qu'il ne pratiquait aucune activité physique digne de ce nom. Vêtements de sport n'était pas le terme approprié pour ce genre de bonhomme. Vêtements de porc, plutôt. Une longue cicatrice barrait sa joue et il s'était laissé pousser une barbe mal taillée pour la cacher. Ariel savait qu'il avait refusé d'aller aux urgences, peu désireux d'expliquer l'origine de la blessure. Il préférait garder sa balafre. Le rappel d'une défaite, comme toute cicatrice.

Les pare-chocs d'Ariel n'affichaient aucune étiquette.

Les yeux de l'homme croisèrent ceux d'Ariel. Deux individus séparés par une vitre, par la rue ; deux individus que tout séparait. Il n'était pas question qu'elle le salue : ni sourire ni hochement de tête, seulement un regard noir.

Il se détourna pour pénétrer dans l'établissement que les estivants appelaient la cave à vins, et que les habitants nommaient plus prosaïquement le magasin d'alcool. Il n'avait jamais mis les pieds à la librairie.

— Je vais y aller. Tu as besoin de quelque chose avant que je parte ? demanda Ariel à son employée.

— Non. Passe un super séjour.

Perséphone avait l'air sincère, même s'il était difficile de savoir avec elle. Le mode par défaut de sa génération était l'ironie, suivie de près par l'ambiguïté, la plupart des sentiments mitigés par *genre* ou *à moitié*, une manière de se défendre de tout soupçon de sincérité excessive.

— Merci. Je vais essayer.

Cela faisait une éternité qu'elle n'était pas partie pour le plaisir. Après la naissance de George, la simple idée de voyager la terrifiait. Que faire d'un nourrisson en vacances ? D'un bébé, d'un petit garçon qui n'était pas en âge d'aller à l'école ? Entre les caprices, le sommeil imprévisible et l'anxiété, elle n'y voyait que des inconvénients. Si encore il avait été en bonne santé, mais elle ne voulait pas s'éloigner de ses médecins. Ici, tout le monde les connaissait, elle et son fils. Les formalités d'accès aux urgences et aux spécialistes n'avaient aucun secret pour elle. Elle se sentait étrangement chez elle à l'hôpital, un confort dont elle se serait bien passée.

Et le chien, puis les chiens, qui la dévisageaient avec leurs grands yeux étonnés : comment ça, tu t'en vas ? Tu m'abandonnes ?

Pour couronner le tout, elle vivait dans une vieille maison sur une route de campagne déserte. On ne savait jamais quand la chaudière allait lâcher, le toit fuir, un tuyau éclater, et personne ne le remarquerait avant qu'il ne soit trop tard. Les ouragans, les tempêtes de neige, les invasions de campagnols, les lignes électriques coupées… il y avait toujours quelque chose. Sans parler du café-librairie, soumis aux mêmes aléas, auxquels s'ajoutaient les problèmes inhérents aux petits commerces : employés absents, mécontents ou peu fiables, inspections sanitaires, renouvellements d'autorisation, délais de livraison, salaire, comptabilité, réclamations, impôts, appels des représentants et webinaires sur les logiciels d'aide à l'inventaire.

Faire abstraction de tout cela n'était pas évident, même pour trois malheureux jours. Son fils, sa maison, son magasin, sa ferme et son pick-up déglingué qui cuisait au soleil sur le parking longue durée de l'aéroport, toute sa vie confiée à la garde de sa mère virtuellement incompétente. Des dizaines de bonnes raisons de se ronger les sangs au lieu de profiter de ses vacances.

Cependant, en dépit des inquiétudes diverses et variées qui la tourmentaient depuis des années, elle n'avait jamais envisagé ce cauchemar très particulier : la disparition de son époux dans un pays étranger.

9

Jour 1 – 17h58

Toc toc.

Ariel se fige. Quoi encore ?

— Oui ?

— *Senhora* Wright ? C'est Duarte, de la réception.

Elle ouvre.

— Oui ?

— Pardon de vous déranger, mais j'ai pensé que vous voudriez savoir.

— Quoi ?

— Nous avons trouvé quelque chose.

Le cœur peut-il réellement bondir ? Ariel a l'impression que le sien vient de le faire.

— Nous avons essayé de vous appeler, mais nous avons seulement le numéro de votre mari, pas le vôtre. Et votre mari, il ne…

— Que se passe-t-il, s'il vous plaît ?

— Tenez.

Le jeune homme sort un papier de sa poche.

— Leonor, quand elle fait le ménage dans la chambre, elle trouve ça sous le lit…

Nicole Griffiths s'apprête à partir, lorsqu'elle remarque Saxby Barnes qui attend une fois de plus sur le seuil de son bureau.

— Barnes, dit-elle simplement.

Elle ne va pas lui mâcher le travail : s'il veut quelque chose, qu'il le demande.

— Alors, vous avez retrouvé le téléphone de l'Américain ?

— Oui.

Elle quitte ses applications une par une, veillant comme toujours à toutes les fermer. On ne sait jamais ce qui peut transformer un logiciel en cheval de Troie. Les hackers sont devenus très doués pour s'insinuer dans la vie privée des gens.

— Vous avez des informations pour moi ?

— Pas encore.

Elle verrouille le tiroir de son bureau, se lève.

— Où était le téléphone, alors ?

Nicole Griffiths regarde sa montre.

— Je suis navrée, Barnes, mais je suis pressée.

Elle doit rentrer chez elle, se changer et retourner en ville pour retrouver Pietro. Elle n'a pas envie d'être en retard.

— Mais vous me tenez au courant si vous trouvez quelque chose ?

Elle ne veut pas mentir à ce demi-collègue. Ça ne se fait pas. Mais quoi qu'il soit arrivé à l'homme d'affaires, il n'a certainement pas besoin de l'aide de Saxby Barnes, surtout si cette histoire se révèle liée de près ou de loin à la sécurité nationale. Ce qui est très peu probable mais pas impossible. Rien n'est impossible. C'est bien pour cette raison qu'elle a accepté de s'intéresser à un cas qui à première vue relève du délit de droit commun, de l'accident ou du malentendu conjugal. S'il ne s'agit que de ça, elle refilera volontiers la patate chaude à Barnes.

Nicole Griffiths sourit. C'est son sourire le plus pincé, le plus froid et le plus hypocrite, mais c'est mieux que rien. Elle laisse Barnes deviner ce qu'il signifie, convaincue que, de toute manière, il se trompera.

— Regardez.

Ariel a trouvé les policiers attablés devant un genre de ragoût. Elle n'a pour ainsi dire rien avalé au cours des dernières – combien ? – vingt heures. Elle est affamée.

— S'il vous plaît, dit l'inspectrice Santos, l'invitant à prendre une chaise.

Quand Ariel a appelé Moniz quelques minutes auparavant, il a laissé planer un long silence avant de lui expliquer où les trouver.

— Vous ne nous dérangez pas, a-t-il ajouté d'une voix qui indiquait le contraire.

Il lit le billet qu'Ariel lui tend.

— C'est l'écriture de votre mari ?

— Oui.

Santos lui prend le message des mains. Il lui adresse un regard agacé, puis se tourne vers Ariel.

— Vous en êtes sûre ?

En fait, non. John et elle n'échangent pas beaucoup de notes manuscrites.

— Pas à cent pour cent. Mais je pense que oui. Une femme de chambre l'a trouvé sous le lit en faisant le ménage. Je suppose que John l'a placé à côté de moi pendant que je dormais et qu'il est tombé quand je me suis retournée.

L'inspecteur Moniz remarque le regard qu'Ariel pose sur leurs bols et pousse la corbeille à pain vers elle.

— Vous voulez quelque chose ? Vous avez mangé ?

Ariel secoue la tête. Difficile de savoir à quelle question elle répond, mais le policier décide que c'est à la seconde. Il se tourne, croise les yeux du serveur, puis désigne son bol, fait un geste circulaire et tend le doigt vers Ariel. Le serveur lui adresse un signe du menton et dit quelque chose à un cuisinier à la moustache impressionnante par le passe-plat.

Il n'est que 18 heures, ce qui est encore tôt pour dîner à Lisbonne. Il n'y a que deux ou trois autres clients dans ce boui-boui. Ariel sent leurs regards sur elle, l'étrangère qui a foncé droit sur la table des policiers.

— Vous voyez bien. John pensait revenir, mais il n'est toujours pas là.

— En effet, admet Moniz, cela semble être le cas.

Il relit le message de deux lignes : JE SORS FAIRE UN TOUR. JE SERAI RENTRÉ À 7 H 30 POUR LE PETIT DÉJ. JE T'AIME.

— C'est une preuve, non ? insiste Ariel. Ça, plus les images de la caméra de sécurité.

— Eh bien, je ne…

— Il est arrivé quelque chose à John, ça ne fait plus aucun doute.

Le serveur pose un bol fumant devant Ariel : des coques, des légumes, des pommes de terre et des morceaux de viande. Ariel se brûle aussitôt la langue.

— Même si ce billet a bien été écrit par votre mari, cela ne prouve qu'une chose. Qu'il a quitté l'hôtel de son plein gré.

— Et qu'il comptait revenir. À 7 h 30. Ce qu'il n'a pas fait !

Ils laissent un silence s'installer, le temps de manger un peu. Ariel regarde le bras de Moniz monter et descendre. Il engloutit bouchée après bouchée, alors qu'il mastique encore la précédente. Ses mâchoires ne s'arrêtent jamais. Il passe la langue sur ses lèvres et se gratte la barbe distraitement.

Ariel écarte son bol.

— Quand est-ce que vous allez entamer les recherches ? Il

faut que mon mari ait disparu depuis combien de temps pour que vous me croyiez ?

— Si vous voulez, nous pouvons garder ce papier. Comme ça, si on voit que votre mari a vraiment disparu, nous relevons les empreintes digitales dessus. Ça vous va ?

Il essuie sa barbe sans conviction, laissant la moitié des miettes. Il soutient le regard d'Ariel, sans chercher à l'éviter, à ignorer sa peine.

Ariel a de la sympathie pour ces policiers ; les harceler ne l'amuse pas, d'autant qu'elle ne peut pas se permettre de se les mettre à dos. Elle a peu d'alliés.

Moniz sort son calepin et son stylo, contemple le papier blanc. Il réfléchit peut-être à ses questions ou à leur traduction en anglais, se creusant la tête pour se souvenir des mots, des conjugaisons. Cela ne doit pas être évident de faire ce travail dans une langue qui n'est pas la sienne. Rien que trouver les bonnes formules de politesse, ce doit être épuisant.

— Vous êtes venue à Lisbonne, avant, *senhora* ?

— Non.

— Mais votre mari ? Il a des amis ici ?

— Des amis ? Pas que je sache. Des connaissances à la rigueur. Des relations de travail.

— Vous avez des noms ?

— Non, désolée, dit-elle pour la énième fois.

Elle a l'impression de passer sa vie à s'excuser auprès d'hommes dubitatifs.

— Et il n'a parlé à personne, pendant votre séjour ?

— Eh bien, il y avait cette femme…

C'était samedi, en fin d'après-midi, à une heure où tout Lisbonne semblait s'être donné rendez-vous sous les parasols des cafés. Ariel avait commandé ce que la plupart des clients autour d'elle consommaient, un cocktail à base de porto blanc, un alcool dont elle ignorait l'existence jusque-là. Et maintenant le porto spritz était sa boisson préférée. Sucré, exquis et à peine alcoolisé, il se buvait comme un soda, et elle se demandait si ce serait raisonnable d'en prendre un second…

— Luigi !

Une jeune femme s'approcha de leur table, son sourire révélant des dents blanches parfaites entre des lèvres maquillées pulpeuses. Elle avait des fossettes, une afro magnifique, une peau lisse et lumineuse. À son arrivée à Lisbonne, le nombre de Brésiliens et l'influence de leur culture avaient surpris Ariel, une forme de colonisation inversée qu'elle trouvait réconfortante et encourageante.

— *Olá*, dit la belle inconnue à un John médusé.

— Luigi ? Moi ? demanda-t-il en pointant le doigt sur son propre torse. Désolé, mais non.

Elle inclina la tête sur le côté, fronçant les sourcils. Elle n'avait manifestement pas l'habitude de ce genre de rebuffade.

— Je m'appelle John. Pas Luigi. Et voici mon épouse, Ariel.

La femme ouvrit la bouche pour discuter, puis elle se ravisa et son sourire étincelant réapparut. Elle était vraiment superbe dans sa petite robe de rien du tout.

— Ah bon, dit-elle avec un adorable haussement d'épaules. *Desculpe.*

Elle regagna sa table d'un pas sautillant, où elle parut expliquer la méprise à son amie, une jeune femme qui n'avait rien à lui envier, vêtue elle aussi d'une robe légère. Celle-ci lança un coup d'œil à John, puis à Ariel, croisant son regard avant de se retourner vers sa comparse qui parlait avec effusion. Il y avait une forme d'admission dans cet échange, une compréhension : je sais que vous savez que nous savons.

Les deux femmes renversèrent la tête en arrière et partirent d'un éclat de rire joyeux. Elles étaient jeunes et séduisantes, attiraient tous les regards, et le soleil brillait : que demander de plus ? Elles reprirent une gorgée de spritz pour le prouver : la vie était belle et John était le cadet de leurs soucis. Ariel savait pourtant que ce n'était pas toujours aussi simple. La beauté n'a pas que des avantages.

En tout cas, elle était sûre d'une chose : John avait eu une aventure avec la Brésilienne, et il lui avait menti au sujet de son nom. Et maintenant qu'il était de retour à Lisbonne en compagnie d'Ariel, pris au dépourvu, il prétendait ne pas la connaître.

— Elle est sublime, dit Ariel.

— Ah oui ? marmonna John, les yeux sur le menu, fuyant le regard de sa femme, et cette conversation.

— Allez, même moi j'aurais craqué à ta place.

John rit mais ne dit rien.

— Ce n'est pas grave si tu la connais. S'il s'est passé quelque chose. Tu en es conscient, j'espère ?

— Sérieusement, je ne l'ai jamais vue.

Ariel avait la tête qui tournait à cause de l'alcool, de la chaleur, du décalage horaire, de la proximité d'un être humain aussi incroyablement sexy. Elle savait que c'était idiot, mais c'était pourtant la vérité : elle était un peu jalouse. Et un peu excitée. Peut-être plus qu'un peu.

Quelle salope ! pense Barnes. Une salope coincée, ingrate et condescendante. De retour dans son petit bureau, il passe un appel. On décroche aussitôt.

— Bonjour, Barnes.

— Monsieur Wagstaff ! Comment va la vie ?

— Ça va, répond le journaliste. Qu'est-ce que vous voulez ?

Saxby Barnes conçoit le monde uniquement en termes de transactions. Il rend service aux autres pour qu'ils l'aident en retour. Toutes les informations qu'il voit passer, chaque minute de travail accompli peut avoir de la valeur pour quelqu'un, et il compte bien obtenir un avantage en échange. Pas immédiatement, mais un jour ou l'autre.

— Monsieur Wagstaff, j'ai quelque chose qui pourrait vous intéresser.

— Hier après-midi, au café. Il y avait une femme.

— Ah ?

Le stylo de Moniz s'approche du papier.

— Elle croyait connaître mon mari, mais c'était une erreur.

— Quel café, s'il vous plaît ? Vous vous rappelez ?

— Pas le nom, mais c'était près de l'église qui n'a pas de toit. À deux pas.

— O Convento do Carmo ?

— Oui. C'est ça. Il y a une place avec un café. Peut-être deux.

— Je vois très bien. Et il ne s'est rien passé d'autre, avec cette femme ?

— Non. Elle croyait connaître John, il lui a dit qu'elle devait confondre et elle est partie.

Ariel remarque des éclaboussures de sauce sur le revers de la veste du policier, après la tache du petit déjeuner sur sa cravate et celle du déjeuner sur sa chemise. Ses cheveux bien peignés en début de journée sont à présent ébouriffés. Elle détecte un vague relent de transpiration. Il s'est décivilisé au fil des heures. C'est peut-être la même dégradation chaque jour. Il recommence à neuf tous les matins. Ariel se demande dans quelle mesure ce côté pataud est authentique, ou si c'est un genre qu'il se donne. Et si elle devrait s'en méfier.

— À quand remonte sa dernière visite à Lisbonne, avant celle-ci ?

— Deux mois, environ.

— Et avant ça, il est venu combien de fois ?

— Juste une, autant que je sache. Mais on se fréquente seulement depuis un an.

— Un an ?

Ce n'est pas à proprement parler du soupçon dans les yeux de Moniz, mais il y a quelque chose. Ariel sait ce qu'il pense. Parce qu'elle le pense elle aussi : une cour rondement menée, un couple qui ne se connaît pas vraiment, une disparition qui pourrait être n'importe quoi, ou rien du tout.

Moniz hésite à poser la question suivante. Ariel voit l'instant précis où il se décide. Ça y est, se dit-elle.

— Êtes-vous sûre de savoir qui est votre mari, *senhora* ?

10

Jour 1 – 18 h 33

Ariel ouvre de grands yeux, l'air démunie. Puis elle se tourne vers Carolina Santos, toujours imperturbable.

— Je suis la première à admettre que je ne connais pas mon mari depuis très longtemps. Mais je sais qui il est.

Le stylo de l'inspecteur hésite au-dessus de la feuille. Puis il lève la tête avec un sourire indulgent. Pas moqueur ni joyeux, mais apitoyé. Il n'a pas envie de prononcer ces mots.

— *Senhora*, excusez-moi, mais je dois vous poser une question délicate.

Ariel sait que, aux yeux d'un policier, il peut y avoir un tas d'explications derrière la disparition de John, dont beaucoup sont liées à des agissements plus ou moins légaux. Des manigances impliquant John, l'impliquant elle, ou les impliquant tous les deux. Ces théories, Moniz n'a pas très envie de les formuler devant elle, mais il n'a pas le choix. Ariel voit sur son visage le débat intérieur qui l'agite.

— Votre mari se drogue-t-il ?

— Non.

Elle a répondu trop vite. Elle est consciente d'avoir été véhémente.

— Non, répète-t-elle, plus douce, plus rationnelle, comme si elle avait pris le temps de réfléchir, de considérer sérieusement cette éventualité, avant d'arriver à la même conclusion.

— Ici, au Portugal, les drogues récréatives sont, comment dites-vous ? Décriminelles ?

— Dépénalisées.

— Oui. La loi a changé il y a plusieurs années. Cannabis, *cocaína, heroína*... Ce n'est plus illégal de consommer. C'est un choix que nous faisons pour lutter contre les problèmes liés à l'addiction. Maladie, délinquance, pauvreté : je suis sûr que vous connaissez, aux États-Unis.

— En effet...

— L'une des conséquences, c'est que Lisbonne attire tous ceux qui veulent se droguer. Comme Amsterdam, vous comprenez ? Les gens viennent ici pour ça.

— Non, proteste Ariel. Pas John.

— On a le droit de se droguer, mais ça reste mauvais. Malsain. Les dealers, ce ne sont pas des enfants de chœur. Et certains usagers non plus. Même si ce n'est pas illégal, ce n'est pas bon de vivre comme ça. C'est dangereux. Vous comprenez ?

— Tout ça n'a rien à voir avec John. Il ne se drogue pas.

— Avant, peut-être ?

Ariel hésite. Elle n'en a pas la moindre idée, en réalité. Elle sait uniquement ce que John a choisi de lui confier. Il a eu une vie avant leur rencontre, des années où il a pu faire n'importe quoi, n'importe où.

Mais c'est pareil pour tout le monde, non ? On peut tous réécrire le passé.

Lorsqu'ils avaient fait connaissance, Ariel avait effectué quelques recherches superficielles sur John, comme on le fait aujourd'hui, écumant le web, jetant un coup d'œil sur les réseaux sociaux, cliquant ici ou là. Elle n'avait pas trouvé grand-chose. Quand leur relation était devenue plus sérieuse, elle avait approfondi : appels anonymes, e-mails envoyés sous un pseudonyme. Ariel avait des accès de paranoïa, surtout lorsqu'elle était seule, allongée dans son lit en pleine nuit. Surtout si elle venait de lire un roman policier. Beaucoup traitent d'hommes en apparence bien sous tous rapports, qui s'avèrent être des psychopathes misogynes.

Le lendemain matin, en général, elle se ressaisissait. Ses soupçons étaient ridicules. Mais quand même...

Elle finit par se rendre à l'évidence : elle manquait de détermination. Elle n'avait pas envie de trouver quoi que ce soit d'inquiétant : mensonges, trahisons, propos biaisés. Elle était trop subjective. Elle décida donc de déléguer à un détective privé les tâches dont elle ne pouvait et ne voulait pas se charger.

L'enquêteur lui apprit où John avait grandi, où il était allé au lycée et à l'université, où il avait étudié, dans le cadre de la formation des officiers de réserve. Les emplois qu'il avait exercés, les maisons où il avait habité, ses parents décédés et sa sœur aînée qui vivait sur un autre continent. Tout ce que l'on peut trouver dans les bases de données, des informations contrôlables, concrètes, les références vérifiées auprès des services de ressources humaines, de l'état civil, des bailleurs.

Des éléments avaient cependant pu lui échapper. On ne déterre pas si facilement des preuves de tourisme sexuel en Thaïlande, de week-ends « coke and call-girls », d'une adolescence accro à la Ritaline, d'une addiction aux méthamphétamines ou au jeu en ligne, d'une relation épisodique au crack, à la cocaïne, à la pornographie enfantine, de violences conjugales ou d'agressions sexuelles. À moins que ces activités n'aient attiré l'attention de la justice, ce qui reste rare. Dénicher ce genre d'informations est quasiment impossible, sauf si l'on sait ce que l'on cherche.

Le détective privé lui avait bien communiqué quelques détails qui l'avaient chiffonnée, mais rien de méchant.

Plus jeune, elle croyait qu'on pouvait tout savoir sur une personne, du moins ce qui était important. Elle avait accepté la demande en mariage d'un homme qu'elle fréquentait depuis deux ans, avait vécu à peu près autant avec lui, ce qui n'était pas rien, tout cela pour découvrir qu'elle ignorait qui il était réellement. Peut-être ne connaît-elle pas vraiment John non plus.

On se raconte des histoires sur l'autre, sur soi-même, sur son passé. On construit un récit, en commençant par un plan général, et puis on ajoute les détails, comme on bâtit une maison, d'abord les fondations, puis la charpente, le toit, et pour finir les poignées de porte, les lampes et la rampe d'escalier, une maison entière là où il n'y avait rien. Un édifice qui semble avoir toujours été là, alors qu'il vient de surgir du néant.

On peut faire la même chose pour soi. Ariel l'a bien fait. Pourquoi pas John ? Ce policier a peut-être raison. Si ça se trouve, elle ne sait pas qui est son mari.

— Ça arrive, poursuit l'inspecteur Moniz. Peut-être qu'un homme se drogue et doit arrêter pour des raisons de santé, ou des raisons judiciaires ou financières. Si cet homme se retrouve dans un endroit comme Lisbonne, où la loi et l'économie de la drogue sont différentes, il pense : oh, ici, c'est moins dangereux, moins cher, je vais en prendre juste un peu. Et puis…

Le policier ouvre la main : et puis c'est la rechute.

— Je comprends, mais il ne s'agit pas de ça, dit Ariel.

Elle s'efforce de ne pas s'offusquer de ses insinuations. Elle ne peut pas se permettre d'avoir l'air irrationnelle.

Moniz hoche la tête ; ce n'est pas son boulot de la convaincre.

— Il est possible aussi… ce n'est pas très agréable, mais je dois le dire. J'espère que vous ne m'en voudrez pas…

— Je vous écoute.

— Peut-être que votre mari est avec quelqu'un d'autre ?

Ariel incline la tête sur le côté.

— Une autre femme, précise le policier.

Ses questions commencent à l'exaspérer, même si c'était prévisible, peut-être inévitable. Tout aussi inévitable que ses objections à elle : John ne ferait pas ça, il n'est pas infidèle, ni toxicomane, ni sociopathe. Faut-il vraiment qu'elle mette les points sur les i ? Elle regarde tour à tour les deux policiers.

— Écoutez, John m'a quasiment suppliée de l'accompagner. S'il voulait venir à Lisbonne pour retrouver une femme ou pour se droguer, pourquoi traîner son épouse ici ?

— Très bonne question. À votre avis ?

— Parce que ce n'est pas le cas.

— Peut-être qu'il n'est pas venu avec de mauvaises intentions, intervient l'inspectrice Santos, mais l'occasion s'est présentée et il n'a pas résisté. Les choses ne se passent pas toujours comme on le prévoit.

Sur ce point, Ariel ne va pas la contredire.

— Je comprends vos soupçons, dit-elle, s'efforçant de garder un ton posé. Il est avec une autre femme, il se drogue, il me ment. Je comprends pourquoi toutes ces pistes vous semblent plausibles et je comprends pourquoi vous ne pouvez pas les négliger. Mais encore une fois, vous vous trompez. Donc, ce que je veux savoir, c'est : à partir de quel moment allez-vous commencer à me faire confiance ?

Moniz regarde autour de lui, mal à l'aise. Ariel se rend compte qu'elle a haussé le ton. Que sa voix est stridente.

— Je vous en prie, *senhora*, pas si fort.

— Bon sang, mais pourquoi refusez-vous de me croire ?

— Qui a dit qu'on ne vous croyait pas ? Pas nous.

— Dans ce cas, faites quelque chose !

Ariel a le sang chaud, l'a toujours eu, même enfant. Ses parents adoraient raconter des anecdotes sur la manière dont elle démarrait au quart de tour et les scènes qu'elle faisait en cas de jouet perdu, de goûter annulé, de plats qu'elle n'aimait pas. Mais avoir mauvais caractère est une chose, être hystérique en est une autre. Les hommes essaient souvent de faire passer la fougue des femmes pour de l'hystérie, l'indignation pour de l'exagération, de l'hypersensibilité, de l'irrationalité.

Ariel connaît ça, elle y a déjà eu droit, elle s'y prépare. Le regard indulgent, un peu dédaigneux, qui signifie : « Mais que voulez-vous qu'on y fasse, *senhora* ? »

C'est la voix d'un homme qui estime être raisonnable. Un ton qui transcende les générations, les cultures, les langues. Le ton universel de la condescendance.

Moniz se penche en avant.

— S'il vous plaît, je veux savoir une chose : qu'attendez-vous de la police au juste ? Votre mari a quitté l'hôtel en bonne santé ce matin. Il n'y a aucune trace d'agression. Tout ce que vous nous racontez indique qu'il va bien et qu'il ne court aucun danger.

— Vous pourriez localiser son téléphone ?

Moniz recule le buste pour mieux se distancier de cette suggestion.

— Vous pourriez vous adresser à l'opérateur de téléphonie, insiste Ariel, son regard allant d'un policier à l'autre.

C'est Carolina qui lui répond.

— Pas sans mandat. Et aucun juge ne délivrera de mandat sans élément convaincant.

— Vos services de renseignement, alors. Le Portugal a un service secret, je suppose ?

— Bien sûr, dit Moniz. Le Portugal était même le grand centre de l'espionnage pendant la Seconde Guerre mondiale. Il y avait plus d'agents ici que partout ailleurs.

Voilà qui lui fait une belle jambe.

— Alors, ils peuvent le trouver, réplique Ariel. Ils peuvent, je ne sais pas comment on dit… trianguler le téléphone de John.

— Oui. Mais ils ne le font pas, sauf si c'est une question de sécurité internationale. Vous pensez que c'est le cas ?

Ariel ne peut rien répondre à cela, et c'est à ce moment qu'elle craque. Sa lèvre inférieure tremble, son menton aussi, puis tout le bas du visage.

— Je n'en sais rien, bredouille-t-elle entre deux sanglots.

Elle sent que les rares clients la regardent se donner en spectacle, et que les employés plaignent les policiers. Bien contents de ne pas être à leur place. Si Ariel a une certitude, c'est que personne n'a envie de devoir gérer une femme hystérique.

11

Jour 1 – 18 h 47

Ariel se précipite hors du restaurant et retrouve l'animation de la rue. De la musique emplit l'air, comme partout à Lisbonne. Du sertanejo brésilien et du reggaeton portoricain, de la pop européenne, du rock américain et du fado traditionnel qui se déversent des magasins, des cafés, des pubs et des clubs. Chaque placette, chaque parvis est investi par des musiciens. Elle se demande ce qui se passerait, si un groupe de rock venait s'installer sur la pelouse de l'église épiscopalienne de Main Street, un lundi après-midi.

Une dizaine de personnes sont massées devant l'établissement, des collègues de bureau qui ont manifestement commencé à boire des cocktails ailleurs. L'humeur est à la joie, on se tape dans le dos, on raconte des blagues, on rit fort, avant d'aller…

Bien sûr.

– Pardon. Excusez-moi.

Elle se faufile entre les fêtards pour regagner la salle où les deux inspecteurs sont toujours attablés, une part de gâteau et un café devant eux. Ils accueillent d'un air résigné l'Américaine qui refuse de les lâcher.

— Il doit y avoir une réservation, annonce Ariel. Pour demain soir.

Les policiers continuent de manger leur dessert.

— Je ne connais pas le nom du restaurant, mais je sais qu'on peut y aller à pied de l'hôtel et que c'est un endroit qui exige une tenue de soirée. La réservation doit être pour six ou huit personnes à 21 heures. Cela fait pas mal d'informations.

Moniz avale sa bouchée.

— Vous pourriez faire le tour des restaurants chics du quartier, demander s'il y a une table pour un groupe demain à 21 heures. Puis appeler les noms sur la liste. Il ne doit pas y en avoir tant que ça.

Les policiers se taisent toujours.

— L'un d'eux doit être le client de mon mari.

Carolina Santos hoche la tête. Ariel a raison, elle ne peut pas le nier.

— Oui, dit l'inspectrice. On va faire ça.

— Ah merci ! Merci. Quand ?

— Maintenant.

Des hommes lui avaient déjà reproché d'être susceptible. Ils lui avaient dit qu'elle se vexait pour un rien, qu'elle était agressive et trop sensible. Une garce coincée, une allumeuse, une pute. Ils avaient levé la main, prêts à frapper, et elle les avait regardés dans les yeux : Vas-y, connard.

Elle se faisait des idées, lui disait-on après. Des femmes parfois, et pas uniquement sa mère, le jour où Ariel avait essayé de lui parler. Le genre de moment qui altère une relation à jamais.

Elle était consciente que c'était en partie parce qu'elle était privilégiée : on le voyait à ses cheveux, sa peau, son élocution, ses diplômes, aux tampons sur ses anciens passeports. Une existence en apparence enviable et protégée. À croire qu'elle vivait en permanence sous le regard d'une foule de témoins, même en pleine nuit, lorsqu'elle était seule. Il ne pouvait rien arriver de grave à quelqu'un comme elle, pas aux États-Unis, voilà ce qu'affirmaient les gens, y compris ceux qui savaient que c'était faux. L'Amérique, ce grand pays de la dissonance cognitive. Elle était là, la véritable hystérie : une nation entière qui se voilait la face.

Le père d'Ariel, sa mère, son mari, ses amis, la police hier et aujourd'hui : toute sa vie, on avait minimisé ses dires. Elle avait été réduite au silence par un conditionnement opérant, à force de se heurter au même mur, comme un rat de laboratoire soumis aux électrochocs ou un chien battu. Une femme qu'on ne croyait pas.

La première fois, elle avait 13 ans et elle était en quatrième. Un élève de seconde, Mackenzie, avait essayé de la tripoter dans le garde-manger, alors qu'elle cherchait des guimauves à faire rôtir sur le barbecue.

— Brett Mackenzie, s'était étranglée sa mère, incrédule. Tu es sûre, ma chérie ? Je connais ce gamin depuis qu'il est tout petit. C'est un gentil garçon.

Ariel n'avait pas insisté.

La deuxième fois, elle avait 16 ans et elle regardait un film d'épouvante dans la salle de jeux au sous-sol chez Brittany. Tout le monde avait bu de la mauvaise bière. C'était l'été avant la terminale. Il fallait réviser pour les tests d'entrée à l'université, remplir des dossiers, faire des stages, s'efforcer d'avoir l'air de citoyens sérieux et responsables. Alors, ils se soûlaient le samedi soir pour oublier le stress.

Liz comatait dans un grand fauteuil en cuir, et Jared était sorti pour appeler Francesca, quand Don lui avait sauté dessus et avait commencé à la peloter.

— Non, protesta Ariel.

Elle tenta de le repousser, sans succès.

— Arrête.

Elle serra les cuisses. Il les écarta. Elle sentait ses doigts qui essayaient de déboutonner son pantalon.

— Je vais hurler.

— Tu le feras pas. Ça va réveiller Liz.

Une idée naquit dans l'esprit de Don.

— Ou c'est ce que tu veux ?

Elle rassembla toutes ses forces afin de libérer sa jambe, juste assez pour lui flanquer un coup de genou dans les parties, juste assez pour qu'il bouge et qu'elle se dégage. Juste assez, juste assez, juste assez…

Elle bondit du fauteuil. Elle se demandait si elle devait s'enfuir, réveiller Liz ou gifler Don. Il avait le visage enfoui dans le coussin et il était immobile. Sans connaissance ? Non, elle entendait quelque chose. Des sanglots ? Lui avait-elle fait mal ? Elle ne pensait pourtant pas avoir frappé très fort.

Don ne pleurait pas. Il riait. Il se retourna, un grand sourire aviné sur les lèvres.

— Trop drôle.

Drôle ?

— Tu plaisantes ?

Concentré sur sa braguette récalcitrante, il n'avait pas l'air de comprendre de quoi elle parlait.

— Tu veux boire un truc ? demanda-t-il sans la regarder.

Elle était estomaquée, et trop ivre elle aussi pour se fier à son cerveau.

— Non ?

Il capitula. Un seul bouton dans la mauvaise boutonnière. Rien de pire qu'un jean à boutons quand on a bu.

Le lendemain, Ariel raconta l'épisode à sa mère. Elaine déjeunait à l'îlot central de la cuisine d'une tasse d'eau chaude citronnée, en lisant la rubrique Styles du *New York Times*. Enfin, lire n'était peut-être pas le mot : elle examinait les photos des soirées et des mariages.

— Tu es en train de me dire que Don a tenté de te violer ?

Elle ne prit même pas la peine de refermer le journal. Elle la regarda par-dessus ses lunettes de lecture. Sa fille avait l'air d'une adolescente qui avait émergé à midi avec la gueule de bois, après avoir fait au moins un mauvais choix la nuit précédente. Un grand classique, à cet âge.

— Don Williamson ?

— Enfin, ça n'est pas allé jusque-là, mais c'était clairement le but.

— Que s'est-il passé ?

— Je viens de te l'expliquer.

— Non. Comment est-ce que ça a pu en arriver là, je veux dire.

Ariel en resta sans voix.

— Tu lui as laissé croire des choses ?

— Putain, ça ne va pas la tête ?

— Pas de gros mots devant moi, jeune fille. Je ne le tolérerai pas.

Adolescente, Ariel jurait comme un charretier, en grande partie parce que ses parents n'usaient jamais de grossièreté. Plus tard, elle s'était calmée lorsqu'elle avait compris que les femmes pouvaient soit jurer leur content, soit vivre sur Park Avenue, mais pas les deux à la fois. Depuis qu'elle avait changé de vie, elle ne se privait plus. Son divorce, entre autres avantages, lui avait permis d'envoyer promener les règles strictes de la bonne société new-yorkaise. Des règles pas si différentes de celles de ses parents. Elles étaient simplement appliquées avec plus de rigueur.

— Pourquoi tu ne me crois pas ?

— Ce n'est pas que je ne te crois pas, ma chérie. Mais tu es sûre de ce que tu avances ? C'est peut-être un malentendu ?

Ariel n'en revenait pas. Elle tourna le dos à sa mère.

— Où vas-tu comme ça ?

— Je vais voir papa.

Elaine poussa un soupir.

— Oh, ma puce.

Ariel fit volte-face.

— Quoi ?

— Ton père ne va pas être content.

— Putain, j'espère bien.

Cette fois, Elaine ne releva pas. Elle abandonna son journal pour enlacer sa fille, renonçant un instant au passe-temps futile consistant à envier les riches et célèbres.

— Ce n'est pas ce que je veux dire. Ton père n'est pas… ce n'est pas un homme moderne. Sans compter qu'Eric Williamson est l'un de ses amis les plus proches. Tu le sais, non ?

— Et après ?

— Je crains que tu sois déçue par sa réaction.

Aujourd'hui, Ariel se rend compte qu'elle était d'une incroyable naïveté. À présent qu'elle est mère elle-même, elle s'efforce de ne pas l'oublier : les enfants peuvent paraître mûrs physiquement et intellectuellement sans avoir la moindre idée de la manière dont fonctionne le monde des adultes.

Le bureau de son père était encombré de livres, de revues et d'épaisses liasses de rapports à l'aspect rébarbatif. Pendant longtemps, elle avait cru que c'était un signe d'érudition et qu'il était un genre d'intellectuel. Elle avait fini par comprendre qu'il s'agissait simplement de gagner de l'argent.

Il posa ses lourdes lunettes avec soin au milieu du sous-verre.

Il buvait son whisky *on the rocks*, un gros glaçon et rien d'autre. Il avait un bac spécial pour faire ces cubes géants.

— Je suis peiné de l'apprendre, dit-il enfin, les yeux fixés sur le liquide ambré, évitant le regard de sa fille. Que comptes-tu faire ?

Elle se demanda si c'était son premier verre ou le second avant le déjeuner dominical.

— Je n'en sais rien. Tu en penses quoi ?

— Je suppose que tu pourrais parler au garçon.

La manière dont il avait formulé sa réponse lui fit l'effet d'une gifle. Ce n'était pas uniquement le *Je suppose* dubitatif, mais surtout la deuxième personne du singulier. *Tu*. Pas *nous*.

— Mais qu'y gagnerais-tu, pour finir ?

Peu importait le temps qu'ils passeraient à en discuter – cinq minutes, dix, deux heures –, son père ne se sentait pas concerné, comprit-elle.

— Tu me crois, papa ?

— Bien sûr, moi, je te crois, ma chérie. Mais je suis ton père. Les autres, en revanche ?

Il pinça les lèvres, secoua la tête.

— Essaie d'imaginer ce que diront les gens.

Ariel n'avait pas envie d'écouter la litanie de ses prétextes : sa relation avec le père de Don, la ville, les cousins, les ragots…

À présent elle comprenait mieux l'avertissement de sa mère. Elaine connaissait son mari et l'acceptait avec ses défauts, même les pires, même ce qu'elle devait mépriser. Des années plus tard, ce serait précisément l'attitude qu'Ariel refuserait d'adopter, le genre d'épouse qu'elle refuserait d'être. En fin de compte.

— Bien sûr, c'est à toi de voir, ma chérie, et je te soutiendrai, quelle que soit ta décision. Mais si tu veux un conseil ?

Il posa son verre vide sur le sous-verre – chez eux, il y en avait partout, une série assortie dans chaque pièce, jusque dans les chambres – et la regarda enfin dans les yeux.

— Oublie cette histoire, fais comme si ce n'était jamais arrivé.

Personne n'a envie d'admettre que son père est un salaud. Aussi, en dépit des preuves qui s'accumulaient depuis des années, Ariel avait refusé de voir l'évidence. Jusqu'à ce qu'elle lui explose en pleine figure. Jusqu'à ce jour. Elle avait 16 ans.

— Passe à autre chose.

La troisième fois, elle était actrice à New York. Elle vivotait entre les auditions, les stages, les petits boulots de serveuse et de baby-sitter. Cela faisait six ans qu'elle galérait et, si elle ne perçait pas rapidement, il serait bientôt trop tard.

Elle se trouvait dans un bureau de TriBeCa, en pleine journée. Elle était là pour un entretien professionnel. Il n'y avait ni drogue ni alcool. Il ne s'était jamais rien passé entre eux, ils ne se connaissaient même pas. Elle n'avait jamais été ambiguë, s'était toujours montrée irréprochable; pourtant, alors qu'il détachait sa ceinture, il lui dit : « Tu sais que je peux faire décoller ta carrière. »

À cet instant, elle comprit qu'être irréprochable ne signifiait rien. Et du jour au lendemain elle renonça à être actrice. Elle en rêvait depuis longtemps, mais pas à ce point. Pas à ce prix. Elle claqua la porte du bureau, de cette vie.

Elle rêvait d'art, de créativité. En fait, il n'avait jamais été question que de beauté, quand il ne s'agissait pas de sexe.

— Qu'est-ce que tu vas faire? lui demanda sa colocataire.

Ariel ne voulait pas d'une carrière bâtie sur la beauté et le sexe. Il devait quand même y avoir d'autres possibilités?

— Je n'en sais rien. Trouver un vrai travail, je suppose.

Elle avait compris que personne ne la croirait, même pas ses parents. Elle avait compris qu'elle ne devait jamais être ivre, même en compagnie de ses amis les plus proches. Elle avait compris qu'aucun garçon, aucun homme n'était entièrement digne de confiance. Elle avait compris qu'elle pouvait faire tout ce qu'il fallait, apprendre toutes les leçons du monde, ça arriverait malgré tout, d'une manière ou d'une autre.

Et la suite ne l'avait pas détrompée.

— Alors, tu en penses quoi ? demande António Moniz, tirant quelques billets de son portefeuille – c'est son tour de payer le repas.

Carolina Santos boit sa dernière gorgée d'expresso et repose précautionneusement la tasse sur sa petite soucoupe.

— Je pense que le mari trempe dans une histoire pas nette, et que la femme n'y voit que du feu.

Bien sûr, songe Moniz. C'est le talon d'Achille de sa partenaire. Prompte à croire la femme, prompte à accuser l'homme. À sa décharge, les faits lui donnent raison la plupart du temps : les auteurs de délits sont plus souvent masculins. Beaucoup plus souvent. Mais chaque cas remet le compteur à zéro, et il y a toujours une chance que ce soit la femme qui mente, manigance, enfreigne la loi. Ou qu'on ait affaire à une épouse hystérique.

— Une maîtresse ? demande-t-il.

— J'en doute. Filer en douce à l'aube pour une aventure ? Ce n'est pas courant.

— Si tu le dis, sourit Moniz. Qu'est-ce que j'en sais, moi ?

— Non, poursuit Santos, l'ignorant. Je crois qu'elle a raison : son mari est monté dans une voiture. Mais pourquoi, aucune idée. Et toi, António, qu'est-ce que tu en penses ?

Il hésite. Ce n'est pas parce qu'on a refusé d'écouter beaucoup de femmes sincères par le passé que celle-ci l'est. Mais il sait d'expérience que Carolina n'a pas envie de l'entendre.

— Tu ne trouves pas qu'elle est venue nous voir un peu vite, ce matin ? Son mari a disparu depuis deux ou trois heures et elle fonce chez les flics, dans un pays étranger dont elle ne parle pas la langue ?

— Au contraire, ça me semble parfaitement rationnel. Si c'était en fin de journée, alors là, d'accord, on peut imaginer un tas de raisons anodines. Il traîne dans un bar, achète de la drogue, il est avec une femme, il est perdu, en panne de batterie, il a eu un accident de voiture. Rien de très agréable, mais pas de quoi alerter la cavalerie. En revanche, disparaître au petit matin ? À la place de cette femme, moi aussi je serais inquiète.

— D'accord, mais au point d'aller à la police ? À l'ambassade ? Ce n'est pas un peu excessif ? Et un peu tôt ?

— Qu'est-ce qu'elle pourrait faire ? Qu'est-ce qu'elle devrait faire ? Rien ?

Il n'empêche, Moniz n'est pas convaincu. Mais il sait qu'il faut prendre en compte l'opinion des autres, ou au moins faire semblant. Surtout quand il s'agit de sa partenaire.

— Alors, António, c'est quoi, selon toi ?

— Je ne serais pas surpris si c'était une histoire de cul.

Ariel longe une série de bâtiments pastel quand elle sent un frisson lui parcourir l'échine. Elle ralentit le pas, entend un bruit indistinct et inquiétant, de plus en plus fort, de plus en plus proche. Tout va très vite. Lorsqu'elle se retourne, la moto est à vingt mètres d'elle. Le conducteur rétrograde en faisant vrombir le moteur et freine dans un crissement de pneus. Elle fait un bond de côté, mue par un instinct si puissant qu'elle sent ses deux pieds décoller du sol.

Le motard porte un jean noir, un blouson de cuir noir, et un casque noir muni d'une visière réfléchissante, une tenue qui ne révèle aucune partie de son corps.

Il plonge une main gantée dans la poche de son blouson.

Ariel recule encore et se cogne contre le mur derrière elle. Son coude percute la pierre. Ça fait un mal de chien. Elle laisse échapper un petit cri de douleur. Ses yeux affolés cherchent une issue alors que l'inconnu tend le bras vers elle. Elle hurle « Non ! » avant de remarquer qu'il ne brandit ni un pistolet, ni un couteau, ni une arme quelconque. En tout cas, pas au sens traditionnel.

Ariel contemple l'objet dans la main gantée de cuir : un téléphone, à quelques centimètres d'elle. L'arme moderne.

Elle regarde l'endroit où devrait se trouver le visage du motard, mais ne voit que son propre reflet dans le miroir de la visière, yeux écarquillés et terrifiés, front plissé, bouche ouverte, épaules rentrées. Un animal acculé.

Le bras de l'homme s'étire encore et lui fourre le portable dans la main. Dès que les doigts d'Ariel se referment dessus, l'engin s'éloigne du trottoir dans un rugissement tonitruant. Ariel s'oblige à le suivre du regard, à noter le moindre détail avant qu'il ne disparaisse, mais il n'y a pas de plaque d'immatriculation, aucun signe particulier visible à la tombée du jour, rien qu'elle pourra décrire aux policiers. Uniquement une silhouette noire de taille moyenne sur une moto noire de taille moyenne, qui tourne déjà au coin de la rue. Ariel l'entend ralentir puis accélérer après le virage. Bientôt le grondement du moteur diminue. Aussitôt, un autre bruit attire son attention.

Le téléphone sonne.

II

L'ENLÈVEMENT

12

Jour 1 – 18 h 55

— Écoutez attentivement.

— J'écoute, dit Ariel, s'efforçant sans grand succès de maîtriser son émotion, sa voix, son cœur qui s'emballe.

— Nous détenons votre mari.

La voix au téléphone est trafiquée. Elle n'a pas l'air humaine.

— Il va bien ?

— Si vous voulez le revoir vivant, vous devez nous verser trois millions d'euros en espèces…

— Vous êtes fou ? Je…

— D'ici quarante-huit heures.

— Mais je…

— Pas de négociation. Pas de prolongation. Pas de police. Pas d'ambassade. Gardez ce téléphone sur vous.

— Mais qui êtes-vous ?

Un éclat de rire sans joie retentit dans le récepteur.

— Comment je peux être sûre que John est vivant ?

Ariel entend un genre de raclement.

— Ariel, c'est moi…

— John ! Ça va ?

Le raclement encore.
— Voilà : il est en vie.
— Mais qu'est-ce que vous voulez ?
— On vous l'a dit : trois millions.
— Je n'ai pas trois millions. Ni mon mari.
— Vous connaissez des gens qui les ont.
— Comment ça ?
— Vous avez deux jours.
On raccroche.

13

Jour 1 – 18 h 56

Cette fois, il n'y a plus d'explications inoffensives qui tiennent, plus de théories tirées par les cheveux, plus de tergiversations, plus de doutes. C'est un fait : John n'a pas simplement disparu, il a été enlevé. Désormais, tout est différent.

— Merde, il s'est passé un truc dans le Chiado, dit Antonucci.

Nicole Griffiths est à son bureau. Elle cherche à repérer des noms suspects sur une liste d'invités. Il y a des jours où elle aimerait avoir un grade inférieur, travailler sur le terrain, recruter des agents, arpenter des rues étrangères, aborder des sources potentielles dans les bars, les bordels et les couloirs feutrés des congrès professionnels, mener des tractations secrètes en pleine lumière, à l'insu des citoyens ordinaires. Diriger, c'est chiant. Quand on est jeune, les vieux vous mettent en garde, mais on a du mal à les croire sur parole.

— Je t'écoute.

— Ariel Pryce, elle marchait sur le trottoir quand un motard a pilé à côté d'elle le temps de lui donner un téléphone. Puis il est reparti à toute berzingue. Elle a aussitôt reçu un appel, qui a duré une ou deux minutes. Après elle est restée plantée là, assommée, comme si elle venait d'apprendre la mort de son chien.

— Ou de son mari ?

— Non, je ne pense pas. Elle ne pleurait pas. Elle ne s'est pas effondrée. Si on lui a annoncé la mort de son mari, cette bonne femme est une tueuse au cœur de pierre.

Griffiths songe que c'est une éventualité à ne pas écarter, mais le garde pour elle.

— Ensuite ?

— Elle s'est ressaisie et j'ai dû m'éloigner pour ne pas être repéré. Je t'ai appelée dès que j'étais hors de vue. Jefferson a pris le relais à pied.

— OK. Tiens-moi au courant.

Griffiths regarde l'heure. Elle a la désagréable impression que cette histoire va lui gâcher son rendez-vous avec Pietro. Leur relation est purement transactionnelle et la transaction est purement sexuelle. Ils ne seront ni l'un ni l'autre très affectés par une annulation. Il n'empêche. Il n'y a pas de quoi se réjouir non plus.

— Oui, soupire Ariel. Je comprends, c'est une demande inhabituelle. *S'il vous plaît.*

— Cela risque de bouleverser tous les enfants, madame Pryce. À commencer par votre fils.

Un groupe de jeunes la dépasse, riant aux éclats. La vie continue, indifférente aux drames personnels.

— Oui, et je le regrette, mais c'est important.

C'est même crucial. Cet homme devrait comprendre. Il gère un centre de loisirs après tout. George y va tous les étés, c'est ce qu'il connaît de cette saison, les animaux de la ferme, les sports aquatiques, le sumac vénéneux, les coups de soleil, les bonnes nuits de sommeil quand il rentre le soir. Le centre n'est pas très loin de chez eux, à quelques villages, un quart d'heure en voiture, mais parfois elle a l'impression qu'un continent les sépare. Un océan. Ce qui est le cas à présent.

— Le moment est particulièrement mal choisi, madame Pryce, on vient de finir de déjeuner, les enfants…

— S'il vous plaît. Je ne vais pas devoir vous supplier, quand même.

Silence. Ariel est habituée à ce genre d'hésitation. Elle prend constamment des nouvelles de George, trop souvent au goût des moniteurs, des directeurs d'école, des entraîneurs sportifs. Ils seraient peut-être plus compréhensifs si elle leur expliquait pourquoi, mais elle s'y refuse.

— Je regrette, mais je ne vais pas vous passer votre fils uniquement pour que vous soyez sûre qu'il va bien. Je suis sorti et je me trouve maintenant sous la véranda à l'arrière. Je vois George, il est assis sur la pelouse avec quatre de ses camarades. Il est en pleine forme. Il va falloir vous en contenter, désolé.

Sauf qu'elle ne le peut pas.

— Bonjour, maman.

Ariel a appelé Elaine aussitôt après avoir raccroché.

— Ma chérie ?

— Maman, tu es chez moi ?

— Où voudrais-tu que je sois ?

— Tout va bien à la maison ?

— Oui, pourquoi ?

— Je vais te demander quelque chose et ça va te sembler bizarre, mais s'il te plaît, obéis sans discuter. Je veux que tu fasses un sac avec deux ou trois jours de vêtements de rechange pour George et toi. Pense à ses médicaments. Prends aussi les chiens, et de quoi les nourrir. Va récupérer George au centre de loisirs et…

— Quoi ? Il lui est arrivé quelque chose ?

— Non, il va bien. Mais il faut que tu l'emmènes quelque part où personne ne risque de vous trouver.

Elaine ne répond pas tout de suite.

— Ma chérie, tu me fais peur. Que se passe-t-il ?

— John a été enlevé.

Elle pousse un cri étranglé.

— Je ne sais pas quoi penser, continue Ariel. S'il s'agit de John, de la rançon, ou si c'est lié à…

Elle ne serait pas autrement surprise si son téléphone était sur écoute, à présent qu'elle est allée à l'ambassade. Autant alerter directement la CIA. Toutes les communications peuvent être interceptées et trafiquées, enregistrées et archivées, volées et divulguées, révélées au monde entier. Toutes, sans exception. Appels téléphoniques, e-mails, messages sur une application cryptée de bout en bout. Photos de bite, conversations érotiques, délits d'initiés, demandes de rançon. La vie privée n'existe plus, en tout cas, certainement pas sur un portable. Ariel doit envisager qu'on est peut-être en train de l'écouter.

— Ou si c'est lié à autre chose, reprend-elle. Quelqu'un d'autre.

— De quoi parles-tu ?

Elle parle des secrets des hommes puissants.

— S'il te plaît, ne va pas à l'hôtel, maman. Ne va nulle part où il faut payer par carte. Ne te sers pas de mon fixe pour louer quelque chose. Ne te sers pas de ton portable.

— Comment veux-tu que…

— Demande à Pedro.

Ariel imagine soudain sa mère, errant à travers champs, arrêtant tous les hommes d'apparence vaguement latino-américaine.

— Tu vois qui est Pedro, maman ? Il porte toujours un chapeau de paille clair, il fait environ un mètre soixante-cinq…

— Évidemment. Je sais qui est Pedro.

— Bien. Emprunte-lui son téléphone et appelle une amie.

— Qui est-ce…

— Débrouille-toi ! crie Ariel. S'il te plaît, trouve quelqu'un pour t'accueillir, reprend-elle d'une voix plus douce. Mais ne me dis pas où. Dis-le seulement à ceux chez qui tu vas, à personne d'autre. Et ne te sers pas de ton portable. Compris ?

— Oui.

Ariel entend aboyer. Mallomar, lui semble-t-il. Quand elle est au téléphone, le chien écoute attentivement, la tête inclinée sur le côté, et parfois il répond. Ce qu'il fait en ce moment.

— Qu'est-ce que je vais raconter à George ?

— Demain, c'est le 4 juillet. Le centre sera fermé. Donc tous les deux, vous allez faire quelque chose de sympa. Vous pourriez aller voir des amis qui ont une piscine ?

Elaine ne connaît personne dans le coin. Mais à une heure de chez Ariel, ce n'est pas la même histoire.

— Je suppose que je peux me débrouiller… Mais le 4 juillet, ça ne suffira pas. George va se méfier.

— Coupe l'eau. Ça devrait marcher.

George comprendra. C'est arrivé il y a quelques années, quand le puits s'est asséché. Le problème n'a pas été réglé avant plusieurs jours, le temps que l'autre salaud accepte de se déplacer pour creuser un deuxième puits en plein hiver, plus éloigné de la maison, conformément à la nouvelle législation. Après ça, il a encore fallu que le plombier s'occupe des raccords. Entretemps, ce n'était pas évident de se passer d'eau, alors Ariel, George et les chiens se sont installés chez une amie. George dormait par terre dans un sac de couchage. C'était comme camper à l'intérieur. Une aventure mémorable.

— La vanne principale est au sous-sol.

— La vanne principale ? Arrête de me parler chinois.

Elaine vit dans une résidence disposant d'un terrain de golf, d'un gardien et d'un homme à tout faire, un endroit où elle n'a qu'à décrocher le téléphone et dire que les toilettes sont bouchées ou le radiateur froid pour que surgisse un employé en uniforme avec son nom cousu sur la poitrine et une caisse à outils à la main, qui ira chercher une pièce au magasin si nécessaire. À la fin, elle lui tend un billet de vingt dollars plié et il dit : « Merci beaucoup, madame Winston », repartant avec les éventuels rebuts de la réparation enveloppés dans un vieux journal.

Autrefois, Ariel pensait que c'était la norme. Si quelque chose ne fonctionnait pas dans une maison, on appelait quelqu'un qui vous remerciait quand il avait terminé. C'était sa vie lorsqu'elle était enfant, puis à la cité universitaire, en colocation à New York et enfin avec son premier mari.

— Oh, ma chérie, dans quel guêpier t'es-tu encore fourrée ?

Toujours la même histoire : c'est de sa faute.

— Je n'ai pas le temps d'entrer dans les détails, maman. Tu veux bien faire ce que je te demande, s'il te plaît ? Je t'expliquerai plus tard.

Ariel entend sa mère respirer avec difficulté, étouffer un reniflement peut-être.

— Maman, ça va ?

— Bien sûr que non. Je suis terrifiée.

— Je suis désolée.

Ariel aimerait pouvoir la rassurer, lui dire qu'il n'y a aucune raison de s'inquiéter, mais ce serait contre-productif. Et peut-être faux.

— Bon. Je suis à la cave.

— Tu vois le levier rouge, sur le tuyau, près de la pompe par terre ? Il y a un morceau de laine attaché dessus, portant une étiquette marquée VANNE PRINCIPALE. C'est bon ?

— Oui.

— Maintenant, ferme-la.

— Dans quel sens ?

Ariel lève la main pour mimer le geste.

— Tu tournes à droite, dans le sens des aiguilles d'une montre.

C'est comme les pédales de la voiture. Son corps connaît les gestes, pas nécessairement sa tête.

— Lorsque la vanne est fermée, il reste toujours un peu d'eau dans les tuyaux, de quoi tirer une fois la chasse dans les toilettes, mais après ça, le réservoir ne se remplira pas. Montre les robinets vides à George.

— Tu veux que je mente à mon petit-fils ?

— Si je le *veux* ? Non, je ne *veux* pas que ma mère mente à mon enfant. Je ne *veux* pas non plus être seule au Portugal à gérer un enlèvement. Ce que je *veux*, c'est vous savoir tous les deux en sécurité. Et éviter d'affoler George. Je n'ai pas trouvé mieux comme solution, mais si tu as une idée, je suis tout ouïe.

Acheter une ferme de deux cents ans n'était pas la plus rationnelle des nombreuses décisions cruciales qu'Ariel avait dû prendre au cours de cette année charnière. C'était aussi irresponsable que de s'offrir une voiture de collection quand on ignore ce qu'est une boîte de vitesses. Si on n'a ni la patience, ni l'argent, ni les connaissances, mieux vaut éviter les vieilles choses compliquées.

Ariel ne savait pas comment fonctionnait sa maison. Pas plus qu'elle ne savait comment fonctionnait son bébé tout neuf. Ni l'un ni l'autre n'avait été livré avec le mode d'emploi. Alors que sa brosse à dents électrique, elle, était accompagnée d'un manuel de trente-deux pages.

Les premières années à la ferme furent une succession de frustrations presque ininterrompue. Les pannes, les fuites et les ruptures s'enchaînaient, et chaque problème était aggravé par l'humiliation d'Ariel, qui se voyait incapable de répondre aux questions les plus élémentaires à propos de sa maison. Le chauffage fonctionnait-il à la vapeur ou à l'eau chaude ? Où se trouvait la fosse septique et à quand remontait la dernière vidange ? Combien de kilowattheures prévoyait son contrat ? D'où venait l'eau ? Mystère.

Un matin, elle décida que l'eau avait un drôle de goût. Ou bien se faisait-elle des idées ? Difficile d'être sûre, quand on en boit tous les jours. Ariel interrogeait tous ceux qui passaient et recevait des réponses variées. Elle se résolut à appeler une entreprise pour tester l'eau. Un technicien vint prélever un échantillon qui fut transmis au laboratoire, puis on lui adressa par e-mail une analyse incompréhensible, un charabia qui lui semblait écrit dans une langue étrangère.

L'eau était alcaline, lui expliqua l'homme au téléphone. Un filtre réglerait le problème facilement.

Quelques semaines plus tard, Jeb Payne descendait par la trappe dans la cave semi-enterrée : sol en terre battue, maçonnerie grossière, un endroit glauque envahi de toiles d'araignées et de mécanismes qui dépassaient l'entendement d'Ariel, éclairé par une ampoule nue suspendue au plafond bas, le vide sanitaire colonisé par des souris, des rats, des ratons laveurs et des opossums qui se bagarraient, copulaient, procréaient et mouraient. Il y régnait d'ailleurs en hiver une constante odeur de rongeur crevé.

— Ah, dit Payne, s'approchant d'une masse ovoïde qui ressemblait à un barbecue futuriste. Apparemment, vous avez déjà un système de filtration. Là, précisa-t-il en posant sa grosse paluche aux doigts boudinés dessus.

Il la regardait d'un air mi-condescendant, mi-goguenard qui enrageait Ariel.

Il examina un conduit.

— On dirait qu'il est déconnecté. Vous savez pourquoi ? Non, je suppose que non, ajouta-t-il avec un sourire dédaigneux.

Ariel sentait la honte empourprer ses joues et elle était sûre qu'il le voyait.

Elle se détestait. Elle s'en voulait d'incarner le stéréotype de la femme incompétente, et de devoir dépendre d'un tel homme, dont l'arrogance était la conséquence de ses choix à elle, de ceux de sa mère, et d'une société qui cantonnait chaque sexe à ce qu'il était censé faire et ne pas faire.

Cet épisode provoqua un déclic.

Le lendemain, Ariel appelait le plombier et l'électricien.

— Non. Ce n'est pas une urgence. Il n'y a pas de problème, en fait.

Elle leur paya chacun une heure de travail pour faire avec elle le tour des installations et lui expliquer les grandes lignes de leur fonctionnement, tandis qu'elle notait et posait des questions : à quoi ça sert, comment ça marche, pourquoi c'est là ? Elle se sentait idiote, mais c'était un investissement utile pour en finir avec ces humiliations répétées. Assumer son ignorance pour la vaincre.

Et il ne s'agissait pas que des artisans. Il était temps qu'elle prenne sa vie en main. Au lieu d'embaucher des gens pour tout faire à sa place, elle allait apprendre à se débrouiller. La plupart du temps, ce n'était pas si compliqué. Encore fallait-il se donner la peine d'essayer.

Ariel n'avait jamais voulu être une femme qui voyait tout à travers le prisme de la peur, imaginait toujours le pire, pensait en termes d'issue de secours, d'autodéfense, de méfiance, d'antagonisme, de politique du moindre risque. Elle désirait être une personne qui affrontait la vie bravement, même quand elle ne sortait pas de chez elle ; elle voulait être intrépide, même allongée dans son lit.

On se retrouve constamment face à des choix. Certains superficiels, concernant l'apparence, la façon de s'habiller et de se coiffer, et puis il y a le reste : la manière dont on élève ses enfants, gagne de l'argent et le dépense, les amis qu'on fréquente, ce qu'on fait de ses loisirs, prendre un chat ou un chien, du vin ou de la bière, une voiture ou un pick-up, être végétarien ou omnivore. Des choix innombrables. Et la plupart du temps, on les fait sans s'en rendre compte ; on n'est pas conscient qu'on est libre d'en faire d'autres.

Ariel s'obligea donc à réfléchir et à décider en connaissance de cause.

Elle choisit d'être quelqu'un qui savait comment fonctionnait – plus ou moins – la plomberie de sa maison. Quelqu'un qui comprenait les principes de base du véhicule qu'elle conduisait, du logement où elle habitait. Elle choisit d'être quelqu'un qui cherchait à apprendre à faire le nécessaire, puis s'attelait à la tâche : rédiger un bail, changer un pneu, réparer un robinet, tenir ses comptes et remplir ses déclarations fiscales, construire une cabane dans un arbre et faire un feu de camp, rallumer la veilleuse de la chaudière, mettre du ruban de masquage, reboucher les trous à l'enduit, poncer et repeindre une cloison.

Une femme capable de se défendre. Et même de tuer quelqu'un à mains nues s'il le fallait.

14

Jour 1 – 19h21

Lorsqu'elle arrive à l'intersection suivante, Ariel constate qu'elle ne sait pas où elle est, et encore moins où se trouve l'hôtel. Elle tourne à gauche, fait quelques pas, puis aperçoit le fleuve en contrebas…

— Zut.

Elle marche dans la mauvaise direction depuis le carrefour précédent, ce qui signifie qu'elle va devoir passer encore cinq longues minutes dans la rue, exposée, vulnérable. Elle fait volte-face, revient en arrière…

Ariel manque de sursauter, mais elle s'oblige à ne rien trahir. Sur le trottoir d'en face, il avance à sa rencontre d'un pas nonchalant.

Elle a très peu de temps pour prendre une décision. Elle peut fuir. Elle peut faire semblant de ne pas l'avoir remarqué, de ne pas l'avoir reconnu, et continuer sans lever les yeux. Elle peut aussi aller lui parler.

Il a changé de haut. Il porte à présent un tee-shirt gris à la place du polo bleu. En revanche, le pantalon en toile est le même, si ce n'est que le pli est moins net. Mais le détail révélateur, ce sont les chaussures orthopédiques.

Elle pourrait attaquer. Pendant la majeure partie de sa vie, elle n'aurait jamais envisagé une chose pareille. L'idée lui aurait paru saugrenue, impossible. Ce n'est plus le cas aujourd'hui.

Elle descend du trottoir et traverse la rue. Elle peut le faire. Elle l'a déjà fait.

C'était deux ans auparavant. George jouait chez un copain, et les employés agricoles étaient partis à 16 h 30, comme d'habitude. Ariel était donc seule lorsqu'elle entendit le véhicule dans l'allée.

Elle pensa d'abord à la société d'irrigation qu'elle avait appelée quelques jours plus tôt. Une équipe passerait, lui avait-on assuré, mais on ne pouvait pas lui dire précisément la date.

Ariel se dévissa le cou pour regarder par la fenêtre et reconnut le visiteur. Imprévu, indésirable, importun.

Si elle regrettait un aspect de New York, c'était la multitude des options. Restaurants, bars, librairies et magasins de vaisselle, de bricolage, de luminaires : quand un endroit vous déplaisait, que ce soit à cause du lieu ou des employés, vous n'aviez qu'à aller ailleurs. Pas ici. Dans sa petite ville, elle ne pouvait choisir ni les commerces qu'elle fréquentait ni les gens qu'elle croisait. Il y avait un podologue, un vendeur de jouets, une pharmacie. Et si on avait des problèmes liés à la qualité de l'eau, un seul technicien, le genre de lourdaud qu'elle aurait évité si elle avait pu.

Elle sortit, regarda la route à droite et à gauche.

— Bonjour ? dit-elle, s'efforçant de charger les deux syllabes de doute, de réticence et de froideur, sans montrer d'hostilité franche.

Elle ne tenait pas à ce que ça dégénère. Pas dans cette situation, sans issue de secours ni témoin.

Jeb Payne descendit de son char d'assaut et remonta son

pantalon. Il n'était pas encore obèse, mais il avait fait des progrès dans cette direction depuis sa dernière visite.

— Salut, fit-il en s'approchant d'un pas pesant, sa boîte à outils à la main.

— Je n'ai pas appelé, si ?

Ariel savait pertinemment que non, mais elle espérait que la forme interrogative serait perçue comme moins agressive.

— Non. Je suis là pour la visite de contrôle. Tous les trois ans. Ça fait partie du contrat. Pour… euh… les bons clients.

— Ce n'est pas nécessaire, dit Ariel en se plaçant devant la porte, les bras croisés. Tout va bien.

Il eut un sourire narquois.

— Tant mieux. Mais faut que je vérifie quand même. Ça fait partie du contrat.

Comme si elle n'avait pas compris la première fois.

— Sincèrement, ne vous embêtez pas avec ça.

— Ça m'embête pas, dit-il, gravissant les marches de la véranda. J'en ai pour une minute.

Il se tenait devant la porte-moustiquaire, mais il ne toucha pas à la poignée, comme s'il traçait clairement la limite entre passer à l'improviste et entrer sans autorisation explicite, ce qui aurait été un délit. Son cousin policier avait dû le briefer sur les subtilités de la loi.

— Vous permettez ?

En fait, non, mais allait-elle réellement dire : *Je ne vous le permets pas, veuillez partir sur-le-champ* ? Ariel marqua une pause pour souligner sa réticence, sans que Payne ne s'en émeuve. Si elle ne voulait pas créer une situation ouvertement hostile, elle était obligée de le laisser passer.

Elle s'écarta. Il entra, mais elle resta dehors et réfléchit. Elle regarda le SUV de Payne, qui bloquait son pick-up dans l'allée. Elle se tourna vers la route déserte qui était peu fréquentée, quelle que soit l'heure. Elle jeta un coup d'œil en direction de la maison la plus proche, à quelques centaines de mètres. Pas de Buick devant chez Cyrus ; il était sans doute au cercle des anciens combattants, où il allait boire une bière ou deux presque tous les après-midi.

Elle avait un mauvais pressentiment. Ce n'était peut-être pas une coïncidence si Payne était venu à un moment où elle était seule.

— Je peux avoir un verre ?

— Le placard est sur la droite, répondit-elle de la véranda.

Payne fit couler de l'eau, but une gorgée. Il ne referma pas le robinet.

— L'eau a toujours ce goût ?

Il se tenait devant l'évier et tendait le verre dans sa direction, essayant de l'attirer à l'intérieur.

Elle se demandait si elle imaginait des choses. On le lui avait déjà reproché. Il était quand même peu probable que cet homme soit venu chez elle en plein jour dans le but express de l'agresser. Malgré tout, ce n'était pas totalement impossible.

Ariel entra. Elle ignora le verre que Payne lui offrait pour en prendre un propre qu'elle remplit. Elle ne prêta aucune attention au goût de l'eau.

— Je la trouve normale.

— Mouais, fit-il d'un air dubitatif. Faut que je descende à la cave pour vérifier votre.... euh... filtre. Laissez couler l'eau pour qu'on ait un échantillon pur. Je reviens de suite.

Dès qu'il sortit, Ariel poussa un soupir de soulagement. Elle retourna aux préparatifs du dîner, retournant des tranches d'aubergine dans la farine, puis dans l'œuf battu et la chapelure, les doigts bientôt gluants.

Payne réapparut sur le seuil, les chiens sur ses talons. Ils se sentaient obligés de suivre les visiteurs.

— Hé !

Elle se lava les mains sous le robinet toujours ouvert, puis s'approcha de la porte-moustiquaire, maintenant une distance entre eux.

— Tout va bien ?

— Je peux ? J'ai besoin d'un autre échantillon.

Elle hésita encore avant de répondre.

— S'il le faut.

Elle tenait à ce que sa réticence soit manifeste.

Il remplit deux flacons et referma le robinet.

— On aura les résultats d'ici une semaine.

— Très bien. Merci de votre visite.

Il ne faisait pas mine de bouger. Il regarda le plan de travail, les bols d'ingrédients, puis ses yeux revinrent sur elle, s'attardèrent sur ses jambes et remontèrent lentement.

— C'est l'heure de débaucher, dit-il avec un accent prononcé que les hommes du coin avaient tendance à exagérer, pour montrer qu'ils étaient des vrais gars de la campagne et se distinguer des citadins venus s'installer ici.

— Eh bien, merci d'être passé.

— Je suis pas aux pièces. J'aurais rien contre une bière.

Depuis son arrivée, Ariel éprouvait une gêne, comme un grattement dans le fond de la gorge qu'on peut choisir d'ignorer. Jusqu'au moment où on tousse et où ça fait mal.

— Désolée. Je dois préparer le dîner. Mon fils va rentrer d'une minute à l'autre.

Ariel jeta un coup d'œil vers le plan de travail, ne vit aucun couteau à portée de main.

— Et j'attends des invités. Ils ne devraient pas tarder.

C'était faux, et le sourire moqueur de Payne lui indiquait qu'il n'était pas dupe.

— Alors, vous organisez une petite fête, comme ça ?

Ariel avait appris sa leçon, bien sûr. Elle savait ce qu'elle était censée faire, et quand. Mais ce n'est pas si facile de dire non, de le dire haut et fort, de s'assurer qu'il n'y avait pas d'autre interprétation possible, pas de malentendu, pas la moindre ambiguïté.

— Non, pas une fête.

Il fit un pas vers elle.

— Faire la fête, moi, ça me plaît.

Prendre son courage à deux mains et dire : *Maintenant, je vous prie de partir.*

— Et vous ? Je parie que vous aimez ça aussi.

Dire : *J'insiste.*

— Écoutez, commença Ariel.

Il se tenait déjà trop près. C'était un mastodonte qui devait peser une bonne trentaine de kilos et mesurer quinze centimètres de plus qu'elle. Il ne fallait pas qu'ils en viennent aux mains.

Dire : *Partez immédiatement ou j'appelle la police.*

— Vous m'importunez, ajouta Ariel, regardant les chaussures de l'homme, des brodequins à bouts renforcés.

— Moi ? fit-il, jouant l'étonnement. Hé, soyez pas comme ça.

— C'est pourtant le cas.

Ariel planta ses yeux dans les siens, s'efforçant d'avoir l'air ferme. D'être ferme.

— Allez.

Il fit un autre pas. Il n'avait qu'à tendre le bras pour la toucher. Il avait un sourire railleur, comme si c'était un jeu vaguement amusant.

— S'il vous plaît, je vais devoir vous demander de partir.

Il approcha sa main ; elle le repoussa. Son sourire tordu se transforma en grimace et son visage s'assombrit.

— Quoi ? En fait, vous êtes une putain de gouine ? C'est ce qu'ils disent tous, ici.

Il était inutile de répondre quoi que ce soit, ni l'apaisement ni l'agressivité ne servirait plus à rien.

— Mais moi je leur fais nan, c'est pas possible.

Ariel sentait son pouls battre violemment, sa mâchoire se crisper, son corps tout entier se tendre. À présent, elle était sûre que ça allait mal se terminer. Restait à savoir pour qui, et si quelqu'un allait finir à l'hôpital, ou mort.

— Cette gonzesse, je leur dis, elle aime la bite. Ça se voit.

Cette fois, il fut si rapide qu'Ariel n'eut pas le temps de réagir. Les doigts de l'homme se refermèrent autour de son cou. C'était un type costaud, avec de grandes paluches. Il n'était pas en bonne forme physique, mais il était fort. Ariel eut un haut-le-cœur.

Les chiens aboyaient à tout rompre sous la véranda, du mauvais côté de la porte.

Mais elle était prête, non ? Elle s'était entraînée, elle s'était exercée. Pas seulement de manière générale, abstraite. Elle s'était préparée pour ce genre de situation.

Inutile de s'acharner contre le bout renforcé de son godillot, elle ne réussirait qu'à se faire mal. Elle sauta donc cette étape et leva son genou très vite, visant l'entrejambe et frappant fort pour un effet maximal. Il hurla et desserra les doigts. Elle ne lui laissa pas le temps de reculer et lui envoya sa droite dans la figure, pas un crochet quelconque, mais un direct rapide – la précision et l'angle étaient plus importants que la puissance, ici –, utilisant le talon de la main plutôt que le poing lui-même. Elle percuta les narines, un coup ascendant, le poignet ferme, le bras tendu, tout le bas du corps mobilisé pour que ses soixante kilos entrent en collision avec les os fragiles du petit nez en trompette de cette grosse brute. Le sang se mit à gicler alors qu'il se pliait en deux. Elle fit un pas latéral et s'empara d'une sauteuse en fonte qu'elle abattit sur la tempe de Payne, lequel se trouvait à présent à la hauteur de ses hanches. Il y eut un tintement au moment du choc et il s'effondra avec un bruit sourd qui fit vibrer le sol de la cuisine.

Ariel courut vers le plan de travail et arracha un couteau du bloc.

— Je devrais vous tuer.

Elle se tenait sur le côté, assez loin pour qu'il ne puisse pas lui donner un coup de pied. Il se tordait par terre, le bas-ventre encore douloureux, la joue entaillée, la pommette et le nez peut-être cassés.

— En fait, c'est peut-être ce que je vais faire.

— Non !

Il écarta une main de son visage et leva une paume ensanglantée pour arrêter la lame.

— Alors supplie-moi, connard, supplie-moi de ne pas te tuer.

— S'il vous plaît, bredouilla-t-il, rampant vers la porte.

Ariel le surveillait, couteau dans une main, poêle dans l'autre, haletante, les yeux lançant des éclairs, comme une forcenée dans un film d'action, la mère vengeresse assoiffée de sang.

— S'il vous plaît.

Elle se demanda si elle devait appeler la police. Mais elle ne voulait pas se laisser distraire, lui donner l'occasion de contre-attaquer. Pour l'instant, il semblait qu'elle avait remporté la bataille, mais peut-être était-il en train de rassembler ses forces afin de se jeter sur elle.

Il se pouvait aussi qu'il ait une arme dans son véhicule. Avec l'autocollant de la NRA représentant des fusils croisés, c'était plus que probable. Il cachait un flingue dans le SUV, et il allait remonter en courant l'escalier de la véranda, un semi-automatique entre ses mains ensanglantées, pour mitrailler à tout-va. D'abord il abattrait les chiens, puis il braquerait le canon sur elle…

Ariel voyait cette conclusion se dessiner si clairement qu'elle semblait inéluctable. Il n'y avait qu'une façon de l'éviter.

Alors qu'elle dégringolait les marches, elle vérifia la position des deux véhicules : non, son pick-up ne pourrait pas contourner le SUV ; elle était coincée entre les arbres et le garage. Si elle fuyait à pied, il l'aurait rattrapée avant qu'elle n'ait le temps de se mettre à l'abri. Il l'abattrait en tirant par la fenêtre de son char, comme le chasseur flemmard qu'il était.

Ariel ouvrit la portière, tâta sous le siège. Rien, hormis des détritus. Elle plongea la main dans le vide-poche, pareil.

Elle jeta un coup d'œil vers la maison. Payne s'était relevé et il traversait la véranda d'un pas vacillant. Comme un animal blessé qui s'accroche à la vie, humilié, furieux, irrationnel. Plus dangereux que jamais.

Il n'y avait pas d'arme non plus dans la console centrale.

Il descendait les marches en titubant. Les chiens lui aboyaient après, mais se refusaient à l'attaquer.

Rien sous le siège passager.

Il avançait sur l'allée pavée. Il n'était plus qu'à vingt mètres.

À moitié couchée sur le fauteuil du conducteur, elle tendit la main vers la boîte à gants et appuya dessus en vain. Merde. Elle réessaya, sans plus de succès.

Dix mètres.

Elle donna un grand coup dedans et – enfin – le compartiment s'ouvrit, libérant une jauge de pression, un flacon ambre d'analgésiques et un Twix, qui tombèrent sur le tapis de sol crasseux. Ne restait à l'intérieur qu'un objet, que son poids avait maintenu en place : un pistolet semi-automatique.

Elle s'en saisit, puis se propulsa en arrière pour sortir de la voiture. Une de ses chaussures trouva un appui sur le marchepied recouvert de caoutchouc, mais l'autre le manqua et elle perdit l'équilibre. Elle tomba sur les fesses brutalement et son crâne claqua sur les pavés. Tout s'obscurcit pendant une fraction de seconde, puis il y eut des étoiles partout. Le temps qu'elle reprenne ses esprits, il se penchait sur elle, le visage dans sa ligne de tir.

Elle ôta la sûreté.

— Arrière, hurla-t-elle.

Elle se releva à reculons, s'aidant d'une main, tenant fermement l'arme de l'autre. Elle abaissa le canon vers l'estomac de Payne, une cible plus large et plus facile. Elle n'avait presque jamais tiré, mais il était peu probable qu'elle le rate à deux ou trois mètres, ce qui était la distance entre eux à présent.

Elle réfléchit à toute vitesse, agitée par un débat intérieur qu'elle avait déjà eu, mais seulement en imagination, de manière abstraite, face à un autre homme. Maintenant, c'était concret, c'était tout de suite et c'était cet homme-là. Quoi qu'elle décide, elle savait qu'elle passerait sans doute le restant de sa vie à se demander si elle avait fait le bon choix.

— Fous le camp.

Il ne se le fit pas dire deux fois.

15

Jour 1 – 19h22

Ariel traverse la rue en diagonale en direction de l'inconnu. L'écart entre eux se réduit rapidement. Il fait de son mieux pour l'ignorer.

L'expérience lui a appris que, si un homme semble prêt à attaquer, c'est qu'il va attaquer. Inutile d'espérer une autre explication à son attitude, surtout ne pas attendre qu'il passe à l'action pour se défendre. La plupart du temps, fuir est la meilleure solution. Parfois, c'est impossible, ou déconseillé, ou contre-productif. Ce qui est le cas aujourd'hui.

Ariel sort une bouteille d'eau de son sac et dévisse le bouchon. Elle est toute proche, à quelques secondes de lui. La bouteille dans sa main gauche, l'homme à sa gauche.

Encore deux pas, deux secondes… Maintenant !

La ville où habite Ariel est petite, surtout en hiver, sans les estivants. On croise tout le monde. À la station-service, au supermarché, au coffee-shop, au cinéma, au drugstore, à la mairie. On salue des gens qu'on connaît tous les deux pas dans Main Street, sur le parking de la place marchande, chez le traiteur chinois, devant la pizzeria. On reconnaît leurs berlines et leurs pick-up sur la route, on sait quel véhicule ils conduisent, on repère la voiture d'un ami à quatre cents mètres. Et celle d'un ennemi.

Elle croisait souvent la femme de Jeb Payne, l'air malheureuse, au volant d'une Sienna beige, conduisant leurs trois gosses au foot et à l'école. Elle voyait également son cousin, le policier. Les deux garçons avaient grandi ensemble et s'étaient toujours entendus comme larrons en foire. C'était la raison pour laquelle Ariel n'était pas allée à la police. L'une des raisons.

Deux mois après l'agression, elle se retrouva derrière Beverly Payne à la caisse du supermarché. Deux de ses enfants l'accompagnaient ; le troisième attendait dehors, avachi dans un coin, le nez sur son portable.

Ariel eut l'envie subite de parler à la femme. Mais pour lui dire quoi ? Dans quel but ? Elle souhaitait tout le mal du monde à Payne, certes, mais à Beverly ?

Vous savez comment votre mari s'est fait casser la gueule ? Elle aurait pu lui poser la question. La femme l'aurait regardée, blessée, sur la défensive. Quoi qu'il lui ait raconté, elle devait se douter de la vérité. Cela avait déjà dû arriver, peut-être même à Beverly elle-même. Au moins une femme sur dix était violée par son mari. Elle avait certainement subi la violence de Jeb.

Je ne sais pas de quoi vous parlez, répondrait-elle, brusque et furieuse, avant de se détourner, espérant que l'échange n'irait pas plus loin.

C'est moi qui l'ai amoché, rétorquerait Ariel, s'adressant à son dos. *Vous savez pourquoi ?*

Les enfants de Beverly regarderaient Ariel, la bouche ouverte, devinant que ce qui se passait dans le supermarché était important. Le genre d'événement qui bouleverse une vie. Leur vie.

Parce qu'il a tenté de me violer.

L'un des garçons fit tomber son gobelet, qui roula aux pieds d'Ariel. Beverly entendit le bruit et se retourna tandis qu'Ariel se baissait pour le ramasser. Accroupie, elle tendit le gobelet à l'enfant.

— Qu'est-ce qu'on dit, Cole ?

— Merci, madame.

Ariel leva les yeux vers Beverly qui la remercia elle aussi.

Non, cette femme n'était pas son ennemie. Elles étaient du même côté.

Main Street, et ce que représentait ce genre de grand-rue, était l'une des raisons pour lesquelles Ariel s'était exilée ici : la promesse d'une forme de pureté et d'innocence à laquelle elle voulait croire, les personnages excentriques derrière les vitrines de magasins indépendants, les papotages et les amabilités superficielles de la vie à la campagne. Elle pensait que ce serait l'antidote à tout ce qui n'allait pas à New York, et elle s'était longtemps accrochée à cette idée, trop, comme on se cramponne à son dernier espoir.

Au lieu de se sentir plus en sécurité, elle vivait dans la crainte depuis qu'elle avait démoli Payne ; elle redoutait sa vengeance. Il savait où elle habitait, travaillait, faisait ses courses, mangeait, prenait de l'essence, où son fils allait à l'école, jouait au baseball, nageait. Il savait quand elle était seule, quand elle était vulnérable. Et son meilleur ami était flic.

Elle avait envisagé de garder le semi-automatique pour se défendre, mais elle connaissait les statistiques. Posséder une arme augmentait surtout les chances de se faire tirer dessus.

Alors, elle avait nettoyé ses empreintes avec du solvant, attaché le pistolet autour d'un parpaing qu'elle avait trouvé sur la plage, et jeté le tout d'un pont dans un profond canal. Mais Payne en possédait d'autres, Ariel n'en doutait pas. Chez les détenteurs d'armes à feu, la moyenne était de huit par foyer.

Elle continua donc à suivre des cours d'autodéfense, s'entraînant à se protéger contre différentes sortes de périls physiques, à l'aide de tactiques diverses. Elle devint plus forte, plus rapide, plus sûre d'elle. Elle savait désormais se défendre de multiples manières.

— Bon, annonça-t-elle finalement à son professeur d'arts martiaux. Maintenant, je veux apprendre à attaquer.

Ariel se demandait constamment si elle aurait dû abattre Payne. La mort était-elle une punition juste en cas d'agression sexuelle ? C'était discutable. Mais tant que ce salopard serait en liberté, elle ne se sentirait pas en sécurité. Quel châtiment serait équitable ?

Elle savait d'expérience que la police n'enquêterait pas. Que le système pénal n'apporterait aucune solution. Ariel n'avait pas envie de tuer qui que ce soit, mais elle voulait dormir tranquille. Elle voulait que justice soit faite. Qui pouvait faire ça à sa place ?

Personne.

Elle est à seulement quelques pas de l'homme qui la suit. Trois, deux, maintenant…

Ariel plonge en avant comme si elle avait perdu l'équilibre ; elle lâche la bouteille qui roule aux pieds de l'inconnu. Le bouchon dévissé s'enlève et de l'eau gicle sur les chaussures orthopédiques. Instinctivement, il se penche pour ramasser la bouteille ou essuyer l'eau. Son bras est donc baissé, son torse plié, et son visage beaucoup plus près qu'il ne devrait l'être s'il avait la moindre idée de ce qui l'attend.

Ariel relève le genou vers le menton de l'homme et elle entend ses dents claquer, puis le grognement qu'il émet en trébuchant. Elle profite de ce qu'il est à terre pour lui balancer un vigoureux coup de pied dans le ventre, sans vraiment prendre la peine de viser, parce que ça fera mal de toute façon. Aussitôt, elle recule d'un bond pour se mettre hors d'atteinte et retrouver son équilibre.

— S'il vous plaît, arrêtez, dit-il en anglais.

Ariel est surprise, mais elle ne se laisse pas distraire. Elle s'apprête à lui asséner un autre coup, cette fois puissant et précis, qui devrait l'assommer…

— J'essaie de vous aider, dit-il, avant d'ajouter quelques mots inintelligibles.

— Hein ? demande-t-elle, reposant son pied par terre.

— Je suis américain, j'essaie de vous aider.

Il crache du sang sur le trottoir, passe sa langue sur ses dents pour évaluer les dégâts.

— Qui êtes-vous ?

— J'essaie de vous aider, répète-t-il, s'asseyant péniblement.

— Comment ça, m'aider ?

— Au sujet de votre mari. Je suis de l'ambassade.

Un peu plus loin, Pete Wagstaff les observe, sidéré. À présent, il semblerait qu'Ariel Pryce devise courtoisement avec l'agent de la CIA à qui elle vient de flanquer une rouste. Puis un SUV pourvu d'une plaque diplomatique s'arrête à leur hauteur, et ils montent tous les deux dedans. Le tout quelques minutes après l'apparition du motard surgi de nulle part.

Il y a encore une heure, Wagstaff pensait qu'il perdait probablement son temps avec cette femme. Plus maintenant.

16

Jour 1 – 19h43

Ariel se retrouve dans les couloirs de l'ambassade, à présent déserts et silencieux. Cette fois, ses guides sont très différents de l'odieux Saxby Barnes. L'un est l'homme mal fagoté contre lequel elle s'acharnait quelques minutes plus tôt. Le second, la jeune femme noire qui les a ramenés à l'ambassade au volant d'un SUV qu'elle pilotait comme un bolide de course.

— Entrez, dit cette dernière à Ariel alors qu'ils arrivent devant une salle de conférences.

À l'intérieur, une femme se lève et avance à sa rencontre, main tendue.

— Bonsoir. Je m'appelle Nicole Griffiths.

— Ariel Pryce.

— Merci, vous pouvez nous laisser, dit la femme aux deux autres.

Ils referment la porte derrière eux et Ariel s'assied à la table, sur laquelle sont posés une carafe d'eau et deux verres. Elle se sert. Elle est déshydratée.

— Je n'irai pas par quatre chemins, madame Pryce. Votre mari a-t-il été enlevé ?

Ariel ne répond pas.
— On vous a dit de ne parler à personne ?
Elle se contente de la regarder.
— Bien sûr. Ils disent toujours ça. Pourquoi se gêner ? Mais si vous parlez, que peuvent-ils faire ?
— Je ne sais pas… tuer mon mari ?
— Et cela les avancerait à quoi ? Sans otage, pas de rançon. Ils n'auraient plus de monnaie d'échange. Et ils auraient commis un meurtre, assassiné un citoyen américain…
Elle s'interrompt.
— Votre époux est américain ?
Ariel acquiesce.
— Donc ils assassinent un Américain et se mettent les États-Unis à dos, sans y gagner quoi que ce soit. Qui ferait une chose pareille ?
— Ils sont peut-être fous.
— Ce n'est pas comme ça que ça marche.
— Comment pouvez-vous le savoir ?
Nicole sourit.
— Ils m'ont dit spécifiquement pas de police, pas d'ambassade.
— Comment vous ont-ils contactée ? Ils vous ont appelée sur votre téléphone ?
Ariel devrait-elle parler à cette femme ? Que risque-t-elle ? Tôt ou tard, il faudra bien que quelqu'un la prenne au sérieux. Pourquoi pas Nicole Griffiths ?
— Un motard m'a remis un portable.
— Intéressant. Combien réclament-ils ?
— Trois millions d'euros.
Nicole Griffiths ne sourcille pas.
— Vous les avez ?
Ariel laisse échapper un petit rire désabusé.

— Y a-t-il une raison pour qu'on croie que vous les avez ?

Bonne question. Elle a pris l'avion en classe affaires, un luxe que la plupart des gens n'envisageraient même pas, le coût d'une chaudière neuve haut de gamme, installation comprise – vingt hivers de chaleur assurés –, ou d'une vie de consultations vétérinaires pour un chien, voire d'une voiture d'occasion en excellent état. Mais c'était aussi le choix le plus logique. Allait-elle voyager mal assise en classe éco pendant que John dormirait dans un confortable fauteuil inclinable à l'avant de l'avion ? Et le billet d'Ariel, quoique exorbitant, serait leur unique dépense : tout le reste passerait en frais professionnels.

— Non. Nous ne sommes pas…

Elle ne sait pas comment expliquer à quel point c'est évident qu'ils ne sont pas riches.

— Mon pick-up a presque trois cent mille kilomètres au compteur.

Nicole Griffiths sourit.

— Oui, mais ici, à Lisbonne ? Vous donnez peut-être une impression différente ?

— Bien sûr. Nous sommes descendus dans un hôtel chic. Nous mangeons dans de bons restaurants. C'est un voyage d'affaires. On ne se balade pas dans mon pick-up pourri. Mais on ne se déplace pas non plus en limousine avec chauffeur.

Les signifiants du statut social : on les décode constamment, du plus bas au plus haut. On revendique son rang à travers les signaux qu'on émet et qu'on reçoit. Le sac à main branché de la saison, le safari en Afrique, le bouton de manche ouvert d'une veste de smoking sur mesure. Le fait d'avoir un smoking.

Leur chauffeur à l'aéroport s'était montré poli et leur avait offert ses services pendant le reste du séjour : « Si vous avez besoin, avait-il dit à John en lui tendant une carte. N'importe quand, n'importe où. » Mais il ne portait pas de costume.

C'était un homme correctement habillé au volant d'une Mercedes propre. Relativement propre.

— On n'enchaîne pas les activités hors de prix, visites privées, accès exclusif, grand luxe. On ne fait pas de shopping dans ce genre de boutiques…

Ariel écarte d'un geste dédaigneux tous les magasins inabordables du monde où les gens achètent des chaussures et des cravates, quand ils ne savent pas quoi faire de leur temps et de leur argent.

— Votre mari gagne bien sa vie ?

Ariel hausse les épaules.

— Ça va.

— Pardonnez-moi d'insister, mais cela signifie combien, en termes de revenus ?

— Tout dépend des primes, mais en moyenne, deux ou trois cent mille dollars par an.

Nicole Griffiths hoche la tête : ce n'est pas rien, mais pas suffisant pour disposer de trois millions d'euros en espèces.

— Et votre vie aux États-Unis, hormis votre vieux pick-up, des signes extérieurs de richesse ?

— Non, vraiment pas. J'habite avec mon fils dans une petite ville rurale à deux heures de New York. John travaille là-bas. La semaine, la plupart du temps, il dort sur place dans un appartement modeste. Il nous rejoint le week-end.

— Votre fils, dites-vous ? Pas celui de John ?

— George a 13 ans. Je connais John depuis un an.

— Je vois. Et en ce qui concerne la présence en ligne de votre mari ? Rien n'indiquant qu'il serait important ? Riche ? Qu'il aurait des relations haut placées ?

Beaucoup de gens font des efforts démesurés pour paraître fortunés sur les réseaux sociaux, surtout lorsqu'ils ne le sont pas. Certains vont jusqu'à prendre des selfies à bord de faux jets privés.

— Non, certainement pas. Il n'est pas sur les réseaux sociaux. On est tous les deux contre.

— Pourquoi ?

— Parce que je pense qu'ils détruisent le monde. John aussi.

— C'est une vision assez cynique.

— Cynique est le terme qu'emploient les naïfs à la place de lucide.

Nicole ne peut retenir un sourire.

— Nous nous écartons du sujet.

— Quoi qu'il en soit, mon mari et moi sommes virtuellement inexistants… virtuellement.

— Aurait-on pu l'enlever pour des raisons liées à ses affaires ?

— Je n'en ai pas la moindre idée. Croyez-le ou non, c'est mon premier enlèvement.

— Votre mari travaille sur des contrats de quel ordre ?

— Dix millions ? Vingt ? Dans ces eaux-là.

— Vingt millions de dollars, c'est beaucoup d'argent.

— En petites coupures, oui. Mais pas nécessairement si c'est un investissement d'une société de capital-risque.

— En effet. Y a-t-il une possibilité que votre mari soit impliqué dans une activité criminelle ?

— J'en doute. Il est consultant.

— Et vous ? Quelqu'un pourrait-il croire que vous possédez trois millions cachés quelque part ?

Une seule personne pourrait le penser, et ce ne peut pas être le ravisseur.

— Connaissez-vous des gens qui disposeraient d'une telle somme ? Des amis, de la famille ?

Ariel hésite avant de mentir.

— Non.

— Qu'allez-vous faire ?

— Essayer de réunir autant d'argent que possible. Je n'ai pas vraiment le choix.

Nicole Griffiths l'étudie d'un air qui semble à Ariel vaguement soupçonneux. Mais ce n'est peut-être pas personnel. Simple déformation professionnelle.

— Et vous comptez vous y prendre comment ?

— Je n'en suis pas sûre. Je pense que je vais commencer par mon ex-mari. Il a de l'argent. Sans doute pas assez, mais ce serait déjà ça. Je devrais l'appeler sans tarder, en fait. D'ici, je peux ? En privé ?

— Certainement. Je vous laisse seule, dit Nicole en se levant. Pendant ce temps, est-ce que vous nous autorisez à procéder à un rapide examen du portable des ravisseurs ?

Ariel est sûre qu'il n'y aura aucune empreinte dessus et qu'il sera impossible de le relier à un individu, une carte de crédit ou à d'autres numéros de téléphone. Personne ne serait aussi bête. Mais l'appareil a dû être acheté quelque part à un moment donné. Ce sont des faits qui peuvent être établis et conduire à des images de surveillance, des indices, des pistes, des lieux.

— Oui, mais faites vite, s'il vous plaît. On m'a demandé de le garder constamment sur moi.

— Bien sûr. Une dernière question : vous avez de bonnes relations avec lui ? Votre ex-mari ?

— Non. Pas vraiment. On ne s'est pas adressé la parole depuis quatorze ans.

— Mon pauvre Guido, tu es bien amoché.

— Merci, ça fait toujours plaisir.

— Rentre chez toi.

Il secoue la tête.

— Ça va.

Griffiths se tourne vers Kayla Jefferson, lui tend le portable qu'Ariel lui a confié, un téléphone de type jetable avec une carte prépayée.

— Regarde ce que tu peux trouver là-dedans. Ne traîne pas. Elle souhaite le récupérer aussi vite que possible et je la comprends. Je veux tous ses appareils sur écoute. Immédiatement. On enregistre tout.

La jeune femme s'éloigne d'un pas vif. Kayla n'est pas un petit génie de l'informatique du niveau d'un analyste, mais, pour un agent de terrain, elle est étonnamment douée, une compétence que semblent posséder tous ceux de son âge. Contrairement à Guido, et à Nicole elle-même, qui appartiennent à une génération où l'on peut s'estimer heureux quand on maîtrise la télécommande de sa télé. C'est un fossé brutal dans leur secteur d'activité. Si les anciens continuent de privilégier le renseignement humain, les informations récoltées en face à face, par le biais d'interrogatoires, de manipulations et de trahisons, les nouvelles recrues ne jurent que par le virtuel. Si on peut tout trouver en ligne, à quoi bon s'embêter avec les gens ?

L'état du visage d'Antonucci n'a rien de virtuel, en revanche. Tout le côté gauche est enflé, comme si on lui avait arraché des dents avec une tenaille.

— Au moins, mets des glaçons dessus, lui dit sa supérieure.

— Je t'assure que ça va.

Antonucci sait qu'il n'y coupera pas. Les railleries seront sans pitié. S'il pense que son stoïcisme atténuera les moqueries à venir, il se trompe.

Nicole ne va pas commencer tout de suite. Ni Kayla. Il aura un répit, le temps de régler cette affaire. Mais une fois que ce sera terminé, elles seront implacables. Peut-être pas immédiatement. Elles feront semblant d'avoir oublié pendant encore un moment, et Antonucci devra s'armer de patience, sachant que les persécutions le guettent au prochain tournant, ou au suivant. Les tourments de l'attente sont sans doute pires que l'humiliation elle-même.

— Je compatis, ajoute Nicole, qui ne peut s'empêcher de le plaindre. Surtout si pour finir cette histoire ne nous concerne pas.

Il hausse les épaules. Il n'est pas tombé de la dernière pluie. Il sait que la CIA suit une multitude de pistes qui ne mènent nulle part et ce sera peut-être encore le cas cette fois : un simple enlèvement d'un simple citoyen pour de simples motifs pécuniaires. Rien qui soit du ressort de l'Agence. Dans ce cas-là, ils renverront l'affaire aux diplomates et les laisseront la gérer conjointement avec la police locale, Interpol ou le FBI, quel que soit le service concerné.

Mais si cet enlèvement est lié de près ou de loin à la sécurité nationale, à l'espionnage ou au terrorisme ? Ils ne peuvent pas se permettre de l'ignorer. Nicole doute très fort qu'il relève du domaine de la CIA, mais elle ne miserait pas sa carrière là-dessus.

Comme la plupart de ses contemporains, Ariel achète un nouveau téléphone tous les trois ou quatre ans depuis deux décennies. Quand l'appareil ne tombe pas dans un évier rempli d'eau de vaisselle, c'est le GPS qui se détraque, la batterie qui lâche ou un autre élément qui se dérègle : les possibilités de pannes dues à l'obsolescence programmée sont infinies. Chaque fois qu'elle en change, elle transfère toutes les anciennes données, les photos, les vidéos, les applis, les mots de passe et les contacts. C'est pour cette raison qu'elle a toujours les coordonnées de Bucky Turner dans son carnet d'adresses, bien qu'elle ne lui ait pas parlé depuis quatorze ans.

Elle appuie sur APPELER, attend la ligne internationale, attend encore…

ÉCHEC DE L'APPEL

Elle réessaie, sans plus de succès. Elle regarde autour d'elle, remarque un téléphone fixe sur une petite table.

Nicole Griffiths attend devant la porte dans le couloir.

— Je n'ai pas de réseau, lui dit Ariel. Je peux me servir du fixe ?

— Bien sûr. Faites zéro-étoile pour un appel extérieur, puis +1, et l'indicatif.

— Merci. Je vois qu'il y a un numéro sur le combiné. Je peux me faire rappeler ici ?

— Pas de problème.

Ariel referme la porte, s'assied, contemple l'appareil. Il est probable qu'elle sera écoutée sur cette ligne. Quasiment sûr. Elle compose le numéro de Bucky, et cette fois elle entend sonner.

Deux fois.

Trois.

Il ne va pas décrocher.

Quatre.

Bien sûr : il n'a jamais vu ce numéro. Il ne risque pas de prendre un appel inconnu du Portugal. C'est assurément un spam.

— Bucky, dit Ariel sur la boîte vocale. C'est… euh… Laurel. Il faut que je te parle. S'il te plaît, rappelle-moi dès que possible. C'est urgent. Une question de vie ou de mort.

Elle donne le numéro du fixe, le répète, et, juste avant de raccrocher, se souvient d'ajouter merci.

Il rappellera, Ariel n'en doute pas. Ce n'est pas lui qui souhaitait divorcer. C'est elle. S'il s'est retourné contre elle à la fin, ce n'est pas parce qu'il la détestait, mais parce qu'il se détestait, et qu'elle lui avait fait prendre conscience de sa propre veulerie.

Griffiths se penche par-dessus la cloison du box de Jefferson.

— Alors ?

— Il n'y a pratiquement rien sur ce téléphone. Un seul appel, sans doute celui de la rançon, qui a été passé d'un autre appareil jetable. Les deux ont été achetés au même moment et au même endroit, il y a quinze jours. Une supérette à Málaga.

— Málaga ? Bizarre.

— J'ai laissé un message au magasin. J'attends de savoir s'ils ont des images de télésurveillance. Mais je parie qu'il n'y a pas de caméra, et que c'est pour cette raison que le lieu a été choisi. Et je présume que l'acheteur a payé en liquide.

— OK, donc, ce téléphone ne va pas nous avancer à grand-chose. Et John Wright ?

— Je m'en occupe. Mais la veille du 4 juillet, pas mal de services sont fermés aux États-Unis.

— Comment l'avez-vous connu ? Votre ex ?

Nicole Griffiths est de retour dans la salle de conférences où Ariel attend.

— Bucky ? Oh là là, ça fait une éternité. J'étais à un gala de charité avec une amie. On était arrivées à New York ensemble après la fac, on rêvait de monter sur les planches. Elle a fini par réussir. Pas moi, mais on est restées proches. Elle m'avait invitée. Bucky était à notre table. À cause des circonstances de notre rencontre – un déjeuner de bienfaisance dans un club huppé de l'Upper East Side, où les tables valaient une fortune, en compagnie d'une actrice connue –, il a cru que je venais de ce monde-là.

— Quel monde ? L'argent ?

— L'argent, mais pas seulement. Les écoles privées, les vacances en Europe, Aspen, Palm Beach, les hôtels de luxe, les restaurants étoilés, les amis et la famille qu'on croise partout où on va. Le monde transformé en un vaste club peuplé de gens « comme nous », pour reprendre les mots de mon ex-époux.

— Ah.

— Il s'est finalement révélé que je n'étais pas « comme nous ».

— C'est pour cette raison que vous avez divorcé ?

Était-ce pour ça ?

— Plus ou moins. C'était compliqué.

— Les séparations le sont toujours, non ?

Ariel devine que Nicole Griffiths est un genre d'espionne. Dans une affaire d'enlèvement à l'étranger, la CIA doit être prévenue tôt ou tard. Barnes plus tôt, et Griffiths plus tard. Si elle appartient à la CIA, elle a sûrement déjà des informations sur Ariel, Bucky, tout le reste. Peut-être veut-elle l'amener à se contredire, la pousser à mentir. Ariel doit faire attention à ce qu'elle dit.

— En fin de compte, Bucky n'était pas l'homme que je croyais. Que j'espérais.

L'autre femme attend qu'elle s'explique, puis comprend qu'elle n'en dira pas plus.

— Ce mode de vie vous manque ?

— Parfois.

Surtout quand ça ne marche pas, quand il y a des heurts, Ariel regrette le temps où il était facile d'arrondir les angles, lorsqu'il suffisait de passer un coup de fil pour aplanir les difficultés. Il y avait toujours quelqu'un qui connaissait quelqu'un, le meilleur chirurgien orthopédiste, le couturier qui vous livrait votre toilette en vingt-quatre heures, le chauffeur prêt à vous conduire n'importe où à 2 heures du matin, bien sûr, j'arrive dans dix minutes, pas de question indiscrète.

Les problèmes les plus graves, c'était autre chose. Ceux-là, on ne pouvait pas les régler en payant quelqu'un. En fait, c'était le contraire, d'une certaine façon ; ces problèmes-là étaient dus à la richesse elle-même, à la conviction que tout était permis, qu'on était exonéré de responsabilité. À l'idée que l'argent résolvait tout.

— Il y a toujours un prix à payer, n'est-ce pas ? dit Ariel, les yeux sur la table. Dans les magasins, les restaurants, les hôtels, le prix figure sur l'étiquette, le menu, la grille des tarifs, tout le monde le voit.

Elle a gardé quelques vestiges de son passé, des talismans, presque : le parapluie en bois noueux acheté dans une boutique à Bloomsbury, le foulard à motif cachemire de la rue Saint-Honoré, la montre Tank, la brosse à cheveux en os. Presque personne ne voit ces objets, et ceux qui en ont l'occasion ignorent d'où ils viennent. Personne dans sa nouvelle vie n'a jamais appartenu à ce club très sélect.

— Mais dans certains cas, le prix est caché, invisible. Il ne devient apparent qu'après des années. Il arrive même qu'on ne le voie jamais, qu'on ne se rende pas compte qu'on l'a payé depuis longtemps.

Ariel lève les yeux vers Nicole.

— Parfois, le prix à payer, c'est soi-même.

Le téléphone fixe sonne. Les deux femmes tournent la tête vers l'appareil, puis se regardent.

— J'attends dehors. Ouvrez la porte quand vous avez fini.

Nicole sort et Ariel décroche.

— Allô ? Bucky ?

— Bonjour. Que se passe-t-il ?

Elle a été mariée à cet homme. Elle l'a aimé plus qu'elle n'a jamais aimé personne. Et c'est la première fois qu'elle entend sa voix en quatorze ans. Elle ne sait pas à quoi s'attendre ; elle ne sait pas ce qu'il éprouve pour elle, après tout ce temps.

— Bucky, il s'est passé une chose horrible.

Elle s'interrompt, prend une grande inspiration.

— Je suis au Portugal et mon mari a été enlevé. Les ravisseurs exigent trois millions d'euros en espèces d'ici quarante-huit heures.

— C'est horrible, en effet. Je suis sincèrement navré.

— Moins de quarante-huit, maintenant, quarante-sept. Peu importe. Et je n'ai aucun moyen de réunir cette somme, Bucky, rien d'approchant.

Il ne répond pas tout de suite. Il a toujours été quelqu'un qui pesait soigneusement le pour et le contre avant de s'engager dans quoi que ce soit. C'est pour cette raison qu'il ne s'est marié qu'à 40 ans.

— Je ne t'aurais pas appelé si j'avais le choix. Est-ce que tu peux m'aider ?

— T'aider ? Et comment ?

— À ton avis ? J'ai besoin d'argent, Bucky.

— Trois millions d'euros ? Tu rêves ? Je n'ai pas une somme pareille disponible. En plus, demain, c'est le 4, les banques américaines seront fermées…

Ariel s'aperçoit avec étonnement qu'elle pleure. Elle essuie une larme sur sa joue.

— Et toi, ça va ? Tu es en danger ?

— Je ne pense pas, mais je suis morte d'inquiétude, et je ne sais pas comment je vais…

Elle étouffe un sanglot.

— C'est atroce, Bucky. J'ai besoin d'aide. Tu as peut-être de l'argent ailleurs ?

Il laisse planer un silence avant de répondre.

— Comment ça ?

C'est au tour d'Ariel de se taire.

— Au fait, je t'appelle d'un fixe à l'ambassade américaine à Lisbonne.

Il semble se demander pourquoi elle passe ainsi du coq à l'âne, puis il comprend.

— Ah, dit-il.

Ariel ne veut pas l'interroger explicitement au sujet de valeurs qu'il pourrait dissimuler dans des paradis fiscaux sur une ligne qui pourrait être – qui est – écoutée par des agents fédéraux.

— Non, je n'ai rien.

— Je te rembourserai, Bucky. Après. Je suis sûre que l'assurance de John couvre ce genre d'éventualité.

— Tu en es sûre ? Pas moi. Mais là n'est pas la question. Je ne pourrais jamais réunir ne serait-ce qu'une fraction de la somme, pas aussi vite.

— Ils vont le tuer, supplie-t-elle.

— Laurel, tu n'en sais rien. On ne peut pas savoir.

Ariel attend quelques secondes.

— Bucky, tu ne connais pas quelqu'un qui pourrait m'aider ?

— Quelqu'un qui pourrait t'aider ?

Elle l'entend prendre une profonde inspiration.

— Tu sais bien que si, poursuit-il. Mais je doute que tu aies envie de t'adresser à lui.

Ni l'un ni l'autre ne va prononcer son nom sur une ligne non sécurisée.

— Évidemment que je n'en ai pas envie. Mais est-ce que tu vois une meilleure solution ?

— Après cet appel, on aura fini, déclare Nicole. Je ramène Mme Pryce à son hôtel.

Kayla Jefferson hausse les sourcils. Les chefs de poste n'ont pas pour habitude de jouer les chauffeurs auprès des citoyens américains en détresse.

C'est le problème de l'absence de parité à l'Agence. Ce n'est pas toujours politique, ce n'est pas toujours une question de féminisme ou d'équité. C'est une considération pratique. Il y a certaines situations requérant la présence d'une femme, et elles ne sont pas assez nombreuses à la CIA.

— Tu as bossé sur beaucoup d'enlèvements ? demande Kayla.

— Ici, non. C'est le premier en quatre ans à Lisbonne. Et la plupart du temps, ça ne relevait pas de l'Agence. Je suppose que ce sera encore le cas ici. Enfin, tout dépend de qui sont ces gens.

— Ces gens ? Tu veux dire le type qui a été enlevé et... ?

— Et sa femme. Les couples mariés forment toujours une équipe. Sauf quand ils sont ennemis.

Ariel n'a pas de réseau. Elle soupçonne la CIA de brouiller le signal pour l'obliger à se servir du fixe et enregistrer ses conversations. Elle sait que ni son portable ni le téléphone des ravisseurs ne sont assez sûrs pour l'appel qu'elle doit passer à présent. Et ce serait grossièrement irresponsable d'utiliser l'appareil de l'ambassade. Elle se mettrait peut-être même dans l'illégalité. Quelles que soient les circonstances atténuantes, Ariel ne peut pas se permettre de relâcher sa vigilance maintenant. Surtout pas maintenant.

17

Jour 1 – 20 h 48

Ariel regarde par la vitre de la voiture. Le soleil couchant dore les façades au sommet des collines. Plus bas, en revanche, dans la vallée déjà à l'ombre, les couleurs sont ternes. Les réverbères projettent des cônes de lumière bien délimités. Ariel sent l'obscurité progresser rapidement autour d'elle, dans la ville où les immeubles bloquent les derniers rayons. À la campagne, la nuit tombe plus lentement.

— Merci, dit-elle à Nicole. Vous pouvez me déposer ici. Je vais acheter quelque chose à grignoter au kiosque.

Ce n'est pas vrai.

— Vous êtes sûre ? Je peux attendre.

— C'est très aimable, mais ça va aller.

Nicole lui tend une carte de visite.

— Vous me tenez au courant ?

Ariel prend la carte et descend de la voiture. Son regard balaie la place bondée, où l'on mange, boit, flâne ou se repose. Il doit y avoir une centaine de personnes, impossible d'inspecter tout le monde. Elle marche lentement, tourne la tête à droite, à gauche et encore à droite, essaie d'identifier les hommes seuls.

Elle en dénombre six, mais deux sont trop âgés, un troisième est trop jeune, et le quatrième a un look trop extravagant pour pouvoir filer qui que ce soit discrètement. Il en reste deux susceptibles de la suivre ; elle tâche de mémoriser leur tenue.

Pour donner le change, elle achète un jus de fruits au kiosque, puis reprend son examen de la place. Elle sait qu'elle doit être vigilante, mais la fatigue l'emporte ; elle ne parvient pas à se concentrer. Ariel a les nerfs à vif, les émotions à fleur de peau, l'énergie au plus bas. Elle se sent découragée par la futilité de ses efforts. Elle a passé la journée à demander de l'aide et n'a essuyé que des échecs.

La nuit tombe. Elle va se retrouver seule dans le noir, loin de chez elle, dans un pays étranger dont elle ne parle pas la langue et où elle ne connaît personne, alors que son mari a disparu. Ce poids, elle le sent peser sur ses épaules, son psychisme, tout son être. C'est un fardeau immense, peut-être trop lourd pour elle. Qu'arrivera-t-il, si elle n'est pas assez forte ?

Précisément ce qui est en train de se passer : elle craque en pleine rue.

Ariel laisse venir, elle n'essaie pas de maîtriser les larmes ni les soubresauts. Elle accueille l'émotion, le corps convulsé de gros sanglots. Peu importe si tout Lisbonne la voit s'effondrer. Elle se sent soulagée.

Elle attend que ses pleurs se tarissent, au moins provisoirement. Puis elle prend une grande inspiration tremblante, redresse les épaules, bombe le torse, lève la tête, et repart sous les dernières lueurs du jour, alors que le crépuscule cède la place à la nuit.

Son téléphone connecté aux enceintes de la voiture, Nicole écoute l'enregistrement de la conversation entre Ariel Pryce et son ex-époux. Le déclic de fin rappelle un saphir qui se soulève d'un vinyle.

— Je rêve ou quoi ? dit-elle à Kayla qui lui a envoyé le fichier par e-mail de l'ambassade.

Dans des moments comme ça, Nicole ne peut pas s'empêcher d'admirer la technologie, la banalité quotidienne de prodiges encore impensables à l'époque de son arrivée à l'Agence.

— C'est dingue, hein ?

— Repasse-moi le segment où elle parle de l'autre homme.

« … *Tu ne connais pas quelqu'un qui pourrait m'aider ?*

— *Quelqu'un qui pourrait t'aider ? Tu sais bien que si. Mais je doute que tu aies envie de t'adresser à lui.*

— *Évidemment que je n'en ai pas envie. Mais est-ce que tu vois une meilleure solution ?* »

Il y a un long silence avant que l'ex-mari reprenne la parole.

« *Qu'est-ce qui te fait croire qu'il aurait une somme pareille disponible ?*

— *Je t'en prie. Tu ne penses pas qu'il a des comptes planqués au Luxembourg ? Ou peut-être des diamants bruts à Zurich ?*

— *Je n'en ai pas la moindre idée, Laurel. Et toi non plus.*

— *Allons, je suis sûre qu'il connaît toutes les ficelles de l'évasion fiscale. Et je ne parle pas du reste. Les petits à-côtés.*

— *Tu ne devrais pas lancer ce genre d'accusations à la légère, surtout si tu as besoin de son aide.* »

Nicole retourne la conversation dans sa tête.

— Alors, tu en dis quoi ? demande enfin Kayla.

— Ils ont tous les deux peur de cet homme, c'est évident. J'ai d'abord pensé au crime organisé. Mais cette phrase, *les petits à-côtés*, il ne semble pas que ce soit un malfaiteur professionnel. Simplement un… je ne sais pas, quelqu'un qui enfreint la loi occasionnellement, un amateur.

— Peut-être un associé de l'ex-mari ?

— Possible. En tout cas, Pryce ne le porte pas dans son cœur. On a mis ses téléphones sur écoute ?

— Le portable, oui. Et le jetable. Et aussi le fixe dans sa chambre.

— Parfait. Maintenant, on va creuser du côté du mari enlevé.

— Qu'est-ce que tu veux savoir ?

— Tout.

— Il faut que je passe un appel, dit Ariel à la réceptionniste du soir – Alexandra, d'après son badge. Je ne souhaite pas utiliser le téléphone de ma chambre.

— Pardon ?

Alexandra est une jeune femme mince et musclée qui a l'air de courir quinze kilomètres par jour et de faire du kick-boxing le samedi soir.

— Mon mari a été enlevé.

— *Meu Deus.*

— J'ai peur d'être sur écoute, explique Ariel en levant son appareil. Et si mon portable est sur écoute, le fixe dans ma chambre l'est peut-être aussi. Vous comprenez ?

Alexandra comprend parfaitement les mots qui se déversent de sa bouche, la langue n'est pas le problème, mais elle se demande si l'Américaine a toute sa tête.

— C'est pour ça que je voudrais utiliser le vôtre, poursuit-elle en montrant l'appareil devant elle. Pour passer un appel très important. Pour essayer de sauver la vie de mon mari.

Ariel sait que la jeune femme va accepter. Elle n'a pas réellement le choix, dans cet hôtel.

— Bien sûr, répond la réceptionniste avec un sourire imperturbable. Je vous en prie.

Il lui faut seulement quelques secondes pour trouver le numéro principal, une simple recherche, puis cliquer sur le premier lien et sur CONTACT. Inutile de faire défiler la page, il est là, tout en haut. La magie d'internet. Ariel a tendance à l'oublier, quand elle regarde les effets toxiques des réseaux sociaux, les ravages économiques causés par la vente en ligne, l'ubérisation due à l'essor des plateformes numériques, le déclin des commerces de proximité, la désinformation qui menace la démocratie – qui menace tout, à vrai dire. Une longue liste d'inconvénients. Qu'on préfère ignorer lorsqu'on veut rentrer d'un bar au petit matin, se faire livrer une pizza ou trouver de la compagnie pour un soir. Ou si on a besoin d'un numéro de téléphone aux États-Unis.

Trouver le numéro, c'est facile : ce n'est pas la première fois qu'Ariel effectue cette recherche. Elle a déjà tenté de joindre cet homme à son bureau. Sans succès. Elle est prête à échouer encore. Elle connaît la chanson. Et elle sait ce qu'elle fera ensuite.

— Et il saura de quoi il s'agit ?

— Oui.

— Un instant, s'il vous plaît.

C'est la troisième fois qu'Ariel répète la même chose en à peu près autant de minutes. Elle progresse, chaque interlocuteur a priori plus proche physiquement de son objectif. Tous ont exprimé leur réticence – ils n'ont jamais entendu parler d'une Laurel Turner –, mais aucun ne souhaite se montrer ouvertement incrédule, méprisant ou hostile. On ne sait jamais à qui on a affaire. Personne n'a envie de se mettre à dos quelqu'un d'important.

Bien que la plupart des bureaux soient fermés aux États-Unis, Ariel ne doute pas que l'homme qu'elle cherche à joindre travaille. Il travaille sans doute tous les jours, pas de congés pour lui, fête de l'Indépendance ou non.

Elle patiente depuis un moment. Ce doit être la dernière

étape, la personne qui pénètre dans le Saint des saints, attend une pause dans la conversation pour se pencher et murmurer : « J'ai une certaine Laurel Turner au téléphone, elle dit que vous savez de quoi il s'agit ? »

Il ne répond pas tout de suite. Il se fige pendant une ou deux secondes, le temps de passer rapidement en revue les divers scénarios possibles, de décider s'il est plus dangereux de prendre l'appel ou de le refuser, d'imaginer la suite éventuelle, l'aggravation de la menace, pourquoi et dans quel but.

La conclusion inévitable est oui, il doit lui parler. Mais non, il n'a pas besoin de le faire immédiatement, pas au bureau, pas entouré de témoins. « Je la rappelle », murmure-t-il alors, d'un ton qui se veut dédaigneux, sans croiser le regard de sa secrétaire, espérant que sa nonchalance enfouira cette aiguille dans une meule de foin et qu'elle sera incapable de se souvenir du nom de la femme plus tard. Même s'il l'a embauchée précisément parce qu'elle enregistre chaque détail et tient des registres aussi méticuleux qu'exhaustifs. Et, cela va sans dire, parce qu'elle est jolie.

Il hésite. Devrait-il demander à son assistante – qui, admettons-le, n'est pas uniquement jolie mais super canon – de ne pas consigner cet appel ? Ou risque-t-il seulement d'éveiller la curiosité ? Devrait-il plutôt le supprimer lui-même, après ? Dans un cas comme dans l'autre, ce sera mauvais pour son image. Ce qui en toute logique doit l'amener à s'inquiéter au sujet de l'issue de la partie qui va s'engager après cette ouverture téléphonique. La situation est épineuse et ne va sans doute pas s'arranger.

Il sait que des accords contraignants le protègent, des clauses légales très précises qui pourraient causer la ruine du contrevenant, son emprisonnement. Mais il est possible que rien de tout cela n'ait plus d'importance. Le monde a changé depuis la signature du contrat qui le lie à Laurel Turner. La loi a perdu de sa rigueur, de sa légitimité. Tout comme les faits. De simples accusations peuvent se révéler aussi dévastatrices qu'une condamnation – au mieux –, dans le climat actuel où les insinuations, les rumeurs et les mensonges circulent plus loin et plus vite que la vérité n'en a jamais rêvé. Il a su tirer parti de cette évolution, bien sûr. Il est conscient néanmoins qu'il pourrait également en faire les frais. Qu'il pourrait ne pas s'en relever.

Peut-être fait-il signe à son assistante, et, tout bas, pour que la demi-douzaine d'hommes autour de lui ne l'entendent pas, il ajoute : « C'est personnel, s'il vous plaît, inutile de le noter. »

Sans sourciller, elle acquiesce, tout en luttant contre la panique, parce qu'il est trop tard. Elle se demande comment modifier l'historique des appels, dans quelle mesure son intervention serait repérable, par qui, quand, ce qu'elle encourait si elle falsifiait des données et ce qu'elle risquait si elle désobéissait. C'est le débat intérieur qui l'agite alors qu'elle retraverse la salle peuplée d'hommes, dont certains doivent avoir les yeux fixés sur son cul. Elle porte une jupe droite moulante, parce qu'elle sait que c'est ce qu'on attend d'elle. Et elle tient beaucoup, beaucoup à cet emploi.

— Je suis désolée, dit-elle, de retour à son bureau. Il n'est pas disponible pour l'instant. Si vous voulez bien me communiquer un numéro, il vous rappellera.

Ariel ne doit négliger aucun recours. Comme pour la police, l'ambassade et la CIA : il y a un protocole adapté à chaque situation, une série de mesures progressives en fonction de l'urgence des indicateurs, des cases à cocher les unes après les autres.

Elle appelle le bureau de John. Elle doit essayer même si elle sait qu'elle a peu de chances de trouver quelqu'un aujourd'hui, qu'on lui donne une réponse, n'importe quoi. D'abord, sa ligne directe. Elle tombe sur la boîte vocale : « Bonjour, je suis à l'étranger pour affaires et nos bureaux sont fermés jusqu'au mercredi 5 juillet. Veuillez laisser un message, je vous rappellerai dès que possible. »

Ariel résume en quelques phrases la catastrophe, au cas où un collaborateur de son mari écouterait la messagerie. Elle compose ensuite le numéro du standard, obtient la même réponse : fermés en raison du 4 juillet, ils rappelleront mercredi.

Elle fait ce qu'elle peut. A-t-elle le choix ?

— Bucky ? Il a refusé de prendre mon appel.

— Ma foi, je ne suis pas vraiment surpris.

— Mais toi, tu peux lui parler, non ? Vous êtes toujours amis ?

Il ne répond pas.

— S'il te plaît, Bucky. Il faut que je le convainque.

— Le convaincre ? Comment ?

Ariel rechigne à prononcer les mots. Elle est consciente de leur gravité. Des conséquences.

— J'ai un enregistrement de notre dernière conversation.

— Notre conversation ?

— Lui et moi.

— Tais-toi, je ne veux rien savoir.

— Je portais un micro. Dis-le-lui.

— Laurel, tu es folle ? Je doute que ce soit légal !

Un enregistrement effectué sans le consentement de l'autre parti. Et du chantage. En effet, c'est même doublement illégal.

— Tu veux vraiment faire ça ?

— Non, bien sûr. Je ne veux rien avoir à faire avec ce salaud. Tu le sais bien. Ce que je veux, c'est qu'il croupisse en prison. Ou apprendre sa mort. Mais je n'ai pas le choix.

Elle s'interrompt, de peur de craquer.

— Je ne peux pas faire autrement, Bucky. Et je veux que lui non plus ne puisse pas faire autrement.

— Et s'il refuse quand même ?

— Je divulguerai l'enregistrement. Alors, quoi qu'il m'arrive, quoi qu'il arrive à John, sa vie à lui sera foutue.

— Je ne peux pas faire ça. Je ne peux pas menacer…

— Tu n'auras pas à le faire.

— C'est ni plus ni moins du chantage, tu comprends ? Et c'est ce que tu me demandes de faire.

— Je te demande simplement d'être le messager.

— Ah oui ? Tu expliqueras la nuance à la police ?

— Arrête, ça n'ira jamais jusque-là. Il ne prendra pas le risque que le scandale éclate. Tu sais pourquoi, je le sais et il le sait. Alors, s'il ne veut pas que le reste du monde le sache aussi – et il ne peut pas se le permettre –, il me parlera.

La résistance de Bucky ne surprend pas Ariel. Personne ne sauterait de joie à sa place. Mais il finira par céder. Parce que Ariel peut le faire chanter lui aussi, s'il le faut.

— Ce que tu me demandes me met très mal à l'aise.

Bien sûr, si s'opposer à cet homme ne posait pas de problème, leur vie serait très différente aujourd'hui.

— Ça ne me met pas à l'aise non plus, Bucky. Mais le confort est un luxe que je ne peux pas m'offrir.

Il n'y a rien à faire hormis attendre. Ne supportant pas de rester sans rien faire dans sa chambre d'hôtel à regarder dans le vide, elle allume la télévision sur une chaîne d'information américaine…

— … Les audiences devraient débuter dans cinq jours. Le gouvernement espère que le vice-président pourra prêter serment avant l'ouverture de la session parlementaire d'août, dans quelques semaines.

Ariel se rend dans la kitchenette, se sert un verre d'eau glacée, retourne s'asseoir devant le poste.

— … Il sera question des affaires du candidat, bien sûr, mais aussi de sa vie personnelle…

Tient-elle réellement à écouter ça ?

— … des accusations par le passé, mais jamais de mise en examen.

A-t-elle envie de regarder ça ?

— Alors, qu'allons-nous apprendre au sujet de ces accusations pendant les audiences ?

— Selon toute probabilité ? Rien.

Elle change de chaîne.

18

Jour 1 – 22 h 03

Ariel regarde son téléphone, puis celui des ravisseurs. Rien. Elle vérifie que sa porte est bien fermée à clé, un geste machinal, une forme d'instinct de survie. Elle devrait prendre des nouvelles de son fils, de sa mère. Elle se demande chez qui Elaine a pu se réfugier, quand, saisie d'un doute, elle ouvre son application qui ne tarde pas à localiser le téléphone de George dans une ville de banlieue entre chez elle et New York.

Elle appelle aussitôt.

— Maman, où es-tu ?

— Chez ma cousine Rhoda.

Rhoda ? Ariel la croyait morte depuis des années.

— Elle est décédée, mais tu te souviens de son mari, Bud ?

Bud ?

— Euh…

— En tout cas, nous sommes chez eux. Tu as du nouveau ?

— Non, pas vraiment. Mais écoute, maman, je dois te demander de désactiver ton téléphone. Et celui de George aussi.

Elaine soupire mais ne dit rien.

— Avec les GPS, les signaux, la triangulation… je ne

comprends pas bien comment ça marche, mais en regardant sur mon portable, j'ai pu voir exactement où vous étiez. On distingue même la piscine en forme de haricot dans le jardin de Rhoda. De Bud.

— Eh bien, c'est une bonne chose, non ? Ce n'est pas ce que tu veux ?

— Le problème, c'est que si je peux vous trouver, n'importe qui le peut aussi.

— Mais qui ? Pourquoi es-tu si inquiète ?

— Il ne suffit pas d'éteindre les appareils. Enlève la carte SIM, s'il te plaît.

— Maintenant, explique-moi ce qui se passe.

— Maman, s'il te plaît.

— Ne me traite pas comme une enfant. Je suis ta mère.

Ariel inspire profondément.

— Et George ? Il va bien ?

Elaine hésite un instant avant de répondre.

— Il dit qu'il a des nœuds dans le ventre.

— Il a pris son médicament, ce matin ?

— Oui.

— Tu en es sûre ?

— *Oui.* Pour l'amour du Ciel.

— D'accord, d'accord. Tu veux bien me le passer, s'il te plaît. Et après on raccroche. Je t'en prie, n'oublie pas pour les téléphones. Tu connais mon numéro par cœur ?

— Tu plaisantes ? C'est à peine si je connais le mien.

— Dans ce cas, note-le sur une feuille avant d'enlever la carte SIM. Et si tu as besoin de m'appeler, fais-le d'un autre appareil. Ou d'une cabine.

— Une cabine ? Tu crois que ça existe encore ?

Ariel ne répond pas.

— Tu ne vas pas m'expliquer ce qui se passe ?

— Je te l'ai dit, maman.

— Mais quel est le rapport entre l'enlèvement de John au Portugal et le fait que quelqu'un pourrait trianguler mon portable à Long Island ? De quoi as-tu peur ? De qui ?

— Je ne peux pas te le dire.

— Et d'abord, trianguler, ça veut dire quoi ?

— Je te demande simplement de me croire, maman !

Le ton monte. Les discussions dégénèrent vite, entre elles.

— Tu ne peux pas me faire confiance ? Pourquoi faut-il que je te prouve le moindre détail, comme si on était au tribunal et que tu étais le juge ?

Un silence s'installe, meublé par leurs respirations saccadées. Elles sont pareilles à deux boxeurs chacun dans un coin du ring, qui pansent leurs blessures et reprennent des forces avant la reprise. Le round qui vient de s'achever n'était pas le premier.

— Je ne sais pas comment tu peux vivre ainsi, vraiment, ça me dépasse, soupira Elaine le vendredi après-midi, alors qu'elle était arrivée chez Ariel depuis cinq minutes à peine, et que la jeune femme devait partir pour l'aéroport dans moins d'une demi-heure.

C'était peu ou prou ce qu'elle disait à chacune de ses visites, tandis qu'elle examinait d'un œil critique le jardin et la maison, où il y avait toujours quelque chose de détruit, quelque chose à remplacer ou à reconstruire : les toilettes du rez-de-chaussée, le sol en partie ouvert pour accéder à un tuyau qui avait éclaté, la rampe inachevée de la véranda sur le côté de la maison, le vieil érable débité en tronçons au bord de l'allée qu'il fallait recouper en bûches. Il y avait en permanence une liste de projets non urgents en attente, dont l'exécution pouvait être indéfiniment reportée. Ariel acceptait cet état de semi-délabrement perpétuel, mais sa mère vivait selon le principe opposé : tout devait être parfait tout le temps. Ou, du moins, avoir l'air parfait. Ce qui dans le fond est le seul genre de perfection qui existe vraiment.

— On dirait qu'un ouragan vient de s'abattre sur la maison.

Elaine regardait Fletcher traverser le jardin en trottinant, comme si le bouc se rappelait soudain être en retard pour un rendez-vous important. Il était censé vivre dans la grange avec les autres animaux, mais régulièrement il s'échappait et grimpait sous la véranda à l'arrière, quand il n'entrait pas dans la cuisine où il dévorait tout ce qui traînait. Il pouvait avaler une dizaine de pommes en un temps record, sans cesser de vous dévisager, l'air de sourire, tandis que ses mâchoires s'activaient de droite à gauche et de gauche à droite.

— On a *toujours* l'impression qu'un ouragan vient de passer, ajouta Elaine, exsudant la déception et la désapprobation.

Au premier abord, oui, l'existence d'Ariel avait tout d'un assemblage disparate et bancal : ses animaux, ses revenus, ses meubles, les objets et l'électroménager de récupération. Mais c'était elle qui choisissait, elle qui décidait. Sa vie n'était peut-être pas un modèle d'organisation, mais c'était un chaos qu'elle comprenait, un désordre qu'elle maîtrisait.

— C'est une ferme, maman. C'est normal.

Même les poules avaient un certain charme. Ariel aimait les voir se balader autour de la maison, nonchalantes et discrètes, ne demandant rien à personne.

— Mais tu n'es pas agricultrice, ma chérie.

— Eh bien si, un peu quand même. Je touche des revenus agricoles, je paie des taxes agricoles.

— Tu n'exploites pas les terres toi-même, à ce que je sache.

Ariel soupira. Elle connaissait la suite.

— Tu n'as pas besoin de vivre comme ça…

La main d'Elaine balaya la pièce, les chaises dépareillées, le plancher dont la peinture s'écaillait, le tapis parsemé de poils de chien, les gamelles d'eau renversées, les traces du passage d'un bouc qui se prenait pour un animal de compagnie.

— Comme ça ? Mais encore, maman ?

— Ne fais pas l'innocente. Tu sais très bien ce que je veux dire.

Elaine était convaincue que le luxe suprême était de ne rien faire soi-même. Ariel, elle, estimait que c'était d'être capable de se débrouiller seule. Sa mère était comme Bucky, qui pensait que plus il avait de gens pour aplanir les petites difficultés du quotidien, mieux c'était.

Il avait fallu à Ariel longtemps pour comprendre un tas de choses qui maintenant lui semblaient évidentes. Mais c'était la vie, non ? Se rendre compte encore et encore à quel point on a pu se fourvoyer.

— Tu aurais d'autres possibilités.

— Lesquelles, maman ? Explique-moi. Quels sont mes choix ? Qui va payer ? Qu'est-ce que je devrai sacrifier en échange ?

Elaine fit claquer ses lèvres, agacée.

— Ou plutôt, quoi d'autre.

Ce coup ultime, brutal et un peu mesquin, était un point de discorde douloureux entre elles. Le plus douloureux. Ariel rendait sa mère responsable au moins partiellement de ses malheurs. Enfant, elle la voyait se plier à toutes les exigences de son mari, comme si elle s'était approprié ses opinions, ses goûts, ses valeurs. Elaine acquiesçait d'avance. À tout. Ariel avait été élevée ainsi, elle avait intégré que c'était le comportement attendu d'une femme, d'une épouse. Lorsqu'elle s'était mariée, elle ignorait comment rester elle-même. Elle n'avait pas appris. En fait, on lui avait précisément inculqué le contraire.

Ce n'était pas tout à fait juste, Ariel en était consciente. Mais les sentiments n'ont pas besoin d'être justes pour être réels.

Elle savait aussi que ce n'était pas le moment de se disputer à ce propos ni à quelque sujet que ce soit, alors que sa mère venait de parcourir mille cinq cents kilomètres pour lui rendre service.

— Maman, je te suis sincèrement reconnaissante d'avoir fait le voyage.

Le second mari d'Elaine avait décidé de déménager en Caroline du Sud – golf toute l'année – et elle n'avait pas pu, ou pas voulu, l'en dissuader. Elle avait cédé, comme d'habitude. Parmi tout ce qui l'irritait chez sa mère – et la liste était longue –, c'était peut-être le trait de caractère qu'elle avait le plus de mal à supporter. Car, dans le fond, Ariel redoutait d'avoir hérité de sa faiblesse, de son incapacité à dire aux hommes ce qu'ils ne souhaitaient pas entendre.

Ariel avait du mal à faire abstraction des défauts des autres, ce qui était particulièrement compliqué dans le cas d'Elaine. Oui, on pouvait lui faire confiance pour envoyer le cadeau de Noël idéal, cuisiner un rôti dominical parfait ou garder George sans incident majeur. Mais c'était elle qui la première l'avait trahie, de la manière la plus inattendue et la plus impardonnable qui soit. C'est pour cette raison qu'Ariel s'était longtemps sentie si seule, parce qu'elle avait le sentiment de ne pas pouvoir compter sur le soutien inconditionnel de sa mère.

Quand Bucky l'avait déçue à son tour, Ariel était devenue intraitable. Aujourd'hui, s'il y avait un trait de caractère qu'elle aurait souhaité pouvoir changer chez elle, c'était son intransigeance. Elle avait essayé. Sans succès.

Depuis, elle s'efforçait de se convaincre qu'il était possible d'aimer les autres tout en détestant certains aspects essentiels de leur personnalité. Ce n'était pas facile, mais c'était mieux que rien.

Ariel prit une grande inspiration.

— Je n'ai pas envie de me disputer avec toi sur la façon dont je mène ma vie. Est-ce qu'on peut éviter ça ?

Les chiens observaient la scène d'un air inquiet, la queue en berne. Ils étaient sur leurs gardes depuis qu'Ariel était remontée du sous-sol avec sa valise. Ils savaient que ça ne présageait rien de bon. Les bagages surgissaient toujours juste avant qu'elle ne disparaisse. Et si cette fois c'était définitif? Si elle ne revenait jamais? Une perspective insupportable. Décidément, ils détestaient les bagages.

Ariel se baissa pour les câliner, ne parvenant qu'à augmenter leur anxiété. Mallomar laissa échapper un petit gémissement. Elle savait que c'était égoïste de se conduire ainsi avec des animaux dont elle était responsable et qui lui étaient totalement dévoués. Pourtant, elle en profitait sans vergogne. C'était peut-être le seul amour véritable. Tous les autres étaient suspects, imprévisibles, éphémères, animés par des motifs douteux, leur issue inéluctable et décevante.

Récemment, elle en était arrivée à la conclusion qu'elle préférait la compagnie des enfants et des chiens à celle des adultes. De loin. C'était plutôt déconcertant, surtout en ce qui concernait les chiens. À force d'y réfléchir, Ariel avait compris que ce qu'elle aimait chez eux – leur indéfectible loyauté, leur affection sans borne, la joie qu'ils éprouvaient à jouer, à courir et à folâtrer pour le plaisir, leur absence totale de conscience de soi – correspondait à tout ce qu'elle appréciait chez les enfants. Et plus elle voyait grandir son fils, plus cette innocence lui manquait. Disparue à jamais.

— Si tu veux, Ariel, mais, pour l'amour du Ciel, pourquoi un *bouc*?

Cyrus, le voisin, avait pris Fletcher pour tenir compagnie à son cheval, Shadow, qui semblait déprimé. Il s'avéra que la léthargie et l'inappétence de l'animal n'étaient pas les symptômes d'un ennui existentiel mais d'un virus. Le cheval mourut quelques semaines après l'arrivée de Fletcher, puis ce fut le voisin qui s'éteignit à son tour, laissant l'animal orphelin. Ariel avait les larmes aux yeux rien que d'y penser.

— C'est une blague ? Vous me demandez si vous pouvez *adopter* ce bouc à la noix ?

C'était l'ex-épouse du défunt Cyrus, qu'Ariel avait appelée à Scottsdale. Ils étaient divorcés depuis une vingtaine d'années. Lorsque leurs enfants avaient quitté la maison, ils avaient admis qu'ils ne se supportaient plus et s'étaient séparés.

— Oui, c'est ce que je demande.

La vieille dame n'avait manifestement jamais rien entendu d'aussi hilarant.

— Non, dit-elle enfin, une fois sa crise de fou rire calmée. Je veux faire neuf mille kilomètres aller-retour pour venir chercher le bouc de mon crétin d'ex et le ramener chez moi. Dans mon F2. Dans ma résidence seniors.

— Je vois. Alors…

— On jouera au tennis ensemble.

— Très bien, merci. Je vous envoie les papiers dès que possible.

— Les papiers ? Vous êtes folle ?

Elle raccrocha au nez d'Ariel. Celle-ci répéta la conversation à Jerry, l'avocat, qui n'avait aucune envie de s'occuper du bouc en plus de la succession de Cyrus, qu'il gérait déjà à contrecœur étant donné que ce n'était pas sa spécialité.

— Oh, Ariel, tu n'as qu'à…

Jerry enfouit son visage dans ses mains et se frotta les yeux.

— Je ne sais pas… Prends ce bouc et on n'en parle plus, tu veux bien ? Je préfère ne rien savoir, s'il te plaît.

— Merci, Jerry, merci !

Ariel, qui s'apprêtait à sortir, se retourna sur le seuil.

— Au fait, je fais comment ?

Jerry la regarda, abasourdi.

— Le bouc, je l'emmène avec une laisse ?

Il ouvrit la bouche mais ne trouva pas de réponse. Il se contenta d'écarter les bras, comme pour embrasser son bureau encombré de dossiers, les étagères où s'alignaient des jurisprudences reliées en toile, les diplômes encadrés d'une prépa de deuxième catégorie et d'une fac de droit de troisième ordre, le taux exorbitant des emprunts étudiants, la honte d'avoir échoué au barreau non pas une fois, ni deux, mais trois fois, la prise de conscience démoralisante qu'il ne surmonterait jamais son trac et la décision de s'enterrer dans ce trou perdu, où son activité se bornait à des contrats de mariage, des amendes pour conduite en état d'ivresse, des refinancements de prêts et des litiges mineurs qui se concluaient par la rédaction d'accords de confidentialité standards. Jerry se croyait pourtant incollable en matière de droit non lucratif, mais le coup du transport de bouc, on ne le lui avait jamais fait.

— Merci, Jerry, je te dois un verre.

Il battit des paupières en guise d'assentiment. Ce ne serait pas la première fois qu'Ariel paierait ses conseils avec un verre ou deux – ou trois ou quatre – de bourbon. Jerry était l'incarnation de l'avocat de petite ville qui tirait le diable par la queue, et il n'échappait à aucun des clichés du genre : mariage raté, alimentation irresponsable et alcoolisme fonctionnel.

Quinze minutes plus tard, Ariel traînait Fletcher sur la route au bout d'une corde à linge de sept mètres qu'elle avait trouvée dans son jardin, où elle était normalement encombrée de vêtements en train de sécher, un autre choix domestique qui dépassait Elaine.

— Enfin, c'est ta vie, je suppose, admit finalement sa mère avant de la laisser partir pour l'aéroport.

Par chance, Elaine ne semble pas d'humeur querelleuse aujourd'hui

— J'appelle George, un instant, lui dit-elle au téléphone.

Le fond sonore se modifie et bientôt on entend ce qui semble être le bruit de la télévision. Rien d'étonnant. C'est la base de son système éducatif. Ariel tâche de ne pas trop critiquer l'attitude de sa mère lorsqu'elle doit s'absenter pour le travail, ce qui après tout n'arrive qu'une ou deux fois par an. Mais la télé est une solution de facilité qui la rend folle.

— Salut, maman.

Il y a quelques mois, George a commencé à muer et à présent Ariel reconnaît à peine la voix de son fils. Pourtant, en dépit de ce timbre devenu presque étranger, elle fond dès qu'elle l'entend, surtout s'il l'appelle maman.

— Bonjour, mon chéri. Ça va ?

— Moyen.

— Tu as pris ton médicament ?

— Oui.

— Mais tu ne te sens pas très bien quand même ?

— Pas super, non.

— Sur une échelle de un à dix, tu as mal comment ?

— Ce n'est pas si horrible.

Ariel ne veut pas insister, l'obliger à se plaindre et l'inciter à se complaire dans une attitude victimaire. C'est un sentiment qui peut être destructeur, devenir obsessionnel et qui finit par vous définir. Ariel sait de quoi elle parle. Elle s'est laissé entraîner dans cette spirale autrefois, et il lui a fallu longtemps pour la briser. Si son fils refuse de commettre la même erreur, tant mieux. Elle devrait s'en réjouir.

— Très bien, dit-elle. Si ça empire ?

— Je sais quoi faire, maman.

Il prend un ton exaspéré, une intonation que tous les parents connaissent. Ariel elle-même devait avoir cette voix il y a trente ans. En fait, elle devait avoir la même un instant auparavant, avec sa propre mère.

— S'il te plaît, ne t'inquiète pas, maman.

Oh, non. Ne t'inquiète pas ?

Ariel s'est remise à pleurer. Elle éloigne le téléphone pour que George ne l'entende pas. Elle prend une profonde inspiration, s'efforce de ravaler ses larmes, se force à sourire pour pouvoir dire « Promis ». Un petit mensonge compliqué qui n'a pas l'air sincère.

— Je t'aime, ajoute-t-elle, parce qu'elle veut dire quelque chose de vrai. Je t'aime très fort.

Ce n'était pas un choix délibéré. L'habitude s'était créée petit à petit, une nuit après l'autre. George se glissait dans son lit, prétextant un cauchemar ou un mal de ventre, et il restait. Puis il avait cessé de donner des excuses. Elle était en train de lire – elle lisait beaucoup, c'était une part importante de son travail mais qu'elle ne pouvait pas accomplir pendant les heures ouvrables –, le museau ridiculement hirsute de Mallomar sur son mollet, quand George se faufilait dans la chambre escorté de Scotch, une boule de poils caramel qui s'enroulait sur le tapis, tandis que le petit garçon grimpait à côté d'elle dans le grand lit.

Le lendemain, quand le réveil sonnait, George était toujours là. Elle le laissait dormir une heure de plus, le temps de vaquer aux corvées matinales. Puis elle lui tapotait l'épaule. Il marmonnait « Quoi ? », et elle répondait « Allez, debout ». Cette scène s'était répétée presque toutes les nuits pendant des années, et Ariel n'avait jamais cessé de s'interroger. Était-ce un degré sain d'intimité, de confort, de dépendance ? Faisait-elle du mal à son fils ? À elle-même ?

De toute manière, elle n'avait pas la force d'y mettre le holà. Elle aimait sentir une présence à côté d'elle, entendre son enfant respirer, savoir qu'il ne risquait rien, qu'il n'était pas malade, ne faisait pas de mauvais rêve, n'était pas seul. Et elle non plus.

À 6 ans, et même à 8, quand il faisait un mètre vingt et pesait vingt kilos, quand il suçait son pouce et traînait partout son ours en peluche, quand elle le portait dans ses bras, c'était plus facile de se rassurer, de se persuader que leur mode de vie était parfaitement normal, ce compagnonnage de chaque instant, dîner en tête à tête le soir et réveil ensemble le matin. Ils n'avaient personne d'autre. C'était évident pour tout le monde, et surtout pour eux.

Récemment, il avait commencé à prendre ses distances. Il passait de plus en plus d'après-midi dehors, à jouer avec ses copains au football, au base-ball ou aux jeux vidéo. À la maison, il se retranchait dans sa chambre ; il ne travaillait plus à la table de la cuisine pendant que sa mère préparait le repas à côté ; il ne regardait plus la télé avec elle le soir, ne voulait plus qu'elle lui lise d'histoire. Il s'était mis à éviter les démonstrations d'affection, d'abord en public, puis en privé. Il avait des secrets, lui dissimulait des informations pour le plaisir, testait le mensonge pour voir ce que ça donnait, ce qui se passait quand on était pris.

Il n'y avait pas eu de grandes déclarations, d'arrêt brutal, de scène, de nouvelles règles. Bien que progressive, l'évolution s'était produite en l'espace de quelques mois. Ça vous tombe dessus d'un coup, l'adolescence.

Ariel se rappelait vaguement sa propre jeunesse, le besoin impérieux de créer une distance, de se construire une identité distincte de celle de ses parents. Elle ne pouvait pas s'empêcher de les détester, même si elle ne le souhaitait pas, du moins avant qu'ils lui donnent de bonnes raisons de les mépriser.

Aujourd'hui, elle voyait ce processus à l'œuvre chez son fils. Elle se rendait compte que parfois il s'en voulait. George ne comprenait pas, ne pouvait pas justifier son attitude à ses propres yeux, ignorait pourquoi il critiquait sa cuisine, sa manière de conduire, tout ce qu'elle faisait.

— Maman, arrête, s'il te plaît !

— Quoi ?

— Tu fais du bruit quand tu respires !

Leur petite équipe, nous deux contre le reste du monde, lui avait longtemps paru indestructible, permanente. Ariel avait beau savoir que c'était faux, pendant des années, elle avait fait l'autruche. Ce n'était plus possible. Le problème, c'était que George continuait de la rejoindre dans sa chambre presque tous les soirs.

— Mon chéri ?

Ils étaient assis à table, pas face à face mais à côté, à la même place depuis qu'il ne mangeait plus dans une chaise haute. Il leva la tête, méfiant, prêt à se mettre en colère.

— Je pense que ce soir, ce serait bien si tu dormais dans ton lit.

Il ouvrit la bouche pour répondre, sa lèvre inférieure trembla. Soudain, il n'était plus un adolescent boudeur. C'était le bambin malheureux à qui elle venait d'apprendre qu'ils avaient oublié son nounours sur le ferry.

— Ce soir ?

Elle faisait griller un steak, même si elle ne mangeait pas de bœuf. Depuis quelque temps, il réclamait des protéines animales, de la viande rouge en particulier, lui qui n'en avait presque jamais consommé. Les restrictions alimentaires involontaires avaient été le sujet de l'une de leurs dernières disputes majeures. Il avait remporté la bataille.

— De manière plus générale, je pense.

Ariel se rendait compte qu'il essayait de comprendre ; elle devinait la lutte intérieure qui se jouait en lui, entre plusieurs stades de développement aux impératifs opposés. Elle ne savait pas qui elle espérait voir gagner. Une grosse larme roula sur le duvet pêche qui couvrait depuis peu sa joue. Une joue plus creuse, à l'image de son corps qui s'était allongé, étiré comme un élastique, fin et tendu, toujours prêt à se rompre.

— Pourquoi ?

— Je pense que tu as besoin d'espace, tu…

Il tapa du poing. Les couverts s'entrechoquèrent, les assiettes tintèrent. Sa fourchette plantée dans un morceau de bœuf saignant tomba sur la table.

Les chiens se redressèrent, en alerte. Leur regard inquiet allait de George à Ariel.

— Je pense…

— Je te déteste !

Il se leva si brutalement que sa chaise bascula. Mallomar aboya.

— Je te déteste !

Ariel entendit les pattes de Scotch trottiner derrière George qui montait l'escalier en tapant des pieds. La porte de sa chambre claqua. À côté d'elle, Mallomar gémit et elle lui flatta l'échine pour le rassurer. Pour essayer de se rassurer, elle.

Alors qu'elle contemplait la place vide, la chaise renversée, la nourriture qui refroidissait dans l'assiette, elle sentit sa lèvre trembler à son tour. Elle tâchait de se convaincre qu'elle avait fait ce qu'il fallait, même si tout le monde pleurait, même si dans le fond elle n'y croyait pas vraiment. Elle éprouva une tristesse soudaine. À cause des décisions qu'elle avait prises et de celles qu'elle n'avait pas prises ; à cause de tout ce qui l'avait amenée là, dans cette position où elle savait qu'elle devrait prononcer des mots qui allaient faire pleurer son fils. Elle se sentait très seule.

Et sa solitude ne ferait qu'empirer dans les années à venir. *Tout* ne ferait qu'empirer.

Ariel se bouchait les yeux depuis trop longtemps. Elle se trouvait des excuses parce qu'elle avait appris à maîtriser certains aspects de sa vie, parce qu'elle était fière de ses progrès, des compétences qu'elle avait acquises, de sa confiance en elle. Mais c'était peut-être inévitable. On ne pouvait pas gagner sur tous les tableaux. Il fallait décider ce qui était indispensable, et se débrouiller pour remporter ces batailles-là.

Elle entendait George faire du tapage dans sa chambre au premier, les aboiements inquiets du chien. Elle ne monterait pas. Elle le laisserait assouvir sa colère. Il avait besoin d'espace, même si ce n'était pas ce qu'il désirait. Il peut y avoir un gouffre entre les deux.

George finit par s'endormir, épuisé par ses larmes. Ariel se retourna dans son lit jusqu'à l'aube. Ce n'était pas la première fois qu'elle passait la nuit à se remettre en question, convaincue qu'elle n'avait fait que des mauvais choix, déterminée à changer avant qu'il ne soit trop tard.

19

Jour 1 – 22 h 44

— Allô ?

— Madame Turner. Cela fait une éternité.

Madame Turner ? Il joue la comédie. Il craint d'être enregistré. Ou plutôt il en est sûr, parce que c'est lui qui enregistre la conversation, pour se prémunir contre d'éventuelles manipulations. De nos jours, tout est falsifiable : les photos, les vidéos, la bande-son. La seule façon de combattre les preuves truquées de quelqu'un d'autre, c'est d'en produire soi-même, puis de les diffuser le plus largement possible. Le gagnant est celui qui crie le plus fort.

— Que me vaut le plaisir ?

— Je suis à Lisbonne. Mon mari a été enlevé. On me réclame une rançon de trois millions d'euros d'ici quarante-huit heures.

Il marque une pause avant de répondre.

— C'est terrible.

— Oui. Et je n'ai même pas une fraction de cette somme.

Silence.

— J'ai besoin d'aide.

Toujours rien. Ariel attend.

— Écoutez, dit-il, sur le ton d'un politicien qui s'apprête à mentir. Je suis vraiment navré de ce qui vous arrive et je suis de tout cœur avec vous. Je peux volontiers me renseigner, m'assurer que la police locale accorde à cette affaire toute l'attention qu'elle mérite, et que le département d'État américain contribue à l'enquête comme il se doit. Mais vous savez que je ne peux pas…

Elle entend le bruit de sa propre respiration. Lui aussi doit l'entendre.

— Vous savez que je ne peux pas intervenir, ajoute-t-il.

— Bien sûr que si.

— Ah ? Et que puis-je faire, selon vous ?

— Vous pouvez faire en sorte qu'on envoie une force expéditionnaire.

— Impossible.

— Ou bien me procurer trois millions d'euros.

— Vous avez perdu la raison ? Je ne peux pas imaginer ce qui a pu vous mettre une idée pareille dans la tête.

— Imaginer ? Non, pas besoin d'imaginer. Vous savez exactement pourquoi j'ai pensé à vous.

— Encore une fois, je compatis, mais…

— Vous ne pensez pas que j'appelle sans arguments solides, quand même ?

Elle a l'air désespérée. Elle l'est.

— Taisez-vous.

— … qu'avec les tests ADN et le procès-verbal de la police des Hamptons, et…

— Bon sang ! LA FERME !

Elle s'interrompt.

— Allez à l'ambassade.

— J'y suis déjà allée. Deux fois. Et à Lisbonne, on est en pleine nuit. C'est fermé.

— Quelqu'un sera là pour vous ouvrir.
— Quand ?
— Maintenant, je suppose, soupire-t-il. Allez-y tout de suite.

Elle se dirige vers le bruit, la lumière, les gens et les taxis. Elle dépasse un vieux monsieur qui promène deux chiens. Il lui coule un regard de biais. Mais non, il ne peut être ni un agent de la CIA, ni un policier, ni un des ravisseurs, pas avec ses deux chiens. Elle scrute tout autour d'elle attentivement, s'efforce de noter le moindre détail. On ne sait jamais ce qui va se révéler utile, ce dont on vous demandera de vous souvenir.

À l'autre bout de la place, elle distingue une silhouette dans l'obscurité, appuyée contre un arbre. Elle se détourne, comme si elle ne l'avait pas remarquée.

Un taxi. Elle court, agite les bras, s'engouffre dans le véhicule.

— L'ambassade des États-Unis, s'il vous plaît.

Elle attend que le chauffeur croise son regard dans le rétroviseur central, mais il ne lève pas les yeux. Et si c'était l'homme qui la suit ? Ce ne serait pas totalement absurde.

Ils dépassent d'occasionnels avant-postes de la vie nocturne, bars ou clubs, îlots animés éclairés par des réverbères, séparés par des océans de ténèbres que le taxi aux sièges poisseux traverse à vive allure, comme un bootlegger transportant de l'alcool de contrebande. Le cœur d'Ariel bat ausssi vite que si elle était elle-même une trafiquante, consciente que tout s'accélère, s'élargit, échappe à son contrôle.

— Vous pouvez déposer votre sac et vos téléphones ici, dans un casier. Je vous donnerai la clé.
— Merci, mais je préférerais les garder.
— Ce n'est pas possible.

— Écoutez, dit-elle, s'efforçant de conserver son calme. Je suis dans une situation extrêmement compliquée, et j'attends un appel que je ne peux pas rater. C'est une question de vie ou de mort. Est-ce que je peux simplement…

Elle ne termine pas sa phrase. Le garde secoue la tête.

— S'il vous plaît, ce ne sont que des téléphones. Et c'est vraiment très important.

— Désolé, c'est interdit par le règlement. Un appareil électronique peut dissimuler n'importe quoi. Le détonateur d'une bombe. Du matériel d'écoute. Un virus. Il peut être lui-même le virus.

— Je vous en supplie.

Elle a beaucoup supplié aujourd'hui.

— Je peux vous proposer une chose. Je garde vos téléphones ici, sur cette table. Si l'un des deux sonne, je vous fais prévenir.

Ariel n'a pas le choix. Elle lui donne ses affaires et prend en échange la clé métallique sur un porte-clés en plastique numéroté.

— Par ici.

Elle franchit le portique sous le regard vigilant du marine, pour rejoindre un second militaire qui l'attend. Elle le suit le long d'un petit couloir, puis il déverrouille une pièce sans fenêtre, à quelques mètres du poste de sécurité, à l'écart du reste du bâtiment. Peut-être pour empêcher les visiteurs de voir les employés de l'ambassade. Ou le contraire. Ou les deux.

— Asseyez-vous, s'il vous plaît, vous allez recevoir un appel, dit le garde. Je serai de l'autre côté de la porte. Si vous avez besoin de quoi que ce soit, appuyez là-dessus.

Il indique un bouton rouge au mur, à côté de la porte insonorisée, dont le pourtour est calfeutré par un joint en caoutchouc. La porte se referme avec un chuintement.

Inutile d'essayer la poignée : Ariel sait qu'elle est verrouillée.

Elle s'assied sur l'une des chaises en plastique autour de la table ronde en mélaminé, au milieu de laquelle se trouve une console de communication impressionnante. Les câbles du téléphone disparaissent dans le pied central, puis dans le sol. On ne peut pas accéder aux fils ni à la prise.

Elle est surprise de ne pas voir de miroir sans tain, puis se rend compte que c'est logique. Ce n'est pas une salle d'interrogatoire. Il doit y avoir des pièces dans l'ambassade spécifiquement dédiées aux entretiens, amis ou ennemis. Les visiteurs sont censés se sentir à l'aise, ici. C'est un espace sécurisé, avec une ligne téléphonique sécurisée. C'est pour cette raison qu'elle est là.

Ariel se demande si on la fait attendre délibérément ou s'il y a une autre explication. Peu importe. D'une manière ou d'une autre, elle s'inquiète et n'a plus qu'une pensée en tête : est-ce que ça va marcher ?

— Tu me dis qu'elle est à l'ambassade en ce moment même ?

Nicole était au lit, une pile de rapports sur les genoux, sur le point de s'endormir. À présent, elle a les yeux grands ouverts. Non seulement cette Américaine l'a obligée à annuler son rendez-vous avec Pietro, mais il semble qu'elle va lui gâcher sa nuit de sommeil réparateur.

— Oui, répond Antonucci. Je l'ai suivie jusqu'à son hôtel. Vingt minutes plus tard, elle ressortait et sautait dans un taxi. Le moins qu'on puisse dire, c'est que je ne m'attendais pas à ce qu'il la dépose devant l'ambassade. J'ai laissé passer quelques minutes avant d'entrer. Le garde m'a dit qu'il avait reçu l'ordre de la conduire à la salle de communication sécurisée.

— L'ordre ? De qui ?

— Il n'a rien voulu dire. Ce qui n'est pas vraiment surprenant.

Nicole Griffiths réfléchit à toute vitesse, s'efforçant de deviner pourquoi on aurait amené une simple citoyenne dans un lieu conçu pour que les agents, les informateurs et les officiers puissent échanger sans risque d'être écoutés.

— Merde.

Personne à Lisbonne ni à Langley n'a pu donner cet ordre sans que Nicole ait été avertie. L'ordre vient donc du département d'État. Ce qui signifie que cette femme est plus importante qu'elle ne le laisse paraître. Ou que son mari l'est. Ce ne sont pas des Américains lambda.

— On ne peut pas enregistrer sa conversation dans la salle sécurisée, dit Antonucci, mais on doit avoir ses appels précédents. Elle est sur écoute depuis plus de trois heures, maintenant.

— Très bien. Tu continues à la suivre, et surtout tu ne la perds pas de vue. Je vais passer au bureau pour écouter les enregistrements. Et Guido, s'il te plaît ?

— Oui ?

— Fais attention. Je commence à croire que c'est du sérieux.

La sonnerie transperce le silence de la petite pièce. Instinctivement, sa main se dirige vers le combiné, comme pour calmer un bébé en pleurs. Mais, de même qu'autrefois elle s'obligeait à patienter avant de se précipiter au chevet de George, elle prend le temps de respirer à fond, puis elle décroche.

— Allô ?

— Qu'est-ce que tu attends de moi ? demande-t-il sans préambule.

— Je te l'ai dit : trois millions d'euros pour la rançon de mon mari.

— Trois millions. Marrant, ça me rappelle quelque chose.

— Ne sois pas ridicule. Ce n'est pas moi qui ai tiré ces

chiffres de mon chapeau. Mon mari a été enlevé et c'est le montant qu'on me réclame.

— Encore une fois, c'est bien triste et je suis navré que tu te retrouves dans une situation pareille. Mais en quoi ça me regarde ?

— Tu le sais très bien.

— En fait, non.

Voilà. Elle ne peut plus reculer, à présent.

— Parce que j'ai enregistré notre dernière conversation.

Il laisse passer une seconde.

— Je n'ai pas la moindre idée de ce que tu veux dire.

— Cette conversation s'est déroulée avant que je signe quoi que ce soit. Tu comprends ce que ça signifie ?

— Je ne me souviens pas d'avoir consenti à un quelconque enregistrement.

— Consenti ? Comment oses-tu employer ce mot ?

— J'ai pris des mesures spécifiques pour que rien ne soit enregistré. Et ça n'aurait aucune valeur devant un tribunal.

— Premièrement, à New York, il suffit que l'un des interlocuteurs donne son autorisation. Deuxièmement, qui parle de tribunal ? J'enverrai l'enregistrement à tout le monde, sauf aux avocats. Les médias, les collectifs de hackers, les gouvernements étrangers, les grandes gueules des réseaux sociaux.

— Ce que tu es en train de faire a un nom. C'est du chantage. Un délit très grave…

— Vraiment ? Dans quelle juridiction ? Je suis à *Lisbonne*. La justice et la police américaines, en ce moment, c'est le cadet de mes soucis.

— Pire encore, tu menaces de commettre un délit tout aussi sérieux pour arriver à tes fins. Tu seras poursuivie. Compte sur moi. Tu iras en prison. Et pas pour un mois ou deux.

— Si je suis condamnée. À l'unanimité. Par un jury populaire.

— Tu n'es pas près de revoir la lumière du jour.

— Tu sais ce que ça veut dire, un jury populaire ? Qu'il sera composé pour moitié de femmes. Plus un ou des hommes qui auront des petites filles. Tu te rappelles combien il faut de jurés pour obtenir un acquittement ? Bien sûr. Tu as étudié le droit.

— Je ferai en sorte que tu purges ta peine dans une prison très, très dure.

— D'accord, mais tu sais quoi ? Je serai *heureuse* d'aller en prison. Je serai une *héroïne*, en prison. Toi ? Ta carrière sera finie. Et pas seulement ta carrière. Ton mariage, ta *vie*. Tu perdras tout. Traîne-moi en justice. Je m'en remets aux jurés. Peu importe le nombre de mois et les dégâts…

Ariel se rend compte qu'elle s'emballe. Elle respire profondément.

— Tu seras un paria, reprend-elle, plus posée, plus menaçante. Et tu ne t'en relèveras pas. Jamais.

— Tu n'oserais pas.

— Tu es prêt à parier ?

— Dans ce cas, pourquoi ne pas l'avoir fait avant ?

— Je ne fais pas ça pour m'amuser. Je m'en passerais volontiers. Et encore une fois, je ne ferai rien si tu m'aides à retrouver mon mari.

Il a besoin de quelques minutes pour digérer tout ça. Elle le laisse réfléchir. La balle est désormais dans son camp. Mais le temps presse et il le sait.

— Quarante-huit heures, c'est ça ?

— Un peu moins, maintenant.

— Je n'ai pas cette somme en espèces. Personne ne l'a. À part peut-être les narcotrafiquants.

Ariel pourrait pleurer de soulagement, mais elle se ressaisit aussitôt.

— Tu peux te la procurer.

Elle sait qu'un homme comme lui a des liquidités aux quatre coins de la planète qu'il pourra retirer dès demain matin, à l'ouverture des bureaux européens. Trois millions, il ne les sentira même pas passer.

— Je ne peux pas faire ça, dit-il. Pas maintenant.

— Bien sûr que si. *Surtout* maintenant.

Il se tait encore. Il déteste ça, c'est évident. Et c'est délicieux.

— Impossible. Avec le 4 juillet, les banques sont fermées, et les marchés également. C'est tout bonnement irréalisable. Je ne peux pas réunir une somme pareille, pas aussi vite.

— Dans ce cas, sauve mon mari. Débrouille-toi pour faire intervenir les marines, les Bérets verts, les SEALs, je m'en fous, n'importe quel corps militaire américain. C'est juste un homme à Lisbonne. Quelqu'un dans ta position devrait être capable de résoudre ce genre de problème.

— Je ne peux pas intercéder comme…

— Tu te moques de qui ? Les gens intercèdent tout le temps. Pour la femme de l'un de tes meilleurs amis ?

— Ex-femme.

— C'est simple, tu as trois possibilités : tu te procures le cash, tu retrouves mon mari, ou tu perds tout.

Il est silencieux. Il doit se demander laquelle de ces solutions est la moins mauvaise. Il peut difficilement réfuter ce qu'elle a dit sur les jurés, la prison, l'issue probable d'un procès. Il n'a pas vraiment le choix, pas en ce moment. Et il sait qu'elle le sait.

— D'accord, dit-il enfin.

Tout ce stress accumulé : Ariel a l'impression qu'elle va exploser de soulagement.

— D'accord quoi ?

— On va prendre contact avec toi.

— Qui ?

— Il faut que je réfléchisse.

— Quand ?

— *Quand* ? Qu'est-ce que j'en sais ? Je n'ai jamais fait ça avant.

— Le temps presse.

— Tu m'emmerdes. Le temps presse, oui.

Il pousse un profond soupir. Il ne s'attendait certainement pas à devoir gérer ce genre de situation ce soir. Mais il se doutait qu'Ariel ressurgirait dans sa vie un jour ou l'autre. Là, ça tombe mal – ça ne pourrait pas tomber plus mal –, mais c'est sans doute pour cette raison que c'était inévitable.

— Personne ne doit l'apprendre.

— Tu crois que tu as besoin de me le préciser ?

— Absolument personne. Ni la police portugaise, ni les ravisseurs, ni ton mari, ni… personne. Jamais.

Ariel l'entend respirer au bout du fil. Elle devine qu'il voit déjà plus loin, qu'il pèse les risques supplémentaires à long terme, réfléchit aux solutions pour les limiter.

— Tu devras signer un accord de confidentialité, évidemment. Je ne ferai rien sans.

— Je comprends.

Il fulmine. Il doit vraiment prendre sur lui pour ne pas s'emporter. Elle se demande s'il a fini par apprendre à se dominer. Elle en doute.

— Putain, soupire-t-il. Quelle tuile.

— Une tuile ? Je te rappelle que mon mari a été enlevé.

— Mais pourquoi ? C'est qui, ton mari, d'abord ?

— Un simple citoyen qui ressemble à un riche homme d'affaires américain.

— Et c'est ce qu'il est ?

— Pas vraiment. Rien à voir avec toi. Il n'a pas trois millions d'euros.

— Putain de merde.

Ariel n'a pas envie de se montrer conciliante avec cet homme, mais il faut bien qu'elle l'apaise. Elle a besoin de lui.

— Je te rembourserai.

— J'y compte bien.

— J'ai de l'argent. Tu le sais.

— Je ne sais rien du tout.

— Si. Mais cet argent est en fidéicommis.

Elle attend qu'il l'interroge, mais il se tait. Il sait pour qui est l'argent, et pourquoi, mais il ne la laissera pas aborder ce sujet. Et elle ne va pas le provoquer en insistant.

— Après ça, je ne veux plus entendre parler de toi. Jamais.

— Message reçu. Une dernière chose. Si tu ne me procures pas cet argent ? Si mon mari est tué à cause de ça ? Alors, je rassemble tous les micros et les mégaphones du monde, et je balance tout.

20

Jour 1 – 23 h 41

Ariel regarde le mobilier quelconque, les murs nus, la porte verrouillée derrière laquelle se trouve un bâtiment placé sous haute sécurité, gardé par des marines. Ces hommes ne sont pas là pour la protéger. S'ils doivent prendre parti, ce sera lui qu'ils défendront. Elle n'avait pas songé jusque-là qu'elle se mettait peut-être en danger. Elle menace un individu puissant tout en lui donnant la possibilité de la réduire au silence. Et si elle avait foncé tête baissée dans un piège mortel ?

Il n'y a personne d'autre à l'ambassade, ce soir. Pas de journalistes qui attendent une interview, pas d'assistants qui jettent des regards furtifs, pas d'agents d'entretien poussant un seau et une serpillière, pas d'attachés diplomatiques devant leur ordinateur.

Pas de visiteurs. Pas de ressortissants américains. Pas de témoins.

Quelques militaires, c'est tout. Des soldats qui ont des ordres. Des allégeances. Et des armes…

À chaque seconde qui s'écoule, Ariel est un peu plus convaincue qu'elle va être retenue ici. Elle sent les battements de son cœur accélérer à mesure qu'elle s'approche de la sortie. Au moment où elle appuie sur le bouton rouge, son imagination s'emballe et, alors qu'elle passe en revue les possibilités d'évasion – s'enfuir par une fenêtre, crocheter une serrure, casser un pied de table pour défoncer une porte –, une panique incontrôlable s'empare d'elle. À présent, elle en est sûre, on va la retenir prisonnière…

Il y a un déclic ; le garde apparaît, son expression impénétrable.

— Madame ?

— J'ai terminé.

Il ne répond pas tout de suite. Ariel est sur le point de s'effondrer. Est-ce le moment où il va la conduire dans une nouvelle pièce sans fenêtre ?

— Après vous.

Il lui indique l'entrée, où le second marine attend de l'autre côté du portique. Ce dernier ne bronche pas à son approche, le regard fixé sur elle.

Un silence total règne à l'intérieur du bâtiment, les bruits de la rue étouffés par les vitres blindées, le double hall, les murs en béton armé.

DRING !

C'est la ligne du poste de sécurité. La lumière clignote, la sonnerie hurle. Le garde décroche, relève les yeux vers Ariel qui se trouve à présent à quelques mètres.

— Oui, monsieur, elle est encore ici.

Elle ralentit involontairement.

— Oui, monsieur.

Ariel est maintenant à trois mètres et elle sent l'autre marine derrière elle. Elle est coincée entre les deux. Le soldat à l'entrée raccroche et regarde Ariel. Elle se force à continuer d'avancer vers lui, vers la porte et la liberté, même si à chaque pas grandit la certitude que quelque chose de terrible va se produire. Elle voit la scène se dérouler devant ses yeux : il lève sa main gauche, laisse la droite baissée, sur son étui.

— Madame ?

Son ventre se noue, comme du temps où le petit George semblait toujours sur le point de renverser un verre ou un vase, et qu'elle sentait son corps se crisper en prévision de la catastrophe imminente. Elle avait beau se répéter que ce n'était pas grave, une tasse cassée, du lait gaspillé, rien à faire. Il y a des peurs qu'on ne peut pas raisonner, aussi ridicules et irrationnelles soient-elles. Cette peur-ci, en revanche, n'est ni ridicule ni irrationnelle.

Ariel ne se fie pas à sa voix. Alors, elle se contente de hausser les sourcils.

— Attendez un instant, s'il vous plaît, dit le marine, la main toujours levée. Une voiture va vous reconduire à votre hôtel.

Ouf, quel soulagement. Mais doit-elle vraiment se sentir rassurée ? Peut-être pas. Non.

— Merci, c'est inutile. Je trouverai un taxi.

— Il est tard, madame. La voiture sera là dans quelques minutes.

Bien sûr : c'est ainsi que ça doit se passer. Logique, non ? À présent qu'Ariel y songe, on ne prendrait pas le risque de la tuer à l'intérieur de l'ambassade ni de compromettre des marines.

Non, on ferait intervenir quelqu'un de l'extérieur, un étranger qui arriverait au volant d'un véhicule anonyme, en pleine nuit. Combien de temps faudrait-il pour déclencher un tel plan ? L'homme à qui elle a parlé savait depuis leur premier échange qu'elle représentait un danger, et il savait où elle serait. Il a très bien pu s'organiser. Quand a eu lieu leur première conversation ? Il y a une heure et demie ? Est-ce suffisant pour qu'un Américain riche et puissant trouve un tueur à gages à Lisbonne ?

— Vous pouvez vous asseoir ici, dit le garde en lui désignant trois chaises.

— Non, merci, je préfère prendre un taxi.

— Je m'excuse, mais je dois insister. J'ai des ordres, madame.

— Des ordres ? De qui ?

Il lui montre encore la chaise.

— S'il vous plaît.

S'il vous plaît. Cela peut signifier tant de choses. Ariel sait qu'elle n'a pas le choix. Elle ne peut pas franchir le poste de sécurité.

Mais quand la voiture sera là, hors de question qu'elle monte dedans.

Si Ariel meurt ce soir, l'homme qu'elle a sollicité sera débarrassé de ses problèmes. Pas uniquement l'obstacle immédiat causé par son appel et sa tentative de chantage, mais la menace constante que représente sa simple existence. Le problème qui doit le tarabuster depuis longtemps déjà, et encore plus en ce moment, alors qu'on gratte la surface de sa vie pour voir ce qui se cache en dessous.

Ariel : voilà qui se cache en dessous.

Si elle disparaît ce soir au Portugal, il y aura une enquête, bien sûr. Mais que découvrira-t-on ? Des indices partout à travers la ville révélant que son mari était dans de sales draps, qu'elle a remué ciel et terre pour le retrouver et qu'elle a fini par se mettre elle aussi en mauvaise posture – au point de se faire tuer. La police, l'ambassade, les employés de l'hôtel : tous le confirmeront. On trouvera des preuves, on en fabriquera si nécessaire. Il est possible qu'en ce moment même, on soit en train de dissimuler de la drogue dans leur suite, des sachets d'héroïne, ou peut-être des liasses de billets ou des armes qui ont servi à commettre des crimes, ou les trois à la fois, un nombre accablant d'éléments irréfutables établissant que ce couple d'Américains était impliqué dans des activités criminelles à Lisbonne. Et qu'ont-ils récolté ? Ce qu'ils méritaient.

DRIIIING.

La sonnerie semble encore plus bruyante, cette fois, plus proche. Une agression. Ariel tient son portable à la main. Le jetable se trouve au fond de sa poche. Ils ont sans doute été trafiqués pendant qu'elle se trouvait dans la salle sécurisée. À compter de maintenant, tout ce qu'elle fera sera surveillé. Chaque e-mail, chaque SMS, chaque mot prononcé, qu'elle parle au téléphone ou non, que l'appareil soit allumé ou non.

— Allô ? fait le garde.

Encore un motif d'inquiétude, comme si elle n'en avait pas déjà assez. Elle sent remonter toute l'angoisse accumulée. Quand sanglotait-elle sur le trottoir ? Il y a quelques heures à peine. Elle est prête à craquer de nouveau. Elle inspire profondément.

Le marine raccroche et se tourne vers Ariel.

— Votre voiture est arrivée.

Elle a passé les cinq dernières minutes à étudier le plan du quartier sur son écran pour établir un itinéraire et des solutions de secours, parer aux éventuels imprévus. Quelqu'un quelque part a peut-être constaté que l'application était ouverte sur son téléphone. Mais personne n'a pu suivre son regard, voir pourquoi elle examinait la carte.

Elle lance un sobre « Merci » au garde et se retrouve dehors, dans la rue déserte à cette heure tardive. Une Audi patiente devant la guérite, moteur au ralenti, dans la contre-allée séparée de l'avenue par un terre-plein pavé où s'alignent des bancs, des bornes et des arbres. Cela crée une large zone tampon entre le bâtiment et la circulation, une barrière contre les motards armés d'un pistolet, les pick-up équipés de fusils d'assaut, les semi-remorques bourrés d'explosifs. Les ambassades américaines sont peut-être des cibles potentielles dans le monde entier, après tout.

Le chauffeur descend et fait le tour de la voiture pour ouvrir la portière arrière. Il est grand, pas mince, mais pas gros non plus. Il semble solide, fort. Il est vêtu d'un jean moulant bas sur les hanches, avec des coutures ridicules. Son polo orné d'un logo voyant est barré de traits de couleur et de lettres sur les manches et dans le dos, et le col, qu'il porte relevé, est rayé. La marque de ses chaussures de sport, qui sont fines et multicolores, ne dit rien à Ariel.

Certainement pas un Américain.

Les femmes, c'est plus compliqué. Les femmes du monde entier suivent les mêmes modes, ont les mêmes coiffures, le même maquillage, leur look copié sur une célébrité quelconque, actrice, chanteuse ou influenceuse, quel que soit le nom qu'on donne à Kardashian et consorts. Des styles globalisés, reconnaissables partout, interchangeables. La mode masculine est plus locale, plus spécifique. Plus identifiable. Un Américain aimerait mieux mourir que s'exhiber ainsi.

Est-ce bon signe ? Mauvais ? Une chose est sûre, le chauffeur est sorti pour lui ouvrir, et c'est un avantage. Il s'est éloigné du volant, de l'accélérateur.

Ariel remarque une petite voiture au bout du terre-plein, sur l'avenue, presque une autoroute tellement elle est large. Elle jette un coup d'œil à gauche, puis à droite. Pas un seul passant. Ce n'est pas un quartier piéton. Aucun véhicule garé aux alentours. Où qu'elle porte le regard, personne. Pas de témoin, pas de secours potentiel. Il n'y a qu'Ariel, le chauffeur et les marines à l'intérieur.

OK, se dit-elle, alors qu'elle n'est plus qu'à quelques pas de la portière ouverte : *maintenant.*

Elle s'élance. Elle fonce dans la direction opposée à celle de la voiture, face aux véhicules éventuels qui pourraient arriver sur l'avenue. Elle entend le chauffeur l'appeler, mais elle ne comprend pas ce qu'il dit et elle s'en moque.

Elle court le long des grilles de l'ambassade, dépasse l'enceinte, longe un petit parking où se trouvent des bacs de recyclage. Du coin de l'œil, elle distingue un mouvement, mais elle ne sait pas quoi. Ce pourrait être quelqu'un au volant d'une voiture sombre, un chat, un oiseau ou une branche qui bruisse au vent.

Elle jette un bref regard derrière elle, voit le chauffeur remonter dans l'Audi, puis se concentre à nouveau sur le sol devant elle, sur ses pieds, attentive à ne pas trébucher sur les pavés inégaux, les fissures, les racines qui craquellent le trottoir.

Elle entend claquer la portière alors qu'elle atteint l'extrémité du parking. À présent, le trottoir est bordé de buissons le long d'un mur de béton.

Le chauffeur passe la première. Il doit rouler dans l'étroite contre-allée, au bout de laquelle il rejoindra l'avenue en sens unique qui s'éloigne d'Ariel. Faire demi-tour et se retrouver à contresens serait de la folie furieuse. Une manœuvre aussi irresponsable et dangereuse ne pourrait signifier qu'une chose : l'homme est décidé à la pourchasser coûte que coûte. À tout instant, des voitures pourraient déboucher à vive allure et le percuter de plein fouet. Ce serait s'exposer à la mort. Aucun chauffeur sain d'esprit ne prendrait ce risque. Un tueur, en revanche…

Dix mètres plus loin, le mur s'interrompt et cède la place à un immeuble résidentiel.

Ariel se retourne pour voir ce que fait l'Audi : elle file sur l'avenue. Mais elle n'est pas en sécurité pour autant. L'homme pourrait accélérer, tourner à droite, encore à droite, longer l'arrière de la résidence et l'attendre au prochain carrefour. Combien de temps lui faudrait-il ? Lorsqu'elle étudiait le plan à l'ambassade, elle a évalué la durée à quatre-vingt-dix secondes, deux minutes maximum.

Peut-être ne va-t-il pas tenter de la rattraper. Elle l'espère de toutes ses forces. Mais elle doit être prête au pire. Toujours.

Alors qu'elle s'engage dans l'allée de l'immeuble, elle remarque une silhouette derrière elle, près de l'ambassade, éclairée par les projecteurs qui baignent la façade de l'enceinte américaine d'une lumière protectrice. Un homme. Qui marche dans sa direction.

Non : il court. Il lui court après.

Ariel accélère devant la guérite du gardien pour ne pas lui laisser le temps de l'arrêter. Elle se retrouve sur un parking, avec des voitures garées en épi d'un côté et des places de stationnement en créneau de l'autre. L'espace est bien éclairé.

Le gardien l'interpelle.

Elle continue sans ralentir jusqu'au bout du parking et tourne sur une allée pavée bordée de palmiers qui longe le côté du bâtiment.

Le gardien l'appelle de nouveau, sa voix plus stridente, plus inquiète. Un autre homme lui fait écho.

À l'arrière, elle distingue des courts de tennis, une piscine sur une terrasse surélevée, encore des palmiers, un mur couleur saumon. C'est une résidence de luxe entourée d'une enceinte, entre les ambassades américaine et brésilienne.

Les pas derrière elle accélèrent. Ils sont plusieurs.

Le mur est trop haut pour qu'elle puisse l'escalader. Le gardien le sait. Mais il ignore qu'elle le sait aussi, et il doit supposer qu'elle se dirige vers le fond, qu'elle va tenter de s'échapper par là, et qu'il pourra alors la coincer, une torche électrique de la taille d'un pistolet dans une main et un portable dans l'autre, prêt à appeler la police. À moins qu'il ne préfère s'occuper de son cas lui-même. C'est peut-être le genre de type qui aime se défouler quand l'occasion se présente.

Ariel court le long des terrains de tennis comme si sa vie en dépendait. Elle veut arriver au bout du bâtiment avant que le gardien ne surgisse derrière elle. Elle tourne à l'angle sans savoir si elle a réussi.

Elle ne va pas pouvoir continuer longtemps à ce rythme, elle est à bout de souffle. Elle ralentit entre l'immeuble et le haut mur, un espace étroit, étouffant, sans issue, sans possibilité de fuite. Elle ignore si son poursuivant est toujours sur ses talons ou s'il a filé vers la piscine. À présent, elle n'est plus qu'à quelques mètres de l'avant de la résidence. Elle ralentit encore et continue en marchant. Elle tend l'oreille. Entend-elle des pas derrière elle ?

Non. Rien. Elle est parvenue à berner le gardien. Pour l'instant, en tout cas. Elle s'arrête, se plie en deux et profite de ses quelques secondes d'avance pour souffler. Elle n'a pas l'habitude de sprinter. Elle comptera jusqu'à cinq, puis elle repartira vers le parking pour ressortir par l'entrée principale et traverser les larges voies de l'avenue, qui avec un peu de chance seront désertes. Après elle n'aura qu'à se diriger vers le zoo, les fast-foods, la vie et la foule. Là, elle est sûre de trouver un taxi qui la ramènera à l'hôtel. Au pire, elle fera signe à une voiture et s'en remettra à un inconnu. Si elle en juge par son expérience, ce ne sont pas eux les plus dangereux.

Ariel se redresse. Elle inhale, remplit ses poumons d'oxygène, comme si elle s'apprêtait à plonger sous l'eau. Puis elle fait un pas en avant…

21

Jour 1 – 23 h 58

Elle ne pourra pas passer, pas avec l'homme qui bloque l'allée à quelques mètres d'elle. La seule solution serait de faire demi-tour et de repartir dans l'autre direction. Elle peut peut-être lui échapper, elle doit essayer maintenant…

Puis elle le reconnaît : c'est le type de l'ambassade, celui qu'elle a attaqué dans la rue, il y a un million d'années, en début de soirée. Antonucci, non ?

— Tout va bien, dit-il, les mains ouvertes dans un geste d'apaisement. Vous n'avez rien à craindre.

Ariel halète, la poitrine oppressée.

— Vous n'avez rien à craindre, répète-t-il. Pourquoi courir ?

Elle se plie de nouveau en deux, toujours essoufflée. Il lui laisse le temps de récupérer, mais elle continue de se taire.

— De quoi avez-vous peur ? De qui ?

Ariel lève les yeux vers lui. Elle secoue la tête.

— Comment voulez-vous que je vous aide si…

— M'aider ? fait-elle, se redressant. Comment pourriez-vous m'aider ?

Elle prend une grande inspiration.

— Vous et les autres, vous m'avez déjà prouvé que vous ne pouviez rien faire, à part me poser des questions idiotes. Vous auriez pu au moins essayer de retrouver le téléphone de mon mari. Pourquoi est-ce que vous n'avez rien fait ?

— On l'a.

— Quoi ?

— Le téléphone de votre mari.

— Qu'est-ce que… Pourquoi on ne m'a rien dit ?

— Il était dans une poubelle, sur les quais. Dans un coin désert. C'était simplement pour s'en débarrasser. Sans doute éloigné de l'endroit où votre mari est détenu.

Ariel ferme les yeux.

— On ne s'est pas contentés de localiser son téléphone. On explore d'autres pistes.

— Quelles pistes ?

— Il commence à se faire tard. Si on en discutait demain matin ?

Elle se tait.

— Pourquoi avoir détalé comme ça ? Pourquoi fuir un chauffeur qui a été appelé pour votre sécurité par l'ambassade américaine ?

Que peut-elle répondre ? *Je me suis enfuie, parce que je craignais que ce soit un tueur à gages chargé d'éliminer définitivement la menace que je représente, une menace réactivée par l'enlèvement de mon mari.*

— Je vous ramène à votre hôtel, ajoute-t-il. Venez.

Son visage est tuméfié. Il aurait dû mettre de la glace tout de suite, au lieu de la suivre. Pour la protéger ? Ou pour éviter qu'elle leur cause des ennuis ?

— Je suis garé un peu plus loin.

Il a raison. Elle en a assez fait pour aujourd'hui. Elle devrait rentrer, s'allonger, dormir. Elle l'a appris à ses dépens lorsqu'elle s'est retrouvée seule avec son bébé : le manque de sommeil a des conséquences très réelles. Les effets ne tardent pas à se manifester et ils sont violents. Une débandade physique, psychologique et émotionnelle. Et demain, elle aura besoin de toute sa tête.

— Venez, répète-t-il.

Ariel se remet à pleurer. Il hésite à la vue de ses larmes. Il se demande s'il doit la prendre dans ses bras, lui serrer la main, lui presser l'épaule. Mais il doit se douter qu'elle n'a pas envie d'être touchée, surtout par un inconnu sur un parking désert en pleine nuit. Ce en quoi il n'a pas tort. Alors, il se contente d'un « Ça va s'arranger » totalement creux.

Il ignore si ça va s'arranger. Mais on le fait tous : on ment, même quand on sait que c'est du pipeau. On appelle ça politesse, optimisme ou soutien moral. On parle aussi de diplomatie, de business, de négociations, de relations publiques ou de marketing. Ou on se dit simplement qu'on fait son boulot. Parfois, on justifie les mensonges qu'on raconte aux autres par ceux qu'on se raconte à soi-même, en refusant d'admettre qu'on ment, que c'est mal ou qu'il y a des conséquences. En niant les faits. En relativisant la vérité.

Il n'est donc pas étonnant que cet homme mente à Ariel, qu'elle mente en ne le contredisant pas, qu'ils en soient conscients tous les deux et fassent comme s'ils l'ignoraient.

On aimerait croire qu'il n'y a qu'une seule réalité et qu'on est tous d'accord là-dessus. Ariel en était convaincue, autrefois : les faits sont les faits, la vérité est la vérité.

Sauf que.

Il arrive qu'on perde confiance en soi, en sa capacité à voir le monde tel qu'il est, à le comprendre correctement. On se persuade qu'il nous manque une compétence essentielle à la vie en société, qu'on souffre d'une forme de handicap mental, un court-circuit qui empêche le cerveau d'analyser les faits et les émotions, d'avoir les réactions appropriées.

Au début, vous êtes sûre et certaine – cent pour cent, aucun doute – de savoir ce qui s'est produit, l'endroit où vous étiez, l'heure qu'il était, la quantité d'alcool ingérée : des éléments évidents, irréfutables, indiscutables.

Et puis on vous explique que vous vous trompez. Vous avez mal compris : non, ce n'est pas ce qui s'est passé, pas du tout. Votre interprétation est erronée, vous déformez tout. Vous l'avez cherché, pas seulement au figuré, mais littéralement, vous avez dit à voix haute : « Je le veux. »

Vous êtes pourtant sûre que ce n'est pas vrai, que vous n'avez jamais prononcé ces mots. On vous répond que si, sans aucune ambiguïté possible.

Alors quoi ? Malgré vous, malgré votre confiance – votre certitude –, le doute s'insinue. À propos de points qui prêtent à interprétation, de questions d'opinion, dans un premier temps. Puis, peu à peu, le doute s'étend à des aspects qui ne sont pas subjectifs. Il contamine les faits.

Non : il était minuit, pas 22 heures.

Tu avais bu six verres, pas deux ; c'est toi qui étais ivre, j'étais sobre.

Tu me cherchais, tu m'as trouvé.

Voilà comment on perd confiance en soi. L'objectivité, la réalité, sa propre perception des choses n'ont plus aucun sens.

C'est le principe du détournement cognitif.

III

LA RANÇON

22

Jour 2 – 9 h 17

Ariel se réveille seule, encore. Quelques secondes plus tard, son cerveau est déjà en surrégime. Elle reconnaît le bourdonnement caractéristique du stress, les idées trop nombreuses qui s'entrechoquent, les pensées qui fusent dans toutes les directions et ont peu de chances d'aboutir à leur destination logique. C'est une agitation contre-productive, la fièvre d'un esprit chaotique. Ariel suffoque. Elle sent la frustration comprimer sa poitrine, le début d'une crise de panique provoquée par cette situation ingérable, par son incapacité à…

Stop.

Elle ferme les yeux. Respire. Ne pense à rien d'autre. Expire…

Encore une fois…

Elle les rouvre, un peu rassérénée. Pas beaucoup, mais suffisamment.

Elle examine la chambre autour d'elle, plus propre, mieux rangée que la veille, sans les vestiges de la nuit avec John. S'est-il réellement écoulé un seul jour ?

Si hier a été dur, aujourd'hui s'annonce encore pire. Au moins, jusque-là, Ariel avait un minimum de prise sur la situation. Les décisions fondamentales dépendaient d'elle : se rendre à la police, à l'ambassade, appeler aux États-Unis. Réunir les fils épars en une pelote, la pousser du sommet et la regarder dévaler la colline.

À partir de maintenant, elle va devoir s'en remettre entièrement aux autres. Et dans la mesure où elle ne peut se fier à personne, mieux vaut qu'ils soient aussi nombreux que possible.

Ariel enfile son uniforme habituel, jean et tee-shirt. Elle se sèche les cheveux avec une serviette, chausse des baskets, met une touche de rouge à lèvres et elle est prête.

Plus jeune, Ariel faisait la plupart de ses choix – intimes, professionnels, amoureux, amicaux, vestimentaires – en partant du principe qu'elle était le centre de l'univers. Son apparence, ce qu'elle portait, les endroits où elle était vue, en quelle compagnie : tout cela était censé refléter son statut social, sa valeur sur le marché de la séduction. C'étaient les éléments d'un personnage qui aspirait à être public et envié par des inconnus.

Elle se prenait très au sérieux. Mais c'est l'apanage de la jeunesse, non ? Des jeunes du monde entier venaient à New York pour se prendre au sérieux, pour attirer l'attention, être célèbres, admirés, jalousés, désirés. Ariel avait tout obtenu, seulement pour découvrir que cela ne l'intéressait pas, que ces trésors tant convoités – la beauté, la jeunesse, le privilège – ne lui apportaient aucune satisfaction réelle.

En quittant New York, elle avait délibérément renoncé à tous les attributs qu'elle avait longtemps considérés comme des avantages. Elle n'y voyait plus que des entraves. Elle avait fait une croix sur les habitudes new-yorkaises, l'attitude new-yorkaise, le style new-yorkais. La coiffure notamment, quel cirque ! Les shampoings, les après-shampoings, les soins, les couleurs, le coiffage, les brushings : tout ce temps et cet argent qu'elle n'avait plus. Désormais, elle allait chez Deb, qui régnait sur un minuscule salon équipé d'un seul fauteuil, au rez-de-chaussée d'un bâtiment victorien décrépit, dans la partie la plus miteuse de Main Street.

— C'est ce que vous voulez ? lui avait demandé Deb la première fois, regardant la page de magazine cornée qu'Ariel lui présentait. Vous êtes sûre ?

Elle avait hoché la tête. Elle élevait seule un enfant en bas âge, avait à peine le temps de se doucher et encore moins de s'embêter avec des cheveux longs.

— Vous savez comment j'appelle ça ?

— Non ?

— La coupe commando.

Ariel avait déjà renoncé aux manucures, aux pédicures, aux soins du visage, à l'exercice quotidien, au jeûne intermittent et à l'hydratation perpétuelle, au maquillage et aux bijoux, aux jeans moulants, aux jupes courtes et aux shorts encore plus courts, aux petits hauts décolletés et aux dos-nus plongeants. En d'autres termes, elle avait renoncé à optimiser son capital séduction, une quête sans fin qui exigeait qu'elle soit sexy et retienne l'attention en toutes circonstances : regardez-moi, s'il vous plaît, *s'il vous plaît*, regardez-moi.

— La coupe commando, avait confirmé Ariel. C'est exactement ce qu'il me faut.

Ce n'était pas qu'elle n'avait plus envie de plaire. Mais elle voulait d'abord se plaire à elle-même, pas au lourdaud de service qui la klaxonnait au volant de sa grosse bagnole, la matait à la caisse du supermarché ou lui faisait des avances au fond d'une ruelle sombre. Chaque homme qui la sifflait lui rappelait à quel point elle était vulnérable.

— On peut réécouter ce passage ? Les trente dernières secondes.

— OK.

Kayla fait glisser le curseur, appuie sur PLAY. Nicole ferme les yeux, se concentre.

— *Vous ne pensez pas que j'appelle sans arguments solides, quand même ?*

— *Taisez-vous.*

— *… qu'avec les tests ADN et le procès-verbal de la police des Hamptons, et…*

— *Bon sang !* LA FERME *!*

….

— *Allez à l'ambassade.*

— *J'y suis déjà allée. Deux fois. Et à Lisbonne, on est en pleine nuit. C'est fermé.*

— *Quelqu'un sera là pour vous ouvrir.*

— *Quand ?*

— *Maintenant, je suppose… Allez-y tout de suite.*

Nicole rouvre les yeux.

— La voix me dit quelque chose. Non ?

Ce n'est pas évident de reconnaître une voix hors contexte. Mais parfois, il suffit d'un coup de pouce.

Kayla ne répond pas. C'est une qualité appréciable chez elle : si elle ne sait pas, elle ne cherche pas à remplir le vide de mots creux et de conjectures gratuites.

— Il y a pas mal d'indices dans la conversation, reprend Nicole. On va identifier ce type.

— Pas de problème. Je peux poser une question ?

— Oui ?

— Pourquoi est-ce qu'on s'intéresse au nom de l'homme qui va ou ne va pas fournir l'argent de la rançon ?

— Cette conversation ressemble beaucoup à du chantage, non ?

— Clairement. Mais le chantage, on s'en tape, c'est pour le FBI.

— Tout dépend de qui on fait chanter. Le bonhomme n'a pas l'air net : tests ADN, rapport de police, millions de dollars. Et surtout : on peut faire pression sur lui. C'est un signal d'alarme en soi.

Kayla hoche la tête avec conviction. Elle a l'enthousiasme des jeunes toujours prêts à se mettre au travail.

— À propos de type pas net, où est Guido ?

— Il avait un truc à faire ce matin, répond Kayla.

— Ah oui ? Quoi ?

La jeune femme hausse les épaules.

— Des points de suture, peut-être ?

Son petit sourire en coin est tout ce dont Nicole a besoin.

— Et Saxby Barnes ? ajoute Kayla. On ne devrait pas le tenir informé ?

Nicole ignore encore où cette enquête va les mener. Tant qu'elle n'en sait rien, elle ne veut pas inclure dans la confidence quelqu'un qui peut être tiraillé par des pulsions contradictoires. Elle ne connaît pas les motivations de Barnes, ses loyautés, ses ambitions.

— Non, je ne crois pas. En fait, il faudrait même que je m'assure qu'il ne fera rien fuiter. Tu peux m'accompagner ?

— Bien sûr. Pourquoi ?

— Je veux être certaine qu'il n'y aura aucun malentendu concernant ce qui a été dit à Barnes, par qui et quand.

Ariel regarde le téléphone des ravisseurs : rien. Le sien : pas mieux. Uniquement des messages professionnels sans intérêt, des spams, une invitation à une fête de parents d'élèves, l'occasion pour les super-mamans de faire des gâteaux qu'elles pourront poster sur Instagram. Ariel, elle, achète des cookies au supermarché, qu'elle pose sur la table dans leur emballage commercial. Elle n'a pas le temps de se lancer dans de la grande pâtisserie en pleine semaine et elle ne va pas faire semblant. En fait, elle en est fière.

De toute manière, elle n'exhiberait jamais un gâteau sur les réseaux sociaux. La librairie a ouvert quelques-uns des comptes de rigueur, et Ariel va voir ce qui s'y passe incognito de temps en temps. Mais son nom n'apparaît nulle part, et elle ne se charge pas de les alimenter. C'est la prérogative de Perséphone. Si la génération de cette fille a appris une chose, c'est à se mettre en scène sur internet. Le genre de comportement qu'on trouvait ridicule encore récemment – le besoin de se rassurer sur soi, d'être accepté, l'autopromotion grossière, même les vidéos sexuelles – est désormais non seulement admis, mais récompensé, salué, requis.

Ariel prend parfois des photos – de son fils, des chiens, du bouc –, et tous les ans, en décembre, elle commande des tirages papier de ses meilleurs clichés, qu'elle range dans un album en cuir, avant de le glisser sur l'étagère à côté de celui de l'année précédente. Un cadeau qu'elle se fait à elle-même pour l'avenir : son passé.

L'album de cette année comportera-t-il des images de ce séjour ? Des selfies de couple avec John peut-être, celui qu'elle a montré aux femmes de chambre. Elle l'espère. Elle espère qu'un jour, ce sera une anecdote qu'elle pourra raconter, plus de peur que de mal, une histoire qui s'est bien terminée. Elle en doute.

Le petit déjeuner s'achève. Ariel est la seule cliente dans la salle, assise à la même table pour le troisième matin consécutif. Ils étaient censés prendre leur dernier petit déjeuner à l'hôtel demain, avant de se rendre en voiture sur la côte, où ils ont réservé deux nuits dans une station balnéaire.

La télévision derrière le bar est encore réglée sur une émission d'informations en anglais, une hagiographie recyclée du futur vice-président : université prestigieuse, coach de base-ball auprès des enfants, œuvres caritatives, service dans la National Guard. L'angle est clair : il s'agit d'un homme prêt à donner de son temps et de son argent, à risquer sa vie et son intégrité physique pour la sécurité et le bien de son pays. Un bon patriote.

Mais qu'est-ce que cela signifie réellement ? On pourrait en dire autant des membres d'Al-Qaeda et des talibans, de Daesh et du Ku Klux Klan, des nazis, de l'Inquisition espagnole et d'Attila le Hun. Tous passionnément convaincus. Décidés à protéger les leurs contre les envahisseurs, les conquérants, les infiltrés ou les infidèles. En tout cas, ils ont utilisé ce genre de justifications pour prendre le pouvoir, le garder et en tirer profit. Pour dominer, exclure et exploiter.

Non, Ariel le sait : un dévouement fanatique, dogmatique à son clan ne fait pas de vous quelqu'un de bien. Le patriotisme autoproclamé ne prouve rien.

L'homme à l'écran arbore un costume sur mesure et un sourire satisfait. Il brandit un chèque factice, un morceau de carton aussi grand qu'une serviette de plage, pour montrer à tous qu'il donne un million de dollars à l'alphabétisation des adultes. C'est une mascarade, ni très habile ni très convaincante, encore un mensonge sur lequel on ferme les yeux. Une stratégie destinée à protéger le gros de ses richesses. En distribuer des miettes par-ci par-là dans le seul but de préserver le reste. Une des nombreuses manigances créées par des hommes comme lui pour le profit d'hommes comme lui. Le système d'imposition, les plus-values, les déductions sur les crédits immobiliers, le mariage, la religion, le capitalisme et la farce de la démocratie représentative : tout un dispositif conçu pour que des hommes comme lui soient nos seulement les joueurs mais la banque, que la partie se déroule selon leur intérêt, avec des plans de secours et des plans de secours aux plans de secours, afin qu'ils ne puissent jamais perdre, pas à ce jeu qu'ils ont inventé et qu'on appelle l'Amérique.

Ariel a assimilé très tôt les règles de ce jeu truqué, s'efforçant de déterminer quelle serait l'attitude juste, proportionnée, mais aussi utile. Quand elle a quitté New York, tout ce qu'elle demandait, c'était qu'on la laisse tranquille. Elle ne voulait plus jouer, même pas regarder ; elle souhaitait vivre comme si rien de tout cela n'existait. Mais ce n'est pas réellement possible.

Récemment, elle a abouti à une autre conclusion : peut-être y avait-il moyen de gagner, après tout. En inventant son propre jeu et en le truquant elle-même, puis en se débrouillant pour que personne ne puisse refuser d'y participer.

23

Jour 2 – 9 h 53

Ariel remarque que João lui tourne autour, l'air embêté.

— Je m'excuse de vous déranger, dit-il enfin.

Il attend manifestement son autorisation pour poursuivre.

— Oui ?

— Il y a des policiers qui vous demandent. Je peux les amener ici ? Quand vous aurez terminé votre petit déjeuner, bien sûr.

Ariel s'essuie la bouche.

— Je vous en prie, faites-les entrer.

Elle est assise au même endroit que la veille, près de la porte-fenêtre : les rideaux, le vent, la place animée, la ville qui vit à son rythme habituel, un mardi matin comme un autre. La salle est vaste. Elle regarde les deux policiers la traverser, tandis que João débarrasse les tables et qu'en cuisine, on commence à préparer le déjeuner. C'est la période intermédiaire dans les restaurants, quand on a l'impression qu'il ne se passe rien, alors que c'est le moment crucial où sont établies les fondations qui permettent de maintenir l'édifice debout.

— Bonjour, *senhora*, vous allez bien ? dit Moniz.

Elle hausse les sourcils.

— Pardon. Ce n'est pas la bonne question. L'habitude.

— Je peux ? demande Carolina Santos, désignant la chaise vide en face d'elle, celle de John.

Ariel hoche la tête. Moniz va chercher un siège à la table voisine.

— J'ai cru comprendre que les ravisseurs vous avaient appelée ?

— D'où tenez-vous ça ?

— Un employé de votre ambassade.

— De l'ambassade ?

De quelle sorte ? s'interroge Ariel. Un diplomate-diplomate ou un diplomate-espion ?

— Oui. Et ils vous réclament trois millions d'euros. C'est bien ça ? poursuit Moniz.

— En effet.

— Et vous n'avez pas cette somme, donc vous avez fait appel à quelqu'un aux États-Unis ?

— Qui vous a raconté tout ça ?

— Il n'a pas donné son nom. Il a simplement dit qu'il était de l'ambassade.

— Vous ne lui avez pas demandé ?

— Bien sûr que si. Il a répondu que c'était sans importance. Ce qui n'est pas faux. Un nom, ça s'invente facilement, surtout au téléphone. Vous prévoyez de payer la rançon ?

— Oui.

— *Senhora*, dit Carolina en se penchant en avant. Ce n'est pas une bonne idée.

— Bien sûr que non. Vous en avez une meilleure ?

— Vous avez contacté la société de votre mari ? insiste l'inspectrice. Ils pourront peut-être vous aider.

— Ils sont fermés. C'est une fête nationale, aux États-Unis.

Mais j'ai laissé des messages hier, un sur la boîte vocale de John, l'autre sur la ligne du standard. Quelqu'un les écoutera peut-être. Son assistant ou je ne sais qui.

— Vous ne savez pas ?

— Je n'appelle jamais John au bureau.

— Jamais ? Pourquoi ?

— Parce que, apparemment, ça ne se fait pas. Selon lui, personne ne se sert de son téléphone professionnel pour des appels personnels. Toutes les communications seraient surveillées, voire enregistrées. Big Brother, vous voyez le genre. Il m'a demandé expressément de l'appeler sur la ligne du bureau uniquement en cas d'urgence. Voilà pourquoi.

Ce n'est pas tout à fait vrai. Elle a composé ce numéro une fois, par curiosité. C'était peu après leur rencontre, il y a un an, quand Ariel a commencé à s'intéresser à John Wright. Elle avait l'impression d'être une gamine de 20 ans, la compétence informatique en moins, alors qu'elle s'efforçait d'en savoir plus sur quelqu'un qui avait une vie extrêmement privée. Elle n'a pas trouvé grand-chose.

— Tudor Consultants, bureau de John Wright. Que puis-je faire pour vous ?

— Je voudrais parler à M. Wright, s'il vous plaît.

— M. Wright n'est pas ici aujourd'hui.

Ariel s'y attendait. John l'avait prévenue qu'il serait en voyage d'affaires.

— C'est à quel sujet ?

— Ce n'est rien. Je rappellerai.

Elle ne l'avait pas fait. Ariel avait obtenu les informations souhaitées : il était bien en déplacement et l'homme qui s'était présenté à elle sous le nom de John Wright lui avait donné un numéro qui correspondait à celui d'un John Wright travaillant à Tudor. Cela dit, rien ne prouvait qu'il était réellement John Wright.

Il lui avait fallu un moment pour mettre le doigt sur ce qui la chiffonnait : si quelqu'un semble trop beau pour être vrai, en général c'est parce qu'il n'est pas vrai.

Même aujourd'hui, elle ne le connaît pas depuis si longtemps, et ils n'ont pas passé énormément de temps en tête à tête. La semaine, il est à New York, et son travail l'appelle parfois à s'absenter le week-end également. Le plus souvent, c'est simplement Ariel et George, tous les après-midi et tous les soirs, les habitudes de l'adolescent inchangées. Elle avait été très claire d'entrée de jeu : son fils serait toujours sa priorité.

— Bien sûr, avait répondu John. Ça va de soi.

— Aussi, il faut que je te prévienne.

Ils rentraient ensemble chez elle pour la première fois.

— Oui ? dit-il, lui accordant un bref regard avant de revenir sur la route de campagne plongée dans l'obscurité. Je suis tout ouïe. J'aime autant savoir où je mets les pieds.

— Je parle parfois à mes chiens.

C'était un euphémisme. Elle bavardait constamment avec eux. C'était George qui avait baptisé le plus petit des deux chiens Scotch. Il avait la couleur des caramels *butterscotch*, et il était censé être un scottish-terrier, bien qu'ils aient des doutes à ce sujet. « Scottie, ça n'irait pas, avait admis George, après l'avoir comparé aux photos de *L'Encyclopédie des races de chiens*, son livre de chevet. Pourquoi pas Scottish ? Ou Scotch ? »

Ariel s'apprêtait à objecter qu'elle ne voulait pas qu'on pense au whisky quand elle appelait son chien, puis elle s'était souvenue qu'elle se moquait du qu'en-dira-t-on.

« Tu es un bon chien, Mallomar », disait-elle des dizaines de fois par jour. C'était également George qui avait nommé le corniaud couleur chocolat, bien avant qu'ils n'achètent l'encyclopédie – bien avant qu'il ne sache lire –, d'après une marque de biscuits, à une époque où les cookies occupaient une place essentielle dans sa vie.

— Toi aussi, Scotch. Un peu moins sage que Mallomar, peut-être, mais extrêmement élégant. Et un véritable gentleman.

Les poils de son museau évoquaient les moustaches d'un aristocrate autrichien du XIXe siècle.

Les chiens se contentaient de la regarder. Ils comprenaient sans comprendre. Scotch se fiait au ton de sa voix. Il remuait la queue quand elle débitait ces niaiseries, en adoration devant elle.

Tant pis si les gens la prenaient pour une folle. Ariel avait arrêté de s'en soucier depuis des années ; elle n'essayait même plus de le cacher.

À présent qu'elle se sentait obligée de s'expliquer devant l'homme qu'elle avait rencontré, elle n'était plus aussi sûre d'elle, mais après tout, c'était qui elle était – qui elle était devenue – et elle ne voulait pas jouer la comédie. Elle avait perdu trop de temps à essayer d'être quelqu'un d'autre.

— À vrai dire, parfois n'est pas le mot. Je leur parle plus ou moins constamment.

John lui adressa un sourire très doux, surtout avec les yeux. Ce n'était pas un sourire à dix mille watts, mais c'était peut-être mieux.

— J'espère bien. Sinon, ils se sentiraient seuls.

Ariel l'examina attentivement à la faible lueur du tableau de bord et elle lut sur son visage une tendresse amusée qui, sous couvert de plaisanterie, dissimulait une vérité fondamentale : ce ne serait pas les chiens qui se sentiraient seuls.

C'était la première fois que l'idée lui traversait l'esprit : je pourrais aimer cet homme. Une pensée fugace qu'elle s'empressa de chasser.

Cela faisait longtemps qu'elle n'avait pas eu de partenaire sexuel régulier. Ni irrégulier, d'ailleurs. Elle avait quitté New York traumatisée et enceinte. Ensuite, elle s'était retrouvée mère célibataire d'un nourrisson, puis d'un petit garçon. Son quotidien tournait autour des couches, du vomi, des tétées, des insomnies : rien de très excitant. De plus elle avait renoncé à toute vie sociale, à l'intimité. En bref, elle ne voulait plus entendre parler des hommes.

Sa nouvelle vie était peuplée presque exclusivement de femmes. Elle retrouvait d'autres mamans pour déjeuner ou boire un verre de vin ; à l'occasion, elle était invitée à des repas à la bonne franquette où chacun apportait un plat, dans des cuisines ouvertes sur le salon. Là, elle serrait la main des maris, en embrassait quelques-uns timidement sur la joue, mais se contentait d'échanger des banalités avec eux. Les hommes parlaient pêche et football, impôts et voitures dans leur coin, tenant leur bouteille de bière par le goulot. Ariel supposait qu'ils la croyaient tous lesbienne. Après tout, elle avait les cheveux très courts et elle était célibataire, alors qu'elle était séduisante. On racontait qu'elle avait eu recours à une banque de sperme pour son fils. Il n'y avait pas d'autre explication plausible.

Les quelques hommes avec qui elle entretenait des relations se répartissaient en deux catégories, les époux de ses amies et ceux qu'elle employait : plombier, garagiste, électricien. Ariel ne s'imaginait coucher ni avec les premiers ni avec les seconds. Pendant des années, elle avait donc pratiqué l'abstinence sans que ce soit un véritable choix. Elle trouvait peu d'intérêt à la masturbation. À la rigueur, devant un film, si la chorégraphie, les corps, la lumière et la musique étaient parfaits ; si on lui épargnait les halètements, les gémissements et les cris de jouissance. Ce genre d'érotisme idéalisé parvenait encore à l'exciter, mais c'était avant tout un divertissement artistique, aussi éloigné de la vraie vie que la danse classique l'était d'une chute dans l'escalier. Parce que c'était ce qui était arrivé à Ariel, d'un point de vue sexuel : une putain de chute dans l'escalier qui lui avait brisé le cou.

Il lui avait fallu du temps pour s'en remettre, des années de convalescence pendant lesquelles sa sexualité s'était résumée au mot non. Être capable de dire oui à nouveau avait été un immense soulagement. Car, au-delà de l'acte physique lui-même, elle se privait de toute l'intimité qui allait avec. Cet aspect des relations amoureuses lui manquait. Elle en avait besoin, comme tout un chacun, quoi qu'elle ait pu dire. Ariel s'était raconté beaucoup d'histoires pendant très longtemps.

Pete Wagstaff regarde l'heure : à peine 10 heures du matin. Il sait – tout le monde sait – que les nuits de Saxby Barnes sont très arrosées. Inutile d'espérer quoi que ce soit de lui avant qu'il ait émergé de sa torpeur. Le meilleur moment, c'est l'après-midi, lorsque les deux verres qu'il a bus au déjeuner lui ont un peu délié la langue, mais Pete ne peut pas attendre.

— Monsieur Wagstaff, comment allez-vous ?

— J'enquête sur l'histoire dont vous m'avez parlé.

— Mmmm.

— J'aurais quelques questions.

— Mm-hmmm.

— L'ambassade a-t-elle des commentaires au sujet de l'altercation qui s'est déroulée hier entre Mme Pryce et l'un de vos employés ?

— Je vous demande pardon ?

Wagstaff ne donne pas plus d'explications.

— Je regrette, mais je ne sais pas de quoi vous parlez.

— C'est vraiment ce que vous souhaitez que j'écrive, Barnes ?

Un silence, puis un soupir.

— Entre nous ?

— Oui. Entre nous.

— On m'a ordonné de me taire. À l'instant. Il y a quelques minutes.

— On vous a ordonné de vous taire ? Qui ?

Barnes ne répond pas, évidemment.

— La CIA ?

Il hésite.

— Je vous souhaite une bonne journée, monsieur Wagstaff.

— Et sa famille ? demande Moniz. Ils ne peuvent pas vous aider ?

— Non. Les parents de John sont morts quand il était enfant, il devait avoir 6 ou 7 ans. Sa sœur aînée et lui sont allés vivre chez un oncle. Ça ne s'est pas très bien passé. Ils ne se voient plus.

— Vous ne connaissez pas l'oncle ?

— Non.

— Et la sœur ?

— Je ne l'ai rencontrée qu'une fois, à notre mariage. Elle habite loin.

— Où ?

Ariel a un pincement d'appréhension.

— Au Maroc.

Moniz hausse les sourcils. Le Maroc est loin des États-Unis, certes, mais pas du Portugal. C'est pour ainsi dire la porte à côté.

— Et le mariage remonte à quand ?

— Quelques mois.

Les deux policiers échangent un regard mais s'abstiennent de tout commentaire. Ariel s'étonne :

— Pourquoi ces questions sur sa famille ?

— C'est peut-être important.

— Comment ça ?

— Quel genre d'homme est votre mari ? demande Carolina.

— Je ne sais pas trop quoi vous dire. John est quelqu'un de bien.

— C'est-à-dire ?

— Il travaille dur, il est prévenant, honnête, droit. Il ne se drogue pas, boit modérément, ne parie pas, n'est pas violent avec moi, ni avec mon fils, ni avec les chiens. Il conduit prudemment, joue au golf rarement et mal. C'est un cuisinier passable et il fait volontiers le ménage. Il n'est pas riche, il n'est pas important. Mais franchement, conclut-elle en se penchant en avant, je ne vois pas le rapport avec son enlèvement.

Carolina sourit. Elle s'efforce de montrer qu'elle compatit, qu'elle comprend qu'Ariel aime son mari, lui fait confiance, s'inquiète pour lui parce qu'il est en danger. Et c'est précisément pour cela que l'inspectrice hésite. Elle se rend compte que sa prochaine question va secouer Ariel, mais elle doit la poser quand même.

— Savez-vous si la sœur de votre mari aurait une raison de venir au Portugal en ce moment ?

24

Jour 2 – 10 h 11

Le temps s'est arrêté.

— Pardon ? bredouille Ariel.

Elle sent son pouls s'accélérer et sa tête tourner à cette révélation. Ou faut-il parler de soupçon ? D'accusation ?

— Qu'est-ce que vous avez dit ?

— La sœur de votre mari, intervient Moniz. Vous savez pourquoi elle serait à Lisbonne en ce moment ?

— Non. Elle est ici ?

— Saviez-vous que votre mari avait changé de nom ?

Zut, elle aurait dû le mentionner.

— Oui.

— Vous avez une idée de ses raisons ?

Ariel sent que quelque chose s'est modifié. Les policiers ne la traitent plus uniquement comme une victime.

— Son nom de naissance était compliqué à prononcer. Pour les Américains.

— C'est ce qu'il vous a dit ? Reitwovski, ajoute Moniz en regardant ses notes. Votre mari vous a dit quand il a changé de nom ? Et pourquoi ?

— Après l'armée – John a été militaire –, il voulait entamer une nouvelle carrière, prendre un nouveau départ.

— Sa sœur n'a pas changé de nom, elle ?

— Je n'en sais rien.

— Non, confirme Moniz. Le 21 juin, Lucy Reitwovski, résidente marocaine, est arrivée à Madrid sur un vol en provenance de Marrakech. Depuis, elle n'a pas quitté le territoire espagnol par avion. À moins qu'elle ait voyagé sous un autre nom.

— Madrid, ce n'est pas Lisbonne.

— Ce n'est qu'à une petite journée de route.

— D'accord. Mais on pourrait en dire autant de… je ne sais pas… Barcelone. Bordeaux.

— Mais le frère de Lucy Reitwovski n'a pas été enlevé à Barcelone ni à Bordeaux.

Ariel est partagée entre deux impératifs : mettre un terme à cet interrogatoire qui part en vrille ou essayer de déterminer quels sont exactement leurs soupçons, leurs théories, leurs accusations.

— Qu'est-ce que vous insinuez ?

— Rien du tout, s'interpose Carolina, s'efforçant de calmer le jeu. Nous posons des questions.

— Qu'est-ce qui vous fait penser que Lucy pourrait être ici ?

Aucun des deux policiers ne répond et Ariel en est réduite aux suppositions : reçus de carte bancaire, GPS de voiture de location, péages, caméras de surveillance, géolocalisation téléphonique, témoignages. Les possibilités ne manquent pas.

— Est-ce que Lucy est ici ? Vous en êtes sûrs ? demande Ariel en se tournant vers Carolina.

L'inspectrice ne dit rien, laissant son partenaire reprendre l'interrogatoire.

— Savez-vous pour quelle raison la *senhora* Reitwovski pourrait être à Lisbonne ?

Il soutient son regard. Ariel sent qu'elle devrait détourner les yeux, même si elle ignore à quoi rime ce face-à-face, qui défie qui et pourquoi.

— Non, je n'en ai aucune idée, évidemment, répond-elle d'un ton qui se veut dédaigneux, et même indigné.

Mais elle n'en mène pas large. La police a manifestement fouillé dans la vie de John, ce qui signifie qu'ils se sont également renseignés sur Ariel. Si elle ne sait pas tout ce qu'ils ont pu déterrer au sujet de son mari, elle est parfaitement consciente de ce qu'ils ont dû trouver sur elle.

— Votre mari téléphone souvent à sa sœur ?

— Ce n'est pas ce que je dirais. Occasionnellement, plutôt.

— Des e-mails ? Des SMS ?

— Peut-être. Honnêtement, ce n'est pas un sujet de discussion entre nous.

Ariel grimace intérieurement. « Honnêtement », c'est ce qu'on dit quand on ment.

— Vous vous souvenez peut-être que nous ne vivons pas tout le temps ensemble. Je ne sais pas à qui il téléphone ni quand. Je ne le cuisine pas au sujet de ses appels.

— Oui, oui, je m'en souviens, acquiesce Moniz, jetant un coup d'œil à son calepin. Et votre mari a l'habitude de voir sa sœur ici, quand il vient à Lisbonne ?

— De quoi parlez-vous ? s'écrie Ariel, paniquée. C'est une blague ?

— Une blague ? Pas du tout. Le Portugal est proche du Maroc. Vous pensez que c'est une coïncidence ?

Ariel se sent de plus en plus mal.

— Où voulez-vous en venir ?

— Vous savez quelle est la profession de la *senhora* Reitwovski ?

— Pas vraiment.

— Non ? fait le policier, incrédule, ou mimant l'incrédulité. Je pensais que les Américains parlaient constamment de leur travail.

— Qu'est-ce que ça veut dire ? Dites-moi si vous savez quelque chose. Lucy est à Lisbonne ?

— Votre mari et vous n'avez pas de compte joint, c'est exact ? poursuit Moniz.

Ariel marque une pause, s'efforce de se calmer avant de répondre.

— En effet. Cela ne fait pas si longtemps que nous sommes mariés. Nous ne nous en sommes pas encore occupés.

— Mais vous allez le faire ?

— Sans doute.

— Donc, ces deux comptes sont à vous seule ? demande Moniz en montrant une série de chiffres dans son calepin.

À quoi jouent-ils ?

— Oui. Le premier est mon compte personnel. L'autre est mon compte professionnel.

— Il n'y a pas grand-chose sur votre compte professionnel. C'est normal ?

Le solde est dangereusement proche de zéro. Elle a fait du stock et embauché en prévision de l'été, en particulier pour le week-end du 4 juillet, qui correspond généralement à une frénésie d'achats. La librairie est toujours au bord de la faillite. Une mauvaise saison suffirait à la couler. Pourtant, chaque année, un livre miracle la tire d'affaire à la dernière minute. Des ouvrages improbables qui, contre toute attente, connaissent un succès fulgurant : cahier de coloriage pour adultes, brûlot contre les parents irresponsables, porno soft féminin, poésie Instagramo-compatible. Des livres de plus en plus antilivres, lui semble-t-il, même si ce sont ceux-là qui lui sauvent régulièrement la mise. Mais ce n'est pas parce que ça s'est produit l'année précédente et celle d'avant qu'elle peut compter dessus cette année.

L'innovation la plus rentable de la librairie a été la machine à expresso, qui ressemble à une voiture de course italienne garée sur une vieille plaque de marbre tachée et ébréchée. Un appareil jeté par des inconnus quand ils ont rénové leur cuisine, qu'Ariel a récupéré au centre de recyclage de la déchetterie municipale. Les livres alignés sur les rayons sont en train de devenir de simples produits d'appel. Ce qui rapporte, c'est la farine blanche, mélangée à du beurre, du sucre et des œufs. Et bien sûr le café qu'en été elles versent sur des glaçons pour 50 cents de plus. Voilà pourquoi Ariel ne peut pas balayer du revers de la main la proposition de la hipster de Brooklyn, avec son anneau dans le nez, sa Tesla et le pactole que lui a rapporté la vente de sa start-up.

— En ce moment, le solde est particulièrement bas.

— Et ce numéro-là ? Il correspond à quoi ?

Ariel hésite.

— C'est un compte en fidéicommis.

— Pardon ?

— Un compte que je gère, mais dont je ne suis pas la bénéficiaire.

— Et il est à qui, alors, ce compte ?

— Il reviendra à mon fils, à sa majorité.

— Mais vous pouvez retirer de l'argent ?

— Non, pas vraiment.

— Non ? Ou pas vraiment ?

— Non.

— Est-ce que votre mari a accès à ce fidé… Comment dites-vous ?

— Fidéicommis. Non, John n'y a pas accès.

— Combien y a-t-il dessus ?

Ariel n'aime pas le tour que prend l'interrogatoire, pas du

tout. Elle ne veut pas lui répondre, mais elle ne souhaite pas non plus l'envoyer balader.

— Quel intérêt ?

— C'est peut-être à nous d'en juger.

— Peut-être pas, rétorque Ariel en croisant les bras.

Moniz tapote la pointe de son stylo sur la page.

— D'où vient cet argent ? Un héritage ?

Ariel se tourne vers l'inspectrice. Une femme, pense-t-elle, devrait être une alliée naturelle. Mais elle n'a pas l'air de voir les choses ainsi.

— Pourquoi est-ce que vous ne souhaitez pas répondre à ces questions ?

— Parce que ce ne sont pas vos oignons.

— Nos oignons ? Nous sommes policiers, pas vendeurs de légumes.

— Ça ne vous concerne pas, je veux dire.

Ariel espérait que les policiers seraient ses alliés, les seules personnes à Lisbonne à qui elle pourrait faire confiance.

— L'argent vient de votre premier mari ?

Ariel se répète qu'ils n'ont aucun moyen de le savoir. Cette information n'est connue que d'un groupe restreint d'individus qui n'ont pas plus le droit qu'elle de la communiquer. Des avocats, pour la plupart. Tous, en fait, sauf elle.

Ce qui n'empêche pas d'échafauder des hypothèses. Et de tomber juste, si on cherche bien. C'est peut-être ce qu'ont fait les policiers. À moins qu'on leur ait soufflé la réponse. Mais aussi fondée soit-elle, une hypothèse n'est pas un fait. Ce n'est pas une preuve.

— Il y a une chose qui m'échappe, *senhora.*

Une hypothèse peut malgré tout être une piste sérieuse.

— Vous pouvez peut-être m'éclairer.

Il commence à l'inquiéter, ce faux naïf qui joue les Columbo.

L'apparence dépenaillée, la distraction, l'air inefficace, tout cela n'est qu'une façade, pense Ariel. Les vêtements froissés, la nourriture dans la barbe… Rien qu'un numéro. Moniz est un acteur-né. Dire qu'elle imaginait que c'était elle, la comédienne.

À croire qu'elle n'apprendra jamais : tout le monde joue un rôle.

— Je vois que le compte a été ouvert à l'origine sous un nom différent, dit Moniz, tournant la page de son calepin. Pourriez-vous me dire de qui il s'agit ?

Il lève la tête, plante ses yeux dans ceux d'Ariel.

— Laurel Turner ? C'est vous ?

Ariel se souvient parfaitement du jour où elle s'est appelée Laurel Turner pour la dernière fois : elle se trouvait dans une salle de conférences au sommet d'un immeuble de bureaux de Midtown, qui offrait une série de vues spectaculaires sur Central Park, l'East River et l'Upper East Side, en compagnie d'avocats qui n'en finissaient pas de brasser du papier pour facturer des heures.

Elle avait jeté un regard noir vers l'homme au bout de la table, sans cacher son hostilité. Cet individu aurait dû être arrêté et menotté devant les caméras, contraint de verser une caution. Il aurait dû être jugé, par la justice comme par l'opinion, et être obligé d'écouter le témoignage d'Ariel au cours d'un procès public. Il aurait dû être harcelé par les journalistes, faire l'objet de manifestations, être quitté par sa femme et abandonné par ses amis, voir sa vie s'écrouler. Il aurait dû croupir pendant vingt ans en prison, parmi des criminels endurcis qui l'auraient violé régulièrement.

Voilà ce qu'il méritait.

Au lieu de quoi, il était assis là, dans son costume sur mesure, certain que tout s'arrangerait avec de l'argent, convaincu qu'il n'y aurait pas d'autres répercussions. Ce n'était ni la première ni la dernière fois. C'était déjà ainsi que son père aplanissait les obstacles pour lui quand il était plus jeune. Tuteurs et coachs, dédommagements et pots-de-vin. Où était la limite entre le bien et le mal ?

C'était ce qu'ils étaient en train d'établir autour de cette table. Sauf qu'il ne s'agissait pas du bien et du mal, mais de ce qui était légal ou non.

Ariel n'écoutait que d'une oreille les avocats expliquer les clauses de confidentialité, la sévérité des sanctions en cas d'infraction, les poursuites au pénal et au civil. À l'époque, c'était le cadet de ses soucis. Elle avait besoin de cet argent, elle voulait mettre le passé derrière elle, s'inventer une nouvelle vie. Elle n'imaginait pas quelles circonstances pourraient l'inciter à remettre en question le bien-fondé de cet accord.

Son regard s'égara du côté de Park Avenue, glissa sur des carrefours et des bâtiments familiers, pour s'arrêter sur un immeuble de pierre calcaire, au quatrième étage en partant du haut. C'étaient ses fenêtres, ses rideaux, son appartement.

Son ancien appartement. Elle se demanda si Bucky était à la maison. Continuerait-il de vivre là ? Chez eux ?

Elle écrivit Laurel Turner à l'endroit réservé à la signature, parapha au bas de chaque page, pressée d'en finir. Elle fourra son exemplaire du contrat dans son sac et se leva sans un mot, adressant un simple hochement de tête en direction de son avocate. C'était une femme resplendissante : ses cheveux, son visage, même les fils de soie de sa veste semblaient éclatants, les traits tendus par quelque intervention chirurgicale. L'âge de cette femme était impossible à déterminer. Certains détails, la peau, en particulier, indiquaient dans les 45 ans ; d'autres signes, notamment un mari octogénaire, suggéraient beaucoup plus.

Ariel fit un détour par les toilettes. Un long voyage l'attendait, mieux valait prendre ses précautions. La sonnerie bruyante de son téléphone à clapet résonna dans la pièce carrelée. C'était encore Bucky.

Elle n'avait plus rien à lui dire. Elle n'était pas surprise qu'il refuse d'accepter sa décision, mais elle n'avait pas la patience de tenter de lui faire comprendre son point de vue. Elle lui devait des explications, bien sûr. Et elle les lui avait données, plus d'une fois. Elle avait fait son possible.

Dans l'ascenseur, elle noua un foulard sur ses cheveux et mit d'immenses lunettes noires, indifférente à la bruine de novembre, puis elle se rendit à l'agence un peu plus loin où elle déposa le chèque de banque sur un compte vide. Elle ne retira pas le foulard, et n'ôta ses lunettes que le temps de montrer que son visage correspondait à la photo sur ses papiers, hors du champ des caméras de sécurité. Personne ne s'étonna de la voir avec des lunettes de soleil à l'intérieur un jour de pluie. Les gens portaient des bonnets de laine en plein été, des polaires sans manches malgré la canicule, des shorts de sport pendant une tempête de neige. Ils plastronnaient, se croyaient originaux. Pour une fois, Laurel Turner voulait bien leur ressembler.

Il était près de midi lorsqu'elle émergea de la banque. Elle chercha des yeux un taxi, à l'abri derrière ses lunettes.

— Hé ! fit une voix masculine à sa droite.

Elle vit un homme à cinq mètres d'elle, planté sous un auvent, cigarette à la main.

— Vous êtes charmante, mademoiselle.

Elle lui tourna le dos.

— Vous devriez sourire de temps en temps.

Elle ne réagit pas, mais, du coin de l'œil, elle le vit jeter son mégot et se diriger vers elle.

— Ça éviterait qu'on vous prenne pour une pouffiasse prétentieuse.

Elle tressaillit. Un compliment masculin qui se transforme en insulte, c'était courant. En revanche, elle était surprise par l'intensité de sa colère et la vitesse à laquelle elle était montée.

Il n'allait quand même pas l'agresser en plein jour, sur un trottoir bondé, alors qu'ils étaient entourés de témoins ? Pourtant, elle se raidit, terrorisée à l'idée qu'on lui crie dessus, lui flanque un coup de poing ou de cutter, la pousse sur la chaussée. Cet homme était peut-être un psychopathe. À l'entendre hurler des injures, on pouvait se poser la question.

Elle s'écarta du bord du trottoir. Au moins, elle ne finirait pas sous les roues d'une voiture. Puis elle se tourna vers l'inconnu. Un type falot, sans attrait. Et pourtant effrayant. N'importe qui peut l'être. Il suffit d'être cruel.

Ce genre d'incidents, elle y avait droit presque tous les jours depuis qu'elle avait 13 ou 14 ans, cela faisait près de vingt ans, à présent. Une expérience si courante qu'elle en était presque banale, sauf si elle s'autorisait à y réfléchir : pourquoi ces incidents devraient-ils faire partie de mon quotidien ? Pourquoi devrais-je être harcelée, menacée, terrifiée à l'idée d'être attaquée – verbalement, physiquement, sexuellement – à chaque instant ?

De temps en temps, elle envisageait de répondre à ces provocations. Puis elle pesait les rares pour et les nombreux contre, et aboutissait toujours à la même conclusion : tais-toi, ne jette pas d'huile sur le feu, tu ne peux pas gagner, contente-toi de limiter les dégâts. Ne te laisse pas bouffer par ces bêtises.

Ce jour-là, pourtant, elle se rendit compte qu'elle était à bout, qu'elle ne voulait plus tendre l'autre joue. Qu'elle n'avait plus peur.

— Pourquoi vous me dites des choses pareilles ?

L'homme, qui à présent se dirigeait vers l'immeuble de bureaux, s'immobilisa et se tourna vers elle.

— Pourquoi parler comme ça à quelqu'un que vous ne connaissez pas ?

— Oh, ça va, j'essayais juste d'être sympa.

— Sympa ? s'écria-t-elle en faisant un pas vers lui, puis un autre. Me traiter de pouffiasse, vous trouvez ça *sympa* ? C'est quoi votre problème ?

À présent, elle était à trente centimètres de l'homme. Des passants avaient remarqué la scène et commençaient à ralentir, à s'arrêter. Un agent de sécurité sortit du hall de l'immeuble.

— Moi ? Je n'ai pas de problème ! C'est quoi votre problème ?

— Vous. C'est vous mon problème.

Ariel se rendit compte qu'elle criait. Elle décida de hurler encore plus fort.

— Vous et tous les autres connards qui me dites de sourire, qui braillez que j'ai de beaux nichons, un beau cul, que vous voulez fourrer votre grosse bite dedans, et puis qui me traitez de tous les noms parce que je ne vous remercie pas de m'insulter, de me terroriser. *Vous !*

Elle le montrait du doigt et hurlait à pleins poumons.

— C'est vous mon problème. C'est vous le problème du monde.

Lorsque l'agent de sécurité interposa son corps massif entre eux, le harceleur retrouva soudain sa voix et son courage.

— Elle m'a agressé sans raison ! Cette garce hystérique.

Le garde se doutait bien que ce n'était pas le cas. Mais il savait aussi qu'il n'était pas payé pour apprendre les bonnes manières à qui que ce soit, et certainement pas à un homme au tempérament explosif. Ces gens-là bénéficiaient souvent d'une tolérance imméritée. Parce que personne n'avait envie de prendre un mauvais coup.

— Allez, ça suffit, dit l'agent de sécurité, comme s'il le rappelait gentiment à l'ordre pour une bêtise mineure.

Ariel se dirigea vers un taxi qui déposait un passager. Elle se retourna une dernière fois vers l'homme que le garde entraînait vers l'immeuble.

— Hé ! Vous devriez sourire plus souvent. Ça éviterait qu'on vous prenne pour un gros connard !

Elle demanda au chauffeur de l'emmener au sud de Manhattan, le centre de la vie administrative de la ville. Là, elle remplit un formulaire tout bête et régla une somme modeste. La procédure était beaucoup plus simple qu'elle ne l'aurait cru. Elle avait l'impression que cette démarche aurait dû être plus difficile, plus chère, exiger plus de temps, être plus quelque chose. Elle troqua Laurel contre un prénom qui lui plaisait lorsqu'elle étudiait Shakespeare au lycée et prit le nom de jeune fille de sa grand-mère, que personne ne connaîtrait, que personne ne chercherait. Les pièces d'un puzzle que nul ne songerait à reconstituer, une nouvelle identité qu'on ne relierait pas à elle.

C'était la seconde fois qu'Ariel changeait de patronyme. La première, c'était au moment de son mariage, un changement approuvé – et parfois requis – par la société. Mais elle n'avait été cette femme que deux ans. Laurel Turner vivait dans l'Upper East Side et passait ses étés à Long Island. Pour elle, le shopping était un loisir et l'entretien du corps un métier ; les restaurants gastronomiques, les galas de charité et les vacances de luxe faisaient partie de son quotidien.

Cette personne n'existait plus. La femme qui sortit du bâtiment néoclassique de Worth Street et héla un autre taxi pour se rendre à Penn Station s'appelait Ariel Pryce. Elle louait un deux-pièces au-dessus d'un caviste dans la rue commerçante d'une ville de banlieue. À travers les larges interstices entre les lattes du plancher, on pouvait apercevoir le magasin, entendre la musique que le propriétaire écoutait après la fermeture et sentir l'herbe qu'il fumait. Pour couronner le tout, le thermostat de son chauffage se trouvait au rez-de-chaussée, derrière les rosés de la région, si bien qu'elle devait parfois descendre régler la température en robe de chambre de flanelle, ses pantoufles aux pieds, et passer devant le propriétaire avec un petit salut gêné.

Sa grossesse commençait tout juste à être visible – pour elle seulement. Elle le voyait à son jean trop serré, à la silhouette qu'elle avait du mal à reconnaître dans le miroir de la salle de bains.

Armée de son nouveau nom et des conseils de Jerry, l'avocat dont l'enseigne était suspendue dans la rue, Ariel Pryce entreprit de se reconstruire, un élément après l'autre : permis de conduire, compte en banque, carte de crédit. Chaque document ôtait une brique à son ancienne identité pour bâtir la nouvelle. Lorsqu'elle eut un coup de cœur pour la ferme délabrée qu'elle décida d'acheter contre toute logique, elle était déjà quelqu'un d'autre. Elle continuait cependant de parachever son personnage : passeport, formulaires professionnels remplis auprès de la ville, du comté, de l'État, des impôts, inscription sur les listes électorales et dans diverses associations. Ariel Pryce était une personne à part entière, dont l'existence pouvait être prouvée et attestée.

Quelques années plus tard, elle tenta de retrouver Laurel Turner. Elle ratissa le web, passa des appels, chercha par tous les moyens à suivre la trace de cette femme qui avait disparu du jour au lendemain. Sans succès.

Ariel était une amatrice, bien sûr. Un professionnel pourrait certainement remonter jusqu'à elle. Le ferait si nécessaire.

En quittant New York, Ariel avait également fui un anonymat qui autorisait les hommes – les encourageait – à se conduire d'une manière dont ils auraient eu honte devant des gens qui connaissaient leur nom, leur épouse ou leur mère. Anonymes, ils se sentaient libres d'être odieux en toute impunité. Il n'y avait qu'à voir ce qui se passait sur internet. Dans une petite ville, Ariel espérait trouver le contraire : une forme de responsabilité.

La médaille avait cependant un revers qu'elle n'avait pas anticipé. Si les criminels n'avaient nulle part où se cacher dans une ville où tout le monde se connaissait, les victimes non plus.

25

Jour 2 – 10 h 24

Ariel en a assez de cet interrogatoire.

— Avec tout le respect que je vous dois, à quoi riment ces questions sur les déplacements de ma belle-sœur ? C'est une perte de temps. Vous devriez être en train de chercher les ravisseurs de John. Sérieusement. Que faites-vous pour retrouver mon mari ?

— Beaucoup de choses, *senhora*.

— Concrètement, ça veut dire quoi ?

— Nous visionnons les images des caméras de sécurité dans toute la ville. Nous épluchons la liste des détenteurs de permis moto qui ont un casier judiciaire. Nous interrogeons des membres connus d'organisations criminelles. Nous cherchons à localiser tous les délinquants condamnés au Portugal pour des enlèvements ou des délits associés au cours des vingt dernières années. Nous parlons à toutes les personnes qui se trouvaient dans le voisinage de votre hôtel hier matin et pourraient avoir surpris quelque chose, le moindre détail, même insignifiant en apparence. Nous demandons à tous les employés des hôtels, des restaurants, des musées et des cafés du quartier s'ils ont vu quoi que ce soit d'inhabituel ou remarqué des individus qui auraient pu vous suivre, vous et votre mari. Nous avons également contacté l'agence où vous avez loué vos gyropodes. Nous ne négligeons aucun angle.

Cela fait beaucoup, en effet, et Ariel se sent un peu honteuse.

— Et l'un de ces angles, *senhora*, est la vie privée de la victime, reprend Moniz. Notamment l'endroit où se trouve sa sœur. Ainsi que le patrimoine financier de son épouse. Et le changement de nom de celle-ci.

Ariel ne sait pas quoi répondre. Le policier a raison, bien entendu. Comment pourrait-il ne pas l'interroger là-dessus ?

Son téléphone sonne, un numéro qu'elle ne reconnaît pas, un indicatif qui ne lui dit rien.

— Excusez-moi. Il faut que je prenne cet appel.

Sans attendre leur permission, elle récupère son téléphone sur la table et fait quelques pas.

— Allô ?

— Bonjour. Pourrais-je parler à Laurel Turner ?

— Ah… c'est moi.

— Bonjour, madame. Nigel James, de la société Sinsbury and Lowel, à Paris.

— Oui ?

— Nous représentons, hum… En fait… Pardon, reprenons : vous avez demandé une certaine somme. À notre client.

— Un instant.

Ariel, qui ne tient pas à ce que les policiers entendent cette conversation, s'éloigne encore.

— Oui ?

— Nous sommes au regret de devoir vous informer que nous ne sommes pas en mesure de vous fournir la somme en question.

— Pas en mesure, comment ça ?

— Notre client n'est pas sans ressources, bien sûr. Mais dans le, euh, cadre très restrictif des, hum, délais qui nous sont impartis, sans parler du fait que c'est un jour férié aux États-Unis, nous ne pouvons tout simplement pas sortir un tel montant en espèces. Je suis sincèrement désolé.

— Sincèrement désolé ?

— Oui.

— Vous vous foutez de moi ?

— Toutes nos excuses.

C'est une très, très mauvaise nouvelle. Ariel prend une profonde inspiration.

— Combien pourriez-vous débloquer ?

— Deux millions.

Un million en moins, c'est énorme, si on part de zéro. Mais entre deux et trois millions, l'écart est-il si grand ?

— La somme serait disponible immédiatement ?

— Pas tout à fait. Il y a une procédure.

— Je vous écoute.

— Notre client et vous-même devrez signer un accord.

— Les papiers sont prêts ?

— Pas encore. J'avais cru comprendre que cette complication – le montant inférieur – ne vous conviendrait pas.

— Il faudra faire avec. Appelez-moi dès que vous avez les papiers. Je ne sais pas si vous en êtes conscient, mais c'est extrêmement urgent.

— Vous n'avez pas d'autres questions ?

Les policiers échangent un regard, puis posent les yeux sur Ariel qui est revenue à la table mais ne semble pas disposée à se rasseoir.

— J'ai un petit problème à régler.

Carolina hoche la tête et lui tend la main.

— Merci.

— Un instant, s'il vous plaît, dit Moniz, feuilletant son calepin.

Il trouve ce qu'il cherche et montre le carnet à Ariel. Sur la page figurent une vingtaine de noms.

— De quoi s'agit-il ?

— Des clients qui ont réservé des tables pour six personnes ou plus ce soir à 21 heures, dans les restaurants chics du centre-ville. Il y en a un qui vous dit quelque chose ?

Ariel parcourt la liste.

— Désolée, non. Mais je ne crois pas que John ait mentionné de nom devant moi, donc je ne sais pas comment je pourrais le reconnaître.

— Je comprends.

— Vous allez les appeler ?

— Bien sûr. Nous avons déjà commencé. Mais c'est long. Nous espérions aller plus vite avec votre aide. Tant pis, ce n'est pas très grave. Nous vous tenons au courant.

— Allô ? Sergent Douglas Pulaski ?

— Capitaine.

— Excusez-moi, capitaine. Merci de prendre mon appel.

— Mon assistante me dit que vous téléphonez de la part du département d'État ? Je reçois peu de demandes internationales.

— Je m'appelle Kayla Jefferson et je travaille à Lisbonne, où un homme d'affaires américain nommé John Wright a été enlevé. Son épouse essaie de réunir une rançon de trois millions d'euros.

— Ah. Sale histoire, mais je ne vois pas bien en quoi je pourrais vous aider.

— La femme se nomme Ariel Pryce. Avant de changer d'identité, elle s'appelait Laurel Turner. Sauf erreur de ma part, c'est vous qui l'avez reçue en août 2007, lorsqu'elle a porté plainte.

Silence.

— Capitaine Pulaski ? Vous êtes encore là ?

— Pardon, madame… rappelez-moi votre nom ?

— Kayla Jefferson.

— Madame Jefferson, je ne peux rien vous dire.

— Comment ça ?

— Je ne peux pas vous parler.

— Il s'agit d'une enquête criminelle. La vie de quelqu'un est peut-être en danger.

— Si vous le dites.

— Vous ne me croyez pas ?

— Honnêtement ? Non. Mais, de toute façon, ça ne changerait rien.

— Nous pouvons demander un mandat. Vous obliger à parler.

Kayla n'a pas le pouvoir d'obtenir un mandat forçant qui que ce soit à faire quoi que ce soit. Un flic de petite ville le sait-il ?

— Je peux vous donner les coordonnées de mon avocat, si vous le souhaitez. Je vous invite à le contacter si vous désirez parler à quelqu'un. Une chose est sûre, ça ne sera pas moi.

Ariel sort le téléphone des ravisseurs, qui n'a reçu qu'un appel pour l'instant. Elle appuie sur le numéro, attend la première sonnerie…

Puis la deuxième…

La troisième…

Elle tombe sur une boîte vocale et une annonce en portugais qu'elle ne comprend pas. En revanche, il ne lui échappe pas qu'il n'y a aucun bip à la fin. Elle patiente encore, puis raccroche et fait signe au serveur.

— João, je peux vous demander un service ?

— Bien sûr, que puis-je faire pour vous ?

— Vous voulez bien me traduire cet enregistrement ? Il n'y a qu'une ou deux phrases.

Elle rappelle le numéro et tend l'appareil à João, qui écoute avant de le lui rendre.

— Je regrette, mais ça dit seulement que la boîte vocale de ce numéro n'a pas été activée. Ce sont les réglages d'usine.

Ariel sent ses épaules s'affaisser, son visage se décomposer. Elle ferme les yeux, secoue la tête. Et maintenant ?

— Salut, Pete, comment ça va.

Pete Wagstaff reconnaît aussitôt la voix. Et il sait que la question est de pure forme. Myron Baizerman n'essaie même pas de prendre un ton interrogatif.

— Je t'écoute, Myron.

— Je te rappelle au sujet d'Ariel Pryce. Tu es prêt ?

— Vas-y.

— OK, alors : Ariel Pryce, née Laurel Winston, fille d'Elaine Winston et de, tiens-toi bien, Winston Winston, troisième du nom. On l'appelle Bobby, apparemment. Quoi qu'il en soit, Laurel a grandi à Baltimore, bahuts privés, licence d'art dramatique en 1995. Il semble qu'elle se soit installée à New York tout de suite après la fac. Les dix années suivantes, on n'a pas grand-chose. A priori, c'est une de ces actrices-mannequins-serveuses qui vivotent en attendant le rôle du siècle, quelques pubs, des figurations dans des séries télé. Tu vois le style.

— Oui.

— Puis, il y a une quinzaine d'années, Laurel épouse un requin de la finance appelé Buckingham Turner. Le type a le pedigree qui va avec. Quel genre de crétin baptise son gosse

Buckingham ? C'est quoi leur problème, à ces gens ? Winston Winston, troisième du nom. Non mais je rêve !

Myron travaille au service recherche du journal depuis un demi-siècle. À une époque, il était peut-être plus objectif, mais Pete l'a toujours connu étonnamment, arbitrairement et bruyamment moralisateur.

— Laurel Winston devient Laurel Turner. Une mondaine de l'Upper East Side, œuvres de bienfaisance et tout le tralala. Tu veux vraiment que je continue ?

— S'il te plaît.

— On a deux ou trois photos d'elle dans nos archives. Une bombe. À cette époque, elle bosse occasionnellement pour une certaine Isabel Reed, agent littéraire. Un revenu symbolique pour des prestations de consultante, ce qui selon son employeuse signifie lire des manuscrits.

— Un étonnant virage professionnel.

— Apparemment, elle a décroché le boulot grâce à un ami d'ami de son mari. Quoi qu'il en soit, à peine deux ans après son mariage, Laurel Turner envoie tout balader. Elle part s'installer dans un bled à cent cinquante bornes de New York, change de nom et divorce de notre pote Buckingham. Elle achète une ferme, donne naissance à un garçon qu'elle appelle George. Quelques années plus tard, elle reprend une librairie en faillite, s'inscrit au Rotary Club et devient une petite entrepreneuse de petite ville. Ariel Pryce n'a aucun compte sur les réseaux sociaux, aucune photo en ligne, hormis de vieilles pages de journaux datant de l'époque où elle appartenait à la bonne société, qui ont été numérisées.

— Et le nouveau mari ?

— J'y viens. Il y a quelques mois, elle épouse un consultant d'affaires, John Wright. Elle garde son nom. Au passage, le nouveau mari est beaucoup plus jeune qu'elle.

— Qu'est-ce que tu as sur lui ?

— Lui ? Que dalle. On m'a demandé de me renseigner sur elle, pas sur lui.

— OK. Est-ce que tu peux faire une recherche complète sur Wright ?

— Pff, j'en sais rien.

— S'il te plaît ?

— Désolé, Pete, j'ai besoin que ce soit validé par la direction. J'ai d'autres responsabilités, figure-toi.

— Allez, Myron. S'il te plaît ?

— Ça ne sert à rien d'insister, Pete. Il faut que ce soit validé. Je vois ça et je te rappelle.

— OK, merci. Donc, Ariel Pryce. Tu dis qu'elle a accouché peu de temps après avoir changé de vie ?

— Oui.

— Combien de temps après son déménagement, exactement ?

— Hum… dans les six mois.

— Ce qui signifie qu'elle était déjà enceinte quand elle a quitté son mari, son travail, toute sa vie.

— On dirait, ouais.

— Drôle de décision, non ?

— Je ne suis pas psy.

— Tu as l'acte de naissance du fils ?

— Non.

— Tu pourrais le trouver ?

— Facile. Et je suppose que t'aimerais aussi connaître le nom du père ?

Le téléphone prépayé sonne, vibre, clignote, tout en même temps, comme un gamin surexcité qui ferait un caprice.

— Allô ?

— Vous avez essayé d'appeler. Vous avez l'argent ?
La voix trafiquée est difficile à comprendre.
— Non, avoue Ariel. Pas encore. Mais bientôt, j'espère.
Il n'y a déjà plus personne à l'autre bout de la ligne.

26

Jour 2 – 11 h 02

— Madame Pryce ? Nigel James. Nous avons rédigé le contrat. Peut-on le transmettre à votre avocat afin qu'il l'approuve avant la signature ?

— Mon avocat ? Je n'en ai pas.

— C'est embêtant.

— Un 4 juillet, je ne vois pas comment…

Ariel s'interrompt.

— Monsieur James, reprend-elle. Je suis seule à Lisbonne, mon mari a été enlevé. J'ai peur qu'il soit exécuté si je ne signe pas ces papiers au plus vite. Je n'ai pas le temps de trouver un avocat.

James pousse un soupir théâtral.

— C'est mon devoir de vous prévenir qu'il est déconseillé de ne pas avoir de représentant légal à vos côtés dans ce genre d'accord.

Il semble débiter un texte appris par cœur, la voix dédaigneuse, comme s'il récitait ses droits à un délinquant patenté.

— Je n'ai pas vraiment le choix.

Ariel sait que l'avocat s'en moque, en réalité : il veut

uniquement se décharger de toute responsabilité en cas de plainte ultérieure.

— Très bien. Je vous transmets les documents par mail.

Nicole Griffiths s'approche du bureau de la jeune femme qui disparaît sous les équipements informatiques, fils, claviers et écrans de tailles diverses. On se croirait dans un atelier de réparation.

— Kayla, qu'est-ce que tu as trouvé ?

Jefferson met son casque autour du cou et Griffiths entend quelques notes de musique avant qu'elle ne l'éteigne. Bach, croit-elle reconnaître.

— L'Américain qui a appelé Mme Pryce sur son portable ? dit Kayla en indiquant une fenêtre remplie de numéros. Il l'a contactée depuis un téléphone prépayé, acheté seulement vingt minutes avant.

— Tu veux dire qu'il l'a acheté exprès ?

— Il semblerait. C'est le premier détail intéressant. Mais il y a mieux. Regarde où l'achat a été effectué.

Elle clique sur une autre fenêtre et une carte se matérialise au premier plan. Un quadrillage familier de rues, barré de diagonales parallèles.

Nicole Griffiths s'aperçoit qu'elle a la bouche ouverte.

— Le point rouge, là, c'est le magasin d'où provient l'appareil.

Voilà qui change tout. Nicole se doutait que quelque chose clochait dans le récit d'Ariel Pryce, la manière dont elle se décrivait, ce qu'elle disait de son mari. Mais, dans le fond, elle ne pensait pas que les déboires de John Wright au Portugal étaient liés de près ou de loin à la sécurité nationale. Jusqu'à maintenant. À présent elle est presque certaine à cent pour cent du contraire.

— On a des images de l'achat ?

— Il faut voir les caméras de surveillance. Je suis dessus. Une chose est sûre, l'appel a été passé à Penn Quarter. Dans ce rayon.

Nicole s'approche de l'écran. La moitié des bâtiments du gouvernement fédéral se trouvent autour de ce périmètre, notamment le Capitole, la Cour suprême et la Maison-Blanche.

— On peut avoir quelque chose de plus précis ?

— Je ne pense pas, malheureusement.

— Dommage. Et je présume qu'on ne peut plus localiser le téléphone ?

— Non, il est éteint. Et à mon avis il ne se rallumera pas.

— Tu peux me montrer l'endroit où l'appareil a été acheté ?

— Dans cette portion de la rue. Qui se trouve dans la zone d'où l'appel a été émis.

— Très bien, dit Nicole en se redressant. Voyons ce qu'on a dans le voisinage. Regarde dans un rayon de quelques centaines de mètres autour du magasin.

— Et je cherche quoi ?

— Les domiciles ou les bureaux d'hommes de pouvoir.

Toute la technologie avec laquelle Ariel a grandi appartient désormais à la préhistoire. Ses parents avaient un téléviseur en noir et blanc qui captait trois chaînes nationales, deux locales et PBS, c'est tout. Leur break ressemblait à un petit catamaran à moteur ; il ne possédait ni vitres électriques ni climatisation. En cours, Ariel faisait passer des notes griffonnées sur des bouts de papier déchirés qu'elle pliait en carrés minuscules. Elle appelait du téléphone à cadran fixé au mur de la cuisine, entortillant le cordon torsadé autour de son avant-bras, tandis qu'elle parlait avec ses copines des clips sur MTV : Guns N' Roses, Madonna, Fine Young Cannibals. Elle se souvient encore de l'arrivée du fax, c'était magique.

Aujourd'hui, à l'âge du streaming sans fil, insérer les pages une par une dans le fax de l'hôtel lui paraît ridicule. Autant utiliser un télégraphe.

La dernière part accompagnée d'un bip rassurant.

— Merci, dit-elle à Duarte, le réceptionniste. J'ai terminé.

Lève-vitres électriques, boîtes vocales, magnétoscopes numériques : la technologie facilite l'existence, c'est indéniable. Internet est beaucoup plus rapide que la poste. Mais ces avantages s'accompagnent d'inconvénients, notamment en ce qui concerne la vie privée. Il n'y a pas si longtemps, l'expression avait encore un sens : quand elle était enfant, puis jeune actrice et même à l'époque de son premier mariage. C'était un monde qui ressemblait beaucoup à celui où JFK pouvait dissimuler ses aventures extraconjugales et Hoover son homosexualité. Dans ce monde-là, seuls les gens importants étaient dans la confidence. Il était possible de garder des secrets.

On n'avait pas parlé du mariage d'Ariel et Bucky sur internet, ce qui n'avait rien d'exceptionnel, alors. Il n'y avait qu'un entrefilet dans le journal, quelques lignes accompagnées d'une photo glamour représentant une séduisante jeune femme qu'elle ne reconnaît plus aujourd'hui.

Au moment de son divorce, les réseaux sociaux étaient en train d'exploser. Les empreintes numériques devenaient omniprésentes, internet aspirait tout – anniversaires, réunions, galas de charité, cérémonies de remises de prix, distinctions professionnelles –, transformant la vie de chacun en données disponibles et exploitables.

Pendant que tout le monde se retrouvait sur Facebook, partageait des photos de vacances sur Instagram, réseautait sur LinkedIn, faisait le buzz sur Twitter et des rencontres glauques sur Tinder, Ariel a préféré éviter toute présence en ligne, en raison des circonstances de son départ.

Elle n'est pas totalement invisible, bien sûr. Mais il faut savoir ce qu'on cherche. Et qui. Il faut que ça en vaille la peine. Personne ne se soucie assez d'elle pour cela.

Pour l'instant.

— Ah, bonjour, je voulais vous voir, justement, dit l'homme qui arrive en haut des marches de l'hôtel. Pete Wagstaff, vous me remettez ? On s'est croisés hier à l'ambassade.

— Oui, bien sûr. Comment m'avez-vous retrouvée ?

— Je suis journaliste, dit-il en haussant les épaules. Désolé de débarquer comme ça.

Ils se tiennent devant l'escalier. Ariel entend quelqu'un descendre derrière elle.

— J'aurais aimé vous poser quelques questions, si vous n'y voyez pas d'inconvénient.

— À quel sujet ?

— À propos de l'enlèvement de votre mari.

— Je ne peux pas vous parler, répond Ariel rapidement, alors qu'un couple âgé les dépasse. Je vous l'ai déjà dit.

— Je peux peut-être vous aider.

— Vous pouvez peut-être le faire tuer !

Pete s'apprête à protester, puis se ravise.

— Vous êtes journaliste, reprend Ariel. C'est votre travail d'informer le public. Mais si l'enlèvement de mon mari se retrouve dans la presse…

Il secoue la tête.

— Si les ravisseurs apprennent que la police et l'ambassade mènent leur enquête, comment vont-ils réagir, à votre avis ?

— Jamais je ne mettrais en danger qui que ce soit pour un scoop, affirme-t-il avec véhémence. Je vous le jure.

— Vous pensez que je vais risquer la vie de mon mari sur

la bonne mine d'un inconnu ? Vraiment ? Ce n'est pas sérieux, dit-elle avec un sourire.

— Mais…

— En plus, ça ne dépend même pas de vous, poursuit-elle sans lui laisser le temps de se défendre. Vous avez des chefs. Et vos chefs ont des chefs qui eux-mêmes ont des grands patrons qui ont des actionnaires sur le dos. Un tas de gens qui se soucient plus des ventes, des clics et des tarifs publicitaires que de la sécurité d'un homme.

Wagstaff ne peut pas vraiment la contredire.

— Ça n'a rien de personnel, reprend Ariel. Mais si vous étiez…

Elle est interrompue par la sonnerie de son téléphone.

— Oh, quoi encore ?

Elle tire le despote électronique de sa poche et s'excuse auprès du journaliste.

— Allô ?

— Madame Pryce. C'est encore moi, Nigel James. Merci de nous avoir renvoyé les papiers aussi rapidement. Mais nous avons un petit souci.

Merde.

— Je vous écoute.

— La certification notariée ? Elle n'a pas été signée. Je me dois de vous rappeler que le document ne peut être validé sans. C'est impossible. J'espère que vous comprenez.

— C'est une plaisanterie ?

— Hélas, non.

— Comment suis-je censée trouver un notaire parlant anglais à Lisbonne le 4 juillet ?

— S'il vous plaît, madame Pryce, ce n'est pas la peine de hausser le…

— Allez vous faire foutre.

Ariel lui raccroche au nez et ferme les yeux. Comme si la situation n'était pas déjà assez compliquée. C'est peut-être le grain de sable qui va faire capoter les négociations, juste au moment où elle entrevoyait une issue. À présent, tout risque de s'écrouler. Elle la première.

— Pardon, intervient le journaliste. J'ai entendu votre conversation, je ne pouvais pas faire autrement.

Ariel ouvre les yeux.

— Je pense pouvoir vous aider.

Elle jauge Wagstaff et se demande s'il propose son assistance par sincère désir de rendre service ou simplement parce qu'il espère obtenir autre chose en échange.

— Je vous conduis chez un notaire sur-le-champ, si vous le souhaitez.

Peut-elle se débrouiller seule ? Appeler les notaires de la ville ? Ou est-ce une tâche qui va lui prendre des jours ?

Ariel réfléchit. L'ambassade est fermée en raison de la fête nationale américaine. Et les policiers ? Sauraient-ils où trouver rapidement un notaire parlant anglais ? Peu probable. La CIA ? Elle ne peut pas laisser sciemment des espions s'approcher de l'accord qu'elle s'apprête à signer. Ce serait se mettre en infraction.

Bien sûr, il est possible qu'ils connaissent déjà son vrai nom et celui de son premier mari, qu'ils n'ignorent rien de son ancienne vie – ses amis et ses ennemis, les accusations qu'elle a portées. Qu'ils aient trouvé les pièces à conviction, les enregistrements de l'époque, les documents légaux qu'elle a signés. Ils ont peut-être établi des liens, écouté les appels, noté les exigences, le chantage, les conséquences. Ils savent peut-être exactement ce qui s'est passé, pourquoi, où et quand. Et qui.

D'une manière ou d'une autre, Ariel reste tenue au secret ;

si on la soupçonne d'avoir délibérément divulgué des informations confidentielles, elle devra en subir les conséquences.

— Vous voulez bien m'accorder un instant ?

Elle se dirige à grands pas vers la réception. Duarte, à qui cette Américaine anxieuse fait un peu peur, lui adresse un sourire nerveux.

— *Senhora ?* Vous désirez ?

— J'aurais besoin d'un notaire parlant anglais le plus rapidement possible. Vous connaissez quelqu'un ?

Le jeune homme a du mal à admettre qu'il ne peut pas satisfaire toutes les demandes des clients. Il devrait simplement dire non, mais il en est incapable.

— Je vais en trouver un.

— Vous comptez vous y prendre comment ?

— Je…

Duarte a l'air au bord des larmes.

— Je vais appeler des amis qui travaillent dans de plus grands hôtels, avec une clientèle internationale plus importante.

Mieux que rien. Mais insuffisant. Cela pourrait lui prendre aussi bien une minute que toute la journée. Duarte ne semble pas très sûr de lui et son plan n'est pas convaincant.

D'un autre côté, un journaliste ? Difficile de trouver des arguments positifs. Mais a-t-elle réellement le choix ?

— Pas la peine, je vais me débrouiller, merci, dit Ariel.

Elle rejoint Wagstaff en bas de l'escalier.

— Si vous pouvez m'aider, je vous en serai reconnaissante. Mais que ce soit clair : je ne vous révélerai rien sur l'affaire.

— Je comprends.

Vraiment ? Elle l'espère, mais certains hommes ont tendance à prendre la vulnérabilité pour un blanc-seing, et elle ne peut pas courir le risque d'un malentendu.

— J'ai la liste, dit Kayla, dans l'encadrement de la porte, quelques feuilles à la main.

— Entre, dit Nicole. Voyons ça.

Jefferson a annoté les appels d'Ariel Pryce : H pour la demi-douzaine d'hôpitaux, PORT. W, BUR, et BUR GAL pour les lignes professionnelles de John Wright. Il y a également les numéros du domicile d'Ariel, de sa librairie et de sa mère. Kayla a aussi fait figurer sur la page ses déplacements et activités présumés durant les deux derniers jours : son passage à la police, son retour à l'hôtel, ses trois visites à l'ambassade.

— Et ça, ce sont ses SMS, ajoute Kayla, en lui tendant d'autres feuilles.

Nicole survole les derniers, uniquement des messages de plus en plus suppliants à son mari, sauf un, adressé à son fils. Rien qui détonne. Elle tourne la page.

— Ce sont les trente derniers jours ?

— Oui.

— Pas de messages internationaux, à part depuis qu'elle est à Lisbonne. On peut remonter plus loin en arrière ? Toute l'année écoulée ?

Kayla hoche la tête.

— Cet exemplaire est pour moi ? demande Nicole.

— Oui. Et d'ici une heure, j'espère avoir les communications du mari. Son opérateur est un peu lent à la détente.

La jeune femme s'attarde sur le seuil.

— Tu crois que c'est une arnaque, et qu'Ariel Pryce est dans le coup ?

— Ce n'est pas impossible, répond Nicole. Et toi, tu en penses quoi ?

— Tout est possible. Ou presque. Mais ça m'étonnerait.

— Pourquoi ?

— L'argent. Ils ne sont dans une situation financière

désespérée ni l'un ni l'autre. Ils gagnent correctement leur vie. Ils ne sont pas millionnaires, mais ils n'ont pas besoin d'organiser une escroquerie internationale de cette envergure pour se renflouer.

— Peut-être que si, en fait. C'est simplement qu'on n'a pas encore découvert pourquoi. Ils ont pu se mettre dans le pétrin. Usuriers. Jeu. Drogue.

Kayla balance la tête à droite et à gauche : argument valable mais pas décisif.

— Ils n'ont pas nécessairement d'intention malfaisante, reprend Nicole. La sœur de Wright traverse peut-être une mauvaise passe. Le fils d'Ariel Pryce a besoin d'un rein. Ou ses parents retraités vont devoir vendre leur appartement à cause d'une arnaque en ligne. Des tas de braves citoyens se retrouvent du jour au lendemain dans la panade, et sont prêts à tout pour se procurer de l'argent.

Kayla hoche la tête.

— Dans le fond, je suis d'accord avec toi, admet l'autre femme. Je ne pense pas que ce soit le cas. Mais il se trame quelque chose, ça, j'en mettrais ma main au feu.

27

Jour 2 – 13 h 47

Ariel a fait une erreur. Elle n'aurait jamais dû accepter l'aide de ce journaliste, l'autoriser à l'accompagner dans la salle d'attente du cabinet. Elle aurait dû se débrouiller autrement pour trouver un notaire parlant anglais.

Ariel s'assied dans un fauteuil en cuir et pose le contrat sur la table basse, entre une plante succulente et une pile de magazines et de journaux. Elle jette un coup d'œil à la première page, un gros titre en portugais qu'elle ne comprend pas. De toute façon, il n'y a qu'à voir la photo pour deviner le contenu de l'article. Elle est étonnée que cette histoire fasse la une d'un quotidien européen. Que se passera-t-il quand elle deviendra réellement intéressante ? Le retentissement sera mondial.

Elle sent un poids lui comprimer la poitrine. Elle respire à fond, tâche de maîtriser la crise de panique naissante. Pas maintenant, par pitié.

Pete Wagstaff négocie en portugais avec la réceptionniste, qui a manifestement beaucoup de questions. Enfin, le journaliste la rejoint.

— On va vous recevoir dans quelques minutes.

Ariel hoche la tête. Elle devrait en profiter pour lire le contrat attentivement. À l'hôtel, elle s'est contentée de le survoler, de noter les chiffres, de repérer les endroits où elle était censée signer. Si elle n'avait pas vu qu'il fallait un notaire, qu'avait-elle négligé d'autre ? Elle ne peut pas s'engager à la va-vite, ce serait irresponsable. Ce document nécessite toute son attention.

Elle le reprend donc du début, et lit lentement, s'efforçant de décrypter le dense jargon légal, les références au contrat précédent, les dates, les personnes impliquées. Ce nouvel accord de confidentialité est un amendement au premier, les mêmes termes, les mêmes sanctions, les mêmes recours, les mêmes clauses toujours effectives. Le problème, c'est qu'elle ne les a pas devant elle et qu'elle ne se souvient pas des détails. Et personne ne peut les lui fournir : ni ce notaire, ni l'avocat à Paris, ni son avocate de l'époque, qu'elle n'a pas revue depuis quatorze ans, et qui passe sans aucun doute son 4 juillet sur une plage quelque part.

Elle pense *merde* et murmure : « Zut », faisant claquer la mince liasse de papiers sur la table.

— Ça va ? demande Wagstaff.

— Non. Pas vraiment, répond-elle en se levant brusquement. Il faut que je vérifie un truc. Je sors un instant pour téléphoner.

Elle referme la porte derrière elle et jette un coup d'œil à sa montre. Il est tôt sur la côte Est, mais elle n'a pas le choix. Elle attend la sonnerie.

— Ariel ? demande une voix éraillée. Il y a un problème ?

— Oui, en fait. Désolée d'appeler si tôt, Perséphone, mais John a été enlevé et…

— Quoi ? Tu rigoles ?

— Et j'ai besoin de ton aide pour une affaire urgente. Je te préviens, tu vas trouver ça bizarre.

— Pas de souci, dis-moi.

— Il faudrait que tu ailles à la librairie maintenant.

— Maintenant-tout de suite ?

— Oui. Enfile ce qui te tombe sous la main et vas-y.

Perséphone habite chez ses parents, à cinq minutes en voiture du magasin. C'est la vie dans une petite ville où tout le monde se connaît : les policiers et les pompiers, les commerçants et les patrons de bar, les profs, les médecins, les journalistes. Rien ne se trouve à plus de cinq minutes.

— Tu seras de retour chez toi dans vingt minutes, je te le promets. Tu pourras te recoucher, faire ce que tu veux.

— C'est bon, je suis partie.

— Quand tu seras sur place, s'il te plaît, appelle-moi du sous-sol. Perséphone ?

— Oui ?

— C'est très, très important.

La réceptionniste et Wagstaff lèvent tous les deux la tête lorsque Ariel ouvre brutalement la porte. Ses yeux se posent aussitôt sur le contrat, plié en deux, posé en évidence devant le journaliste. Elle le rejoint en deux enjambées et s'empare des pages faxées.

— Vous ne l'avez pas lu ? Promettez-moi que vous ne l'avez pas lu !

Il secoue la tête.

— Bon sang, vous l'avez fait !

— Je vous assure que non.

Ariel le dévisage, se demandant si elle doit le croire. Non. Il soutient son regard avec trop de fermeté.

— Comment avez-vous pu faire ça ?

Elle parle à voix basse pour ne pas inquiéter la réceptionniste.

— J'essaie seulement de vous aider.

— Vous ne pouvez pas écrire là-dessus. Vous comprenez, n'est-ce pas ? Je vous en supplie, dites-moi que vous comprenez.

— Je vous promets que je ne publierai rien. Pas avant que votre mari soit hors de danger.

— Non, non, non et *non* ! s'écrie-t-elle en froissant le contrat. Ça ? *Jamais*. Vous ne pouvez pas révéler ce qu'il y a là-dedans. Vous n'aviez pas le droit de le lire. Je n'avais pas le droit de vous le laisser. J'irai en prison. Dans le meilleur des cas. Est-ce que vous comprenez ce qui pourrait m'arriver ?

— Euh, je…, balbutie-t-il.

Son téléphone sonne. Elle jette un coup d'œil à l'écran.

— P., une seconde, s'il te plaît.

Elle couvre le micro, regarde le journaliste.

— Partez.

— Pardon ?

— Je ne peux pas vous faire confiance. Je n'aurais jamais dû vous écouter. Partez, s'il vous plaît.

Carolina Santos lève les yeux vers le jeune policier qui s'approche vivement de son bureau.

— On a trouvé le client de l'homme qui a été enlevé. Jorge Vicente.

— Bravo.

— Il y a quinze jours, Vicente a fait une réservation pour six à 21 heures, au Monthana. Vous connaissez ?

— Oui.

De nom seulement. Le restaurant est au-dessus de ses moyens.

— Vicente a confirmé que deux des convives étaient le consultant américain et son épouse. Je l'ai prévenu qu'ils ne seraient pas là ce soir.

Les doigts de Carolina courent déjà sur le clavier.

— Jorge Vicente, lit-elle sur l'écran, est le responsable financier d'Os Canarioios Entreprises qui fait… je ne sais pas comment on est censé comprendre quelque chose à ces sites. De l'exploitation minière ? Forestière aussi, peut-être.

Elle clique ici et là, hausse les épaules, se lève et enfile une veste.

— On informe Mme Pryce ? demande Moniz.

— Pas tout de suite. On va d'abord rendre visite à Vicente.

— Le voilà, lance Nicole Griffiths. Comment ça va, boxeur ?

Guido Antonucci a un sourire penaud. Il devait s'y attendre. Après tout, il a été mis au tapis par une femme. Une amatrice, qui plus est. Il doit être mortifié. Nicole le serait, à sa place.

— Ça va, merci.

On ne dirait pas à le voir. Son visage entier est enflé. Mais il est là et elle sait qu'il est prêt à travailler. Ce n'est pas le moment de le charrier.

— Guido, est-ce qu'on peut mettre des micros dans la chambre d'Ariel Pryce ?

— Aïe. Maintenant ?

— Dès que possible.

— En plein après-midi ? Pas évident. Il va y avoir du monde à l'hôtel.

— C'est vrai. Mais d'un autre côté, on ne risque pas de tomber sur une femme de ménage.

— Pas faux.

Il réfléchit.

— On ne va pas pouvoir bien les cacher. Quelques-uns dans les lampes. Si elle a des soupçons, elle n'aura aucun mal à les trouver. Et on fait quoi, après ?

— Tout dépend de qui elle est réellement et de ses intentions. Si elle est une simple citoyenne, mariée à un simple citoyen qui s'est fait enlever, elle ne va pas s'amuser à chercher des micros dans les lampes.

— En revanche, si elle les trouve…

— Oui. Si elle passe la chambre au peigne fin, alors on pourra en conclure qu'elle nous cache quelque chose.

— Donc, on met aussi une caméra ?

— Pas besoin que l'image soit parfaite, Guido. Pas besoin d'un angle cinématographique idéal. Il faut seulement qu'on sache si elle est du genre à chercher des micros.

Antonucci hoche la tête.

— Je m'en occupe.

— Merci. Juste une chose. Je ne pense pas que tu devrais t'en charger personnellement. Pas dans cet état, ajoute Nicole en faisant tourner son doigt devant son propre visage. Ce ne serait pas très discret.

— OK, je suis au sous-sol, dit Perséphone.

— Bon. Tu sais où est la caisse à outils ?

— Oui.

Tout le monde à la librairie sait où se trouve la caisse à outils. Le WD-40 pour les gonds qui grincent, le tournevis pour resserrer les crémaillères, le marteau, les clous et le fil Perlon pour les photos d'auteurs et les jaquettes dédicacées. Les fusibles pour le tableau électrique, une spatule, de l'enduit de rebouchage, du ruban à joint.

— Tu vas avoir besoin de la masse.

— La masse ? Sans déc ?

— Tu vois l'affiche du Salon du livre ? Décroche-la.

— Attends… voilà.

— Maintenant, prends la masse et frappe sous le crochet.

— Hein ? Tu es sérieuse ?

— Je n'ai jamais été aussi sérieuse de ma vie.

— Bon. Je te mets sur haut-parleur. Et je défonce le mur.

Ariel perçoit un bruit sourd, mais pas de craquement.

— Ne sois pas timide, crie-t-elle dans le téléphone.

Encore un choc.

— Vas-y, Perséphone, de toutes tes forces.

Cette fois, elle l'entend : le coup, le fracas et la pluie de débris sur le sol, puis un « Putain » à mi-voix.

— Prends le sac en toile qui se trouve derrière.

— C'est toi qui as fait ça ? Cette cachette ?

Ariel avait loué une scie sauteuse pour découper un trou dans la cloison. Elle avait posé le sac – récupéré à un congrès – sur une solive, entre la plaque de plâtre et le mur. Ensuite, elle avait remis en place le morceau ôté, l'avait fixé avec du ruban adhésif, elle avait appliqué de l'enduit, puis l'avait poncé, avant de passer une sous-couche, puis deux couches de peinture. Le mur était nickel. En apparence.

— Maintenant, Perséphone, écoute-moi bien.

— C'est trop cool.

— À l'intérieur, il y a deux sacs plastique à zip. Le plus grand, celui qui contient du matériel électronique : tu n'y touches pas, s'il te plaît.

Dedans se trouvent un CD et une clé USB, ainsi qu'un ordinateur portable bon marché et son cordon. Lorsque Ariel a préparé ce paquet, il y a plus de dix ans, elle ignorait quand elle aurait besoin de ces données – si elle en avait besoin un jour, et quelles techniques seraient encore utilisées. D'où les différents supports. Elle n'avait pas oublié l'obsolescence récente des disquettes, des CD-Rom, des cassettes VHS et des cassettes audio. Elle avait déjà perdu l'accès à toutes sortes d'images et de sons en raison des progrès technologiques. Les vinyles de Michael Jackson et les cassettes de Talking Heads, les VHS de Katharine Hepburn et les coffrets DVD d'*Alias*, des cartons qui s'entassaient au grenier, bons à jeter à la poubelle. Mais ils étaient aisément remplaçables. Elle trouverait toujours *Sens unique* sur un nouveau support. Les entreprises désireuses de continuer à rendre disponible une culture populaire lucrative n'allaient pas disparaître du jour au lendemain.

En revanche, en ce qui concernait ses documents privés, c'était une autre histoire : l'enregistrement d'une conversation entre deux personnes, neuf minutes, avec en bruit de fond le bourdonnement paisible d'un restaurant de luxe à une heure calme. Les scans d'un procès-verbal, d'un examen médical, de tests. Ces choses-là étaient monnayables elles aussi, à leur manière.

— Le second sac, il contient des papiers.

Un contrat et des notes écrites à la main.

— Trop la classe.

— J'aurais besoin que tu me lises quelques infos.

— Waouh. Sans exagérer, Ariel, je suis sur le cul. Littéralement.

Perséphone ne sait pas ce que littéralement signifie ; elle semble croire que cela veut dire le contraire. Ariel n'a rien contre l'argot, les modes lexicales, elle trouve ça plutôt drôle. Mais ce retournement du sens la met mal à l'aise. Comme *dément* pour désigner quelque chose de remarquable. Ou *grave*. Ce n'est pas inoffensif, c'est de la novlangue. Comme le terme *fake news* : il ne s'agit plus seulement de mensonge, mais d'un rejet total de la notion même de vérité.

— S'il te plaît, P., c'est très important : ne lis pas les autres pages. Si le contenu de ce contrat était divulgué, je pourrais aller en prison. Littéralement. C'est ce que le mot *littéralement* signifie littéralement, soit dit en passant. Ces papiers sont extrêmement confidentiels. Et encore une fois, ne touche pas au matériel électronique. Tu dois me le promettre.

— OK, promis.

— Bien, maintenant ouvre le sac plastique. J'ai besoin que tu me lises les noms et les dates en haut de l'accord. Les différentes parties.

Ariel est parfaitement consciente qu'on est peut-être en train de l'écouter, ou que quelqu'un aura accès à un enregistrement de la conversation plus tard. Mais ce serait faire preuve d'une insouciance coupable – d'une négligence criminelle – de ne pas vérifier ces informations avant de signer un autre contrat.

Elle n'a pas le choix.

Chaque jour, Ariel découvre que de nouveaux mots ont été inventés, tandis que d'autres ont été redéfinis, que la langue a été cooptée et distordue, transformée en arme, dans un monde intersectionnel de *safe spaces* et d'appropriation culturelle, de micro-agression et de mexplicateurs, de racisation et d'assignation, où l'on est déconstruit, ciblé, tagué, bloqué, où chacun dénonce et efface, se ralliant derrière sa propre opinion pour exposer bruyamment ses griefs et vociférer sans relâche sur tous ceux qui ne sont pas d'accord.

C'est un lexique de la plainte en constante expansion. Ariel doute que ce prêche persuade quiconque n'est pas déjà converti, qu'il gagne qui que ce soit à sa cause. En réalité, elle pense même qu'il aboutit au résultat opposé, qu'il diabolise, aliène, repousse, enrage tous ceux dont les yeux auraient vraiment besoin d'être ouverts, qu'il ne parvient qu'à dresser des barrières plus hautes entre les gens.

Il lui a fallu du temps, mais Ariel a fini par admettre qu'on ne résolvait pas les problèmes en les ignorant. Elle ne croit pas qu'il soit plus efficace de les affubler de noms abscons et de s'en servir pour taper sur la tête des autres. On résout les problèmes en changeant les mentalités, pas en se faisant des ennemis.

— Merci. Perséphone ?
— Oui.
— Je compte sur toi, hein ? Tu ne lis pas le reste du contrat.
— Promis. Je n'y jetterai même pas un œil. Littéralement.
Perséphone est son guide dans la jungle du jargon idéologique. Au moins, la fac contemporaine est utile à une chose. Elles écoutent ensemble NPR, la radio publique, et la jeune femme traduit pour sa patronne médusée.

Au début, Ariel craignait que Perséphone soit un problème supplémentaire dans sa vie. Mais elle s'est forcée à prendre un peu de recul, à voir la personne qu'elle était réellement, pas celle qu'elle imaginait. Une alliance à cultiver, pas une ennemie à rejeter.

28

Jour 2. 14 h 04

La situation se débloque enfin, puis cale presque aussitôt. La notaire secoue la tête.

— Qui est-ce ? demande-t-elle en désignant le papier. Cette Laurel Turner ?

Ariel sent son moral dégringoler.

— Vous vous appelez Ariel Pryce, non ? Le contrat est au nom de Laurel Turner. Je ne comprends pas.

Ariel, qui s'attend pourtant toujours à ce qu'on mette en doute sa crédibilité, n'avait pas prévu cette difficulté.

— J'ai changé de nom il y a longtemps. Ces documents utilisent mon ancien nom.

La femme semble le prendre comme un affront personnel.

— Je suis désolée, je n'ai pas de papiers d'identité à ce nom.

— Rien ?

— Pas ici, en tout cas.

La notaire soupire.

— Nous avons un problème. Un gros problème.

Kayla Jefferson pose la liste des appels sur le bureau de sa cheffe.

— Eh bien, dit Nicole en feuilletant les pages. Ça fait beaucoup.

— Oui. Il semble que John Wright se sert de ce téléphone pour tout. J'ai coché en bleu les numéros qui a priori correspondent à des clients. En vert, les voyages : hôtels, restaurants, voitures, un magasin où ils ont loué des gyropodes.

— Des gyro quoi ?

— Tu sais, dit Kayla, levant les poings devant elle, comme si elle agrippait un guidon. Ces engins électriques à deux roues sur lesquels on se tient debout ? Les gens se promènent là-dessus, l'air complètement débile.

— Ah. Oui.

— En rouge, ce sont les appels perso. S'il n'y a pas de croix, c'est qu'on ne connaît pas encore leurs relations avec Wright. Mais je devrais bientôt avoir des réponses.

Nicole Griffiths tourne une page, et Kayla lui montre un numéro.

— C'est un garage à côté de chez Ariel Pryce. Et là, c'est la sœur de Wright, à Marrakech.

— Marrakech ? répète Nicole, tournant encore une page avant de revenir en arrière. Sa sœur habite au Maroc ?

— Il faut croire.

— Pas courant, pour une Américaine, si ?

— Ah bon ? Il y a plein d'expats américains au Maroc.

— Hum. J'aimerais quand même bien en savoir un peu plus sur elle.

— Je m'en occupe.

— Et le garagiste. Tu peux te renseigner au sujet de cet appel ?

Kayla hoche la tête.

— C'est tout ?

— En fait, non. Il y a un instant, Ariel Pryce a eu une conversation très bizarre avec une de ses employées.

— Très bizarre, c'est-à-dire ?

— Il faut que tu écoutes ça.

— Re-bonjour, monsieur James. Laurel Turner à l'appareil. Je suis chez la notaire, mais nous avons un petit problème technique. Je ne m'appelle plus Laurel Turner, j'ai changé de nom, et je n'ai pas de papiers à mon ancien nom sur moi. La notaire refuse de valider ma signature dans ces conditions.

— Je vois.

— Pourriez-vous modifier le contrat en conséquence ?

— Il faut que je consulte mon client.

— S'il vous plaît, est-ce que vous pourriez accélérer le processus ?

Ariel ignore s'il connaît l'identité de son client, ou s'il n'est qu'un fusible, un sous-traitant de sous-traitant, un rouage dans un système opaque composé d'une succession d'avocats délocalisés qui n'ont jamais de contact direct avec l'homme au sommet.

— Est-ce que vous savez ce qui se passe ici ? lui demande-t-elle.

— Écoutez, madame Turner, ou quel que soit votre nom. Je fais mon travail, le reste ne me regarde pas.

Vingt minutes plus tard, Ariel doit se retenir pour ne pas étrangler la notaire, qui semble tourner les pages au ralenti par pur sadisme. Ses yeux font des allers et retours entre le passeport d'Ariel et le contrat, vérifiant Dieu sait quoi. À croire qu'elle le fait exprès, comme un chauffeur de taxi qui fait des détours pour tondre un touriste.

— Très bien, annonce-t-elle enfin, apposant sa signature d'un geste ample au bas de la dernière page. C'est terminé.

— Merci !

Ariel récupère les papiers. Cette femme risque-t-elle de la trahir ? Est-elle soumise au secret professionnel ? S'est-elle concentrée sur sa responsabilité spécifique, qui consistait à vérifier l'identité d'Ariel, à s'assurer que la signataire était bien la personne désignée dans le contrat ? Est-elle légalement tenue d'ignorer le contenu ? Est-ce ce qu'elle a fait ? Ce qu'elle fera ?

Les circonstances de l'événement initial ne figurent nulle part dans le document. Il n'est même pas mentionné. Il a été profondément enfoui dans le passé. Mais, si quelqu'un se mettait en tête de creuser, ce nouveau contrat pourrait être un point de départ. Ce pourrait être une pelle.

— Merci de nous recevoir.

— Je vous en prie, répond Jorge Vicente. Que puis-je faire pour vous ?

Les yeux de l'inspectrice Santos balaient les murs lambrissés où sont accrochés des tableaux dans des cadres dorés : une scène de chasse, un baleinier, des paysans dans un verger. Des hommes qui exploitent la terre. Elle soupire intérieurement. Quel manque de subtilité !

— Nous avons quelques questions au sujet de John Wright, dit Moniz.

— C'est effroyable, dit Vicente, regardant les policiers tour à tour. Je suis… je ne sais pas comment dire… gêné à l'idée qu'une chose pareille arrive à un citoyen américain au Portugal. Comme si c'était de notre faute.

— Je comprends, acquiesce Moniz. C'est humiliant quand des étrangers, en particulier des Américains, sont victimes d'actes criminels chez nous. Une confirmation de leurs pires préjugés. La police en fait une affaire personnelle.

— Je n'en doute pas.

— Nous ne voulons pas vous déranger trop longtemps, reprend Moniz en ouvrant son calepin. Quel était le but de la visite de M. Wright ?

— Il nous aide à mettre en place une série de financements.

— Quel genre de financements, si ce n'est pas indiscret ?

— Ce n'est pas un secret. Nous avons besoin de quatre cents millions d'euros pour acquérir un terrain appartenant à un concurrent qui a subi des revers. Une opération qui va nous permettre de passer à la vitesse supérieure.

— Cet achat pourrait-il gêner des gens ? D'autres sociétés sont-elles intéressées ?

— Oui. Et elles peuvent faire des offres. Mais un investissement de cette ampleur, ce n'est pas donné à tout le monde. Je ne suis pas sûr de bien comprendre le sens de votre question, en fait.

— Se pourrait-il que l'un de vos concurrents soit prêt à tout pour empêcher la transaction ?

— Ah, je vois. Non. Certainement pas à enlever un consultant, en tout cas. Qu'y gagneraient-ils, à part retarder l'opération ? Non, répète-t-il en secouant vigoureusement la tête.

— Qui selon vous pourrait avoir intérêt à enlever cet Américain ? Pour quelque raison que ce soit ?

— Aucune idée.

— Est-ce qu'il fait une cible logique, selon vous ?

— C'est bizarre. Quand la police m'a appris ce qui s'était passé, je me suis justement posé la question. Pourquoi lui ? Vous avez vu l'argent qui s'étale ici, les Anglais et les Russes, avec leurs yachts et leurs villas dans l'Algarve. Les étrangers richissimes ne manquent pas, au Portugal. Mais John Wright ? Il n'en fait pas partie.

— Merci, dit Moniz, avant de se tourner vers Carolina Santos, pour qu'elle prenne le relais.

— La visite de M. Wright avait-elle quelque chose d'inhabituel ?

— Dans quel sens ?

— Je ne sais pas. Est-ce que c'était une décision de dernière minute ? Avait-il des exigences particulières concernant la date ? Le programme, l'hôtel ou même le restaurant ?

— Eh bien, maintenant que vous le mentionnez, c'est vrai que sa présence n'était pas indispensable. M. Wright est venu nous voir plusieurs fois. Il était encore à Lisbonne il y a deux mois. Le gros du travail est fait ; il ne reste qu'à finaliser les derniers détails, ce qui aurait pu aisément se régler au téléphone ou par e-mail. Il n'avait pas besoin d'être là.

— Sa visite était peut-être surtout relationnelle ?

— Possible, mais à ce stade, notre relation est déjà bien établie.

— Pour fêter une collaboration réussie, alors ?

— Ce serait prématuré.

— Vous n'avez pas une petite idée de ce qui a motivé sa venue ?

— Non.

— Quelque chose en relation avec son épouse, éventuellement ?

— Son épouse ? répète Vicente en fronçant les sourcils. Peut-être. J'ai été étonné d'apprendre qu'elle l'accompagnerait.

— Ah bon ? Ce n'est pas vous qui l'avez invitée ?

— Moi ? Pour quelle raison ? Franchement, j'étais plus embêté qu'autre chose quand j'ai su qu'elle venait. Il a fallu organiser un dîner avec ma femme et celles de mes collègues…

Il fait un petit geste de la main pour signifier les complications en cascade.

Carolina Santos sourit : c'est le premier mensonge confirmé.
— Merci, nous n'allons pas vous déranger plus longtemps.

Les policiers retrouvent la chaleur et la lumière aveuglante de la rue.
— Au moins, maintenant, on sait, dit Carolina.
— On sait quoi ?
Elle plisse les yeux et sort de son sac des lunettes de soleil presque aussi larges qu'un masque de ski. Moniz a l'impression que ces verres énormes censés la protéger l'empêchent surtout de voir correctement.
— Wright a menti, répond-elle d'un ton sentencieux. Il a raconté à sa femme que c'était le client qui avait exigé sa présence.
— Peut-être.
— C'est-à-dire ?
— Wright a peut-être menti. Ou pas. On ne peut pas en être certains.
Carolina le regarde, mais son expression reste impénétrable derrière ses lunettes. C'est peut-être leur raison d'être.
— Wright n'a peut-être jamais dit ça à sa femme, reprend-il. Nous pensons qu'il a prononcé ces mots uniquement parce que Mme Pryce nous les a répétés. Mais c'est peut-être elle qui ment.
Moniz voit que sa partenaire s'apprête à protester, mais la sonnerie de son téléphone l'interrompt.
— Oui, Erico ?
Elle l'écoute.
— Merci, dit-elle enfin. On arrive.

Chez la notaire, Ariel s'est réfugiée dans les toilettes. Elle se regarde dans un miroir – encore un. Elle respire à fond plusieurs fois et attend que son pouls ralentisse, que ses nerfs se calment, que son esprit s'apaise. Mille paniques l'agitent, mille menaces qui confluent vers elle.

— Ça va, murmure-t-elle. C'est fini.

En théorie, elle n'a rien fait d'illégal. Tous ses actes sont rationnels et se justifient. Elle n'a pas violé les termes de l'accord ; elle n'a incité personne à enfreindre la loi. Bien que soumise à un stress extrême, elle a été aussi prudente que l'on peut l'être dans ce genre d'épreuve. Elle a fait tous les choix logiques à la disposition d'une personne raisonnable. Elle a passé tous les appels, effectué toutes les requêtes, sollicité toutes les aides.

Mais Ariel n'est pas responsable des actes éventuels de tiers, et ne l'a jamais été. Si la notaire est trop curieuse ? Ou le journaliste ? Ariel fait de son mieux. Elle se débrouille comme elle peut dans une situation dramatique qu'elle n'a pas souhaitée. Une fois de plus. Elle se revoit devant un autre miroir, dans d'autres toilettes. Un endroit où a priori on peut espérer une intimité totale. Un endroit où on est en sécurité.

Sauf que ce n'est pas toujours le cas.

Dans la petite ville d'Ariel, le conseil juridique compte parmi les nombreux services pour lesquels on n'a guère de choix. Jerry est le seul avocat. Enfin, il y en a quelques-uns dans les localités voisines et, si Ariel avait une dent contre lui, elle pourrait aller voir ailleurs, mais elle l'aime bien. Elle s'est adressée à lui quand elle a acheté la ferme, puis la librairie. Il l'a assistée pour régler les complications dues à son changement de nom, et placer son argent à la naissance de George : fidéicommis, assurance-vie, la totale.

Jerry pratique des tarifs plus que corrects. Dans une ville comme la leur, la fidélité et le bouche-à-oreille jouent un rôle essentiel. S'il estampait un client, tout le monde le saurait et il ne tarderait pas à mettre la clé sous la porte. Jerry ne rechigne donc pas à fournir des conseils juridiques en échange de quelques verres. C'est ainsi qu'Ariel l'a payé lorsqu'elle a récupéré Fletcher, le bouc de son voisin Cyrus.

— Merci encore, Jerry.

Elle sirotait son premier verre de vin blanc, alors qu'il en était à son troisième bourbon.

— Je t'en prie, dit-il en levant son verre. Mais, s'il te plaît, n'en parle à personne.

— Parler de quoi ?

— De mon rôle dans l'adoption douteuse du point de vue juridique du bouc orphelin, en l'absence de testament du défunt. En fait, je vais te demander de signer un accord de confidentialité.

Ariel éclata de rire.

— Je rédigerai le document demain matin.

C'était grotesque. Ce qui lui fit penser à une question encore plus absurde, mais pas tant que cela, tout bien réfléchi.

— Et George ?

— George ?

— Mon fils. Comment on l'empêche de parler ?

Jerry fit mine de lever les yeux au ciel. Cela devait lui arriver régulièrement, quand il était au bar, en train de dîner liquide. On devait lui soumettre les problèmes les plus saugrenus.

— George est mineur. L'accord de confidentialité ne peut pas s'appliquer à lui.

— Donc, il est libre d'en parler à qui il veut ? De la manière dont on a récupéré le bouc ?

— On ne peut rien faire s'il est mineur. L'accord de confidentialité ne nie pas l'existence des faits, malheureusement.

L'avocat leva son verre comme s'il s'agissait d'un accessoire utilisé dans le cadre d'une démonstration devant une classe. Ou peut-être au tribunal ? Qui sait. Sans doute même pas Jerry.

— Faits que l'on pourrait résumer ainsi : une femme du nom d'Ariel Pryce a enfreint la loi américaine… en réalité, il faudrait que je cherche la jurisprudence exacte… donc, la susdite a commis le délit de vol de bétail…

— Fletcher, du bétail ? Je parlerais plutôt d'animal de compagnie.

Jerry écarta l'objection du revers de la main.

— Soustrait au patrimoine de Cyrus Latham Jr. C'est un fait. Un fait que le signataire de l'accord de confidentialité – en l'occurrence toi – n'aura pas le droit de partager avec qui que ce soit. Il t'est rigoureusement interdit de l'introduire dans la sphère publique. De le révéler.

Ariel rit de bon cœur, l'incitant à continuer. Elle était curieuse de voir où il voulait en venir.

— Un accord de confidentialité, madame, ne modifie pas l'histoire. Il bâillonne certains témoins, tout au plus. Mais si quelqu'un, n'ayant rien signé, découvrait les faits de lui-même, sans l'aide des contractants ?

Jerry haussa les épaules.

— Quoi ?

— Tous les accords de confidentialité du monde n'y pourraient rien.

Jerry vida son verre d'un geste théâtral.

— Les faits sont les faits. La vérité est la vérité.

29

Jour 2 – 16 h 11

Lorsque le téléphone de la chambre sonne, Ariel se tient sur l'étroit balcon, d'où elle surveille la place en contrebas.

— *Senhora* Pryce, un M. Guy Cicinelli vous demande à la réception. Du cabinet de…

Ariel entend une voix d'homme dans le fond.

— Du cabinet de Nigel James.

— Je descends tout de suite.

Ariel dévale l'escalier et fait quelques pas dans le hall.

— Guy Cicinelli, dit le visiteur en s'avançant vivement vers elle.

Un jeune homme sanglé dans un costume de jeune homme, col étroit, chaussures pointues, raie impeccable. Il tient un impressionnant attaché-case en métal dans une main et lui tend l'autre.

— Enchanté.

— C'est pour moi ? demande-t-elle.

Il lui adresse un sourire si bref qu'elle n'est pas sûre de l'avoir vu.

— Pas tout. Si cela ne vous dérange pas, continue-t-il d'une voix plus basse, je préférerais que l'entretien ait lieu dans votre chambre.

Si cela la dérange ? Oui, clairement, et il le lit sur son visage.

— Je regrette, mais nous allons avoir besoin d'un minimum d'intimité. Il ne s'agit pas simplement de vous remettre une mallette.

Ariel passe en revue les espaces publics dans l'hôtel.

— Et le restaurant ?

Encore ce sourire éclair.

— Je crains de devoir insister. Peut-être seriez-vous plus à l'aise si vous appeliez M. James pour vérifier mon identité ? Faites, je vous en prie.

Ariel songe que si un homme ne risque pas de l'agresser, c'est bien celui-ci.

— Inutile. Venez.

Elle le précède dans l'escalier. Elle sent les poils de sa nuque se hérisser. Elle ouvre la porte et invite Cicinelli à l'intérieur.

Il examine l'entrée de la suite, puis referme derrière lui et place la chaîne de sécurité.

— Vous êtes seule ? Si vous permettez, je voudrais simplement m'en assurer.

— Je vous en prie.

— Je dois vous prévenir que je suis armé. Pour ma protection et la vôtre.

— Bien.

— Je vais sortir mon arme.

— Euh… d'accord.

Il sort un calibre imposant de sa veste. Bien qu'elle ait été avertie, la vue du pistolet la terrifie et elle sent les battements de son cœur accélérer.

Cicinelli pénètre d'un pas ferme dans la chambre, l'arme devant lui, canon baissé. Il est prêt à s'en servir, mais pas sur n'importe qui.

Ariel se rend compte qu'elle est seule avec un inconnu effrayant. Elle commence à regretter de l'avoir invité à entrer, de l'avoir laissé mettre la chaîne. Elle l'entend dans la salle de bains. Il ressort et se dirige vers la cuisine, ne négligeant aucun recoin.

— Parfait.

Il est apparemment rassuré. Ce n'est pas un piège, un coup monté, une arnaque. Il range son pistolet, beaucoup trop gros pour être honnête, et dépose l'attaché-case sur la table. Le métal tinte discrètement sur le plateau en verre. Il le fait pivoter et le déverrouille à l'aide d'un clavier électronique. Il en sort un ordinateur portable équipé d'un boîtier branché sur l'un des ports externes.

— Le wifi fonctionne ? demande-t-il, désignant une carte plastifiée expliquant comment se connecter au réseau.

— Oui.

Il se penche pour pianoter, les doigts agiles. Puis il tire un petit périphérique de la mallette, qu'il relie à un autre port.

— Si vous voulez bien…

Il indique du menton l'écran en verre de l'appareil qui ressemble à un smartphone carré.

— Vos empreintes digitales. Pour confirmer votre identité.

Elle pose les doigts sur l'écran, attend que les boucles et les spires soient scannées. Un bip retentit.

— Merci, dit-il, retournant à son clavier.

Cet homme tape plus vite que son ombre. Sans parler du fait qu'il est armé et transporte deux millions d'euros.

— Le temps de transmettre et de faire les vérifications nécessaires, il y en a pour une minute.

Encore un bip.

— Parfait, dit-il, avant de produire une liasse de billets entourée d'une bande de papier portant l'inscription 10 000 €.

Il la pose sur la table, puis en sort d'autres, comptant au fur et à mesure qu'il les empile devant lui.

— Et dix, conclut-il. Nous sommes d'accord ?

Ariel hoche la tête.

— Chaque liasse contient dix mille euros. Donc cette pile représente cent mille euros.

Il continue de sortir l'argent rapidement, ses mains aussi agiles que celles d'un jongleur. Bientôt, un nouveau tas se dresse à côté du premier. Ariel s'y met à son tour et ensemble ils élèvent des tours de papier, comme s'il s'agissait d'un jeu de maternelle. À la fin, deux rangées de dix s'alignent sur la table.

— Bon, nous avons vingt piles de cent mille euros chacune. Ce qui fait un total de deux millions. Toujours d'accord ?

— Oui.

— S'il vous plaît, examinez une liasse au hasard.

Ariel fait glisser un bandeau et feuillette les billets neufs. C'est beaucoup d'argent. Elle hoche la tête.

Pendant ce temps, Cicinelli sort de la paperasse à l'ancienne de sa mallette.

— Veuillez signer ici, s'il vous plaît. Puis là, et là pour établir le reçu. Pareil sur le second exemplaire. Il sera pour vous.

Ariel a droit à un reçu ? Comme si elle venait d'acheter un four micro-ondes dans un magasin d'électroménager ? Elle trouve ça complètement délirant. Puis elle se rend compte que c'est on ne peut plus rationnel, évident, inévitable.

— Voici pour vous, dit-il en dépliant un sac de supermarché en plastique blanc, dans lequel il fourre les billets. Ça rentre parfaitement.

Il lui tend le sac comme un vendeur dans une boutique.

— Merci.

— Excellent. Je pense que nous avons fini. Vous êtes d'accord ?

— Oui.
— Très bien.
Cicinelli reprend son attaché-case, jauge Ariel du regard.
— Vous savez ce que vous faites ?
— Non. Pas du tout.
— Je peux vous demander à quoi est destiné cet argent ?
— Une rançon. Mon mari a été enlevé.
— Ah. Dur.
Il met la main à l'intérieur de sa veste et Ariel se raidit, devinant la suite. Effectivement, il sort son arme.
— Quoi ? s'écrie-t-elle.
— Non, s'excuse-t-il aussitôt, baissant le pistolet. Je ne… je souhaitais juste… Vous le voulez ?
Est-ce qu'elle le veut ?
— Il est neuf, il est propre, il n'est rattachable ni à moi ni à personne.
Ah. Intéressant. Mais en a-t-elle besoin ?
— Vous savez vous servir d'une arme ?
— Pas vraiment, dit-elle à cet homme qui a un prénom français, un nom de famille italien, un accent britannique, une arme allemande et une mallette bourrée d'euros.
— C'est très simple.
Il lui montre comment chambrer la munition et ôter la sécurité.
— C'est tout. Visez, tirez. Un jeu d'enfant.
Simple. Un jeu d'enfant. Est-ce vraiment ce qu'il pense ? Ariel examine l'engin mortel qu'elle n'a aucune envie de prendre. Elle fait mine d'hésiter uniquement parce qu'elle se demande ce qu'il va penser si elle refuse, si elle ne manifeste aucun désir de s'armer. Il risque de croire qu'elle n'est pas inquiète au sujet de la remise de la rançon, et non qu'elle redoute une escalade dangereuse.

Mais encore une fois, qu'est-ce que cela peut lui faire ? Cicinelli n'est que le messager. Elle n'a pas à se préoccuper de ses éventuels soupçons.

— Merci, c'est très aimable à vous, mais je ne sais pas m'en servir, dit-elle en indiquant le pistolet. Alors que les ravisseurs en sont sans doute parfaitement capables. En plus, je ne voudrais pas donner l'impression que je veux doubler qui que ce soit, partir avec l'argent ou je ne sais quoi. Je ne crois pas que ce soit une très bonne idée. Pour moi.

Cicinelli la dévisage. Il évalue son raisonnement, se demande s'il devrait essayer de la convaincre.

— Bien sûr. C'est sans doute plus prudent.

— Mais merci pour la proposition.

Il hoche la tête, lui tourne le dos, retire la chaîne de sécurité et sort.

— Bonne chance.

Ariel remet la chaîne en place et s'appuie contre la porte, face à la suite, la fenêtre, et les toits de la ville au-delà. À présent, elle n'a plus qu'à attendre la sonnerie du téléphone ; seule dans une chambre d'hôtel avec deux millions d'euros. Bientôt, ce sera fini.

Ce chapitre, en tout cas.

Pete Wagstaff sait que la colère fait partie des risques du métier. Il est souvent amené à trahir la confiance des gens : il leur soutire leurs secrets puis les divulgue au grand jour. Il met ses interlocuteurs à l'aise pour qu'ils révèlent ce qu'ils voulaient taire et les expose sur la place publique. Et même s'il est habitué à la colère qui en résulte, il a parfois l'impression d'être le dernier des salauds.

Ce qui est le cas aujourd'hui. Il s'est insinué dans les bonnes grâces de cette pauvre femme, lui a offert son aide dans le seul but de l'exploiter. D'un point de vue éthique, c'est douteux, au mieux. Et humainement, ce n'est pas sympa.

Mais le premier amendement n'est pas là pour être sympa. Le but d'une presse indépendante n'est pas de se faire des amis.

Wagstaff a été très soigneux lorsqu'il a photographié le document. Il a veillé à ce que tout soit lisible. À ce que la réceptionniste ne le voie pas faire. Il a remis les papiers exactement à leur place pour qu'Ariel Pryce ne se rende compte de rien. Mais elle a tout de suite compris. Parfois, on n'a pas besoin de preuve pour savoir qu'on a raison.

Il n'est même pas sûr de pouvoir tirer quoi que ce soit de ce truc. Apparemment, c'est un amendement à un contrat plus ancien qui remonte à quatorze ans, avec les mêmes termes et les mêmes sanctions, sauf que rien n'est détaillé dans ce nouvel accord.

Ariel Pryce est l'une des parties. La seconde est une SARL domiciliée aux îles Caïmans, une adresse qu'elle doit partager avec des centaines ou des milliers d'autres SARL, de sociétés anonymes et d'entreprises qui souhaitent brouiller l'identité de leurs propriétaires, protéger leur capital, échapper au fisc et se défausser de leurs responsabilités légales. En bref, se dissimuler dans les zones grises créées précisément à cet effet par des hommes de loi.

Wagstaff sait que l'on peut enquêter pour démasquer qui s'abrite derrière ce paravent, recouper les adresses, les numéros de téléphone, les documents juridiques, les transferts immobiliers, les cabinets d'avocats, les banques, écarter les prête-noms successifs, parcourir le labyrinthe à l'envers et remonter jusqu'au centre. Un travail de fourmi, sans aucune garantie que la réponse intéresse qui que ce soit. Mais c'est le boulot de la presse, non ? C'est l'essence même du journalisme d'investigation : chercher sans savoir ce que l'on va trouver. La seule manière de découvrir la vérité.

— Voilà, dit Kayla. J'ai identifié quelques numéros supplémentaires dans le journal d'appels de Wright.

Nicole Griffiths parcourt les annotations : EX-COLOC DE FAC, AMI BOULOT, COUSIN. Elle tourne la page, revient en arrière.

— Intéressants, les appels à la sœur.

— À Marrakech.

— Ils se téléphonent très régulièrement pendant longtemps, presque toutes les semaines. Et ça s'arrête d'un coup. Du jour au lendemain, ajoute Nicole en tournant de nouveau la page. La dernière communication remonte à trois mois. Plus rien depuis.

— Ils se sont disputés ? Ou la sœur a un nouveau portable qui n'est pas enregistré au Maroc ? C'est peut-être un des numéros qu'on n'a pas encore identifiés.

— Peut-être, dit Nicole, examinant la liste. Mais il n'appelle aucun autre numéro aussi régulièrement. Pourquoi Wright aurait-il cessé de parler à sa sœur il y a trois mois ?

— Ça correspond à la date de son mariage. Il s'est peut-être passé quelque chose.

— Ah ça, il s'est manifestement passé quelque chose. Et il faut qu'on découvre quoi. Tu as quelque chose sur le garagiste ?

— L'impasse. Le type ne connaît aucun John Wright et n'a jamais appelé quelqu'un de ce nom.

— Et pourtant si.

— Une erreur, peut-être ?

— Pas nécessairement. Insiste, Kayla. Et on n'a rien sur cette société dont Pryce parlait avec son employée ?

— Non, désolée. Je n'ai eu personne à Langley. Il est encore tôt là-bas, et on est le 4.

— Très bien. Préviens-moi dès que tu as des infos.

— Mon Dieu ! s'écrie la séduisante jeune femme. Il a été enlevé ? C'est horrible.

— Oui, confirme Carolina Santos. Et vous êtes sûre que c'était le même homme ?

— Certaine. Mais comme il était avec son épouse, j'ai fait comme si je m'étais trompée. Je ne voulais pas lui causer de problèmes, ajoute-t-elle en haussant les épaules.

— Comment vous êtes-vous rencontrés ?

C'est Carolina qui pose les questions. Son partenaire semble trop occupé à dévorer la sublime créature des yeux pour prononcer un mot.

— Dans un club.

— Et vous vous êtes vus combien de fois ?

— Oh, c'était juste une aventure d'un soir, répond-elle sans la moindre gêne.

Tant mieux pour elle, pense Carolina. Le monde n'est peut-être pas fichu, tout compte fait.

— C'était quand ?

L'inspectrice est curieuse de savoir si John Wright est infidèle.

— L'automne dernier. Septembre ? Octobre, peut-être.

Il fréquentait Ariel à ce moment-là, mais ils n'étaient pas mariés. Peut mieux faire, mais pas horrible non plus.

— Et vous êtes sûre qu'il vous a dit s'appeler Luigi ?

— Oui. J'étais ivre, mais pas à ce point.

Ce mensonge chiffonne Carolina, surtout de la part d'un homme qui a déjà changé d'identité une fois, et qui a épousé une femme qui a elle aussi changé de nom. Ces gens-là jouent un peu trop à cache-cache pour être honnêtes.

— Est-ce qu'il a des signes particuliers qui permettraient de prouver que c'est le même homme ? Un tatouage ? Une cicatrice ?

La jeune femme incline la tête.

— Eh bien…

— Oui ?

— Il n'est pas circoncis.

Moniz s'étrangle et rougit. Si Carolina était naïve, elle dirait que son partenaire est amoureux de cette femme. Elle suppose qu'il y a de nombreuses façons d'aimer. Haïr est plus simple.

Ariel décroche à la première sonnerie.

— Allô ?

— Vous avez l'argent ?

Elle est sur le point d'avouer qu'elle n'a pas les trois millions, puis elle se ravise.

— Oui.

— Bien. Laissez-le en lieu sûr pour l'instant. Tournez à gauche en sortant de l'hôtel, puis prenez la première rue à gauche. Vous trouverez une boutique de souvenirs. Achetez deux sacs de voyage identiques, tous les deux noirs, assez grands pour y ranger toute la somme. À l'intérieur du magasin, glissez le second sac dans le premier. C'est très important. Puis remontez dans votre chambre. Mettez les billets dans le premier sac. Compris ?

— Oui. Et ensuite ?

— Vous attendez.

30

Jour 2 – 17h55

Le portable dans la main d'Ariel sonne. Elle se répète qu'elle doit rester calme, penser à respirer, dire bonjour.

— Bonjour.

— Vous êtes prête ?

— Oui.

— Les sacs aussi, comme on vous l'a demandé ?

— Oui.

De sa propre initiative, Ariel a acheté un autre article à la boutique : un second téléphone jetable, qu'elle a mis à charger, mais pas encore activé.

— Prenez l'argent, sortez de l'hôtel et traversez la place. Gardez ce téléphone à la main. Laissez le vôtre dans la chambre. Pas d'entourloupe. Allez-y, maintenant.

Carolina Santos est consciente que son partenaire a un sens de l'orientation inné. Même si António Moniz emprunte un couloir sans fenêtre dans un bâtiment inconnu, il est capable de vous dire qu'il se dirige vers le sud-sud-ouest. Ce don surnaturel – ou cet instinct ? – n'a aucun rapport avec la prise en main d'un véhicule, le passage des vitesses, la vigilance sur la route. De toute manière, les courses-poursuites dans les rues de Lisbonne ne sont pas leur quotidien. La plupart du temps, être un bon conducteur, quand on est policier, signifie savoir où on est et où on va. Moniz est doué pour ça. Carolina, non. Elle admet donc, quoique à contrecœur, la supériorité de son partenaire dans ce domaine. C'est pourquoi elle est assise sur le siège passager tandis qu'il est au volant.

Ils surveillent l'hôtel depuis une heure, garés de l'autre côté de la place. La remise de la rançon ne va certainement pas se dérouler à l'intérieur. Aucun ravisseur ne se jetterait ainsi dans la gueule du loup, pas s'il a déjà prouvé qu'il était assez malin et compétent pour enlever quelqu'un. L'Américaine va sortir à un moment donné pour porter l'argent quelque part. Et elle va probablement essayer de déjouer une éventuelle filature policière.

Ils sont prêts. Moniz et Santos attendent dans une voiture. Ils ont un homme au coin de la rue pour surveiller l'arrière de l'hôtel, et quatre autres postés à des endroits stratégiques à proximité. Plus les agents en uniforme dispersés dans le quartier, en alerte.

— Je ne vois pas d'Américain en planque. Et toi ?

Moniz secoue la tête.

— Tu penses que la CIA est sur le coup ?

Carolina hausse les épaules. Elle ne sait pas trop quoi penser, à vrai dire.

— Franchement, António, de quoi tu la soupçonnes, au juste ?

— De rien en particulier. Mais je ne veux pas tirer de conclusions hâtives. Oui, Mme Pryce est une femme charmante et sympathique, dans une situation dramatique. Peut-être un peu trop sympathique ? Un peu trop dramatique ?

— Tu ne lui reproches pas d'être belle et malheureuse, quand même ? S'il te plaît !

— Bien sûr que non. Mais tout ça, plus le fait qu'elle a débarqué au poste au petit matin, et qu'elle n'a pas été totalement honnête sur certains sujets, les comptes bancaires, son propre nom…

— Personne n'est totalement honnête.

— En effet. Et personne n'est totalement innocent. Rappelle-toi, quand je lui ai demandé pourquoi la sœur se trouvait à Lisbonne ?

— Sauf qu'elle n'est pas à Lisbonne.

— Voilà, encore une conclusion hâtive, Carolina. D'accord, rien ne prouve qu'elle y soit. Mais rien ne prouve le contraire. Et la manière dont ta gentille Mme Pryce m'a répondu ?

— Elle était interloquée.

— Oui. Mais qu'est-ce qui l'étonnait ?

— Tu la bombardais de questions sur…

— Attends, l'interrompt Moniz. C'est elle ?

Une femme vient de sortir de l'hôtel, un sac de sport sur l'épaule.

— Oui.

Carolina porte le petit microphone à sa bouche.

— La cible bouge. Tomas ? Tu l'as ?

— Oui.

— OK, Tomas, Erico, souvenez-vous : si vous pensez qu'elle ou quelqu'un d'autre vous a repérés, surtout, vous le dites immédiatement. Francisco et Mariella prendront le relais.

La rue grouille de Lisboètes qui rentrent du travail ; les tramways vacillent dangereusement, et les taxis et les deux-roues roulent à pleins gaz dans un concert de klaxons nasillards. Des centaines de personnes vont, viennent et flânent sur cette place animée, une foule difficile à surveiller, au milieu de laquelle se trouvent nécessairement des hommes, et sans doute des femmes, qui guettent Ariel : la CIA, ou la police, ou les renseignements, ou la presse, ou les ravisseurs, voire tous à la fois. Ils se tiennent prêts, écouteurs dans les oreilles, armes d'intervention, fourgons en planque, flux satellite, interception des appels…

Les yeux d'Ariel furètent, scrutent en vain les visages, cherchent quelqu'un qui la regarde. Soit ce sont des espions doués, soit elle est mauvaise observatrice.

Alors qu'elle atteint l'extrémité de la place, le téléphone sonne.

— Oui ?

— De l'autre côté de la rue, à votre gauche. Vous voyez ce café ?

— Oui.

— Entrez. Ne raccrochez pas. Dites-moi quand vous êtes à l'intérieur.

Ariel slalome entre les voitures, pénètre dans l'établissement bondé à l'éclairage cru.

— J'y suis.

— Allez aux toilettes.

Elle regarde autour d'elle, repère la pancarte, prend le couloir et s'arrête devant la porte. Elle tourne la poignée, mais elle résiste.

— Il doit y avoir quelqu'un à l'intérieur. C'est fermé à clé.

— Attendez.

Les trente secondes suivantes lui paraissent une éternité. Enfin, une femme sort et contourne Ariel aussi largement que possible dans l'étroit corridor. Elle doit avoir l'air d'une folle.

— C'est bon.

— Verrouillez derrière vous. Vous voyez l'étagère au-dessus du lavabo ?

— Oui.

Dessus sont rangées les fournitures qu'on s'attend à trouver dans les toilettes d'un café.

— Regardez derrière les rouleaux de papier, à droite.

— Je cherche quoi ?

— Vous saurez.

En effet : un téléphone et des écouteurs.

— OK.

L'appareil sonne immédiatement.

— Mettez les écouteurs et répondez.

Ariel s'exécute.

— Maintenant, éteignez le premier téléphone et placez-le derrière les rouleaux. Puis sortez.

Elle se glisse entre les tables.

— Ça y est, je suis dehors.

— Vous connaissez l'ascenseur de Santa Justa ?

— Oui.

C'est à quelques rues de là. Elle regarde à droite et à gauche, devant et derrière, aux aguets, au cas où elle serait suivie, mais aussi se méfiant des pickpockets, des agresseurs de toutes sortes. Lisbonne n'est pas une ville particulièrement dangereuse, mais ce n'est vraiment pas le moment de se faire faucher son sac par un voleur à la tire. Elle remarque deux adolescents sous un porche, la tête baissée mais les yeux levés, à la fois curieux et fuyants. Une attitude prédatrice. Ils ne prêtent pas attention à Ariel. Elle ne correspond manifestement pas au type de proie qu'ils recherchent.

Quelques minutes plus tard, elle distingue l'*elevador*, qui lui rappelle une tour Eiffel miniature, en plus utilitaire. Dans la rue, il y a un escalier au pied duquel se trouve l'entrée. Ariel découvre qu'une centaine de personnes font la queue devant cette étrange attraction, afin d'admirer la vue du belvédère au sommet.

Elle soupire. Il va y en avoir pour des heures. Mais elle n'a pas le choix. Elle rejoint la file. À côté d'elle, un flot constant de passants montent et descendent, chargés de sacs Nike et Foot Locker, Mango, H&M, Sephora, les mêmes boutiques que partout ailleurs. La lumière est idéale pour faire des photos d'en haut, et de nouveaux groupes ne tardent pas à se ranger derrière elle : une famille à l'accent cockney, la peau brûlée par le soleil, puis une demi-douzaine de Japonais d'un certain âge, et enfin un trio d'adolescentes qui font des selfies, doigts en V, lèvres en cul-de-poule, glapissant et cherchant à attirer l'attention sans vergogne ni discernement.

La main d'Ariel se crispe sur la bandoulière du sac rempli de billets. Ce serait facile de la dévaliser dans un endroit pareil. Elle aurait du mal à donner la chasse aux voleurs dans la cohue.

Ce n'est certainement pas ici qu'elle va remettre l'argent : le lieu est trop public, trop exposé, trop surveillé, trop proche de l'hôtel. Et on ne lui a pas encore demandé de faire des manœuvres afin de déjouer une éventuelle filature. Ceux qui la guettaient sur la place ont dû la suivre ; il y en a peut-être un juste là, en haut des escaliers, tandis que son coéquipier s'est rué en bas. Ariel se sent coincée au milieu de cette foule compacte, oppressée par toute cette activité, tout ce monde.

Sans avertissement, la colonne s'ébranle et progresse par à-coups en direction du guichet, quatre marches, puis une pause, encore trois, avant de s'immobiliser à nouveau. Ariel descend prudemment quand elle entend de nouvelles instructions dans les écouteurs.

— Quittez la file et descendez l'escalier.

Ariel obéit et dépasse les gens qui font la queue.

— Il y a un taxi. Vous le voyez ?

— Non, s'écrie-t-elle, paniquée, avant de le repérer. Oui, ça y est.

— Montez dedans. Il vous attend. Demandez-lui de vous emmener à l'arrêt de tram Rua de São Paulo.

— Pryce ? fait le chauffeur par la vitre.

Ariel acquiesce et lui donne l'adresse. La voiture tourne et dévale une rue en pente raide. Ils ne tardent pas à laisser derrière eux le quartier commercial pour s'enfoncer dans une zone plus sordide, aux trottoirs étroits et aux bâtiments proches de la chaussée. L'effet est écrasant. Un endroit parfait pour une embuscade, un barrage, une fusillade.

— Prévenez-moi quand vous serez descendue de voiture.

En bas de la pente, le taxi retrouve une artère animée, moins inquiétante. Il parcourt encore quelques centaines de mètres avant de s'arrêter brusquement. Ce n'était pas très loin.

— *Obrigada*, dit Ariel, tendant un billet au chauffeur.

Et à l'attention du portable, elle ajoute :

— Je suis dehors.

Elle jette un coup d'œil à la rue en sens unique, se demandant si elle a été suivie. Elle ne voit rien dans un premier temps, puis remarque un scooter à cinquante mètres derrière elle qui ralentit et se gare le long du trottoir.

— Dépassez l'arrêt de tram et allez jusqu'au bâtiment jaune.

Elle lève la tête vers l'édifice couvert de graffiti. Une arche et au-dessus un panneau indiquant : ASCENSOR DA BICA.

— Voilà.

— Entrez.

Un espace sombre, industriel. Le départ d'un funiculaire. La cabine attend, quelques passagers déjà assis.

— Grimpez à bord. Soyez attentive aux gens qui arrivent après vous. Et dites-moi quand il démarre.

Ariel cherche l'homme à scooter, mais ne le voit pas. Quelques personnes s'engouffrent à l'intérieur juste avant la fermeture des portes.

— On part, annonce Ariel.

— Examinez les passagers qui sont montés derrière vous.

Une femme avec ses courses, un vieillard avec un journal à la main, un jeune couple.

— Certains pourraient vous avoir suivie. Vous voyez lesquels ?

— Non.

Le funiculaire se lance à l'assaut de la colline en grinçant.

— Prévenez-moi juste avant le premier croisement avec une rue.

— On y arrive.

— Sautez.

— Quoi ? Je ne peux pas.

Il y a une barrière de sécurité devant la sortie.

— Si. C'est facile. Maintenant.

Elle rejoint la porte en deux pas. En effet, ce n'est pas si difficile de passer une jambe par-dessus la grille. Derrière elle, on l'interpelle. Ariel fait la sourde oreille. Elle s'agrippe au montant et lève la seconde jambe. Elle se retrouve les fesses sur la barrière et il n'y a plus qu'à…

— C'est la bonne transaction, tu es sûre ?

Nicole Griffiths ne peut cacher sa déception. Elle espérait une révélation, découvrir l'homme de Washington à qui Ariel Pryce a extorqué des millions. Mais l'écran de Kayla montre seulement une femme au comptoir d'un magasin en train d'acheter un téléphone jetable qu'elle règle en espèces.

— Aucun doute, désolée.

— Bon, voyons ce qu'on peut en tirer. Reviens en arrière… Là, c'est une carte American Express. Dans un portefeuille Louis Vuitton.

— Peut-être faux.

— En effet.

— On dirait qu'elle a un badge attaché à un cordon sous sa veste, dit Kayla. Je ne sais pas quel genre d'endroit utilise un ruban de cette couleur, et toi ?

— Rose ? ricane Nicole. Je dirais qu'elle a acheté le cordon elle-même pour personnaliser son badge. Des images de l'extérieur ?

— Rien provenant du magasin, mais j'ai laissé des messages aux commerces voisins, au cas où la porte entrerait dans le champ de leurs caméras de sécurité. Je te dis dès qu'on a du neuf mais…

— Oui, oui, je sais : 4 juillet. Eh bien, on attendra.

Ariel atterrit sur le goudron, trébuche, tombe sur un genou et pose les deux mains par terre pour se stabiliser. Plusieurs personnes crient du funiculaire, mais, quand elle se retourne, elle constate qu'il ne s'arrête pas. Le conducteur se contente de hocher la tête, consterné, tandis que les visages aux fenêtres émettent des tss-tss désapprobateurs.

— Vous êtes blessée ?

Ariel se lève, met le sac sur son épaule.

— Ça va.

— Quelqu'un a sauté derrière vous ?

— Non.

Anesthésiée par l'adrénaline, elle doit se frotter le genou pour s'assurer qu'elle a mal.

— Tant mieux. Allez jusqu'à l'intersection et prenez la rue à droite, c'est seulement à quelques secondes.

— Voilà.

— Maintenant, la première à gauche. Il y a un établissement appelé Bar Porto. Vous le voyez ?

— Oui.

Quelques groupes de jeunes bavardent dans la rue, bouteilles de bière et cigarettes au clou de girofle, sandales, sarouels et patchouli.

— Entrez, traversez la salle jusqu'au couloir, puis retournez-vous face à la porte.

L'espace sombre est éclairé par des ampoules qui pendent du plafond, et meublé de tonneaux en guise de tables. Il flotte une odeur musquée. Au fond, un rideau de perles donne sur un petit passage, où elle distingue un battant d'aspect fragile marqué WC.

— Je vais aux toilettes ?

— Non. Surveillez l'entrée pour voir si vous avez été suivie.

Le lieu est bondé. Personne ne fait attention à Ariel, hormis le barman qui la salue d'un hochement de tête. Elle lui répond, puis tourne les yeux vers la porte où un homme apparaît. Il s'immobilise et…

Oh non, pense-t-elle.

… Et repart.

— Quelqu'un est entré derrière vous ?

Elle est à l'intérieur depuis environ quinze secondes.

— Non.

— Vous êtes sûre ?

— Oui.

— Après les toilettes, il y a deux portes. Ouvrez la dernière, sortez par là…

Ariel se retrouve dans une ruelle coincée entre des murs de béton. Des poubelles, une caisse en bois remplie de bouteilles de bière vides.

— … Refermez derrière vous.

D'un côté, la ruelle est un cul-de-sac. De l'autre, elle tourne. Ariel ne voit pas ce qu'il y a derrière. L'impasse débouche sans doute dans une voie plus grande, où on va lui demander de poursuivre son périple.

— Et maintenant ?

La voix se tait, mais la réponse est soudain évidente, car quelqu'un a surgi au coin de la rue. La silhouette remplit l'espace étroit et se dirige vers Ariel.

— Salut, Pete, ça va.

— Myron, merci de me rappeler.

— Pas de problème. D'abord, au sujet de la société aux Caïmans, je te préviens, c'est pas gagné. Ça va probablement prendre des semaines, voire des mois, si on obtient des réponses un jour. Ces sociétés-écrans sont conçues pour être opaques, par des types qui connaissent leur boulot.

— Tu as dit *probablement*. Ce qui veut dire que ça pourrait aller plus vite ?

— Seulement si le terrain a été déblayé par quelqu'un qui a déjà enquêté sur cette SARL particulière, ou une autre boîte affiliée au même cabinet, à la même banque ou au même groupe. Dans ce cas, ça pourrait être une histoire de jours, d'heures peut-être. Mais ne compte pas trop dessus.

— OK. Merci, Myron. Je serai patient.

— Tu parles !

— Et l'acte de naissance ?

— Ah, je suppose que la réponse ne va pas te plaire non plus. Mais ce n'est pas inintéressant.

31

Jour 2 – 18 h 22

Ariel regarde la silhouette se rapprocher rapidement, une femme arborant la panoplie hippie au complet : corsage brodé, pantalon de lin ample, Birkenstock, anneau dans le nez, dreadlocks de fille blanche et lunettes rondes à la John Lennon. Elle commence à ôter les brides de son sac à dos sale et usé, pas le genre dans lequel on trimballe des manuels de cours, mais un vrai sac de randonnée, avec un tas de poches, un duvet attaché en dessous et même un bol en métal émaillé.

La femme s'arrête à un mètre d'elle et fait glisser le chargement de ses épaules, puis elle s'agenouille. Elle désigne le sac d'Ariel.

— Quand est-ce que…

— Chut ! dit la femme en secouant la tête.

— Ouvrez votre sac, ordonne l'homme dans son oreille. Prenez celui qui est vide et posez-le par terre. Vite.

Ariel obéit. La hippie sort une pile de journaux qu'elle fourre dedans, puis répète l'opération. Elle le referme et désigne le sac qui contient toujours les deux millions d'euros.

— Donnez l'argent à mon associée, poursuit la voix.

— Il faut que je vous dise, murmure Ariel. Je n'ai pas tout.

— Quoi ?

— J'ai deux millions, pas trois.

— Merde. *Merde !*

— J'ai fait de mon mieux. Je suis désolée.

— Désolée ? Qu'est-ce que ça peut me foutre ?

— Je sais, je sais.

— On avait pourtant été clairs.

— Oui, admet Ariel. J'ai fait tout ce que j'ai pu, je vous le promets. Mais trois, c'était impossible. C'était beaucoup trop d'argent et je n'avais pas assez de temps.

— Dans ce cas, on ne vous rendra peut-être que deux tiers de votre mari.

— Je vous en prie, supplie-t-elle. Il n'y est pour rien.

Elle entend respirer à l'autre bout du fil. Elle poursuit.

— Réfléchissez, là vous pouvez empocher vos deux millions et disparaître. Sinon quoi ? Vous allez vous retrouver avec un otage sur les bras, plus la police, la CIA et je ne sais qui à vos trousses ?

Ariel jette un regard à la femme, dont les yeux ne sont que deux fentes derrière les verres ronds. Elle a des écouteurs, elle aussi. Elle suit leur conversation.

L'homme jure encore, mais le ton est moins brutal. Il faudra bien faire avec.

La hippie se remet au travail diligemment et referme son sac à dos qui contient les billets. Elle est pressée d'en finir.

— Quand est-ce que je récupère mon mari ?

— Très bientôt, répond le ravisseur dans son oreille.

— Très bientôt ? Ça veut dire quoi ?

— Ça veut dire : très bientôt.

La femme n'a toujours pas prononcé un mot. Elle hisse le sac à dos sur ses épaules.

— Prenez le sac rempli de journaux et marchez jusqu'au bout de la ruelle. Là, tournez à droite, puis continuez tout droit.

La hippie pose la main sur la porte de service du bar.

— Hé, attendez…, commence Ariel.

La femme l'ignore, entre et referme derrière elle. Ariel se retrouve seule.

— Qu'est-ce que je fais, maintenant ?

— Quand on aura vérifié que le paiement est réglo, et que notre messagère sera en sécurité, votre mari sera libéré. Rappelez-vous : à droite au bout de la ruelle, puis tout droit.

— Et ensuite ?

Pas de réponse.

— *Et ensuite ?*

Kayla prend conscience qu'elle a les yeux collés sur l'écran depuis presque dix heures. Elle ne les a pas vues passer. C'était l'un des attraits de la CIA pour elle, lorsqu'elle a postulé : ce patient travail de détective, entamer peu à peu un mur en apparence impénétrable, trouver les fissures susceptibles d'être élargies et exploitées. Mais Kayla n'a jamais souhaité être analyste à temps plein et rester les fesses vissées sur une chaise à Langley. Elle adore être ici, à Lisbonne, sur le terrain, chercher des sources, recruter des informateurs. Ce qui ne signifie pas qu'elle a renoncé à l'analyse. Elle aime tout.

Depuis une demi-heure, elle visionne les fichiers des caméras de sécurité provenant de Washington, et elle n'a trouvé qu'une séquence utile. C'est peut-être suffisant. Elle espérait exploiter cette piste, mais cela n'a rien donné, du moins pour l'instant. Il est temps de mettre sa supérieure au courant.

Nicole Griffiths décroche à la première sonnerie.

— Alors, tu as de bonnes nouvelles, Kayla ?

— Si on veut. Un café a une caméra extérieure pointée en

direction de la supérette. Ça ne permet pas de distinguer qui entre et qui sort : c'est trop loin, et en plus l'angle n'est pas top. Mais on voit bien la rue. Une minute avant l'achat du téléphone, une voiture s'est arrêtée et quelqu'un en est descendu. La voiture a attendu deux minutes, puis la personne a réapparu et ils sont repartis.

— Dis-moi que tu as la plaque. Je t'en supplie.

— Oui. La bagnole appartient à une société de VTC.

— Génial. Ça va être du gâteau.

— Normalement, oui. Sauf que je suis tombée sur un os. Ils ont une clause de confidentialité. Il leur faut un mandat. Et tu sais, le 4 juillet, gna gna gna.

— Connards.

— En même temps, ça peut se comprendre.

Kayla ne tient pas à engager un débat sur les principes fondateurs de la démocratie américaine avec sa supérieure, surtout pas le jour de la fête de l'Indépendance. Mais son respect des libertés civiques ne souffre aucune exception. Ce qui la met parfois en porte-à-faux au travail. Le renseignement est un domaine qui repose en grande partie sur la violation de la vie privée et la suspension des libertés, ou qui affiche du moins un dédain prononcé à leur égard. Elle se doute que ce paradoxe n'a pas fini de lui causer des problèmes.

« Quelle idée ! Pourquoi tu veux faire ça ? » s'était écrié son père lorsqu'elle avait annoncé qu'elle venait de postuler à la CIA. Une institution qui mettait des armes à feu entre les mains d'hommes blancs et leur donnait l'autorisation de s'en servir ne méritait pas la confiance de Shawn Jefferson. Et on ne risquait pas de le surprendre en train d'agiter un drapeau, de chanter l'hymne national ou de réciter un quelconque serment d'allégeance. Il se demandait de qui sa fille pouvait bien tenir son patriotisme.

Nicole ne relève pas – pas cette fois.

— Pourquoi tu n'essaierais pas de parler directement au chauffeur ?

— OK.

C'est là que le patriotisme devient compliqué, non ? Lorsqu'il se heurte aux idéaux que l'Amérique est censée représenter.

— C'est bon, je l'ai retrouvée, annonce Tomas. Pryce vient de déboucher d'une ruelle et se dirige vers l'ouest. Elle a toujours l'argent.

— Combien de temps l'a-t-on perdue ? demande Carolina.

— Quatre-vingt-dix secondes, peut-être deux minutes.

Largement suffisant pour une remise de rançon.

— Tu es sûre qu'elle a toujours l'argent ? Tu vois le sac ?

— Oui.

— Ce qui voudrait dire que le taxi, le tram, le café, la ruelle : c'était seulement pour te semer ?

— On dirait bien.

Carolina a du mal à le croire.

— Envoie l'adresse par SMS.

Elle se tourne vers Moniz.

— Il nous faut des agents en uniforme pour interroger le voisinage. Qu'ils sonnent à toutes les portes. Vite.

Sans discuter, il appelle le poste.

Carolina devrait-elle boucler toute la zone ? Elle n'a que quelques secondes pour prendre une décision. Fermer un périmètre de trois ou quatre rues, cela exigerait – quoi ? – une vingtaine de policiers ? Mais il faudrait qu'ils soient sur place dans les deux minutes pour que ça en vaille la peine.

Est-ce seulement possible ? Oui. Mais elle aurait à justifier une telle débauche de moyens. Si c'était pour capturer l'assassin du président, passe encore. Mais pour ça ? Les ravisseurs d'un banal homme d'affaires américain ? Non, pas question. Même si elle obtenait des résultats – et les chances de réussite sont maigres –, on reprocherait vertement à Carolina le gaspillage de ressources, le dérangement causé aux habitants et les multiples interrogatoires par un mardi soir paisible, alors que la situation ne présente aucun caractère d'urgence manifeste : ni fusillade, ni otages, ni attaque à main armée, aucune menace à vaste échelle. La longue histoire autoritaire du Portugal est encore fraîche dans les mémoires, surtout parmi ceux qui sont à présent au pouvoir, et le seuil de tolérance pour tout ce qui pourrait évoquer un État policier est très bas. Après tout, le dictateur Salazar n'est mort qu'en 1970, après avoir dirigé le pays pendant trente-six ans.

Non : boucler cette partie du Chiado vaudrait à Carolina plus de critiques que de félicitations. Elle risquerait même une mise à pied. Son supérieur était un adolescent en 1974, lorsqu'un coup d'État a renversé l'*Estado Novo*. Et il mentionne souvent les soldats qui brandissaient un œillet au bout de leur fusil.

— OK, Tomas, suis-la jusqu'au prochain croisement. Erico, tu prends le relais à partir de là.

Elle donne ses ordres sans conviction. Elle est persuadée que la remise de la rançon a déjà eu lieu. Était-ce dans le café ? Le funiculaire ? Le bar ? Ou n'était-ce qu'un vaste subterfuge ? Si ça se trouve, l'argent est resté à l'hôtel et cette déambulation à travers la ville n'était qu'un moyen de détourner leur attention. La police regarde peut-être dans la mauvaise direction depuis le début.

À présent que l'adrénaline est retombée, Ariel se sent à plat, trahie par son corps vieillissant. Son genou est en train de lui faire payer son saut du tram, et elle boite sous le poids du sac rempli d'informations de la veille. Elle a l'impression qu'elle ne va pas pouvoir faire un pas de plus, qu'elle ne va pas atteindre le carrefour suivant. Pourtant, si.

Alors qu'elle attend le feu vert pour les piétons, elle regarde derrière elle. Elle voit quelques personnes : un couple à une centaine de mètres derrière elle, un homme seul encore plus loin. De toute façon, à présent, peu importe si on la suit.

Cinq minutes se sont écoulées. Elle continue pendant cinq de plus, se retrouve dans un quartier très différent, à flanc de colline. Le soleil bas sur l'horizon l'oblige à plisser les paupières. Elle a toujours le sentiment qu'elle va s'écrouler.

Mais elle doit continuer.

— Jefferson ? Ça n'a pas traîné !

— Je soupçonne Anton Dupree, qui a récemment abandonné ses études à l'université de Washington, d'être impliqué dans des activités vaguement illégales. Assez pour prendre peur lorsque je lui ai affirmé que nous savions ce qu'il faisait et que nous étions disposés à fermer les yeux en échange d'une petite information.

— Bien joué. Et que fait ce brave Anton ? demande Nicole.

— Aucune idée. Si je devais émettre une hypothèse, je dirais qu'il deale des drogues récréatives à ses potes. En tout cas, il s'est empressé de me communiquer le nom du passager qu'il a conduit à la supérette, ainsi que l'adresse où il l'a pris en charge et ramené après la course. Je viens de t'envoyer les coordonnées GPS.

Ping.

Nicole ouvre la carte et zoome sur l'adresse. Ses yeux s'écarquillent.

— Putain, murmure-t-elle. Je savais que cette voix me disait quelque chose.

Elle arrive au bout de la rue.

— Qu'est-ce que…

Ariel s'immobilise, se demandant où aller. Elle sort le téléphone et rappelle le dernier numéro. Rien, même pas de sonnerie. Cet appareil n'existe sans doute plus.

La rue donne sur une avenue perpendiculaire. Ariel tourne la tête à droite et à gauche, vers le bas et le fleuve, vers le haut et les vastes étendues de la ville épargnées par le tourisme. Aucune direction ne s'impose à elle.

Elle examine les immeubles ; là non plus, rien ne capte particulièrement son attention. Elle se tient à côté d'un mur de béton de trois mètres de haut. Un peu plus loin, elle voit un grand portail métallique coulissant, l'entrée d'un parking peut-être, avec un guichet au niveau du regard. Sans doute pour vérifier qu'il n'y a personne derrière.

Elle plaque les yeux sur l'orifice.

— Il n'y a pas de père inscrit sur l'acte de naissance de George Pryce.

— Personne ? Tu veux dire qu'il n'y a pas non plus la mention *père inconnu ?*

— Exactement. La ligne est vide.

Pete Wagstaff rumine cette nouvelle information.

— Donc, Ariel Pryce connaît son nom, mais pour une raison ou une autre elle ne l'a pas mis.

— Possible, répond Myron d'un ton dubitatif. Ou alors, elle l'ignore, mais elle a refusé que cette incertitude figure sur un document légal.

Wagstaff a l'impression qu'il vient d'apprendre une information cruciale, même s'il ne sait pas quoi en faire.

— On peut peut-être aborder la question sous un angle différent, déclare le journaliste.

— C'est-à-dire ?

— On sait à quoi servent les accords de confidentialité, non ?

— Euh…

— Ils servent à dissimuler des actes répréhensibles. Des actes qui pourraient donner lieu à des poursuites pénales, ou au moins à une procédure civile.

— C'est une raison, mais pas la seule. Ça permet aussi de protéger des secrets de fabrication dans les domaines industriel et scientifique, ou encore les termes d'un contrat dans n'importe quel secteur. Ou d'imposer le silence sans passer par la justice en cas d'informations obtenues illégalement. Voire tout bêtement de garder un secret qui est gênant, mais pas condamné par la loi. Il existe un tas de scénarios qui n'impliquent pas d'acte criminel, et qui profitent à toutes les parties.

— Tu as raison, bien sûr, Myron. Mais quel est le motif le plus courant ?

— Aucune idée. Et je ne pense pas que tu le saches plus que moi.

— En tout cas, ce qui vient tout de suite à l'esprit, ce sont les comportements sexuels inappropriés ou illégaux.

— Tu t'emballes sans preuve, Pete.

— Peut-être. Mais pense à cette combinaison d'événements. Il y a quinze ans…

— Quatorze.

— … cette femme devait être splendide. Elle est canon aujourd'hui, donc je te laisse imaginer. À ton avis, combien d'accords de confidentialité signés par des jeunes femmes séduisantes sont liés au sexe ?

— Le sexe, c'est large. Ça englobe pas mal de relations différentes.

— Les accords signés entre des jeunes femmes séduisantes et des vieux pleins aux as ?

— Ça y est, tu t'égares encore.

— Du jour au lendemain, la jeune femme en question bazarde toute sa vie, son mari, son appartement de Park Avenue, et elle signe un accord de confidentialité avec quelqu'un qui se cache derrière une société-écran. Au moment précis où elle tombe enceinte. Puis, à la naissance de l'enfant, elle omet le nom du père sur les papiers.

— D'accord, je vois où tu veux en venir et c'est un scénario plausible, soit. Mais ce n'est pas à moi de te rappeler que ce ne sont que des conjectures.

— Et puis, quinze ans plus tard…

— Quatorze, Pete.

— … quand cette femme se retrouve acculée et qu'elle doit trouver une somme faramineuse en très peu de temps, elle passe un nouvel accord avec la même personne. Allons, Myron. Toi et moi, on sait très bien ce que ça signifie : cette femme a eu un gosse avec un type qui n'était pas son mari et a signé un accord de confidentialité pour garder son nom secret, en échange d'un petit pactole.

— Encore une fois, ce n'est qu'une supposition. Et même si c'était avéré, ça n'a rien d'illégal. En quoi ça intéresse la presse ?

— Aucune idée, pour l'instant. Tout ce que je vois, c'est que, quand elle reprend contact avec le père anonyme pour lui réclamer de l'argent, primo, il a la somme, autrement dit il est riche, et secundo il paie. Ce qui nous laisse deux possibilités. Soit elle a toujours une relation avec lui, ce qui semble très peu probable, après plus d'une décennie et alors qu'elle est remariée. Il a coulé un paquet d'eau sous le pont que ces deux-là ont traversé ensemble.

— Et l'autre possibilité ?

— Elle le fait chanter.

Myron ne répond pas immédiatement.

— OK. Prouve-le.
— OK. Aide-moi.

— Tu es sûre ?
— Moi ? Non ! répond Kayla Jefferson en secouant vigoureusement la tête. Je transmets simplement ce que l'analyste de Langley m'a dit. C'est lui qui est sûr.
— Et pour que tout soit bien clair, ce dont il est sûr, c'est du nom de la personne à la tête de la société aux Caïmans qui a versé trois millions de dollars à Ariel Pryce il y a quatorze ans ?
— Oui.
— Putain de merde, dit Nicole.
Kayla se tient devant elle, comme un soldat qui vient d'annoncer au général que les missiles sont déjà en route.
— Qu'est-ce qu'on fait ?
— Je n'en sais rien. Il faut que je réfléchisse.
— Tu préfères être seule ?
— Oui, s'il te plaît. Kayla ? Pas un mot à quiconque. Même pas à Guido. Je lui en parlerai moi-même si nécessaire. Compris ?
— Compris, répond la jeune femme, avant de refermer la porte derrière elle.
Les yeux de Nicole Griffiths reviennent sur l'écran, la carte, la tête d'épingle rouge vif. Son esprit est ailleurs, occupé à évaluer la situation. Elle imagine les conversations qui vont remonter la voie hiérarchique, puis les échanges horizontaux entre Langley et Washington, avant le retour à Lisbonne. Elle doit bien réfléchir, étudier le problème sous tous les angles. Mais il faut agir vite. Elle est sûre d'une chose, c'est qu'elle a très peu de temps devant elle, à présent.
Elle commence par rédiger une liste de noms, ajoutant un astérisque à côté de ceux qui doivent leur poste au pouvoir en

place, par opposition aux diplomates de carrière. Elle espère établir une chaîne de transmission qui aura une chance de garder cette enquête aussi propre que possible, aussi longtemps que possible, tout en protégeant ses arrières – autant que possible.

C'est une gageure. Elle s'efforce de se convaincre qu'il n'y a pas d'enjeu personnel en ce qui la concerne. Il ne s'agit pas de politique, de programme ou de préférence. C'est une question de sécurité nationale, ce qui définit son travail, sa carrière, toute sa putain de vie.

Nicole Griffiths se retrouve, sans avertissement préalable, à un carrefour décisif de son existence. Dans ce boulot, on ne sait jamais quand ça va vous tomber dessus. Un jour, on arrive au bureau et on est soudain à l'épicentre d'une crise majeure. La plupart des cadres de la CIA ne sont jamais confrontés à une telle situation. Jusqu'à aujourd'hui, c'était son cas à elle.

Après avoir délibéré une dizaine de minutes, elle insère la feuille de papier dans la déchiqueteuse, puis elle passe son premier appel ; il y en aura quelques-uns. Pourquoi fallait-il que ça arrive un 4 juillet, en plus ? Les gens sont à des barbecues, à la plage, à bord d'un voilier dans Chesapeake Bay, sirotent des cocktails en pleine journée au bord d'une piscine. Ils n'attendent pas de coup de fil urgent, et certainement pas de Lisbonne. De Riyad, de Bagdad, de Jakarta, de Khartoum, à la rigueur. Mais Lisbonne ? On va lui rire au nez. Dans un premier temps.

OK, se dit-elle alors que la première sonnerie retentit dans l'écouteur. Ce n'est pas seulement de devoir annoncer la nouvelle qui la tracasse, ni l'impartialité de l'enquête, ni les ordres qu'elle va recevoir, de qui et pour faire quoi. Elle a aussi la vague impression qu'elle – que tout le monde – est en train de se faire mener en bateau.

— Bonjour, monsieur, dit-elle. Je crains que nous ayons un problème à Lisbonne.

Le grand portail n'est pas verrouillé et il coulisse avec un couinement sur d'épaisses roulettes en caoutchouc. Une forme attire le regard d'Ariel à l'autre bout du petit parking…

Il est là, assis sur une chaise pliante, à l'ombre d'un arbre feuillu qui le dissimule à la vue des appartements au-dessus. Ses poignets sont retenus par une corde, ses jambes attachées aux pieds de la chaise. Il ne bouge pas.

Ariel se précipite à l'intérieur sans attendre que le portail soit totalement ouvert.

Il porte sur la tête une capuche en grosse toile de jute, un genre de sac à patates. Même à trente mètres, elle distingue une tache sombre à la tempe et elle sait immédiatement que c'est du sang.

IV

LA FUITE

32

Jour 2 – 19h51

Ariel n'a pas conscience de bouger les jambes mais elle voit qu'elle se rapproche très vite de la silhouette affaissée. Elle n'est plus qu'à quelques pas, puis elle est devant lui. Elle arrache le sac qui s'accroche un instant dans l'épaisse chevelure de John, dévoilant son visage progressivement. Ce qu'elle remarque d'abord, c'est sa bouche bâillonnée, puis sa joue en sang, et enfin ses yeux papillotant à la lumière.

Il est sain et sauf!

— Je suis contente de vous trouver ici.

L'ambassadeur enfile sa veste.

— Que se passe-t-il, madame Griffiths?

Ils s'apprécient modérément. Nicole pense que Tanner Snell est un crétin incompétent et belliqueux, qui a hérité de ce poste uniquement parce qu'il est une relation d'affaires d'un président illégitime. De son côté, il la considère sans doute comme une emmerdeuse arrogante et susceptible qui déteste les hommes.

— Je dois vous communiquer une information.

Le secrétaire de l'ambassadeur tourne une page de son bloc-notes, prêt à écrire.

— Officieusement, ajoute-t-elle. Et en privé.

— Landry, sortez, dit Snell.

Ni merde ni merci. Travailler pour ce type doit être un bonheur de chaque instant.

— Alors ? reprend-il. Je suis attendu pour dîner.

— On a peut-être un souci, dit-elle, une fois la porte refermée.

— Un souci ? C'est-à-dire ?

Son visage d'abruti au repos est presque une œuvre d'art.

— La situation est potentiellement grave. Langley risque de devoir s'en mêler.

— Venez-en au fait ! De quoi parlez-vous ?

— Je n'ai pas le droit de vous en dire plus. Je voulais vous prévenir, par courtoisie.

Elle ne va pas révéler de détails à cet homme qui a fait allégeance à un kleptocrate. Elle ne peut pas non plus lui taire une catastrophe imminente. Elle a donc choisi une solution intermédiaire, qui présente l'avantage non négligeable de le faire enrager.

— Une devinette à la con ? C'est quoi ce genre de courtoisie ?

Le genre *Je t'emmerde*, pense Nicole Griffiths.

— Le genre courtois, monsieur. Ne soyez pas surpris s'il y a du sport au cours des heures ou des jours qui viennent. S'il vous plaît, restez joignable.

— Je suis toujours joignable, ricane-t-il.

— Dans ce cas, permettez-moi de reformuler : restez sobre.

Tiens, prends ça !

— Et évitez d'aller voir votre maîtresse brésilienne.

Et un autre pour la route, espèce de dindon boursouflé !

— Mieux vaut ne pas être dans son lit à Belém, si Washington appelle.

John a un bâillon enfoncé dans la bouche, fixé avec du chatterton autour de la tête. Ariel sait d'expérience à quel point c'est inconfortable, effrayant et dégradant. Elle est obligée d'arracher le ruban adhésif d'un coup sec, ce qui doit faire un mal de chien. Pendant un instant, elle ne voit plus que le blanc de ses yeux, puis un grognement remonte de sa poitrine, comme un roulement de tonnerre dans le lointain. Elle le débarrasse du bâillon. Des poils et des cheveux sont restés collés au chatterton.

— Ouf, fait John.

— Mon pauvre chéri ! Ça va ? Tu es blessé ?

— Ça va.

Elle tâche de libérer ses mains mais le nœud résiste.

— Je suis désolée. Je n'y arrive pas. Merde.

— Ça va, répète-t-il.

Enfin, la corde se desserre. Il y a du sang. D'où vient tout ce sang ?

— C'est quoi ? s'entend-elle demander, alors qu'elle lui essuie la joue du bout des doigts, horrifiée.

— Je me suis pris un coup. C'est une égratignure.

Il se frotte un poignet avec la paume, puis l'autre.

— Tu as mal ?

— La coupure ? Ça cuit un peu. Mais, hé, regarde-moi : c'est fini.

Ariel se rend compte qu'elle pleure. Elle hoche la tête et s'agenouille pour défaire le lien autour de ses chevilles, qui cède plus facilement.

John se lève, secoue les jambes, appuie les orteils contre le sol.

— Je ne sens plus mon pied.

Elle s'attendait à être soulagée lorsqu'elle le reverrait – évidemment –, mais elle est surprise par l'intensité de ses sentiments.

C'est une émotion viscérale, qu'elle éprouve dans tout son corps. Elle tremble et sanglote, incapable de se retenir.

Elle se blottit contre sa poitrine, le serre dans ses bras, pose la joue sur son épaule. Ils s'étreignent pendant quelques secondes, puis elle recule, les mains sur sa taille, et elle le regarde dans les yeux.

— Tu es sûr que ça va ?

— Oui.

— Le sang sur le sac. Pendant une seconde, j'ai cru…

Il secoue la tête.

— Je vais bien. Et toi ?

Bonne question. Ariel serait bien incapable d'y répondre.

33

Jour 2 – 19h59

— Là, un taxi ! dit-elle. Hé ! Hé !

La voiture s'arrête. L'homme jette un coup d'œil au visage ensanglanté de John, hésite un instant, puis hoche la tête. Le couple s'engouffre à l'arrière.

Elle lui prend la main. Ils seront bientôt à l'hôtel. Ariel sait qu'il vaut mieux se taire en attendant. Ce n'est pas une conversation à avoir en présence d'un inconnu, chauffeur de taxi ou non. Après tout, c'est peut-être un flic. Ou un agent de la CIA. Et même s'il n'est rien de tout ça, il pourrait rapidement devenir un informateur.

Ariel garde le silence, et John aussi. Il sait.

Lorsque la voiture débouche sur la place, Ariel repère Moniz et Santos devant l'hôtel. Elle prend une grande inspiration.

— Bon, ce sont les policiers qui se sont occupés de mon affaire. Ton affaire. Ils vont vouloir t'interroger.

John hoche la tête.

— On pourrait leur dire d'attendre demain, poursuit Ariel. Ils comprendraient.

— Non. Autant régler ça tout de suite. Si on veut avoir une chance d'attraper les ravisseurs, il ne faut pas traîner.

Moniz s'approche du taxi avant même qu'il se soit arrêté.

— John Wright ?

— Oui.

— Heureux de vous voir sain et sauf, dit le policier, l'air sincère. Vous êtes blessé ? ajoute-t-il, voyant le sang sur son visage. Vous avez besoin d'un médecin ?

— Non, ce n'est pas grave.

— Tant mieux. Je suis l'inspecteur António Moniz et voici ma coéquipière, Carolina Santos.

Ils se serrent la main sur le trottoir. Quelques badauds ont remarqué cet étrange quatuor. L'un d'eux prend une photo.

— Rentrons, dit Moniz.

Ils se réfugient dans le hall.

— Vous devez être très fatigué, *senhor*. Et heureux d'être ici, auprès de votre épouse.

— En effet.

— Vous aviez un sac, *senhora* ?

Ariel secoue la tête.

— C'était un leurre, rempli de journaux. J'ai remis la rançon il y a un moment, dans une ruelle.

— Ah… Vous devez avoir besoin de vous reposer, tous les deux. Mais je suis sûr que vous souhaitez également voir vos ravisseurs sous les verrous. Nous aimerions vous poser quelques questions sans attendre, si vous le voulez bien.

— Bien sûr. Est-ce que vous pouvez m'accorder quelques minutes, le temps de prendre une douche ? Et d'avaler quelque chose ?

— Je vous en prie. Nous pouvons aller vous chercher quelque chose à manger à la *taberna*.

— Ce serait très aimable. Merci.

— Nous serons de retour dans quinze minutes ? Vingt ?

— Trente, c'est possible ?

— Pas de problème. Ces messieurs attendront ici, ajoute Moniz en désignant deux hommes en uniforme qui se tiennent à côté d'une voiture de police. Pour votre sécurité.

Encore un mensonge que tout le monde fait mine de croire. Ariel et John hochent la tête, contribuant involontairement à une culture de la malhonnêteté insidieuse, qu'on renforce chaque fois qu'on entend une contrevérité flagrante sans la contester. Qu'on n'est même pas capable de s'avouer qu'il s'agit d'un mensonge.

Cette soirée sera déterminante. Parfois, on croit le savoir à l'avance : un rendez-vous galant, des retrouvailles longtemps différées, une célébration importante. Mais ces moments tant espérés déçoivent généralement Ariel. Les événements qui l'ont marquée, en bien comme en mal, lui sont toujours tombés dessus quand elle s'y attendait le moins.

La pire soirée de sa vie n'a pas fait exception à la règle. Elle avait débuté comme tant d'autres, devant un miroir en pied, alors qu'elle essayait de se motiver pour aller dîner en compagnie de personnes qu'elle n'appréciait pas particulièrement.

— Allez, marmonnait-elle. C'est ton job.

Elle avait aussi un emploi rémunéré. Enfin, ce n'était qu'un temps partiel en free-lance pour une agence littéraire. Il s'agissait de lire des manuscrits non sollicités qui s'entassaient dans un coin. En près de deux ans, Ariel n'avait jamais déniché la perle rare. Pourtant, même s'ils étaient médiocres, elle se plongeait toujours avec délice dans ces romans policiers et ces thrillers.

Son emploi était dispensable et peu rentable. Elle en avait bénéficié parce que quelqu'un voulait rendre service à quelqu'un qui voulait rendre service à Bucky. New York n'était qu'un vaste réseau de renvois d'ascenseurs. Son véritable travail, celui qu'elle était obligée de faire au quotidien, consistait à être Mme Buckingham Turner. Elle aimait Bucky, mais son métier d'épouse lui pesait parfois.

Elle opéra un quart de tour devant le miroir pour s'examiner de profil. Elle passa la main sur son ventre, toujours aussi plat.

Être une compagne séduisante et charmante aux réceptions était l'une de ses tâches principales, et il n'y en avait pas de plus importante que la fête annuelle de Charlie Wolfe, un dîner qui avait le budget et l'ampleur d'un mariage. Deux cents invités répartis autour de tables de huit personnes sur la pelouse, face à l'océan éclairé par la lune. Ariel n'aurait pas été surprise si on lui avait dit que la date avait été choisie de manière à bénéficier du plus beau clair de lune.

On avait placé les convives en alternant homme et femme, et en séparant les couples, mais, au dessert, la table d'Ariel se réorganisa par sexe et elle se retrouva entourée de la bande habituelle. De leur côté, les hommes parlaient finance, base-ball, ou financement du base-ball. Ils prenaient de temps en temps une bouchée d'un gâteau recouvert de feuilles d'or, et buvaient de l'armagnac ou du porto, s'enivrant luxueusement.

Les fêtes de Charlie Wolfe étaient réputées pour leur débauche de faste : buffets de fruits de mer, magnums de champagne, queues de langouste et filet de bœuf. L'argent était distribué prodigalement aux traiteurs, qui avaient pour seule consigne d'en mettre plein la vue. Charlie n'étant ni un loup de Wall Street ni un geek de la Silicon Valley, il n'y avait pas de prostituées, pas de montagnes de coke. Ce n'était pas le genre de la maison. En revanche, les stupéfiants légaux coulaient à flots, des produits ostensiblement associés au luxe, importés des quatre coins de la planète : tout ce que l'on était censé trouver dans une demeure au bord de l'océan à South Fork, quand on appartenait au un dixième des un pour cent. Le mode de vie que le commun des mortels était supposé envier. Le consumérisme qui vous donnait accès aux pages de *Vogue*, du *Wall Street Journal* et d'*Elite Travelers*, réservées à la crème de la crème.

Cette soirée était à des années-lumière de la perception qu'on pouvait avoir d'un environnement dangereux.

Ariel, elle, savait qu'il ne fallait pas se fier aux apparences. Elle savait que la prudence était requise, toujours et partout. Elle savait aussi que, parfois, ça ne suffisait pas.

— Ravissant !

Une femme admirait le bracelet d'une autre, un bijou italien vintage des années 1960, très tendance dans leur milieu à cette époque. Le genre de micro-engouement qui fait des ravages au sein d'un club restreint, capable de s'offrir des colifichets à quarante mille dollars, alors que le reste du monde ne soupçonne même pas leur existence. Chaque année, ces bracelets connaissaient un regain de popularité à l'approche de l'été.

Aucune des femmes n'avait avalé plus d'une cuillerée de gâteau ; les plus audacieuses avaient picoré les baies décoratives. L'une d'elles ne tarissait pas d'éloges sur le chirurgien esthétique qui lui avait fait des injections de Botox. Puis la conversation dériva sur des interventions plus radicales, plus invasives. Ces femmes exerçaient toutes le même métier qu'Ariel, et obéissaient aux mêmes exigences.

Elle jeta un coup d'œil à son mari. Il semblait s'amuser et n'était certainement pas pressé de partir. De son côté, elle ne pouvait pas se permettre d'être la rabat-joie qui insiste pour rentrer. Ce serait une faute professionnelle. Plus tard, avec le recul, elle comprendrait qu'elle avait fini par se conformer au modèle de la bonne épouse selon ses parents. C'étaient également les critères de Bucky. Mais ce n'étaient pas les siens.

— Les résultats d'Ezra aux examens d'entrée à l'université sont littéralement stratosphériques, dit Stacey.

Les autres mères hochèrent leur assentiment. À l'évidence, elles ignoraient elles aussi le sens de *littéralement*. Ou ce qu'était la stratosphère. Voire les deux.

Ariel prit une gorgée d'eau. Sa consommation d'alcool s'était limitée à un verre de champagne avant dîner, et encore : elle en avait versé furtivement les trois quarts dans un pot de lavande. Elle ne voulait pas boire ce soir, mais elle préférait être discrète. Elle ne souhaitait pas qu'on lui pose de question, parce qu'il lui faudrait mentir et que ce genre de mensonge n'abusait personne. Elle imaginait les exclamations dans quelques mois : « Mais oui ! Tu n'as pas bu une goutte à la soirée de Charlie ! Je m'en souviens ! » Quelle que soit la fête, il y avait toujours une femme qui ne buvait pas et toutes ses amies en tiraient des conclusions.

Un autre aspect de son travail – un aspect énorme, peut-être le plus important – consistait à faire des bébés.

— Je veux beaucoup d'enfants, lui avait dit Bucky deux ans plus tôt, alors qu'ils en étaient à l'étape préliminaire aux fiançailles, et qu'ils savaient tous les deux qu'une demande en mariage ne tarderait pas, sauf obstacle imprévu.

Ils se sondaient. Cherchaient les éventuels vices cachés.

— Beaucoup ? C'est-à-dire ?

— Au moins trois. Probablement quatre ?

— Quatre ?

Quatre, c'était excessif. Ariel était plus jeune que Bucky et n'avait pas encore fait la connaissance de tous ses amis. Elle ne savait pas que c'était à la mode dans un certain milieu – son milieu à lui – d'élever une famille nombreuse dans un grand appartement à Manhattan.

— Tu aimes vraiment les enfants autant que ça ? avait-elle demandé, s'efforçant d'avoir l'air plus curieuse que dubitative.

Elle ne tenait pas à ce que le sujet devienne un point d'achoppement.

— Bien sûr !

Bien sûr ? Avait-il la moindre idée de ce dont il parlait ? Il n'avait ni frères ni sœurs, pas de nièce, de neveu, de filleul. Il n'avait jamais été enseignant, animateur, entraîneur sportif, ni baby-sitter. Son unique expérience des enfants, c'était d'en avoir été un.

— Comment le sais-tu ?

Bucky était sûr de lui en règle générale, ce qui n'était pas le cas d'Ariel. Cette inébranlable confiance en soi était l'un des traits de caractère qu'elle admirait chez lui.

— Tu plaisantes ? Comment peut-on ne pas aimer les enfants ?

Quatre enfants, cela signifiait passer près de dix ans enceinte, à allaiter et changer des couches. Cela signifiait renoncer à tout espoir de carrière. Voilà ce qu'elle pourrait ne pas aimer. Mais, à l'époque, tout ce qu'elle voyait, c'était le gros diamant de fiançailles, la robe de mariée haute couture, la somptueuse cérémonie dans un lieu exotique, et le cinq-pièces dans un bel immeuble d'avant-guerre à Manhattan.

Ariel n'avait aucune envie de tout gâcher. Ils étaient au restaurant pour célébrer son trente et unième anniversaire. Elle avait du temps devant elle, mais pas tant que ça. Et il lui en resterait beaucoup moins si elle n'épousait pas Bucky Turner, qui était intelligent, drôle, charismatique et séduisant, sans compter qu'il était riche et en passe de le devenir plus encore.

— Une famille nombreuse, j'adorerais ! dit-elle, affichant un sourire enthousiaste.

Elle choisit de croire que Bucky était sincère. Elle choisit de faire comme si elle l'était aussi.

34

Jour 2 – 20 h 17

Ils pénètrent dans la suite. Ariel a l'impression qu'il s'est écoulé des années depuis leur dernière nuit ensemble. John traverse le salon d'un pas chancelant et s'écroule sur le canapé. Ariel met la chaîne de sécurité, puis s'adosse à la porte, masquant le judas, soulagée d'être enfin à l'abri.

— Jamais je n'aurais cru que je serais si heureux de voir une chambre d'hôtel, soupire John.

Ariel se laisse glisser par terre. Elle ferme les yeux et enfouit son visage dans ses mains. Elle émet une plainte étouffée.

— Hé ? Ça va ? demande-t-il.

Non, ça ne va pas, et sa question l'autorise à l'exprimer. Elle sanglote encore, plus fort. Il s'agenouille à côté d'elle et l'enlace. À présent, elle peut se laisser aller. Tout son corps est secoué de convulsions.

— Ne pleure pas. Je vais bien et tu vas bien.

Il a raison, elle le sait, mais elle ne peut pas s'arrêter.

— C'est fini, c'est fini.

Il s'assied à côté d'elle et la serre contre lui. Il n'ajoute rien.

Il la laisse pleurer toutes les larmes de son corps. Enfin, elle lève les yeux vers son visage meurtri.

— Mais toi, tu es sûr que ça va ?

— Je suis soulagé d'être libre.

Ariel essuie ses larmes.

— Alors, que s'est-il passé ? Pourquoi est-ce que je ne suis pas mort ?

— J'ai payé la rançon, tout bêtement. Deux millions d'euros en espèces.

— Hein ? Mais où est-ce que tu as trouvé tout cet argent ?

Ariel secoue la tête lentement, puis plus vite, et laisse retomber son visage dans ses mains.

— Non ! Pas lui ! Dis-moi que tu n'as pas fait ça ?

Elle se remet à sangloter.

— Qu'est-ce que je pouvais faire d'autre ? balbutie-t-elle à travers ses doigts.

— Ma pauvre chérie. Ça a dû être horrible.

— Pire que tout.

Depuis quelque temps, Ariel pleure pour un oui ou pour un non, elle qui n'avait pas versé une larme depuis des années. Elle se redresse, s'essuie encore les yeux.

— Non seulement il s'est conduit comme un sale con, mais pendant un moment, j'ai vraiment cru qu'il allait refuser. Je n'arrêtais pas de penser qu'ils allaient te tuer.

John la serre plus fort.

— Je suis désolé, dit-il, embrassant le sommet de son crâne. Merci. Je n'en reviens pas qu'il ait accepté. Je suppose que ce n'est pas seulement parce que tu lui as demandé gentiment ?

— Non. Bien sûr que non.

— Comment as-tu réussi à le persuader ?

— Je l'ai menacé.

John écarte son visage pour la regarder.

— Menacé ? C'est-à-dire ?

— À ton avis ? Je l'ai prévenu que je rendrais public l'enregistrement de notre dernière conversation.

— Tu es sérieuse ?

— Je n'avais pas d'autre solution.

— Et il a réagi comment ?

— Il était fou de rage. Mais il n'avait pas le choix. Il a trop à perdre.

— Merde.

Un silence s'installe.

— Tu es inquiète ? demande-t-il enfin.

— À quel sujet ?

— De ce qu'il va faire ?

— Pas vraiment. Il est coincé.

— Monsieur l'ambassadeur ?

Saxby Barnes est à la fois frétillant et terrifié. Être convoqué dans le bureau de son chef est son rêve. Et son pire cauchemar.

— Barnes, vous savez ce que mijote Nicole Griffiths ?

— Je ne suis pas sûr de comprendre, monsieur.

Tanner Snell dévisage l'ivrogne inapte censé assurer la liaison entre le personnel diplomatique et les renseignements. Il devrait virer ce bouffon.

— Vous parlez de l'enlèvement ?

— Peut-être. Quel enlèvement ? demande l'ambassadeur en plissant les yeux.

— Un homme d'affaires a disparu hier matin. Son épouse s'est adressée à l'ambassade, avant d'apprendre qu'il avait été enlevé. Les ravisseurs l'ont appelée et, aux dernières nouvelles, elle essayait de réunir l'argent de la rançon.

— Aux dernières nouvelles ?

— On m'a dit de ne pas m'en mêler.

— Qui ça, on ?
— Mme Griffiths.
— Savez-vous si cette affaire pourrait déclencher une crise ?
— Aucune idée, monsieur.
Snell le foudroie du regard jusqu'à ce que Barnes ait un déclic.
— Mais je vais creuser et je vous tiens au courant. Vous pouvez compter sur moi.

Ariel examine la blessure sur la joue de John.
— Viens, on va nettoyer ça.
Elle le conduit à la salle de bains, laisse couler l'eau chaude et passe un gant de toilette dessous.
— Ouille ! s'écrie-t-il.
Une fois le sang séché lavé, elle constate que la coupure n'est pas très profonde. C'est la tuméfaction qui risque d'être douloureuse.
— Il faut mettre de la glace.
— D'abord, je vais prendre une douche.
Il défait sa ceinture, le dos tourné. Pas exactement pudique, mais presque.
Elle ne se sent pas totalement à l'aise, elle non plus. Après tout, ils ne sont pas ensemble depuis très longtemps. Ariel et Bucky s'étaient fréquentés pendant deux ans et avaient partagé deux années de plus une fois mariés. Ils avaient fait l'amour des centaines de fois. Ariel pensait pouvoir dire qu'elle le connaissait intimement. Et réciproquement.
Et c'était ce qui l'avait sans doute le plus bouleversée, lorsqu'elle avait découvert à quel point elle s'était trompée sur lui.

Un an après le mariage, Ariel avait rangé ses pilules contraceptives au fond d'un tiroir de la salle de bains. Depuis plus de dix ans, elle s'inquiétait à l'idée de tomber enceinte. Jamais elle n'avait imaginé qu'elle pourrait redouter le contraire.

Cela faisait maintenant un an qu'ils essayaient sans succès. Mais peut-être avaient-ils conçu la veille, ou la nuit d'avant, ou encore celle d'avant. Le sexe était devenu une corvée, à force. Son infertilité lui donnait l'impression d'être une ratée, un autre échec après celui de sa carrière de comédienne, auquel s'était ajoutée son incapacité à trouver une activité épanouissante pour occuper ses journées. Et voilà qu'elle ne pouvait même plus faire semblant d'aimer baiser.

Pas plus qu'elle ne pouvait faire semblant d'apprécier les amis de Bucky et leurs réceptions.

— Chaque été, je loue un yacht en Méditerranée avec un équipage complet, disait un homme à sa gauche. Rien de tel pour se retrouver en famille.

— Entièrement d'accord, acquiesça un autre. Quel est le plus gros bateau que tu as loué ?

À sa droite, Tory Wasserman et les femmes étaient plongées dans une discussion non moins passionnante :

— Slade a été opéré à la clinique Mayo.

La différence d'âge entre Ariel et Bucky n'était pas embarrassante – on pouvait presque considérer qu'ils appartenaient à la même génération –, mais, alors que ses amis et leurs épouses subissaient des opérations du dos et des liftings, elle allait encore au mariage de ses copines de fac.

— Ils sont fabuleux. Les meilleurs.

Slade avait une hernie discale.

— Depuis, on a un autocollant pour les handicapés. C'est formidable, maintenant, je peux me garer n'importe où ! C'est tellement pratique que je ne prends presque plus le taxi.

Radieuse, Tory attendait qu'on la félicite pour cette petite supercherie, qui lui valut l'admiration escomptée.

Ariel était écœurée. Elle regardait autour d'elle cette clique qui se targuait de ses privilèges, de ses enfants surdoués, de ses yachts de location, de ses bijoux précieux et des médecins de renom qui lui injectaient du poison paralysant dans le front.

Elle voyait bien comment on en arrivait là, comment, une petite décision après l'autre, prendre soin de soi devenait l'unique but de ces femmes. Toute leur existence. Et un jour, on se surprenait à se vanter des efforts qu'on déployait pour être une femme-objet parfaite, du chef d'un grand restaurant qu'on avait débauché pour les vacances, de la voiture avec chauffeur qu'on payait pour faire la tournée des galeries, des moyens toujours plus absurdes et enviables qu'on inventait pour dépenser l'argent de son mari.

Progressivement, Ariel avait renoncé à se constituer son propre clan pour se laisser absorber par celui de Bucky. Elle avait prétendu être l'une des leurs, appartenir à ce réseau qu'il avait tissé à l'école, puis dans son milieu professionnel. Elle avait fait siens ses amis, les hommes avec qui il travaillait, et les femmes qui leur avaient donné des enfants. Des femmes qui exhibaient la valeur nette de leur mari à leur annulaire et au sac qu'elles portaient au creux de leur bras.

Ce n'était pas la personne qu'elle souhaitait être. Elle n'avait jamais rêvé d'avoir pour meilleure amie une Tory Wasserman.

— Excusez-moi, marmonna Ariel, désireuse de s'éloigner un instant de ces gens, de ce monde.

Elle ne voulait pas finir comme eux. Mais elle craignait qu'il ne soit déjà trop tard.

Ariel avait toujours eu la sensation d'être une intruse, que sa carte de membre était temporaire. Un faux mouvement et on la jetterait dehors, avec son diplôme insignifiant d'une université quelconque, sa carrière d'actrice ratée et les années frivoles qui avaient suivi. Qu'avait-elle accompli, hormis entretenir un corps très séduisant et épouser un homme riche à qui elle n'avait même pas été capable de donner des enfants ? Elle se retrouverait à la rue à 33 ans, sans le sou, seule, inemployée et inemployable. Alors, que ferait-elle ?

Tout ce qu'elle souhaitait, c'était se cacher quelques minutes et ne pas avoir à se pâmer devant les Louboutin de l'une de ses amies.

Les toilettes les plus proches se trouvaient à l'entrée de la véranda où se pressait une foule d'invités. Mais elle ne se sentait pas la force de devoir encore écouter quelqu'un se vanter d'être au-dessus des règles s'appliquant au commun des mortels, qu'il s'agisse des limitations de vitesse, du stationnement, des impôts, des listes d'attente ou du sport. Tout ça, c'était bon pour le petit peuple, ceux qui n'étaient pas assez malins ni assez riches pour savoir tricher. Elle suivit donc un sentier dallé, éclairé par des torches en bambou, qui conduisait au pool house : bougies, sofas moelleux, bar, écran géant, table de billard et deux flippers.

La salle de bains de ce luxueux havre masculin était – évidemment – immense. Tout était démesuré, ici : les meubles, les fenêtres, la voiture, le compte en banque. Pas très subtil, mais efficace.

Ariel ouvrit l'armoire à pharmacie et avala deux Tylenol.

Elle s'examina dans le miroir, prit son ventre plat au creux de ses paumes et se demanda à quoi cela ressemblerait, l'effet que cela ferait. Était-ce la raison de sa mauvaise humeur, la nausée soudaine un instant plus tôt ? Déjà ?

Était-elle vraiment enceinte ?

Non, se gronda-t-elle. Arrête. Depuis quelques mois, elle s'interdisait les tests de maternité précoces, une habitude déprimante qui ne parvenait qu'à lui faire du mal. Oui, elle était peut-être enceinte, ou pas. Et le cas échéant, elle n'en parlerait à personne avant le deuxième trimestre. Bucky n'avait pas très bien accueilli sa fausse couche. En fait, il avait été carrément désagréable : déçu, fâché, culpabilisateur, comme si elle s'était mis en tête de préparer elle-même un dîner important qui s'était révélé immangeable, l'humiliant, alors qu'elle aurait pu faire appel à un traiteur comme tout le monde.

— Tu as peut-être fait trop de sport ? avait-il demandé.

Ariel aurait aimé pouvoir croire qu'il plaisantait.

— Mangé des fruits de mer ?

Qu'il lui en veuille, à la rigueur, elle pouvait le comprendre. Le besoin de trouver un responsable était humain. Mais il avait été odieux.

— Qu'est-ce que tu as bu ?

C'était de l'émotion à l'état pur, et cette émotion ressemblait beaucoup à de la haine. Cette conversation aurait dû lui mettre la puce à l'oreille. De plus, il y avait eu d'autres indices. Mais elle trouvait toujours des excuses à Bucky : on était en plein hiver, le temps était maussade, le moment mal choisi, la situation difficile. Il souffrait peut-être de dépression saisonnière, le trouble de l'humeur à la mode cette année, qui serait bientôt chassé par le déficit de l'attention. Mais le comportement de Bucky était peut-être parfaitement dans les normes. Après tout, en cas de problème, une large proportion de la gent masculine avait tendance à accuser la personne la plus proche – surtout si elle était de sexe féminin.

Ariel, elle, était encline à endosser cette responsabilité. Plus elle échouait, plus l'idée d'échec s'ancrait en elle, et sa défaillance biologique devenait également une faillite morale, comme si c'était une mauvaise note en maths ou un accident de voiture. Elle n'y parvenait pas parce qu'elle n'avait pas suffisamment travaillé, n'avait pas été assez concentrée, assez prudente. Elle n'en avait pas assez envie.

Peut-être ne voulait-elle pas vraiment un enfant de lui, insinuait Bucky.

Peut-être avait-il raison, finit-elle par penser.

Elle se recoiffa. Retoucha son maquillage. Sourit dans le miroir pour la millième fois au moins – impossible de tenir le compte. Elle avait l'impression d'avoir passé les trois quarts de sa vie à essayer de s'embellir.

— Bucky, dit-elle posément à son reflet. Si on rentrait à la maison ?

Non. Elle ne réussirait qu'à l'irriter.

Ariel soupira, résignée à rejoindre la fête, à sourire et à prendre son mal en patience, à laisser couler. Cela faisait partie de son travail, ça aussi. On en parlait entre femmes, de ce qu'il valait mieux laisser couler.

Elle ouvrit la porte…

35

Jour 2 – 20 h 42

Assise sur le canapé, Ariel écoute John laisser de brefs messages à son secrétaire, à son supérieur, à un collègue, assurant à chacun qu'il les rappellera au plus vite. Son dernier coup de téléphone est pour son client à Lisbonne. Il explique, s'excuse et affirme qu'il se présentera à son bureau demain. Ariel pense qu'il ne devrait pas faire ce genre de promesses, mais elle ne va pas l'interrompre. Elle ne veut pas qu'il se rende compte qu'elle l'écoute.

De son côté, elle appelle sa mère pour la rassurer : problème résolu, désolée pour le dérangement, l'inquiétude, la panique.

— S'il te plaît, retourne chez moi dès que possible, dit Ariel. Je me suis affolée un peu vite. Ce n'était peut-être pas très rationnel.

— Chérie, tu es sûre qu'il n'y a pas de danger ?

— Oui. Tu peux me passer George, s'il te plaît ?

— Je vais le chercher.

— Attends. Pourquoi est-ce que tu m'as demandé si j'étais sûre qu'il n'y avait pas de danger ?

— Eh bien, j'ai reçu un appel très bizarre.

Ariel sent son corps se crisper.

— De qui ?

— Un journaliste de Lisbonne. Il y a quelques heures. Attends… j'ai noté son nom quelque part…

— Pete Wagstaff ?

— Oui ! Comment as-tu deviné ?

— Que voulait-il ?

— C'est ce qui m'étonne. Il m'a interrogée au sujet de Bucky et de votre divorce. Pourquoi un journaliste s'intéresserait-il à ça ?

— Tu lui as dit quoi ?

— Qu'est-ce que j'étais censée lui dire ? Je n'ai jamais compris pourquoi tu avais divorcé.

— C'est tout ce qu'il t'a demandé ?

— En fait… attends une seconde, il faut que…

Ariel croit reconnaître le grincement d'une porte-moustiquaire.

— Je préfère que George n'entende pas, reprend Elaine à voix basse. Le journaliste voulait savoir qui était le père de ton fils. J'ai répondu que tu avais fait appel à un donneur anonyme. Et il m'a demandé si j'en étais certaine !

Oh non, songe Ariel, qui n'a aucune envie d'aborder le sujet avec sa mère. Puis elle pense à un autre détail.

— Au fait, comment ça se fait que ton téléphone était allumé ? Je t'avais dit de l'éteindre.

Ariel entend frapper et se dirige vers la porte.

— Je l'ai rallumé une minute pour écouter mes messages.

— Maman…

Ariel est sur le point de lui expliquer qu'une minute suffit amplement pour localiser un appareil, mais à quoi bon ?

— Et ensuite, j'ai oublié de l'éteindre.

— Un instant, s'il te plaît.

Ariel ouvre la porte. Moniz et Santos sont là, fidèles au poste.

— Désolée, vous pouvez nous accorder une minute ?

— Pas de problème.

Elle referme.

— Maman, tu peux aller chercher George, maintenant ?

— Bien sûr, mais, ma chérie, pourquoi est-ce qu'un journaliste s'intéresserait à ça ? Le nom du père de George ?

Ariel sait très bien ce que sa mère pense du mariage, du viol, de la place d'une femme dans le monde en général et du rôle d'une épouse en particulier. Elle l'a appris à ses dépens. Elle n'a donc jamais avoué la vérité à Elaine au sujet de sa grossesse. En fait, elle n'a rien dit à personne, à l'époque. Puis elle a renoncé contractuellement à son droit d'en parler. Ce n'est donc certainement pas aujourd'hui qu'elle va commencer, au téléphone, alors qu'elle est peut-être sur écoute.

— Je n'en ai pas la moindre idée, répond-elle à sa mère, le ventre noué.

Surprise, Ariel poussa un cri, lâchant la poignée de la porte de la salle de bains. Charlie Wolfe se tenait devant elle, chancelant.

— Hello, sexy lady.

— Charlie, tu m'as fait peur, dit-elle, mal à l'aise.

— Oups, désolé.

Il était fin saoul. Mais après tout, c'était sa soirée et l'ivresse n'était pas un crime. Elle lui accordait le bénéfice du doute : il bloquait la sortie parce qu'il était ivre et ne se rendait pas compte ; il avait choisi ces toilettes à l'écart parce qu'il voulait sniffer un rail, téléphoner, ou soulager des besoins naturels. Même si les battements de son cœur et son expérience la mettaient en garde.

— Pardon, dit-elle, s'efforçant de passer sans faire d'histoires.

Charlie n'était pas seulement leur hôte, c'était l'associé le plus important de son mari, un personnage qui ouvrait les portes et attirait les financements. Les affaires de Bucky touchaient à tous les domaines qui s'apprêtaient à exploser – le numérique, les réseaux sociaux, les médias partisans, les fake news – et l'homme éméché qui empêchait Ariel de sortir était son sésame.

Charlie lissa ses cheveux en arrière et elle remarqua à son poignet deux de ces bracelets en caoutchouc par lesquels on manifestait son soutien à telle ou telle cause, une manière d'afficher son altruisme. Et un troisième bracelet en cuir usé, pour montrer qu'il était cool, décontracté et amateur d'une quelconque plage exotique et sauvage. Tulum, sans doute. Tout le monde adorait Tulum.

Cet homme avait donné un gros chèque à un gala de bienfaisance pour financer l'apprentissage de la lecture chez les enfants défavorisés. Il avait été le seul à agiter la main quand l'animateur avait demandé si quelqu'un au sein de cette généreuse assemblée serait prêt à verser cent mille dollars, et Charlie avait baissé les yeux avec un embarras feint sous un tonnerre d'applaudissements. Ariel était assise à sa table, elle avait donc été l'une des premières parmi les femmes en petite robe noire et les hommes en smoking à se lever, à le féliciter, à poser un regard prétendument admiratif sur l'entrepreneur-philanthrope, jusqu'à ce qu'il consente à se mettre debout lui aussi, à contrecœur – *malgré lui* –, pour accepter l'ovation.

— Tu es bien pressée, dit-il. Pourquoi tu ne resterais pas un peu avec moi ?

Il fit un pas vers elle.

— Non, Charlie. Je ne pense pas que ce soit une bonne idée.

Elle leva la main pour lui signifier de s'arrêter, mais il l'ignora et avança encore, barrant complètement le passage.

— Allez, juste une minute.

— Non. Laisse-moi sortir.

Ariel, qui ne souhaitait pas le toucher, baissa le bras.

— Je veux retourner à ma table. Mon mari m'attend.

Charlie posa la main sur son entrejambe pour caresser son érection naissante à travers son pantalon en lin.

— Allez !

— Non, répondit-elle, sentant la peur virer à la panique.

Tout allait trop vite. Était-ce le moment de crier ?

— S'il te plaît, je veux partir, maintenant.

— Je sais que tu en as envie, dit-il en hochant la tête pour signifier qu'il était totalement d'accord avec lui-même. Tu as toujours eu un faible pour moi, pas vrai ?

Il n'avait aucune raison de penser une chose pareille. Ariel n'avait jamais flirté avec lui, jamais eu un mot ou un geste qui aurait pu passer pour un encouragement, même en déployant des trésors d'imagination.

— Non, Charlie. Tu te trompes.

Combien de fois avait-elle dit non ?

— Maintenant, s'il te plaît, écarte-toi ou je vais crier.

— Ah, fit-il avec un petit sourire suffisant. Ça, je n'en doute pas.

Une de ses mains s'agitait derrière lui, et elle comprit trop tard qu'il cherchait la poignée. Il ferma la porte, puis le verrou cliqueta. Son effroi était tel qu'elle était incapable de penser clairement.

— Bucky va venir voir ce que je fais, parvint-elle seulement à balbutier, un mensonge peu convaincant.

— Non, rétorqua Charlie, la mâchoire crispée. Il ne viendra pas.

Si elle criait très fort, à pleins poumons, on l'entendrait, non ? Quelqu'un accourrait, un homme ou deux, sans doute. Elle les imaginait défoncer la porte, découvrir cette scène qui ne laissait planer aucun doute…

Mais après ? Tous ces gens étaient redevables à Charlie d'une manière ou d'une autre, les hommes d'affaires, les politiciens, les banquiers, les mondains, les traiteurs.

Ariel savait parfaitement ce qui se passerait : on ferait d'elle la coupable, la séductrice, la salope. L'arriviste démasquée.

— J'ai dit à Bucky que j'en avais pour une seconde.

Ariel recula et se cogna contre la coiffeuse. Elle était coincée.

— À d'autres.

— S'il te plaît. Arrête.

Elle le regarda dans les yeux, suppliante, cherchant une lueur d'humanité, mais ne trouva qu'une lucidité effrayante, une intensité d'une totale sobriété. Soudain, Charlie ne semblait plus ivre du tout. Il avait tout du monstre froid et calculateur.

Il porta les mains à sa ceinture, et la suite parut se dérouler en accéléré, comme dans un film dont on aurait sauté des plans : celui où elle disait *Bas les pattes*, celui où elle lui donnait un coup de pied entre les jambes, celui où elle s'échappait, courait vers Bucky, se jetait dans ses bras protecteurs. Toutes ces images manquaient. Rien de tout cela n'allait arriver.

Au cours des heures, des jours, des mois et des années qui suivraient, la jeune femme rejouerait souvent ce moment dans sa tête, se demandant ce qu'elle aurait dû faire pour l'éviter. Ne pas venir à cette soirée ? Ne pas aller pleurnicher sur son sort au pool house ? Aurait-elle dû lui flanquer un coup de poing dans le nez, lui planter ses ongles dans les yeux ? Prendre sa queue dans sa bouche pour la mordre de toutes ses forces ? Aurait-elle dû hurler à pleins poumons, jusqu'à ce que sa gorge soit à vif, le bruit intolérable, et que la cavalerie débarque ?

Et après ?

Après, elle serait pour le restant de ses jours la femme que Charlie Wolfe avait violée à la fête qu'il avait organisée chez lui.

Non : qu'il aurait prétendument violée.

C'est encore Kayla au téléphone.

— J'ai reçu le rapport complet sur John Wright, né John Reitwovski, annonce-t-elle à Nicole. J'ai repéré quelques détails intéressants. D'abord, il a fait le Corps d'entraînement des officiers de réserve et il a été envoyé en Afghanistan.

— Intéressant, en effet.

— Attends la suite. Je comprends mieux pourquoi il a fallu aussi longtemps pour obtenir les infos. Il a quitté l'armée pour venir chez nous.

— Chez nous ?

— John Wright a bossé à la CIA.

36

Jour 2 – 21 h 03

— Merci d’accepter de nous parler si vite, déclare l’inspecteur Moniz, tendant un sac en plastique. On vous a pris des sandwichs. À vous aussi, ajoute-t-il en regardant Ariel.

Deux soirs de suite qu’ils lui offrent à dîner. C’est sympa. Mais cela ne signifie pas qu’elle peut leur faire confiance.

— Merci, dit-elle.

John déballe le contenu du sac sur la table, tandis qu’Ariel va chercher des assiettes, des serviettes, des couverts : des gestes domestiques méthodiques et machinaux, la mémoire involontaire des muscles.

— Ils vous ont donné quelque chose à manger ? demande Moniz. Vos ravisseurs.

— Oui, du pain et du jambon.

John prend une bouchée, puis une autre.

— À tous les repas ? Au petit déjeuner aussi ?

John arrête de mastiquer et dévisage le policier avec une hostilité non dissimulée.

— Je tiens à peine debout, et vous m’interrogez sur mon menu en captivité ? C’est vraiment l’objet de cet entretien ?

— S'il vous plaît, *senhor* Wright, ne vous énervez pas. Nous cherchons des indices. Et on les trouve parfois là où on ne les attend pas.

Moniz ouvre son calepin. À son habitude, Carolina Santos se tait et n'écrit rien ; elle écoute et observe.

— Tous les détails sont importants, y compris les repas, poursuit l'inspecteur. Mais je sais que vous êtes fatigué, blessé et encore sous le choc. Je vous promets que nous ferons vite. Ensuite, nous vous laisserons vous reposer. D'accord ?

John hoche la tête, déjà honteux de son éclat.

— Parfait. Si vous voulez bien, commençons par le début.

John pose son sandwich, s'essuie la bouche, les mains.

— Hier – est-ce que c'était seulement hier ? – je me suis réveillé tôt. Trop tôt.

— À quelle heure ? demande Moniz qui, lui, prend des notes.

— Environ 5 h 30. Je me suis rendu compte que je n'arriverais pas à me rendormir, alors je me suis douché, je me suis habillé et je suis sorti faire un tour, peut-être boire un café, acheter des *pastéis de nata* pour ma femme. Elle les adore, ajoute-t-il en la regardant. Et il y a une boulangerie réputée pas très loin. Je lui ai laissé un mot sur l'oreiller.

— Je ne l'ai pas vu à mon réveil, intervient Ariel. Il a dû tomber du lit. C'est une femme de chambre qui l'a trouvé un peu plus tard, en faisant le ménage. Mais je n'ai été prévenue que dans l'après-midi, si bien que j'étais déjà dans tous mes états. Je ne savais pas où tu étais, rien…

— Vous avez l'habitude de rester couchée quand votre mari se lève ? demande le policier à Ariel.

— Non.

— Mais hier, vous ne vous êtes pas réveillée ?

— J'avais pris un somnifère, à cause du décalage horaire. Ça m'avait assommée.

— Quel type de somnifère ?

— Je ne sais pas, dit-elle en se tournant vers John.

— Ambien, répond-il.

— Vous en êtes certain ? Vous n'auriez pas pu donner autre chose à votre femme, par erreur ?

L'insinuation le pique au vif.

— Sûr et certain. Il n'y a que des Ambien dans le flacon.

— Puis vous avez quitté l'hôtel à… juste avant 7 heures, poursuit Moniz en consultant ses notes.

— Oui. Il y avait une voiture en bas, et lorsque je suis sorti, la portière arrière s'est ouverte. Un homme est descendu et m'a dit : « Monsieur Wright, il y a une urgence, un sujet délicat dont on ne peut pas parler au téléphone. » J'ai supposé que c'était en lien avec mon client, parce que c'est pour ça que j'étais à Lisbonne, que j'y suis. L'homme a regardé autour de lui, comme s'il avait peur que quelqu'un surprenne notre conversation, puis il m'a demandé si je voulais bien monter un instant dans la voiture afin qu'il m'explique la situation.

— Vous le connaissiez ?

— Non, je ne l'avais jamais vu.

— Et sa voix ? Il parlait anglais ?

— Oui. Avec un accent portugais.

— Donc vous êtes monté dans sa voiture.

— Oui. Et au moment où je me penchais, j'ai senti une piqûre dans les fesses et j'ai dû pousser une exclamation, puis je suis tombé en avant. J'avais le tournis, et un instant après, j'étais dans les vapes. Lorsque je suis revenu à moi, j'étais seul dans une pièce sans fenêtre, vide à l'exception d'un lit et d'un oreiller. J'ai essayé de sortir, mais la porte était verrouillée. J'ai tambouriné et, quelques secondes plus tard, j'ai entendu un homme dire de l'autre côté : « Asseyez-vous sur le lit. » Je n'ai pas obéi tout de suite et il a ajouté : « On vous voit. Vous êtes filmé. » J'ai regardé autour de moi et j'ai remarqué une caméra au plafond. Je me suis assis et la porte s'est ouverte. Il y avait deux types dans le couloir : un sur le seuil, l'autre trois mètres derrière. Le second pointait un pistolet sur moi.

— Ils ressemblaient à quoi ?

— Ils étaient tout en noir, pantalon et haut à manches longues. Ils avaient des cagoules qui leur masquaient le visage, et des lunettes de soleil par-dessus. C'est tout ce que j'ai vu.

— Dommage. Et leur taille ?

— Environ un mètre quatre-vingts. Tous les deux.

— La même carrure ?

— Plus ou moins.

— Intéressant.

— L'un des deux a dit : « Vous avez été enlevé. Nous ne vous voulons aucun mal. Nous avons demandé une rançon à régler d'ici quarante-huit heures. »

— Ce sont les mots qu'ils ont employés ?

— Pas exactement, je cite de mémoire.

Ariel jette un coup d'œil à Carolina Santos, qui examine la pièce, étudie chaque détail, ou fait semblant. Ariel espérait que l'inspectrice serait une alliée naturelle. Pourtant elle sait pertinemment que toutes les femmes ne croient pas à la solidarité féminine ou en ont une conception très personnelle. Les élections le lui rappellent régulièrement. Et le regard froid de la policière portugaise le lui dit sans ambiguïté : elle ne croit personne sur parole, peu importe le sexe.

— Donc j'ai mangé ce qu'on me donnait, reprend John, j'ai bu de l'eau, et j'appelais quand j'avais besoin d'aller aux toilettes. J'ai dormi aussi, mais je ne sais ni quand ni combien de temps. J'avais perdu tous mes repères.

— Et vos interactions avec vos ravisseurs ?

— Très limitées. Quand ils m'apportaient à manger ou me menaient aux toilettes.

— Ils ne vous ont pas interrogé ? Ils n'avaient pas de questions à vous poser ?

— Il faut croire.

— C'étaient toujours les mêmes hommes ?

— Difficile d'être certain, avec les cagoules et les lunettes. Ils auraient pu être une demi-douzaine, je n'aurais pas vu la différence. C'est à peine s'ils m'adressaient la parole. Je pense que je serais incapable de reconnaître leurs voix.

— Parlez-nous des cabinets, les interrompt soudain Carolina.

— Pardon ?

Ce n'est pas uniquement la question qui le déconcerte, mais le fait que ce soit la femme qui la pose. Les toilettes, c'est privé, peut-être le seul endroit qui le soit réellement.

Ça devrait l'être, du moins.

— Non !

Charlie la souleva sans ménagement. Lorsque ses pieds quittèrent le sol, Ariel sentit qu'elle perdait l'équilibre et tout espoir de reprendre le contrôle de la situation.

— Arrête !

Mais il avait déjà remonté sa robe et mis la main dans sa culotte. Le contact froid du marbre contre sa peau nue la fit frissonner.

— Charlie, non ! répéta-t-elle.

Elle croisa son propre regard par-dessus son épaule, dans le miroir en face d'elle, où elle voyait aussi Charlie, reflété par le miroir qui se trouvait derrière elle, leurs visages multipliés à l'infini.

— *Je t'en supplie, non !*

Il ne prit pas la peine de répondre et la pénétra sans ménagement. Le corps tendu, sec, elle n'éprouva qu'une sensation de déchirure, une brûlure.

— Arrête, tu me fais mal!

Ignorant la souffrance dans sa voix, il s'enfonça encore plus brutalement. Plus cruellement.

Elle regardait la femme dans le miroir se débattre, tenter de se dégager, de le repousser, mais elle n'avait aucune prise sur lui. Ariel était impuissante face à cet homme qui pesait deux fois son poids. C'était comme s'ils appartenaient à deux espèces animales différentes.

Elle s'épuisait; ses bras crispés par l'effort étaient douloureux. Elle avait l'impression d'essayer de soulever un séquoia, l'échec si total que l'arbre ne s'en rendait même pas compte. Elle sentit son crâne cogner contre la glace, le robinet s'enfoncer dans ses reins. Demain, elle aurait des bleus, mais ils seraient masqués par ses vêtements, ses cheveux. Ces blessures seraient invisibles. Les autres aussi.

Dans le miroir, Ariel vit ses yeux s'emplir de larmes. Elle entendit ses sanglots. Charlie attrapa une serviette et la lui fourra dans la bouche pour la réduire au silence. Ce nouvel outrage provoqua chez elle un regain d'énergie et elle tenta encore de se libérer. En essayant de recracher ce bâillon improvisé, elle eut un haut-le-cœur.

Ce qui se passait là n'avait rien de sexuel, c'était de la violence à l'état pur : prendre quelque chose, faire mal à quelqu'un. Il ne devait retirer aucun plaisir de l'acte lui-même. Elle éprouvait un sentiment d'irréalité. Elle se détourna des visages reflétés dans le miroir pour regarder le vrai Charlie, dont la tête partait en arrière à chaque coup de boutoir, les yeux fermés, la mâchoire saillante, sûr de lui et arrogant, tout à sa conquête bestiale.

Elle voyait les poils gris qui s'échappaient de ses narines, la peau flasque sous son menton. Son haleine chaude empestait le whisky ; sa sueur rance de gros buveur se mêlait à l'odeur de son eau de toilette. Elle sentit monter la nausée, le goût acide de la bile. Si elle continuait à le regarder, elle allait vomir. Elle se concentra de nouveau sur le miroir, où un nombre infini d'Ariel étaient prisonnières, violées à jamais par Charlie.

— Opérations ou renseignements ?

— Opérations, répondit Kayla, tendant le rapport à sa supérieure. Pour sa première mission, John Wright a été envoyé à Belgrade. Puis il a démissionné du jour au lendemain. Manifestement, il avait décidé que ce n'était pas la vie qui lui convenait.

— Et le détecteur de mensonges a confirmé ? demande Nicole, en tournant les pages.

— A priori, oui. Ses tests ne signalent rien de suspect.

— Rien de suspect ailleurs non plus ?

— Non. En tout cas pas dans son dossier. Mais je vais appeler quelques-uns de ses anciens collègues.

— Oui, bonne idée. Ce type ne me dit rien qui vaille. Il sert en Afghanistan, est envoyé en Serbie par la CIA, et maintenant il se fait enlever au Portugal ? Ça fait beaucoup d'intrigues internationales autour d'un simple consultant, non ?

— Je m'en occupe, dit Kayla. Ah oui, le garagiste. Billy de son petit nom. Il a vérifié ses factures un peu avant et après le coup de téléphone. Il n'a rien trouvé au nom de John Wright. D'après lui, la seule possibilité, ce serait un homme qu'il a appelé une quinzaine de jours après une vente, pour s'assurer que tout se passait bien.

— Une délicate attention de sa part. Pas très courant, j'imagine ?

— En effet. Apparemment, il s'agissait d'une moto d'occasion achetée par quelqu'un qui n'avait pas l'habitude de ce genre de bécane. Billy était inquiet pour la sécurité du type. Et il a admis que, même s'il n'était pas hyper rigoureux en matière de compta, ça ne lui ressemblait pas de perdre des factures. Pourtant, celle-là s'est volatilisée.

— Ah.

Décidément, ce Wright n'est pas net.

— Billy se rappelait assez bien la transaction. Deux mille cinq cents dollars, en espèces.

— Tu as dit que l'acheteur n'avait pas l'habitude de ce genre de bécane. Qu'est-ce qu'il entend par là ?

Le téléphone sonne. Antonucci.

— Je n'en sais rien. Je te répète ce que le garagiste m'a dit.

— Rappelle-le pour demander des détails, s'il te plaît.

Nicole décroche.

— Oui, Guido ?

— Je pense que tu devrais venir écouter ce qui se passe en ce moment à l'hôtel.

— La chambre où j'étais enfermé se trouvait au fond d'un couloir. À l'autre bout, peut-être à six ou sept mètres, il y avait une porte que je n'ai jamais vue ouverte ; la sortie, je présume. Les toilettes étaient au milieu du couloir. Des WC, un rouleau de papier par terre et un lavabo. Ni douche, ni baignoire, ni fenêtre, ni savon, ni serviette, ni miroir. Les WC, le papier, le lavabo et c'est tout.

— À gauche, la porte ? Ou à droite ?

Ariel a le ventre noué. Elle n'aime pas cette question trop spécifique, absurde. Ce détail ne peut pas faire avancer l'enquête. Il n'a qu'une raison d'être : voir si sa réponse sera la même plus tard. C'est un piège.

— En sortant de la chambre, à droite.

— Et ça ? poursuit Moniz en indiquant le visage meurtri de John. C'est quoi ?

Celui-ci a une petite grimace honteuse.

— J'ai fait l'idiot, je ne sais pas ce qui m'est passé par la tête. Je m'étais endormi et lorsque je me suis réveillé, j'avais un besoin pressant. J'ai frappé à la porte et, quand on a ouvert, j'ai constaté que l'homme de l'autre côté était seul, pour une fois. Je me suis dit qu'il fallait que je tente ma chance. Que j'essaie de m'enfuir.

— Il était armé ?

— Oui, mais je pensais pouvoir lui arracher son arme, dit John, haussant les épaules. Quoi qu'il en soit, je suis d'abord allé aux toilettes, parce que… parce qu'il fallait que j'y aille. Et aussi parce que je me disais qu'il serait moins méfiant après. Je n'ai pas tiré la chasse, j'ai ouvert brutalement la porte pour le surprendre. Il se tenait à un ou deux mètres, le pistolet à sa ceinture. Je voyais bien qu'il n'aurait pas le temps de dégainer, alors je lui ai foncé dessus pour le projeter contre le mur. Mais il m'a poussé sur le côté et j'ai perdu l'équilibre. Il m'a frappé à la tempe. Je suis tombé à la renverse et il m'a donné un autre coup en pleine figure, vraiment violemment.

— Un coup porté avec la main gauche ?

John regarde le policier, décontenancé.

Ariel éprouve le besoin presque physique d'interrompre cet interrogatoire, même si elle sait qu'elle doit les laisser continuer, ne serait-ce que pour déterminer ce que ces policiers ont derrière la tête. Ce qu'ils comptent faire ensuite.

— La blessure se trouve du côté droit de votre visage, totalement à droite. Donc s'il était en face de vous, il a dû vous frapper de sa main gauche pour que le coup atterrisse là.

John ferme les yeux pour revoir la scène.

— Oui. La gauche.

Moniz griffonne quelques mots.

— Ensuite ?

— Je suis tombé et il s'est penché, ses lunettes de soleil toujours sur le nez, son pistolet pointé sur moi. Il m'a dit que c'était idiot d'avoir fait ça.

— Sans vouloir vous offenser, je suis d'accord avec lui. Pourquoi avez-vous fait ça ?

— Honnêtement ? Je n'en sais rien.

Qu'a-t-il, à répéter ce mot ? peste Ariel intérieurement.

— J'étais prisonnier et c'était l'occasion de m'échapper. Peut-être la seule que j'aurais.

— Mais pourquoi est-ce que vous pensiez avoir besoin de vous échapper ?

John semble pris au dépourvu.

— Vous ne croyiez pas qu'on paierait la rançon ? Votre employeur ? Votre femme ?

— Ma foi, honnêtement…

Il ne va pas arrêter ?

— Un jour férié, j'avais peur que personne de ma société ne soit joignable et qu'Ariel doive se débrouiller seule. Elle n'a pas l'argent…

— Excusez-moi, intervient une fois de plus Carolina, au grand dam d'Ariel qui commence à la redouter. Les ravisseurs vous ont dit combien ils exigeaient ?

— Non, mais je savais qu'Ariel n'avait pas de quoi payer une rançon, quelle qu'elle soit…

— Ah bon ? À votre avis, votre épouse peut sortir quelle somme en espèces ?

— Je n'en sais rien.

— Non ? fait Carolina, son regard se tournant rapidement vers Ariel avant de revenir sur John. Vous ignorez combien votre femme a à la banque ? En placements ?

Ariel profite du silence de John pour prendre la parole.

— Pourquoi ces questions ?

— J'essaie simplement de comprendre ce que pense votre mari.

— Quel est le rapport entre ce qu'il pense de mes comptes et son enlèvement ?

— Aucun, répond Carolina. Peut-être.

Maintenant Ariel peut mettre un mot sur la boule dans son ventre : la peur.

— Vous aimez votre travail, *senhor* Wright ?

Moniz a repris la direction de l'interrogatoire. Ce jeu de ping-pong entre les deux policiers donne le tournis à Ariel. C'est sans doute le but recherché.

— La plupart du temps.

— Vous avez déjà envisagé de démissionner ?

— Qui n'y pense jamais ?

— Moi, sourit Moniz. J'aime mon travail. J'espère le faire jusqu'à ma mort.

— Eh bien, vous avez beaucoup de chance. Ce n'est pas si commun.

— Avez-vous calculé combien d'argent il vous faudrait pour prendre votre retraite ?

— Ma retraite ? Non, pas spécialement, je suis un peu jeune pour ça, répond John, un léger tremblement dans la voix.

À force, ils ont réussi à le déstabiliser. Ariel connaît ce sentiment : savoir que quelque chose d'horrible va arriver et ne pas être capable de faire le nécessaire pour l'arrêter, refuser d'affronter la réalité. Essayer d'esquiver une situation désagréable qui aurait permis d'éviter l'insupportable. Après, elle a toujours pensé : j'aurais dû agir quand j'en avais l'occasion.

Charlie arracha la serviette enfoncée dans la bouche d'Ariel et s'en servit pour s'essuyer.

Elle se frotta la mâchoire, les muscles endoloris par le bâillon, une douleur parmi toutes celles qui meurtrissaient son corps malmené. Elle le regarda remonter sa braguette et remettre son masque de joyeux fêtard. Il se rajusta dans le miroir, lissa ses cheveux et plaqua un sourire sur ses lèvres : un homme d'affaires qui se lâchait le samedi soir, avec ses putains de bracelets au poignet.

— Je s-sors le premier, OK?

Il bafouillait de nouveau. Ariel savait qu'il était déjà en train de réécrire l'histoire, elle devinait ses justifications, ses excuses : bien sûr, c'est vrai, il avait peut-être un coup dans le nez, mais il n'y avait pas de malentendu, Ariel lui faisait des avances depuis le début, et puis elle l'avait suivi dans ces toilettes, à l'écart. Elle le cherchait, elle l'avait trouvé.

— OK? répéta-t-il.

Elle le dévisageait sans un mot, livide. Charlie finit par se détourner du miroir et croisa son regard. Cela ne dura qu'une fraction de seconde, mais, malgré sa détresse, elle le vit clairement : le mensonge.

Près de vingt ans s'étaient écoulés depuis la première fois où elle avait subi une agression sexuelle, vingt ans pendant lesquels elle avait eu le temps de comprendre comment on pouvait manipuler quelqu'un pour le faire douter de lui-même. Elle savait que c'était délibéré. Elle savait comment ça marchait.

Charlie se rendait-il compte qu'il était un monstre? Faisait-il un effort conscient pour le cacher aux autres, à lui-même? Cela expliquait-il sa philanthropie ostentatoire? Les bracelets de mec cool, les galas de bienfaisance, les pourboires de vingt dollars qu'il glissait aux porteurs, aux gardiens de parking et aux hôtesses de vestiaire – surtout aux hôtesses de vestiaire? Regardez : je suis un type bien.

Croyait-il à cette mascarade ? Ou savait-il pertinemment que c'était une imposture ? Qu'il essayait de cacher sa véritable nature ?

— Tu es un monstre, lui cracha-t-elle à la figure.

37

Jour 2 – 21 h 37

— Comment ça s'est terminé ? demande Moniz.

John pousse un soupir de soulagement. Le tour que prenait l'interrogatoire le déstabilisait lui aussi et il est soulagé de se retrouver sur le terrain plus solide de la chronologie des faits.

Ariel, elle, n'est pas rassurée. Elle redoute un simple repli tactique, une feinte après laquelle ils repartiront à l'attaque de plus belle. Peut-être John devrait-il réclamer un avocat, un homme de loi américain, aller à l'ambassade. Si seulement elle pouvait être sûre de l'intégrité de l'ambassade américaine. Des avocats américains.

— Ils m'ont ordonné de m'asseoir sur le lit, comme chaque fois qu'ils ouvraient la porte. Puis l'un des ravisseurs a dit que j'avais de la chance, que ma rançon avait été payée. On allait me libérer, mais d'abord, ils devaient me bâillonner. Il a ajouté que ce n'était pas le moment de jouer au héros, que j'étais à quelques minutes de la liberté. Ils m'ont mis un chiffon dans la bouche et un sac en toile rêche sur la tête. Ils m'ont guidé jusqu'au bout du couloir, puis j'ai fait encore une vingtaine de pas avant de sentir l'air frais. On m'a appuyé sur la tête avant de me pousser dans une voiture. On a roulé pendant environ une demi-heure. On m'a fait descendre et on m'a assis sur une chaise. Ensuite, on m'a attaché les pieds et les mains. Puis j'ai entendu des pas s'éloigner, des portières claquer. Le moteur a ronflé et un portail s'est refermé.

— Vous pourriez retrouver l'endroit ?

— Moi, oui, intervient Ariel. Je sais exactement où c'est.

Une des leçons qu'elle a apprises : pour être un témoin crédible, la certitude est essentielle. La certitude est tout.

— Parfait, dit Moniz. Et le sac que vous aviez sur la tête ?

— Ici, répond Ariel, indiquant la kitchenette.

— On peut l'emporter ?

— Je vous en prie.

Ariel est intervenue pour donner à John le temps de souffler. Il semble à bout de forces. Ce jeu du chat et de la souris est harassant. Après, vous êtes fatalement perturbé, et pas en état de prendre les meilleures décisions. Même si vous n'en êtes pas nécessairement conscient sur le moment. Ni peut-être jamais.

Tremblante, la jeune femme s'efforçait d'évaluer les dégâts, comme un médecin militaire devant un corps blessé à l'issue d'une bataille sanglante.

Ariel n'avait aucune envie de rejoindre la soirée dans l'état d'une femme qui vient d'être violée. Elle essuya le rouge à lèvres et le mascara qui barbouillaient son visage d'une main trop maladroite pour être efficace. Elle tenta de se recoiffer, mais n'insista pas, constatant qu'elle ne parvenait qu'à empirer les choses. Elle remit sa culotte, lissa sa robe, et grimaça lorsqu'elle sentit couler entre ses cuisses le sperme de Charlie, tiède et gluant. Écœurée, elle se tourna vers les toilettes pour vomir, secouée par un spasme qui lui contracta douloureusement tout le corps.

Elle se redressa et recommença à se nettoyer. Qu'était-elle censée faire, à présent ?

Elle pouvait aller retrouver les autres, hurler à la cantonade ce qui s'était passé. Et après ?

Elle pouvait appeler le 911 d'ici, dans la salle de bains, puis attendre la police devant la porte d'entrée, où le voiturier avait garé deux Maserati et une Lamborghini, pour que les autres invités ne puissent pas les rater. *Il est à l'intérieur*, dirait-elle aux policiers. *Ce monstre est là-bas*. Et après ?

Elle pouvait aller trouver son mari, murmurer : *Je peux te parler un instant ?* Bucky alerterait peut-être la police lui-même. Ou il foncerait sur Charlie et lui casserait la gueule. Mais, dans un cas comme dans l'autre : et après ?

Elle pouvait également faire comme si rien n'était arrivé, ainsi que son père le lui avait conseillé. Et après ?

Et après ? Et après ? Et après ?

Elle n'était pas sûre d'être en mesure de mettre un pied devant l'autre, mais elle se débrouilla tant bien que mal. Une cacophonie assourdissante résonnait sous son crâne, comme si différentes parties d'elle-même hurlaient ce qui n'allait pas, son corps cabossé, son esprit meurtri, la situation abominable. Le pire, c'était qu'elle ne savait toujours pas ce qu'elle était censée faire, à part se tirer de là et le plus vite possible.

Ariel tituba entre les tables, attirant un regard après l'autre, persuadée qu'elle suintait le viol par tous les pores de sa peau, qu'elle exsudait la sueur de Charlie, sa salive, son sperme, que tout le monde pouvait le voir et le sentir sur elle. La nausée lui souleva de nouveau l'estomac et elle dut s'appuyer contre une chaise. Quelqu'un lui demanda si ça allait et elle marmonna que oui, avant de reprendre son lent calvaire à travers la pelouse.

— Bucky ? murmura-t-elle d'une voix faible et éraillée.

Il leva les yeux, interrompant l'anecdote qu'il était en train de raconter. Les autres convives semblaient attendre la chute.

— Je ne me sens pas très bien.

Buckie ne répondit pas immédiatement et Maggie Mitchum combla le silence, lançant à son mari :

— Je suis fatiguée, Aubrey, rentrons.

Les deux couples étaient venus ensemble. Ainsi, un seul d'entre eux devrait s'abstenir de boire. Et ce ne serait certainement pas les Mitchum ni Bucky. Ces trois-là ne terminaient jamais une fête sobres, même s'ils n'avaient pas l'intention de boire au départ.

Cela faisait aussi partie du travail d'Ariel.

— OK, consentit Bucky à contrecœur.

Il commença à serrer des mains autour de lui.

— Hé, murmura Maggie. Ça va ?

Ariel avait peur de craquer si elle ouvrait encore la bouche. Elle hocha la tête.

— Tu es sûre ?

Même ivre morte, cette femme qu'elle connaissait à peine voyait bien que quelque chose n'allait pas, alors que son propre mari ne se rendait compte de rien.

— Mmm, fit Ariel, les lèvres serrées pour ne pas pleurer, pour ne pas crier, vomir et piquer une crise de nerfs devant tout le monde.

— Je vais juste remercier Charlie, dit Bucky.

Plutôt crever.

— Je lui ai déjà dit au revoir. Je vais chercher la voiture.

Elle tendit la main pour qu'il lui donne le ticket de parking. Bucky dut faire toutes ses poches pour le retrouver : pas un bout de carton, mais un coquillage sur lequel était peint un chiffre. Un chic très exotique, comme tout le reste ici, le luxe, le cachet, l'élégance. Certainement pas le genre de décor qu'on associait à la violence et à la sauvagerie.

— Monsieur Wagstaff? Saxby Barnes à l'appareil.

Wagstaff se lève et s'éloigne de l'hôtel. Il était assis sur un banc à côté d'un homme manifestement américain qui pouvait très bien appartenir à la CIA. Le journaliste ne tient pas à discuter devant lui.

— Oui, Barnes?

— Je me demandais si vous aviez du nouveau, au sujet de l'histoire dont on avait parlé.

— Quoi, au juste?

— Je n'en sais rien. N'importe.

Quoi que cherche Barnes, il n'est pas question que Wagstaff lui serve ses découvertes sur un plateau.

— Il va falloir être plus précis, Barnes.

— L'ambassadeur craint que la situation devienne problématique.

— Je vois. Très bien, j'ai peut-être quelque chose pour vous. Si vous avez quelque chose pour moi.

L'autre homme ne répond pas, mais Wagstaff n'est pas pressé. Il fait ce boulot depuis plus longtemps que Barnes, et il est plus doué que lui. Pas la peine d'être employé par Langley pour être un bon espion. D'ailleurs, ce n'est pas toujours là-bas qu'on trouve les meilleurs agents. De surcroît, c'est Barnes qui a besoin de lui, pas l'inverse.

— OK. Mais vous ne pouvez pas me citer comme source. Même à propos d'informations qui ne sont pas sensibles.

— Ça marche.

— Ariel Pryce s'est rendue à l'ambassade tard hier soir, après la fermeture, pour utiliser la salle de communication sécurisée. Personne autour de moi ne sait pourquoi.

— Vous voulez dire que ce n'était pas à la demande de l'ambassadeur ?

— Certainement pas.

Ce qui signifie qu'Ariel Pryce a été convoquée par quelqu'un de puissant, qui travaille pour le gouvernement fédéral ou qui a des relations très haut placées. C'est un bon tuyau, excellent même.

— À votre tour, monsieur Wagstaff.

— Ariel Pryce a un fils de 13 ans, et le nom du père ne figure pas sur l'acte de naissance. Je serais prêt à parier qu'elle a signé un accord de confidentialité à ce sujet.

Barnes ne réagit pas tout de suite.

— Ce qui veut dire ? demande-t-il enfin.

Décidément, ce type est complètement crétin.

— Eh bien, Barnes, l'individu qui a fourni la rançon et le père de l'enfant ? Ils ne forment qu'une seule personne.

— Ah. Et vous savez qui pourrait identifier cet individu ?

Wagstaff lève les yeux vers la chambre d'Ariel, où les rideaux claquent aux fenêtres, toutes ouvertes. Elle est là-haut en ce moment, avec son mari, qui vient à peine d'être relâché, et deux policiers portugais, s'efforçant de désamorcer la bombe qu'elle cache depuis quatorze ans. Et Wagstaff s'apprête à allumer la mèche. Il sent les battements de son cœur s'accélérer.

— Non. Aucune idée.

Cette piste, il doit la suivre seul, sans interférence. Mieux vaut tenir à distance ceux qui risqueraient de vouloir l'arrêter.

38

Jour 2 – 21 h 42

— *Senhora*, comment vous êtes-vous procuré l'argent de la rançon ?

— Je suis navrée, je ne peux pas vous répondre.

L'inspecteur attend qu'elle s'explique. Ariel choisit de ne pas remplir le silence.

— Je ne comprends pas, dit enfin Moniz. Vous ne savez pas d'où vient l'argent ?

— Si, bien sûr. Mais je n'ai pas le droit de le révéler.

— Même pas à la police ?

— Il n'y a pas d'exception.

Moniz secoue la tête.

— Je ne saisis toujours pas.

— J'ai signé un document légal où je me suis engagée à ne divulguer aucune information au sujet de cette transaction. Je ne suis même pas censée évoquer son existence. Devant qui que ce soit, jamais. En fait, en vous disant cela, j'enfreins déjà les termes de l'accord.

Un policier ne devrait pas inciter Ariel à violer la loi ; ce serait contraire à sa mission.

— Ce type d'arrangement est courant, aux États-Unis.

Ariel est consciente qu'elle doit être très claire, pour qu'on ne se méprenne pas sur son silence. Elle se tourne vers Carolina. Bien que Moniz semble diriger l'interrogatoire, elle a le sentiment que c'est cette femme qu'il faut convaincre.

— On appelle ça un accord de confidentialité. Ça ne vous dit rien ?

Aucun des deux policiers ne répond. Ariel poursuit donc.

— Les règles sont rigides, et les sanctions sévères. Si je ne respecte pas les clauses, je serai ruinée et j'irai sans doute en prison.

Elle plante ses yeux dans ceux de Carolina.

— J'encourrai aussi d'autres dangers. Pour ma sécurité personnelle.

Ariel suppose que les deux policiers la comprennent à demi-mot. Après tout, ils savent ce que les hommes peuvent faire aux femmes, ce qu'ils font quand ils sont en colère, ce dont les puissants sont capables. Cela fait partie de leur travail. Il faut qu'ils sentent qu'elle a peur ; ils devraient en tirer les conclusions qui s'imposent.

— Avez-vous des raisons de craindre cet homme ? demande Moniz.

— Je n'ai jamais dit que c'était un homme.

— Il s'en est déjà pris à vous ? Vous a menacée ?

Ariel se tait.

— Ce n'est pas votre ex-mari qui vous a fourni l'argent ? Buckingham Turner, ajoute-t-il en jetant un coup d'œil à ses notes. Il semble riche.

— Il l'est, oui, et je l'ai appelé. Mais il ne pouvait pas sortir une telle somme de son chapeau.

— Trois millions d'euros, c'est beaucoup, en effet.

Ariel veut le corriger, puis se ravise.

— Les personnes susceptibles de se procurer ces fonds du

jour au lendemain ne sont pas nombreuses. Vous avez de la chance. De connaître quelqu'un qui pouvait sortir l'argent de son chapeau, comme vous dites.

— De la chance ? Vous trouvez vraiment ?

— Ces ravisseurs, ils ont réussi à enlever votre mari sans témoin, sans laisser d'indice, sans la moindre erreur. Un coup très bien préparé. Par des malfaiteurs très prudents. Pourtant, ils n'ont pas pensé que vous auriez du mal à réunir la rançon en si peu de temps ? Surtout que c'est un jour férié, dans votre pays. C'est un obstacle important, non ?

Ariel hausse les épaules.

— Un obstacle prévisible et évitable, quand on est prudent. Vous croyez que les ravisseurs l'ont pris en compte ?

— Je ne peux pas lire dans leurs pensées.

— Votre mari et vous n'êtes pas particulièrement riches, c'est évident. En tout cas, vous ne pouvez pas trouver trois millions comme ça. Pourtant, c'est la somme qu'ils ont exigée.

Ariel dévisage Moniz sans un mot. Si ces policiers les soupçonnaient d'avoir joué un rôle dans l'enlèvement, s'ils possédaient ne serait-ce qu'un début de preuve, alors cette conversation devrait se tenir au poste.

— Donc, oui, *senhora*. Je maintiens. Vous avez de la chance de connaître une telle personne. Vous n'êtes pas d'accord ?

Ariel a beaucoup réfléchi au concept de chance, à ce que cela signifie d'en avoir et dans quelles circonstances, aux effets de la providence sur le comportement. Elle est souvent passée pour une femme qui avait beaucoup de chance, à raison. Elle devait susciter l'envie, au volant de son énorme Range Rover noir, une voiture qui coûte plus qu'une maison moyenne aux États-Unis, arborant une robe de designer et des chaussures à sept cents dollars, parée de bijoux de créateurs contemporains, alors qu'elle rentrait d'une soirée réservée aux riches, aux célèbres et aux puissants, qui serait décrite dans la rubrique mondaine le week-end suivant pour faire rêver les foules. Il y en a qui ont de la chance ! songeraient les lecteurs. Si seulement j'étais à leur place.

Ariel comptait parmi les privilégiés. Et pourtant, elle venait d'être violée et tremblait encore de tout son corps. Elle roulait sur une petite route des Hamptons pour ramener son mari et leurs amis, ses mains si faibles qu'elle avait du mal à tenir le volant, ses réflexes perturbés au point de confondre le frein et l'accélérateur. Elle redoutait de foncer dans un arbre. Elle l'espérait presque.

Elle se débrouilla malgré tout pour rejoindre l'allée en coquilles d'huîtres broyées des Mitchum, puis elle s'éloigna dans la nuit, tandis que Bucky tenait des propos décousus à côté d'elle – lui-même savait-il ce qu'il racontait ? –, plus saoul qu'au moment du départ à présent que l'alcool du dernier verre commençait à se diffuser dans son sang.

Cela ne servirait à rien de lui parler ce soir. Il n'était pas en état d'assimiler les faits, d'avoir une attitude constructive. Il ne pourrait pas l'aider. Il risquait surtout d'être un problème supplémentaire, irrationnel, ingérable, peut-être violent. Bucky n'avait pas l'alcool très subtil, intellectuellement et émotionnellement.

Sexuellement non plus.

Soudain, une idée horrible lui traversa l'esprit : et s'il voulait faire l'amour ce soir ? Ils essayaient d'avoir un bébé, après tout. Et l'alcool avait tendance à l'exciter.

Par pitié, non.

Ariel avait besoin d'une douche sur-le-champ ; elle voulait laver toute trace de Charlie sur son corps. Mais elle ne tenait pas à ce que Bucky interprète sa nudité dans le mauvais sens, et encore moins qu'il l'interprète correctement. Elle s'éclipsa donc pour se rendre dans la chambre d'amis au rez-de-chaussée. Elle se figea sur le seuil.

Une autre salle de bains.

En était-elle capable? Était-ce raisonnable? Elle sentit une sourde trépidation l'agiter lorsqu'elle pénétra dans la pièce. Elle éclaira, terrifiée par l'espace stérile illuminé, terrifiée à l'idée qu'elle allait détruire des preuves cruciales en lavant la scène de crime qu'était devenu son corps, et tout aussi paniquée à la perspective de ne rien faire, de ne pas tenter au moins d'effacer les traces du viol, même si elle savait que cela ne suffirait pas.

Elle n'avait pas le choix. Elle ôta sa robe, regrettant de ne pas pouvoir se débarrasser de sa peau avec la même facilité. C'était d'ailleurs ce qu'elle avait l'impression d'essayer de faire. Elle se frotta à l'aide d'une éponge végétale comme si c'était un tampon à récurer, frictionna sans ménagement sa chair contusionnée, ajoutant de la douleur à la douleur, de l'horreur à l'horreur qui lui avait été infligée.

Ensuite, Ariel remonta au premier à pas de loup, soulagée d'entendre les ronflements de son mari avant d'atteindre le palier. Elle se glissa dans leur salle de bains, se brossa consciencieusement les dents, et n'oublia pas le fil dentaire. Elle avait un beau sourire qui lui valait toujours des compliments. Un beau sourire nécessitait de bonnes dents, qui elles-mêmes dépendaient de gencives saines. Elle n'allait donc jamais se coucher sans avoir scrupuleusement nettoyé ses interstices dentaires, même après avoir été violée, apparemment.

Elle jeta un coup d'œil à Bucky. Il gisait le corps étalé sur le lit, à peine couvert par les draps, torse nu, velu, bestial.

Non, elle ne pouvait pas dormir là.

Elle alla chercher un Xanax dans la salle de bains, hésita, puis en avala un second. Elle redescendit, prit au passage un couteau à quatre cents dollars sur le bloc dans la cuisine, et se réfugia dans le petit salon. Elle resta longtemps assise dans le noir. Alors qu'elle se concentrait pour ne pas s'effondrer, elle se demandait s'il n'était pas trop tard. Voilà peut-être à quoi ressemblait quelqu'un qui s'était effondré : les deux mains serrées sur un couteau, les yeux rivés sur la porte, le corps crispé pour affronter la prochaine agression, même si elle savait que ce ne serait pas ici, pas ce soir.

Au bout de deux heures, des pensées rationnelles commencèrent à émerger du chaos. Toutes tournaient autour d'une question centrale : que faire, à présent ? Retourner chez Charlie, réveiller sa femme, tout lui révéler ? Réveiller Charlie lui-même, lui défoncer le crâne à coups de club de golf ? Aller à la police ? Appeler la police ?

À présent qu'elle avait eu le temps de réfléchir, sa passivité lui paraissait un aveu d'impuissance insupportable. Elle devait faire quelque chose, non ? Mais elle ne parvenait pas à se décider. Les options lui semblaient toutes plus mauvaises les unes que les autres. Elles commençaient toutes par la même abomination pour déboucher sur une issue inacceptable. Il n'y avait pas de bonne solution. Restait à savoir laquelle serait la moins mauvaise.

À 3 heures du matin, elle songea qu'elle devait absolument faire un test de grossesse ce soir, tant qu'elle pouvait être encore sûre de l'identité du père, si le résultat était positif. Elle remonta sur la pointe des pieds, urina sur la tige, attendit, puis fondit en larmes.

— Votre femme n'a pas l'habitude de vous accompagner en voyage d'affaires ? demande Moniz, tournant les yeux vers Ariel, puis revenant sur John. C'est la première fois, non ?

— En effet.

— Pourquoi cette fois ?

— Les voyages d'affaires ne sont pas toujours marrants, quand on est seul. Nous sommes mariés depuis peu, et je me suis dit que ce serait plus agréable à deux.

— Mais pourquoi ce voyage en particulier ?

— Je suis déjà venu à Lisbonne, je connais assez bien la ville. Je savais que j'aurais moins de regrets si je laissais Ariel visiter les lieux sans moi pendant que je travaillerais. Le vol n'est pas trop long, c'est pratique, pas cher, la ville est belle et je pensais qu'elle lui plairait. Pour un tas de raisons, en fait.

— Ce n'est pas parce que vos clients souhaitaient rencontrer votre épouse ?

John hésite.

— Ce n'est pas ce que vous lui avez dit ?

Il déglutit, acquiesce.

— Oui. C'est une raison supplémentaire.

— Vos clients vous l'ont demandé ? De venir avec votre femme à Lisbonne ?

— Non, pas explicitement.

— Pardon. Je ne suis pas sûr de bien comprendre. Comment avez-vous su que c'était ce qu'ils voulaient, dans ce cas ?

— Je travaille souvent avec l'Europe. C'est courant, ici.

— Ah bon ?

Moniz regarde de nouveau Ariel, puis John.

— C'était donc une supposition ?

— Oui.

— Mais ce n'est pas ce que vous avez dit à votre épouse pour la persuader de vous accompagner ?

— Je ne voulais pas qu'elle culpabilise à cause du temps, de l'argent, de son fils, de la librairie. C'était un prétexte pour l'obliger à partir en vacances, ce qu'elle ne fait jamais.

— Donc vous mentez à votre femme.

— Le mot est un peu fort. Je parlerais plutôt de ruse romantique.

— Mais le résultat n'a pas été très romantique.

— *Senhor*? intervient Carolina.

Tous les regards se tournent vers elle.

— Et votre sœur? Quand lui avez-vous parlé pour la dernière fois?

John se fige comme un cerf ébloui par les phares d'une voiture.

— Je ne sais plus au juste. Il y a deux mois, peut-être?

— Et vous savez où elle se trouve, en ce moment?

— Non.

— Vous avez eu des nouvelles? Par SMS? E-mail?

Ariel aimerait que ces policiers s'en aillent. Elle veut filer à l'aéroport, fuir cette ville, ce pays, rentrer chez elle et retrouver George, oublier ce calvaire. Pourquoi sont-ils venus ici? C'était une erreur monumentale.

— John, je peux te parler un instant?

— Tu es épuisé, murmure-t-elle derrière la porte close de la chambre. Tu as subi une épreuve pénible. Tu es traumatisé et blessé. Tu as besoin de repos.

John l'examine, dérouté.

— Non, ça va.

— Si, insiste Ariel, le regard noir.

— Mais…

Il se tourne vers la porte et les policiers assis dans le salon de l'autre côté, qui les attendent avec leurs calepins, leurs soupçons, leurs menottes, leurs armes.

— Je n'ai rien à cacher. Et je n'ai pas envie qu'on puisse penser le contraire. Honnêtement…

— Arrête de dire *honnêtement*. S'il te plaît. Je ne veux plus entendre ce mot. C'est ce que disent les menteurs.

— Et ce sont les coupables qui refusent de parler à la police.

— Non, ça, c'est ce que font les gens rationnels lorsqu'ils se rendent compte que les flics ne sont pas dans leur camp. Je suis sérieuse, John. On arrête cet interrogatoire tout de suite. J'ignore ce qu'ils soupçonnent au juste, mais je ne pense pas qu'on devrait attendre de savoir.

Il soupire, conscient qu'elle a raison.

— Souviens-toi : tu n'es pas en état de répondre à des questions sur ton enlèvement, n'importe qui devrait pouvoir le comprendre. De même que tout le monde peut comprendre que je n'ai pas le droit de divulguer de nom. Et s'ils ne veulent pas l'entendre ? Eh bien, on ne devrait pas leur parler. On va rentrer à la maison, on va te trouver un avocat, on va m'en trouver un, et plus un mot sur la façon dont on s'est procuré la rançon.

Il hoche la tête.

— J'ai gardé un gros secret pendant des années. Le plus dur, c'est le début. Souviens-t'en. Avec le temps, c'est moins difficile.

Les agents de la CIA sont tous les trois dans la même position, assis, les coudes sur les cuisses, le buste légèrement en avant, attentifs. Nicole Griffiths a les yeux clos. Elle ne veut pas se laisser distraire par l'espace de travail d'Antonucci, dont le désordre indescriptible la fait frissonner d'horreur. Un cauchemar. Pour elle, il est primordial que son bureau – tout – soit parfaitement rangé. C'est ce qui lui permet, entre autres, de gérer avec efficacité les agents et les informateurs. C'est peut-être également pour cette raison qu'elle ne s'est jamais mariée, n'en a jamais éprouvé l'envie et ne l'éprouvera sans doute jamais.

On n'entend plus rien. Le couple américain a manifestement terminé sa conversation privée.

Kayla Jefferson a pris des notes fiévreusement durant l'interrogatoire. Il y a beaucoup à creuser. Guido Antonucci n'a pas écrit autant. En dépit de son visage tuméfié, le gros bras du tandem, c'est lui. Il referme son calepin et se lève.

— Tu sais ce que tu dois faire ? lui demande Nicole.

— Je vais sur place et je ne les perds pas de vue.

— Frappe la tête d'abord. Et emporte de quoi boire et manger. Tu risques d'y passer la nuit. Espérons-le, en tout cas.

Antonucci laisse les deux femmes écouter la suite de l'interrogatoire.

— Tu as pris une décision ? demande Kayla à voix basse.

Elle veut savoir ce que sa supérieure compte faire au sujet de l'identité du dirigeant de la société offshore.

— Ce n'est pas à moi de décider. J'ai transmis l'information à qui de droit. Je te tiens au courant. Ou non, c'est selon. Je n'aurai peut-être pas mon mot à dire là-dessus non plus.

Ariel regarde les deux policiers bien en face.

— Nous vous sommes reconnaissants pour votre aide, sincèrement. Mais je ne tiens plus debout, mon mari non plus, et cette journée a été interminable. Je suis sûre que vous nous comprenez. Nous serons au poste demain à la première heure si vous avez d'autres questions.

Ariel ne s'est pas rassise. Le message est clair. Moniz se lève, imité par Carolina.

— Une dernière chose, *senhor* Wright, dit-elle.

Au bout de deux jours, Ariel a pu observer le mode opératoire du duo. Tous les deux regardent fixement John. Ariel ignore quelle va être la question, mais elle pressent une catastrophe.

— Votre sœur, elle est gauchère ?

39

Jour 2 – 22 h 04

Ariel ne le dira pas. John le sait déjà, et elle le sait déjà. Le formuler ne servirait qu'à créer une tension inutile.

John s'en charge à sa place.

— On ne pourra pas dire que tu ne m'avais pas prévenu.

En dépit du stress, de l'épuisement et de la peur, elle sourit. Elle est surprise d'éprouver autant d'amour pour cet homme.

— C'était tordu, ajoute-t-il.

— Et pas qu'un peu.

À travers les fins rideaux de lin, elle voit les policiers déboucher sur le trottoir devant l'hôtel.

— Ils pensent vraiment que j'ai mis en scène mon propre enlèvement ?

— Je n'en sais rien.

Ariel parcourt la place du regard, une fois de plus.

— Pas nécessairement. Peut-être que ce sont de simples coups de sonde, pour vérifier si ton témoignage est solide.

Elle s'approche de la table, ouvre son ordinateur.

— Tu peux le déverrouiller, s'il te plaît ? lui demande-t-elle.

— Bien sûr. Tu veux faire quoi ?

— Voir si on ne peut pas trouver un vol plus tôt.

Les questions de la police en disaient assez sur leurs soupçons ; il n'y a aucune raison de croire que la situation va s'améliorer. Ce n'est pas parce qu'ils ont passé une journée abominable que ce ne sera pas pire demain.

— Donc, on ne va pas au poste demain matin ?

— Tu as perdu la tête ? On file à l'aéroport à la première heure.

Ariel se réveilla sur le canapé après avoir dormi seulement quelques heures. Elle se leva péniblement, le corps rompu et douloureux, en proie à une angoisse diffuse qui s'insinuait dans tous les recoins de son esprit. Dans un état second, elle traversa l'immense villa de mauvais goût qu'ils avaient louée, un palais rempli de choses dont elle n'avait ni le besoin ni l'envie, une ode au luxe et au gigantisme, plafonds de cathédrale, dressings, chambres dotées d'une salle de bains communicante, double vasque et baignoire profonde.

Elle prit une autre douche, peut-être la plus longue de sa vie. Elle n'en ressortit pas avec le sentiment d'être plus propre. Elle était peut-être condamnée à se sentir sale jusqu'à la fin de ses jours. Elle avala des antalgiques, s'examina dans le miroir. *Que vas-tu faire ?*

Elle trouva un mot de son mari griffonné à la hâte dans la cuisine.

AU GOLF, JE SERAI LÀ POUR DÉJEUNER. ON RENTRE À NY DANS L'APRÈS-MIDI.

JE T'EMBRASSE, B.

Le golf : Bucky devait jouer avec trois amis. Dont peut-être Charlie.

L'électroménager était à l'avenant de la maison : un réfrigérateur de la taille d'un SUV, une cuisinière à dix brûleurs. Qui avait besoin de dix brûleurs ? Ariel en utilisait à peine un, pour préparer le thé qu'elle boirait sur la terrasse, face à la piscine, à l'ombre du parasol rayé, les dalles en terre cuite bordées d'une garde palatiale d'hortensias bleus, les épaisses tiges ligneuses ployant sous les énormes fleurs, trop grosses et trop voyantes, comme cette propriété, comme sa vie. Comme Ariel elle-même.

Le loyer s'élevait à trois cent mille dollars pour la saison, de mi-mai à fin août. Quinze semaines. Quinze samedis soir. Vingt mille dollars par samedi soir.

Que fait-on le lendemain du jour où on a été violée ?

— Bon, dit Moniz, je dois le reconnaître : tu avais raison.

— Pardon ? Je ne suis pas sûre d'avoir bien entendu.

Il sourit.

— J'ai dit que tu avais raison.

Son regard balaie la place. Tous ces gens, toute cette animation. Combien d'entre eux enfreindront la loi, cette nuit ? Combien d'entre eux seront des victimes ?

— Est-ce qu'on appelle un juge ? On arrête Wright ce soir ?

— J'aimerais bien. Mais on ne peut pas faire ça sans avertir l'ambassade américaine, répond Carolina.

— Bien sûr que si. L'ambassade n'a aucune autorité ici.

— Ne sois pas naïf, António. Ce n'est pas une question de juridiction. Si on arrête Wright sans l'aval de l'ambassade et qu'on découvre finalement qu'on s'est plantés ? Tu imagines le bordel ?

Moniz trouve cet aspect du métier horriblement frustrant : parfois, la police redoute plus de froisser la mauvaise personne que de laisser un délit impuni. Et plus on monte dans la hiérarchie, plus les flics essaient de couvrir leurs arrières.

— Mais on ne se trompe pas, insiste-t-il. John Wright est coupable, c'est évident.

— Qui tire des conclusions hâtives, maintenant ?

Ils sont devant leur voiture.

— Si j'appelle l'ambassade dès l'ouverture demain matin, ils enverront quelqu'un au poste, et on arrêtera Wright à son arrivée.

— Et s'il ne se présente pas ? S'ils s'enfuient ce soir ?

— Je vais poster une équipe devant l'hôtel. Et je vais demander qu'on surveille les achats de billets d'avion cette nuit. S'ils essaient de fuir, on le saura.

Pete Wagstaff regarde la voiture des policiers s'éloigner. Quelques minutes plus tard, les lumières de la chambre s'éteignent. Il fait le guet sur cette place depuis un moment, à attendre qu'il se passe quelque chose : une arrestation, une évasion, une autre altercation surréaliste, comme la veille, quand l'Américaine a flanqué une raclée à un agent de la CIA. Apparemment, le spectacle est fini pour aujourd'hui.

Cette surveillance n'a pas été une totale perte de temps. Il en a profité pour mettre au point un plan d'attaque et réfléchir aux listes qu'il va établir. Il se doute bien qu'il va se retrouver avec des milliers de noms, il a donc aussi pensé aux catégories à éliminer pour réduire les possibilités. C'est du boulot, mais cette perspective l'électrise. Il est sûr que le jeu en vaut la chandelle, que les bénéfices seront immenses.

Il va passer une nuit blanche. Il enfourche son scooter et rentre chez lui. En faisant un détour au bar de Luisa pour acheter un gramme de coke.

Ariel a réglé l'alarme sur minuit mais ses yeux s'ouvrent un quart d'heure avant. Elle reste couchée quelques minutes, bercée par la respiration régulière de John à côté d'elle. Puis elle se lève.

Elle n'a pas besoin d'allumer. Elle s'approche de la fenêtre et, dissimulée par le rideau, elle scrute la nuit. Elle reconnaît une voiture, qui est là depuis le début de la soirée, de l'autre côté de la place. Elle est prête à parier que la petite Ford passe-partout abrite un agent de la CIA, peut-être celui qu'elle a frappé. Difficile d'être sûre à cette distance.

Dans la kitchenette, elle écarte la cafetière et récupère le téléphone qu'elle a acheté en même temps que les sacs de sport. Elle l'a caché là au cas où les policiers se montreraient trop curieux. Elle insère la carte SIM dans l'appareil qui n'a jamais été utilisé.

Son pouls s'accélère déjà.

Moniz est chez lui depuis à peine cinq minutes lorsque Carolina l'appelle.

— Désolé, articule-t-il silencieusement à Julio, qui lève les yeux au ciel et sort de la pièce.

Carolina ne perd pas de temps en civilités.

— Leurs billets de retour étaient prévus pour après-demain. Mais il y a une demi-heure, ils ont modifié leurs réservations. Ils prennent un vol pour New York demain en début d'après-midi.

— Tu crois qu'ils ont quand même l'intention de venir au poste demain matin ?

— J'en doute. Mais on aura une voiture de surveillance devant l'hôtel.

— Ça suffira ?

— On ne peut pas les arrêter, António.

— Mais on a la preuve qu'ils ont l'intention de s'enfuir.

— Non, on a la preuve qu'ils comptent écourter leur séjour.

— Pourquoi tu leur accordes le bénéfice du doute ?

— Je ne leur accorde rien du tout. Je nous protège simplement d'une connerie qui pourrait foutre notre carrière en l'air. On ne peut pas tirer des citoyens américains de leur lit en pleine nuit sous prétexte qu'on les soupçonne d'avoir commis un délit bizarre et compliqué – n'impliquant aucune violence –, sans autre élément que leur attitude évasive sous un feu de questions stressantes. Tu ne comprends pas, António ? On n'a pas de preuve. Pas encore.

— Désolé si je te réveille, dit Antonucci, mais je pensais que tu voudrais être tenue au courant. Ariel Pryce vient de sortir sur son balcon pour passer un appel.

— À qui ?

— C'est le problème. On n'en sait rien. Elle n'utilise ni son téléphone ni celui des ravisseurs. Et bien sûr, le balcon est hors de portée de nos micros.

Nicole s'assied sur son lit. Elle dormait encore vingt secondes plus tôt, mais son cerveau est déjà opérationnel.

— Merde. Tu es seul à l'hôtel ?

— Oui.

— Appelle Jefferson. Qu'elle te rejoigne aussi vite que possible à scooter. J'arrive.

Tandis qu'elle se brosse rapidement les dents, Ariel examine le flacon ambré dont l'étiquette porte le nom de John, son adresse, les milligrammes, la posologie. La police croit-elle réellement qu'il l'a droguée ? Pour qu'elle dorme à poings fermés lorsqu'il sortirait très tôt le matin, afin d'organiser son propre enlèvement sans qu'elle se doute de rien ? C'est lui prêter une duplicité dont elle le sait dépourvu.

Elle s'assied au bord du lit.

— C'est l'heure, murmure-t-elle.

— Hmm.

Elle pose une main douce sur sa poitrine.

— Il faut se lever.

Les mots qu'elle a dits à son fils des centaines de fois.

John hausse les sourcils, mais ses paupières restent closes. Il bâille, puis ses yeux papillotent.

— Tu as cinq minutes, ajoute-t-elle.

Tout était silencieux. On n'entendait pas les voisins, et la rue était une impasse à l'écart, sans voiture. Les oiseaux s'étaient tus après leur concert matinal. Même la pompe de la piscine était inaudible, à l'abri d'une épaisse haie de buis. On ne distinguait que le gargouillis occasionnel d'une bulle dans le système de circulation, et le choc sourd des vagues, à huit cents mètres, de l'autre côté du champ de pommes de terre qui les séparait de l'Atlantique.

Sinon, tout était immobile, silencieux, parfait. Cette perfection avait un coût, bien sûr ; rien n'est gratuit. Et c'était toute la question : quel prix était-elle prête à payer ?

Tout le monde savait que pour vivre dans un tel luxe, la minceur était un impératif absolu. Ariel était donc plus ou moins constamment au régime. Elle faisait du sport chaque jour, se privait d'un tas d'aliments. Elle n'avait pas avalé un sandwich entier depuis des années ; elle ne se rappelait pas la dernière fois qu'elle avait mangé des frites.

Il y avait des coûts acceptables. Elle n'avait rien contre le chou kale.

Elle se serait volontiers passée de l'hypocrisie, en revanche : devoir faire des politesses aux gens qu'elle méprisait l'agaçait. Elle ne pouvait pas jurer. Elle devait se coiffer et se maquiller dès qu'elle prenait l'ascenseur. Elle était toujours en représentation.

Mais Ariel s'en accommodait.

— C'est la vie, lui rappelait sa mère à intervalles réguliers, qu'il s'agisse des fourchettes à salade, des jambes croisées à la hauteur des chevilles, des lettres de château. Son père aussi. Les jeunes filles bien élevées ne font pas ci, les jeunes filles bien élevées ne font pas ça. Tout ce que les parents voudraient qu'on accepte sans poser de questions : leur religion, leurs opinions politiques, les bonnes manières. Qu'est-ce que cela signifiait, d'ailleurs ? Simplement faire ce que les autres attendaient de nous.

« Pour fonctionner, les rouages d'une société civilisée ont besoin de l'huile des bonnes manières », aimait à répéter son père quand ils avaient des invités. Lui qui avait conseillé à sa fille de passer à autre chose après une agression sexuelle. Peu importe, il était d'une exquise courtoisie.

Même le thé qu'elle buvait était parfait, importé d'Inde, via Londres et New York, infusé dans une eau filtrée par un système à osmose inversée, tasse et soucoupe Tiffany, cuillère en argent étincelant. Elle fut saisie du désir brutal de tout jeter dans la piscine.

Et la nuit dernière, faisait-elle partie des coûts ? Était-elle prête à payer ce prix ?

Elle avait conscience que sa vie privilégiée était financée par des hommes qui se croyaient tout permis et s'amusaient à exercer leur domination pour le plaisir. Dans cet univers de compétition agressive, la limite était parfois floue entre ce qui était interdit et ce qui relevait d'une virilité chahuteuse, des discussions de vestiaire, du jeu. Le sport, la loi, les OPA hostiles, les tactiques de bombardement intensif et les frappes de drones, la chasse au gros gibier, les milices d'autodéfense : seules les règles d'engagement distinguent la violence illégale d'une violence légitime, encouragée et célébrée.

Rien d'étonnant à ce que cette brutalité déborde dans d'autres sphères.

Toutes les limites étaient, dans une certaine mesure, arbitraires. La différence entre le football américain, une rixe de bar et une agression avec coups et blessures.

À une période de sa vie, la testostérone amusait Ariel, l'attirait même. Elle appréciait les hommes forts, volontaires, catégoriques. C'était ce qu'ils étaient censés être, non ? Ce que les femmes étaient supposées aimer. Et elle aimait sincèrement Bucky. Mais pas parce qu'il était dur. Surtout parce qu'il savait aussi être doux.

Ce qui s'était passé la nuit précédente était peut-être inévitable. On pouvait prévoir que Charlie Wolfe, qui se décrivait lui-même comme un grand prédateur, finirait par baiser la femme de son associé. Parce que c'était ainsi qu'il gagnait. Qu'il montrait qu'il était le meilleur.

Gagner en privé ne signifiait rien, mais il suffisait d'un témoin pour valider une victoire.

Et le témoin était Ariel.

40

Jour 3 – 00 h 07

Ils n'emportent rien. Pas de bagages. Pas de vêtements de rechange. Ni ordinateur, ni chargeur, ni écouteurs. Ils quittent l'hôtel comme s'ils allaient revenir après avoir bu un verre ou mangé un morceau, emportant seulement les habits qu'ils ont sur le dos, leurs portefeuilles, leurs téléphones et le portable non répertorié d'Ariel. Et bien sûr leurs passeports.

Wagstaff se prépare une autre ligne, une petite, et passe le doigt sur ses gencives, un aspect de la cocaïne qu'il apprécie presque autant que les effets sur le mental et les émotions : l'engourdissement physique immédiat, la confirmation que oui, il s'envoie dans le corps une substance puissante.

Des feuilles imprimées sont étalées à chaque bout de la table, des noms glanés sur divers sites en ligne. Il n'a pas grand-chose sur Laurel Turner. Le monde était différent alors ; on ne postait pas sa vie sur internet en temps réel. Par chance, quelques informations précieuses ont quand même été numérisées : l'ancien annuaire d'un club privé dont elle était membre, la liste des mécènes d'une société d'histoire, où elle figurait parmi le cercle restreint des « donateurs de platine », une association d'alphabétisation dont le gala annuel avait été couvert par le journal de Wagstaff, avec une photo sur le tapis rouge de M. et Mme Buckingham Turner en compagnie d'un second couple, posant avec le glamour de stars hollywoodiennes. Pete a du mal à reconnaître dans la jeune Laurel Turner à la longue chevelure la quadra paniquée qu'il a rencontrée à Lisbonne. Ce n'est pas tant l'âge ou la coiffure que l'impression d'avoir affaire à deux personnes totalement différentes.

C'est tout ce qu'il a sur la participation de Laurel Turner à la vie mondaine new-yorkaise. Les autres noms correspondent à des amis et des relations, les femmes avec qui elle déjeunait, les maris avec qui elle flirtait.

Les maris, bien sûr, voilà ce qui l'intéresse.

Buckingham Turner est devenu en revanche un personnage très présent dans les archives du Net qui se multiplient désormais à une vitesse exponentielle. Listes et photos de membres de conseils d'administration et de clubs divers, réunions d'anciens élèves, mariages, médias sociaux. Il est aisé de tracer le réseau amical et professionnel d'un tel personnage, à notre époque.

On ne peut pas en dire autant d'Ariel. Elle a manifestement fait un effort délibéré pour se rendre invisible. Inexistante.

Les listes concernant le couple sont à gauche : les hommes qui évoluaient potentiellement dans l'entourage des Turner il y a quinze ans. À droite, Wagstaff a réuni des noms appartenant aujourd'hui aux plus hautes sphères de l'État : le gouvernement actuel, autrement dit le président et les strates supérieures de son administration, les grades les plus élevés de la CIA et du FBI, les membres du Congrès, les ministres et les secrétaires d'État. Uniquement les hommes, bien entendu. Tous les individus qu'Ariel est susceptible d'avoir fait chanter pour leur extorquer la rançon.

Le regard de Wagstaff balaie ce territoire délimité à la hâte, un paysage d'un millier de noms. À présent, il va falloir trier et éliminer. Ensuite, il examinera les éventuels recoupements entre les listes de droite et celles de gauche. Il se réjouit d'avance. Combien en restera-t-il à la fin ? Une dizaine ? Deux ? Cent ?

Il se refait une ligne.

La foule a diminué, mais il y a toujours du monde. Des voitures et des scooters, des gens qui boivent, fument, rient et flânent sur la place, ou attendent devant l'entrée d'une boîte. Lisbonne a une vie nocturne animée, même un mardi soir.

— Là ! s'écrie Ariel.

John l'a vu aussi et il lève la main, crie « Taxi ! », l'un des rares mots identiques en anglais et en portugais.

— Time-Out Market, *por favor*.

Alors qu'ils s'installent à l'arrière, Ariel jette un coup d'œil à la Ford de la CIA garée de l'autre côté de la place. Elle démarre sans même tenter de se cacher. Ariel examine les autres véhicules. Juste avant que le taxi ne tourne au coin de la rue, elle repère une voiture.

Zut. Elle espérait que seule la CIA les surveillait, mais la police est manifestement de la partie, elle aussi. Cela la conforte dans l'idée qu'ils ont pris la bonne décision. C'est toujours agréable de voir une théorie se vérifier, même si on préférerait qu'il en soit autrement. Au moins, on a la satisfaction d'avoir raison.

À présent, le plan va être plus compliqué à mettre en œuvre. Et sa réussite est plus cruciale que jamais.

— Vous pouvez nous attendre au coin ? Cinq minutes, précise John en levant la main, les doigts écartés.

Le chauffeur hésite. Ariel sort un billet de cent euros, le déchire en deux, et lui en tend la moitié.

— L'autre quand on revient.

L'homme saisit le demi-billet.

Ariel et John pénètrent dans le marché couvert, un vaste espace bruyant et animé. Des gens font la queue devant les stands pour acheter des tapas et des croquettes, des plats mijotés, des pâtes, des hamburgers et des sandwichs, de la bière, du vin, des spritz au porto blanc, des pâtisseries, des chocolats et de la glace, des centaines de personnes portant des plateaux, des verres et des assiettes, un tohu-bohu que les deux Américains traversent à vive allure, pour s'engouffrer dans un couloir bondé où ils jettent leurs téléphones dans une poubelle, avant de ressortir par une porte latérale et de rejoindre le taxi qui les attend un peu plus loin.

— *Teatro Nacional, por favor, rua Duques de Bragança.*

Ariel ne voit ni la voiture de la CIA, ni celle de la police, rien de suspect. Mais cela ne signifie pas qu'il n'y a personne. Seulement que ceux-là sont plus doués pour rester invisibles.

Puis elle repère quelqu'un au carrefour, une femme sur un scooter qu'elle pense reconnaître. Elle parle dans un micro qui pend de ses écouteurs. Ariel sent un mouvement derrière elle. Elle tourne la tête à droite, à gauche, et découvre une voiture qui s'éloigne du trottoir.

— Merde, marmonne-t-elle. *Rápido, por favor*, lance-t-elle au chauffeur dans un portugais approximatif, à peu près sûre d'être comprise de toute façon.

Nicole Griffiths jure et effectue un brusque demi-tour.

— Kayla, ne les perds pas.

Elle aussi est à scooter. Le véhicule idéal pour une filature, à Lisbonne.

— Guido, putain, qu'est-ce que tu fous ?

— Je suis toujours au marché. Pas la peine de m'attendre. Au fait, vous avez de la compagnie.

— La police ?

— Je présume. Au moins deux en civil dans une voiture, et un uniforme à pied.

Trois flics en pleine nuit, un véhicule, ça fait beaucoup de monde. Soudain, Nicole se rend compte que sa mission est en train de prendre un virage brutal. Pas question qu'elle laisse les autorités portugaises arrêter Ariel Pryce et John Wright.

Elle accélère pour gravir la côte.

— *Obrigada.*

Ariel tend au chauffeur la seconde moitié du billet de cent par-dessus le dossier et saute du taxi, suivie de John. Elle regarde au bout de la rue en sens unique, et reconnaît la voiture gris métallisé, suivie du scooter.

Du côté droit de la rue, un escalier en pierre descend vers le théâtre et une vaste place ; à gauche, des marches mènent à une autre rue, également en sens unique, mais dans la direction opposée. C'est cet escalier-là qu'ils gravissent quatre à quatre.

— Vite, halète-t-elle en arrivant au sommet. Par ici.

Ils bifurquent à gauche, hors de vue de leurs poursuivants, et s'engouffrent à l'arrière d'une spacieuse Mercedes qui démarre avant même que John ait refermé la portière. La voiture bifurque une fois, deux fois, débouche sur une rue plus large et accélère dans la ligne droite.

— OK ? demande le chauffeur, celui qui les a pris en charge à l'aéroport le samedi matin, il y a une éternité.

C'est lui qu'Ariel a appelé du balcon pour confirmer l'heure de la réservation qu'elle avait faite plus tôt, minuit quinze, et modifier le lieu et la destination.

— Le trajet va être long, l'a-t-elle prévenu au téléphone. Environ quatre heures.

— Ah, en effet. Pour où ?

— Cinq cents euros, en espèces. Et on paie l'essence et les péages.

Elle imaginait le chauffeur qui réfléchissait, hésitait peut-être à négocier ou se demandait dans quel guêpier il risquait de se fourrer. Si ces Américains étaient des criminels, s'il allait se retrouver mêlé à une entreprise dangereuse ou illégale. D'un autre côté, cinq cents euros non déclarés, ce n'était pas rien. Peut-être valait-il mieux ne pas poser de questions.

Ariel était prête à payer plus si nécessaire. Tant qu'il les emmenait loin d'ici.

— D'accord.

— Vous serez bien là à minuit et quart ? On arrivera peut-être un peu plus tôt, a-t-elle ajouté, pour s'assurer qu'il ne serait pas en retard.

À présent qu'ils sont dans la voiture, elle se penche entre les deux sièges avant et place les cinq cents euros au milieu. Le chauffeur jette un coup d'œil aux billets verts.

— Vous allez où ?

— Tout droit. Je vous préviendrai quand il faudra tourner.

Il hoche la tête plusieurs fois, comme si c'était une bonne idée, comme s'il était ravi de recevoir ses indications au compte-gouttes. Au moins, il pourra dire qu'il n'était au courant de rien, en cas de problème.

Ariel regarde les rues obscures défiler. Quelques minutes plus tard, ils traversent le plus long pont d'Europe. Elle se retourne à tout bout de champ, redoutant de voir un gyrophare se rapprocher.

Ils ne sont pas tirés d'affaire. Ne le seront peut-être jamais.

— Non, non et non ! Dites-moi que ce n'est pas vrai !

Debout sur son scooter, Nicole se trouve en bas de la rue en sens interdit qu'elle vient de dévaler au mépris de la loi et du danger, tout ça pour rien : les Américains se sont évaporés.

— Où ont-ils pu aller ?

Kayla a abandonné son deux-roues pour arpenter la rue animée. Elle dépasse des restaurants et des bars bondés. Il y a du monde partout.

— N'importe où, dit-elle dans son micro. Il y a mille endroits où ils pourraient être. Ils peuvent même avoir pris une autre voiture.

— Merde. Et leurs portables bornent toujours au marché ?

C'est Antonucci qui répond.

— Oui. Ils ont dû les balancer quelque part.

Ni téléphones, ni bagages, ni ordinateurs. Autrement dit, non seulement ils ont fui, mais ils se savaient surveillés.

— Kayla, nous, on continue de chercher dans les parages. Guido, tu fonces à l'aéroport. S'ils se pointent, tu m'appelles.

— OK. On vérifie Mazagón et Cadix ?

Les ferries vers les Canaries.

— Je n'y crois pas. Ils se retrouveraient coincés sur une île. Pas idéal pour se cacher et toujours très loin des États-Unis. Mais Gibraltar, Tanger ? Là, oui. Ils pourraient y être très vite et disparaître en Afrique. Prévenons Rabat, au cas où.

— D'accord, mais, si je peux me permettre… Pourquoi on ne les laisse pas filer ? demande Guido.

C'est une bonne question et elle comprend pourquoi cela peut lui sembler la solution la plus raisonnable. Elle n'a pas envie de tout lui expliquer, de lui énumérer ses craintes. Et elle n'a pas à le faire. Elle est sa supérieure. Mais elle ne veut pas être trop autoritaire.

— Sécurité nationale, répond-elle simplement, ce qui a l'avantage d'être vrai.

41

Jour 3 – 2 h 00

Cette fois, Ariel a besoin de l'alarme. Elle est réveillée en sursaut par le nouveau téléphone qui vibre et claironne. Pendant quelques secondes, elle se demande d'où vient cette sonnerie stridente puis, voyant l'appareil sur son ventre, elle l'éteint et attend que ses idées s'éclaircissent.

John remue sur le siège à côté d'elle, mais il n'ouvre pas les yeux.

Ariel regarde par la fenêtre.

— On est toujours au Portugal ?

— Pendant encore cinq kilomètres.

— Après la frontière, continuez sur l'A5. À l'approche de Mérida, réveillez-moi.

John dort. Ariel ne s'est pas retrouvée ainsi sur la banquette arrière avec un homme depuis… jamais, en fait. La dernière fois qu'elle est montée en voiture pour faire un long trajet en compagnie d'un homme, c'était il y a quatorze ans. Du moins, elle croyait qu'il serait long, comme leur mariage. Dans les deux cas, elle se trompait.

— *Quoi?* s'écria Bucky, jetant un coup d'œil à sa femme avant de se concentrer sur la route. Qu'est-ce que tu dis?

Ils se trouvaient dans un embouteillage sur Montauk Highway. Un lent convoi entrecoupé de sauts de puce occasionnels. Le trajet de retour s'annonçait interminable, au moins trois heures et demie, peut-être quatre. Ariel avait attendu un peu avant de parler, uniquement pour repousser une conversation qu'elle n'avait aucune envie d'avoir. Mais elle savait que ce serait plus dur à chaque minute qui s'écoulait, et bientôt impossible. Donc elle avait fini par se jeter à l'eau et elle avait débité son histoire d'un trait, à un Bucky trop sidéré pour comprendre quoi que ce soit.

Elle prit une grande inspiration et recommença, plus lentement.

— Hier soir, quand j'étais aux toilettes, Charlie a débarqué, il a fermé à clé et il m'a violée.

— Bon sang.

Bucky la regarda encore, plus longuement

— C'est horrible. Attends, je m'arrête.

— Non. La circulation ne va faire qu'empirer. J'ai envie de rentrer.

Ariel voulait que Bucky regarde le pare-brise, pas son humiliation et sa douleur. Elle ne souhaitait montrer ça à personne, même pas à son mari. Bien sûr, elle comptait sur son soutien. Mais la compassion et l'empathie sont deux choses différentes. Et elle redoutait que des sentiments parasites empoisonnent l'espace entre eux.

— Et ça va?

— Non. Pas vraiment.

— Et par violée, tu entends…

Ariel respira à fond, s'efforçant de garder son sang-froid, sans grand résultat.

— Je veux dire qu'il m'a pénétrée de force encore et encore, jusqu'à ce qu'il éjacule. Dans mon vagin.

Elle n'essayait même plus de retenir ses larmes.

— Merde, mais quand ?

Quand ?

— Au dessert.

Ariel sentit son cœur se serrer, une nouvelle émotion à ajouter à toutes celles qui l'agitaient déjà. Il y avait dans l'attitude de Bucky quelque chose qui semblait à la fois incongru et familier.

— Pourquoi tu ne me l'as pas dit avant ?

— Hier soir, tu étais ivre mort. Je ne pensais pas que tu me serais d'un grand secours dans cet état. Et je n'avais pas envie que la conversation tourne à l'absurde. Ce matin, tu es parti avant mon réveil, ensuite tu as ramené des invités pour déjeuner, puis il a fallu se dépêcher de rassembler nos affaires, et voilà. Maintenant, c'est dit, alors, s'il te plaît, arrête de me demander pourquoi je ne t'ai pas raconté plus tôt qu'un de tes amis avait violé ta femme.

— Pardon… Je suis désolé. C'est le choc. Je suis horrifié.

Elle était au bord de la crise de nerfs.

— Je suis désolé, répéta-t-il.

Ces excuses commençaient à inquiéter Ariel. C'était comme les gens qui vous assurent qu'ils sont de tout cœur avec vous : en général cela signifie qu'ils ne comptent rien faire.

— Je ne te sens pas hyper présent à mes côtés, Bucky.

— Je suis désolé.

Encore !

— Qu'est-ce que tu veux faire ? ajouta-t-il.

À cet instant, elle comprit d'où venait cette sensation de déjà-vu : *tu*, pas *nous*.

— Je pense que nous devrions porter plainte.

Il lui jeta un bref coup d'œil.

— Hum.

Ariel devinait ce qui se passait dans la tête de son mari. S'ils allaient à la police, quelles seraient les conséquences – pour lui ? Et il ne voyait que des inconvénients. Il ne voulait pas le dire à haute voix, mais elle le lisait sur son visage. L'entendait dans son silence.

Elle se détourna, accablée. On ne peut pas savoir de quoi quelqu'un est capable tant qu'il ne se retrouve pas au pied du mur. Quand on menait une existence aussi privilégiée que Bucky – ou qu'elle-même –, ce genre d'occasion pouvait mettre très longtemps à se présenter. Une vie entière. Voire jamais.

— Je ne sais pas quoi penser, dit-il enfin.

C'était un moment de vérité pour Bucky, là, maintenant. Et Ariel devait se rendre à l'évidence : elle avait épousé un salaud.

— Tu ne sais pas quoi penser ?

Ses larmes se tarirent d'un coup. Sa tristesse céda la place à une rage désespérée qui bouillonnait sous la surface, prête à tout emporter.

— Tu te moques de moi ? Explique-moi, Bucky, s'il te plaît, tu n'es pas sûr de quoi, au juste ?

Elle attendait, les yeux rivés sur lui.

— Je…

Elle prit sa décision en un éclair. Son esprit opéra un virage à 180 degrés. À présent, elle s'efforçait de déterminer où ils se trouvaient exactement sur la Route 27, en fonction des repères autour d'eux, où étaient les gares, les arrêts de bus, les maisons d'amis. Plus tard, elle comprit pourquoi elle avait été capable de réagir aussi vite : parce qu'une part d'elle savait déjà. Mais jusqu'au bout elle avait espéré pouvoir continuer à vivre sans avoir à regarder la vérité en face, sans devoir admettre la veulerie de son mari.

La voiture roulait à dix kilomètres à l'heure. Dans la file

devant eux, les feux stop s'allumaient les uns après les autres, comme un son et lumière synchronisé s'intitulant *Embouteillage*. Dans quelques secondes, le Range Rover devrait s'arrêter à son tour.

Là ! Ce restaurant de l'autre côté de la route. Ariel savait exactement où ils étaient. Elle saisit son sac dans le compartiment central.

— Qu'est-ce que tu fabriques ?

Elle tira sur la poignée, mais elle était verrouillée.

— Écoute…

Elle appuya sur le bouton de commande.

— Qu'est-ce que…

Cette fois, la portière s'ouvrit. La voiture avançait toujours au pas.

— Arrête-toi, ordonna-t-elle.

Elle descendit, sans refermer derrière elle.

— Laurel, ne sois pas…

Il s'interrompit, incapable de trouver une insulte acceptable. Parce qu'il savait que, dans un moment pareil, aucune ne le serait. Au moins s'en était-il rendu compte à temps. Il était peut-être un salaud, mais il avait un instinct de préservation très développé. Et il était loin d'être idiot.

Ariel ouvrit la portière arrière et s'empara de son petit sac de voyage. Elle ne prit pas la peine de refermer non plus. Elle tourna le dos à l'énorme SUV noir, coincé au milieu d'un bouchon sur la Route 27. Bucky ne risquait pas de la suivre, ni à pied ni en voiture.

Elle ne voulait plus jamais le revoir. Ni Charlie Wolfe, surtout pas lui, même si finalement il le faudrait bien. Un moment désagréable mais nécessaire, comme une intervention chirurgicale que suivrait une longue et douloureuse convalescence. Une vie entière pour se rétablir.

— Hé ! cria son mari. On peut…
— Va te faire foutre, Bucky.

Wagstaff admire les listes étalées sur la table en hochant la tête. Il y a beaucoup de noms.

— Très bien, murmure-t-il, maintenant, on écrème.

Il prend un stylo rouge et entreprend d'éliminer des noms : trop vieux, trop jeune, trop pauvre, trop gay. Il en barre ainsi un bon nombre, mais il en reste toujours. Il recommence, cette fois en bleu : les représentants du Texas, les PDG du Midwest, les investisseurs de la Silicon Valley. Il devra peut-être revenir là-dessus : ce n'est pas parce qu'un homme ne vit pas à New York qu'Ariel n'a pas pu concevoir un enfant avec lui. Il y a moins de probabilités, c'est tout.

Wagstaff progresse rapidement, se basant sur des hypothèses qu'il devra peut-être rejeter plus tard, à tête reposée, sobre. Mais ses critères ne sont pas censés être indiscutables ; il n'est pas au tribunal. Tout ce qu'il veut, c'est aboutir à une liste restreinte de noms plausibles et les étudier.

Cela va marcher, il en est certain, une confiance irrationnelle peut-être due à la drogue. C'est pour ça que la coke est si efficace : on est prêt à rester debout toute la nuit, pour faire quelque chose qui n'est pas nécessairement très sensé.

Il sniffe une autre ligne. Cette fois, il n'essaie pas de se raconter qu'elle est petite.

La cheffe de poste de la CIA à Lisbonne décroche avant même la fin de la première sonnerie. Elle attendait cet appel.

— Bonsoir.

C'est le milieu de la nuit au Portugal, mais sur la côte Est, on vient de sortir de table. Nicole est déjà prête pour demain matin, douchée et habillée, maquillage passable. Il est peu probable qu'elle dorme cette nuit. Au mieux, une sieste rapide sur le canapé de son bureau.

— J'ai été briefé, lui annonce Jim Farragut. Du nouveau au cours des deux dernières heures ?

— Non, la femme et son mari sont toujours en fuite. Ils pourraient être n'importe où au Portugal, ou même en Espagne, à cette heure. Ils comptent peut-être prendre un ferry pour Tanger à Gibraltar, ou l'avion en Espagne.

— Ils pourraient aussi se cacher quelque part ?

— Peut-être. Mais elle a un fils qu'elle a sans doute envie de retrouver.

— Quel âge ?

— 13 ans.

— À 13 ans, on peut être très casse-pieds.

— Je vous crois sur parole. Mais, même un ado difficile, ça reste une priorité, j'imagine.

Ils tournent autour du pot, songe Nicole. Dans le fond, peu importe l'endroit où se trouvent Wright et Pryce, qui les interroge, quand, comment. Ça ne change rien aux données du problème. Un merdier monumental.

— Vous êtes sûre de l'identité de l'homme qui a payé la rançon ?

— Pas à cent pour cent. Mais vous avez écouté l'enregistrement ?

— Oui.

— En plus de la voix, on a la géolocalisation de l'appel, passé d'un appareil jetable acheté en catastrophe à Washington dans le seul but de parler avec Mme Pryce, sur une ligne sécurisée de l'ambassade, à Lisbonne. Plus le chantage manifeste et la menace de dévoiler un secret préjudiciable. On sait que le portable a été acheté par une employée de cet individu. Qu'il a fourni à Ariel Pryce une grosse somme d'argent, très rapidement et en toute discrétion. Qu'ils se sont fréquentés il y a longtemps. Que le premier mari d'Ariel Pryce était en relation d'affaires avec lui.

— C'est un faisceau d'éléments troublants. Mais ça ne constitue pas une preuve.

— En effet, on n'a aucune preuve tangible. Pour l'instant. Ce qui ne signifie pas qu'il n'en existe pas une quelque part. Et que personne d'autre n'a mis la main dessus. Après tout, le problème n'est pas récent, même si nous n'en avons connaissance que depuis quelques heures.

— Combien de personnes sont au courant ?

— Ici ? Le cercle est restreint.

Nicole préfère ne pas donner de nombre précis. Si elle le dit au directeur des opérations, il sera peut-être obligé de le rapporter à son supérieur, qui le répétera lui-même à son chef.

— Mais il y a beaucoup d'éléments permettant d'arriver à la même conclusion et ils ne sont pas classés top secret, poursuit-elle. Le FBI pourrait tomber dessus, et la police de Washington aussi. Ou la presse. En fait, elle est peut-être déjà au courant. Il y a au moins un journaliste à Lisbonne sur le coup. Je pense que la fuite vient de chez nous, un branquignol du corps diplomatique.

— Quel bordel !

Il n'échappe pas à Nicole que Farragut ne lui réclame ni le nom du journaliste ni celui du branquignol. Ce qui est bon signe. Elle devine qu'il évalue les différentes options, toutes aussi peu réjouissantes les unes que les autres. Il est officier du renseignement de carrière. En revanche, son supérieur est un politique qui n'a jamais caché que la CIA passait en second derrière le président qui l'a placé à la tête du service. Si les intérêts de l'Agence ne correspondent pas à ceux du chef de l'État, il est peu probable qu'il se range de leur côté.

Ces informations ne vont plaire ni au président ni au directeur. L'envie de tuer le messager et quiconque se trouverait dans les parages pourrait les prendre. Il y a des précédents.

— Est-ce qu'on peut étouffer l'affaire ?

Avant même de donner le coup de téléphone qui lui vaut cet appel, Nicole savait que la question allait se poser. Elle y a donc réfléchi.

— Ariel Pryce a fait pas mal de raffut, à Lisbonne : police locale, ambassade, presse, sans compter les éventuels témoins, employés d'hôtel, chauffeurs de taxi et j'en passe. On peut contrôler certains d'entre eux, et on peut imposer le silence chez nous. La police portugaise a une juridiction bien précise. On pourrait sans doute intervenir si elle allait trop loin. Le journaliste, en revanche…

Elle n'a pas besoin de terminer sa phrase : on ne peut pas le museler. La CIA peut crier « sécurité nationale ! » tant qu'elle veut, la presse se contentera de lui rétorquer : « Premier amendement ! » La prison ne serait pas une menace suffisante. La seule solution pour le faire taire serait discrète, radicale, immédiate, illégale – et totalement inacceptable aux yeux de Nicole. Comme à ceux de Farragut, elle l'espère. Mais, une fois encore, leur hiérarchie ne sera pas nécessairement du même avis.

Elle se représente Farragut assis dans un bureau lambrissé du quartier de Georgetown, visualisant la manière dont la nouvelle pourrait se propager avant d'éclater au grand jour, ses différents relais : ambassade, journaliste, sources, rédacteur en chef, éditeur, producteur d'émissions, réseaux sociaux, radio du service public, tout le monde sur cette putain de planète. Ça pourrait aller très vite, et aucun moyen de l'arrêter.

— Selon vous, Nicole, quel serait le pire scénario ?

— Ça dépend : pour qui ?

— Bien vu. Disons, pour les États-Unis.

La réponse ne fait aucun doute à ses yeux. C'est pour cette raison qu'elle n'a pas hésité à gâcher le dîner du 4 juillet du directeur des opérations.

— Le pire, ce serait de faire l'autruche et de dissimuler l'information. Ou du moins d'essayer. Parce que les faits seront toujours là. Si le scandale éclate maintenant, il ne portera pas de grave préjudice à la nation. Si on ne dit rien, on laisse à la Russie, la Chine ou la Corée du Nord la possibilité d'exploiter cette même information dans quelques années.

Elle entend son interlocuteur soupirer.

— Encore une chose, si je peux me permettre.

— Allez-y.

— En fait, je n'imagine pas de pire scénario pour la sécurité nationale.

Farragut pousse un autre soupir.

— Vous croyez que l'affaire pourrait déjà avoir été instrumentalisée par un pays hostile ?

Nicole y a pensé également.

— Je vois très bien Moscou orchestrer ce genre de mise en scène…

— Est-ce que j'entends un mais ?

— Eh bien, même s'il y a une puissance étrangère ou une force d'opposition nationale derrière l'enlèvement, la rançon, les appels, tout ce qui s'est passé au cours des deux derniers jours, ça ne change rien aux faits. Ce qui change, c'est la forme que prend la sanction et qui l'inflige. Ça n'efface pas le péché originel.

Farragut continue de réfléchir. C'est une décision épineuse. Pourquoi faut-il que ça lui tombe dessus au beau milieu de ses vacances ?

— Je dois vous poser la question, parce qu'on va me la poser. Peut-on la faire taire, elle ?

— Avec de l'argent, vous voulez dire ?

Il ne répond pas tout de suite.

— Non.

Nicole imagine l'information remonter de Farragut au directeur de la CIA, du directeur au président. Pendant une fraction de seconde, elle envisage de mentir. Mais ce n'est pas une solution.

— Autant que je sache, il n'y a pas de témoin. Ariel Pryce affirme détenir une preuve – une conversation privée avec Wolfe enregistrée illégalement –, mais nous ignorons si elle existe réellement. Le cas échéant, a priori, personne d'autre n'est en possession de cet élément. En tout cas, il n'en a jamais été question. Elle n'a pas évoqué non plus un dispositif qui divulguerait la vérité au cas où elle disparaîtrait. Sinon, je suppose qu'elle l'aurait mentionné, pour garantir sa sécurité.

— Et si cette preuve sortait, indépendamment d'elle ?

— Sans Pryce pour l'authentifier, ce serait assez facile de la disqualifier. S'il y a vraiment une preuve, et si elle ne disparaissait pas avec elle. Il se peut qu'elle bluffe.

— À votre connaissance, est-ce qu'elle a pris des mesures de protection ?

— Je n'en ai pas l'impression.

— Bon… Comment pourrait-on procéder, alors ? Je ne préconise aucune action, attention. Je veux simplement être en mesure de répondre aux questions.

— Pour commencer, il faudrait la retrouver.

Nicole marque une pause pour lui laisser le temps de réfléchir : ce ne sera peut-être pas si facile de mettre la main sur Ariel Pryce. Surtout si le pire s'est déjà produit et qu'une puissance étrangère est à la manœuvre. À cet instant, la fugitive pourrait très bien être à l'abri dans un jet privé en route pour Moscou.

— Ensuite, il faudrait la faire disparaître quelque part en Espagne. On pourrait aussi la retrouver morte à Lisbonne. Ou elle pourrait rentrer aux États-Unis et se suicider peu après. Mais, au risque de me répéter : il y a eu des fuites. Si un journaliste est sur l'affaire, il y en aura d'autres.

— La presse ? ricane Farragut.

Nicole sait qu'il a raison : la presse n'a plus le même poids qu'autrefois. Les gens croient ce qu'ils ont décidé de croire, et ils se tournent vers les médias pour être confortés dans leur opinion, pas pour s'informer.

— Les faits seront toujours là, insiste-t-elle. Et quelqu'un finira par les déterrer. Se débarrasser de Pryce ne fera pas disparaître le problème.

Farragut laisse s'écouler un long silence.

— Vous êtes sûre, Griffiths ? demande-t-il enfin.

Il a raison, encore une fois. Cela pourrait fort bien le résoudre, en fait.

Il est un peu plus de 4 heures du matin quand Wagstaff trace le dernier trait bleu sur la liste finale. Il a éliminé quatre-vingt-dix-neuf pour cent des noms. À droite restent une dizaine d'hommes en poste aujourd'hui à Washington ; à gauche une vingtaine qui se trouvaient à New York il y a quinze ans. Il a réduit les possibilités de manière satisfaisante.

Wagstaff se répète une fois de plus que sa stratégie est hasardeuse. Il le savait au début, il le savait pendant, et il le sait maintenant qu'il touche au but. Ce n'est pas une méthode fiable pour identifier quelqu'un.

Mais cela ne signifie pas qu'elle est inefficace.

Wagstaff lit de gauche à droite, ses yeux s'arrêtant sur tous les noms qui n'ont pas été barrés, puis il recommence. Son pouls s'accélère. Ce n'est pas la cocaïne.

Seuls quatre noms figurent aux deux extrémités de la table. L'un d'eux est impossible à ignorer.

42

Jour 3 – 4 h 51

Le soleil n'est pas encore levé, mais l'aéroport de Séville grouille déjà d'activité. C'est toujours le cas à cette heure, une foule composée d'hommes d'affaires en costume, de touristes en partance pour l'autre bout du monde, de voyageurs hagards et débraillés qui ont manqué leur correspondance la veille, et de maniaques qui arrivent partout en avance, vibrant d'un trop-plein d'énergie nerveuse.

— Tu es sûr ? demande Ariel.

— Oui, répond John. C'est mieux comme ça. Sinon, on sera deux Américains sans bagages qui voyagent ensemble. Et je suis facilement identifiable avec mon visage amoché. Même si la police ne nous recherche pas, on aura l'air suspect. Pourquoi courir le risque ?

Il a sans doute raison. Mais Ariel a l'impression que son cerveau fonctionne en surrégime depuis trop longtemps. À force, il a des ratés.

— Je ne sais pas…

— Fais-moi confiance, moi, je sais.

— OK. On se retrouve à la maison ? ajoute-t-elle, soudain

paniquée, sur un ton plus interrogatif qu'elle ne l'aurait souhaité.

— Bien sûr, sourit John.

Elle commence à s'éloigner, quand elle sent qu'on la tire par le bras.

— Hé!

Elle tourne la tête à demi.

— Oui?

— Je t'aime.

Elle soutient son regard. Depuis qu'ils se connaissent, la confiance entre eux n'a cessé de croître – c'est le principe des relations –, et là, ils ont atteint un sommet, non?

— Tu le sais, hein?

Ariel a une boule dans la gorge. Elle espère que cette peur est injustifiée, qu'elle est due uniquement aux circonstances exceptionnelles. Mais elle a appris à se fier à son instinct.

— Oui. Moi aussi, je t'aime.

Il n'y a pas de vol direct pour les États-Unis. Ariel veut partir au plus vite, avec l'escale la plus courte possible.

Les ongles de la femme au guichet cliquettent sur le clavier. Ses yeux vont du passeport à l'écran. Elle appuie sur une touche, attend, puis sur une autre, attend encore. Pourquoi est-ce si long?

L'hôtesse débite une rapide tirade en espagnol.

— *Lo siento. No hablo español.* Vous parlez anglais?

— Le prochain vol passe par Amsterdam, mais l'escale est vraiment courte, si vous ratez la correspondance, il vous faudra patienter quatre heures là-bas. Sinon, il y a Bruxelles. L'attente est un peu plus longue, mais c'est plus sûr. Que préférez-vous?

Ariel a le sentiment d'avoir dû faire tellement de choix

difficiles, ces derniers jours, qu'il ne lui reste plus aucun esprit de décision.

— *¿ Señora ?* insiste la femme, indiquant la file de clients impatients. *¿ Por favor ?*

— Le plus sûr.

— Bruxelles ?

C'est ce qu'elle a dit ? Est-ce vraiment important ?

— Oui.

Elle pianote de nouveau, attend, fait la moue.

— Un siège au milieu, ça ira ?

Après une autre nuit presque blanche, cette fois chez une amie absente, Ariel appela un taxi très tôt le lundi matin, de peur de changer d'avis.

— Où va-t-on ?

— À la police.

Assise à l'arrière, elle répétait les réponses qu'elle donnerait aux questions qu'elle n'avait pas envie d'entendre mais auxquelles elle ne couperait pas, au poste, et plus tard au tribunal, devant des rangées de micros et de caméras.

Combien de fois avez-vous dit non ? *Dix environ. Mais une fois devrait suffire, non ?*

Combien de verres aviez-vous bus ? *Même pas un. Mais je suis curieuse, à partir de combien de verres est-on autorisé à me violer ?*

Est-ce que vous portiez une robe courte ? *Oui.*

Un soutien-gorge ? *Non.*

Portez-vous toujours des vêtements qui laissent aussi peu de place à l'imagination ? *C'est le genre de tenue que portent les femmes à une soirée, quand il fait chaud.*

Devinait-on vos tétons ? *Sans doute.*

Combien de partenaires sexuels avez-vous eus au cours de votre vie ? *Avec qui j'ai eu des relations consenties, vous voulez dire? Je ne vois pas le rapport. J'ai été violée uniquement par cet homme, même si d'autres ont essayé avant lui.*

— Hé ! s'écrie Kayla. Ça y est : Ariel Pryce vient d'acheter un billet à l'aéroport de Séville. Un vol pour New York avec une correspondance à Bruxelles, départ dans moins de deux heures.

— Séville ?

Nicole règle le minuteur sur son téléphone. Elle se lève.

— Et le mari ?

— Rien pour l'instant. On a quelqu'un sur place ?

— Je ne pense pas, dit Nicole, tandis qu'elles se hâtent dans le couloir silencieux de l'ambassade déserte. Personne susceptible de gérer ça, en tout cas.

Elle frappe énergiquement avant d'ouvrir la porte. Antonucci, allongé, se frotte les yeux. Son visage est encore plus enflé que la veille.

— On va en Espagne, annonce Nicole.

— J'ai cinq minutes ?

— Une.

— Charlie Wolfe ? répéta le policier en plissant les yeux. *Le* Charlie Wolfe ?

Voilà qui commençait mal.

— Oui.

— Vous dites que Charlie Wolfe vous a… euh… agressée ? Sexuellement ?

À cette époque, Charlie Wolfe n'était pas encore célèbre au point de faire la une du *New York Times* ou de *People*. Mais il l'était suffisamment pour être connu des lecteurs du magazine *Hamptons*. Et ils se trouvaient justement dans les Hamptons.

— Il m'a violée.

— À sa soirée ? Samedi soir ?

— Oui.

— On avait quelqu'un là-bas… Flintie, je pense.

— Un policier était présent à la soirée où j'ai été violée ?

— Pas sur place. Mais quand il y a des événements de cette importance, avec des célébrités, des VIP, on envoie quelqu'un. Pas dans l'allée, pour ne pas effrayer les invités. Mais à proximité, afin de dissuader les éventuels fauteurs de troubles. Ou pour intervenir en cas de besoin.

— Je vois, eh bien, samedi, le fauteur de troubles était notre hôte. Et la présence de Flintie n'a pas suffi à le dissuader.

Pulaski dévisagea la jeune femme, puis expira lentement, cherchant quoi dire, et ne trouva que : « Merde. »

Ariel avait demandé à voir une policière, mais il n'y en avait pas en service pour prendre sa déposition.

— Et vous êtes sûre ?

— Sûre de quoi ? Qu'il m'a violée ?

— Que la relation était… euh… non consentie ?

— Certaine.

— Et vous êtes sûre qu'il s'agissait de M. Wolfe.

— Oui.

— Vous le connaissez ?

— Depuis des années. Je l'ai rencontré à plusieurs reprises. C'est une relation d'affaires de mon mari.

— Merde, répéta Pulaski, prenant des notes en secouant la tête.

Il posa son stylo, inspira profondément et leva les yeux vers Ariel.

— Avant de poursuivre, je dois vous demander une chose.

— Oui ?

— Vous êtes certaine de vouloir faire ça ?

Non, elle ne le voulait pas, évidemment, pour un tas de raisons et en particulier parce qu'elle n'avait aucune envie de devoir répondre à tous les hommes en position d'autorité qui les uns après les autres exprimeraient leur scepticisme : êtes-vous sûre qu'il vous a bien forcée, que c'était bien sexuel, que c'était bien Charlie ? Elle ne tenait pas à polluer la mare dans laquelle elle nageait, une mare où Charlie était le plus gros poisson. Elle ne voulait pas s'attirer l'inimitié des amis de Charlie, de leurs épouses, des gens qu'elle voyait au quotidien, redoutait le silence qui se ferait dès qu'elle entrerait quelque part, les têtes tournées, les murmures. Elle avait déjà l'impression d'être une intruse, à la marge de ce milieu très fermé. Socialement, elle n'y survivrait pas. Elle serait ostracisée.

Donc, elle aurait préféré s'éviter ça. Mais ne rien faire n'était pas une solution.

Ariel ignorait ce qui se passerait avec son mari, ce qu'elle allait faire de sa vie, qui elle désirait être et qui elle ne souhaitait pas être. Tout ce qu'elle savait, c'était que, si elle voulait que Charlie réponde de ses actes, elle devait porter plainte aujourd'hui et subir l'examen médical dans la foulée.

Elle connaissait les statistiques. Au moment où Charlie la violait, des centaines ou des milliers de femmes enduraient le même sort à travers le pays, des adolescentes et des quinquagénaires, des Blanches et des Noires, des riches et des pauvres, des hétéros, des lesbiennes et des femmes qui n'étaient pas sûres de ce qu'elles voulaient, des femmes qui étaient ivres, sobres, défoncées, des femmes qui avaient été droguées, des femmes à des fêtes étudiantes, à des fêtes familiales, à des fêtes d'anniversaire, des femmes sur des futons, des femmes sur des fauteuils et des femmes à l'arrière de Honda Accord. Plus de trois cent mille Américaines violées chaque année, plus que le nombre total de soldats américains tués depuis la fin de la Seconde Guerre mondiale, en Corée, au Vietnam, en Irak, tous les conflits armés réunis. Une guerre sans fin contre le sexe féminin.

Quelqu'un devait faire quelque chose. Tout le monde devait faire quelque chose.

— Non, répondit Ariel au policier. Je n'en ai aucune envie. Mais il le faut bien, non ?

— C'est la robe que vous portiez ? demanda l'infirmière à Ariel, qui avait eu la présence d'esprit de l'apporter.

La robe était roulée dans un sac de congélation, où elle semblait minuscule, un mouchoir. Et sa culotte ne prenait pas plus de place que des lacets.

— Rien d'autre ?

— Il faisait chaud.

— Les hommes ne violent pas les femmes à cause de leurs vêtements, la rassura l'infirmière. Vous n'avez pas à vous justifier.

Ariel hocha la tête.

— Pas devant moi, en tout cas.

— Avez-vous eu des relations sexuelles consenties au cours des dernières soixante-douze heures ?

Soixante-douze ? On était lundi matin, donc depuis quand ? Vendredi matin ? Autrement dit, le vendredi soir se trouvait dans l'intervalle.

— Oui.

Ariel vit l'infirmière s'interrompre, le stylo s'immobiliser au-dessus de la feuille, avant de se décaler un peu. Manifestement, ce n'était pas la bonne réponse.

— Des antibiotiques, en cas de maladie sexuellement transmissible.

L'examen médico-légal s'achevait enfin. Il y avait eu des écouvillons et des colorants, des prélèvements de sang et d'urine, de fluide et de tissus, des examens vaginaux et rectaux. Elle avait cru que ça ne finirait jamais. Son corps avait été exploré par des instruments métalliques froids, et évalué par des jugements encore plus froids. Pendant ce temps, son sentiment d'humiliation jouait au yoyo. Expliquer, patienter, répéter son histoire, décrire ses blessures physiques et psychologiques, ses gestes, ses actes.

Elle n'imaginait pas qu'elle devrait passer une journée entière à subir des tests intrusifs et traumatisants. En même temps, elle ne savait pas à quoi s'attendre. Ce n'est pas le genre d'épreuve qu'on anticipe, ce n'est pas le genre d'expérience sur laquelle on s'interroge.

— Et une pilule du lendemain.

— Ah, fit Ariel, prise au dépourvu.

Elle n'en voulait pas, mais elle s'inquiétait de ce qu'on en conclurait. Elle ne pouvait pas se permettre de mauvaise réponse supplémentaire.

— Ah, répéta-t-elle en acceptant la pilule, alors qu'elle réfléchissait déjà à la manière dont elle allait s'en débarrasser.

Rien ne l'avait rassurée, ni les questions du policier, ni celles de l'infirmière, ni ses propres explications. Chaque camp a sa version des événements – la parole de l'un contre celle de l'autre –, mais les tribunaux exigent des preuves. Y en avait-il pour confirmer sa version à elle ?

Elle sentit monter la panique. Elle respira à fond, s'efforça de se calmer, d'ordonner à son corps de lui obéir. Un corps qu'on croit sous son contrôle, des choix dont on pense être seul maître. Et puis on apprend qu'on se trompait. On ne choisit pas. On ne contrôle pas.

Ariel regarde autour d'elle, mais ne voit John nulle part. Il a fait la queue à un comptoir différent, a réservé une place sur un autre vol, a peut-être franchi un autre point de contrôle. Il est peut-être encore en train d'acheter son billet, ou se hâte déjà vers la porte d'embarquement de l'avion pour Amsterdam. Ariel l'ignore et n'a aucun moyen de le contacter. Silence radio.

Il avait raison : elle se sent nue dans cette file sans bagage, pas même un sac à main. Elle ne consulte pas son téléphone, car elle n'en a pas ; elle n'a pas de casque autour du cou, n'a ni livre de poche ni journal.

Ariel devine que l'agent de sûreté la jauge, note tout ce qui manque. Il lui fait signe d'avancer. Elle lui tend ses papiers, qu'il examine attentivement. Il scanne son passeport. Lui rend sa carte d'embarquement.

— Pas de sac ?

Elle secoue la tête. Elle n'ose pas parler.

— *¿ Por qué ?*

— Ils ont été volés.

— Je suis navré. C'était où ?

— Dans le vestiaire de notre hôtel.

— Notre hôtel ?

Merde.

L'agent regarde les passagers qui attendent derrière Ariel.

— Vous voyagez avec quelqu'un ?

— Non.

Devrait-elle s'expliquer au sujet de son mari ? Non, mieux vaut éviter de s'embourber dans des justifications.

— Non, répète-t-elle d'une voix plus ferme.

— Vous avez porté plainte ?

Elle secoue la tête.

— Vous auriez dû, c'est important.

— Vous avez raison. Mais je n'avais pas de temps à perdre.

Ariel sent le regard dubitatif de l'agent sur elle. Il baisse les yeux vers son clavier, son écran. Parfois, les hommes se méfient d'une femme simplement parce que ce sont des connards sexistes. Parfois, c'est parce qu'elle ment éhontément.

— Le voyage a été éprouvant. Je veux juste rentrer chez moi.

L'homme hoche la tête, mais il ne semble pas de son avis. Et soudain, il y a deux policiers à côté d'elle, gilet pare-balles, fusil tactique en travers de la poitrine.

— *¿Señora?*

Après l'hôpital, Ariel regagna la maison vide de son amie Jenny et s'effondra. Elle demeura prostrée pendant deux jours, se nourrissant à peine, dormant constamment, mais toujours d'un sommeil agité, furieuse contre le monde entier, y compris elle-même.

Le week-end approchait. Jenny allait rentrer avec son mari qui l'adorait et ses enfants turbulents. « Reste autant que tu veux, ce n'est pas la place qui manque. » Mais Ariel avait besoin d'être seule. Elle verrouilla donc la maison, replaça la clé dans le pot d'herbes aromatiques et se rendit en taxi à la gare. De retour à New York, elle prit une chambre à l'hôtel, puis vida leur compte joint avant que Bucky ne songe à le bloquer. Elle ignorait comment il allait réagir à sa fuite, son silence, son refus de répondre à ses appels. Il faudrait bien qu'ils parlent à un moment ou un autre, mais, pour l'instant, elle n'en avait pas le courage.

Elle savait que l'argent qu'elle avait retiré ne durerait pas éternellement. Elle devait trouver un logement et le meubler. Même en faisant les brocantes et les vide-greniers, ce ne serait pas gratuit. La nourriture, l'eau, le gaz, l'électricité, une voiture, l'essence : les dépenses s'accumuleraient rapidement, et la chute serait brève, de riche épouse au foyer à célibataire au chômage sans le sou. En outre, d'ici quelques mois, elle allait faire face à des coûts supplémentaires. Et ils ne cesseraient d'augmenter au cours des deux prochaines décennies.

Elle devait trouver une solution.

Quand on mène une vie strictement diurne, on ne soupçonne pas à quel point les lieux qu'on fréquente le jour se métamorphosent la nuit. Les bars et les restaurants accueillent une tout autre faune dès que les honnêtes citoyens rentrent se coucher : employés du secteur tertiaire, mais aussi ivrognes, arnaqueurs, dealers et trublions de tout poil.

Il est 23 heures lorsque Perséphone pénètre dans le Balestron, un bar nommé d'après une pièce de bateau ésotérique dans l'espoir d'attirer les voileux. La stratégie s'est révélée payante.

Perséphone fait la bise à l'hôtesse.

— Salut, Lea, comment va ton père ?

— Mieux, merci.

Elle salue Suze d'un hochement de tête. « Comme d'habitude ? » lui demande la barmaid, tandis qu'elle tire une pinte pour un autre client. Presque tous les tabourets du comptoir sont occupés. Pour déjeuner ou dîner, le Balestron est le seul restaurant digne de ce nom de la ville : local, bio, frais, artisanal. Tout le bla-bla dont raffolent les touristes, les foodies, les barbus qui font tourner leur verre de vin biodynamique en fronçant les sourcils, les blogueurs qui photographient artistiquement leur assiette pour Instagram, se pâmant devant… quoi, au juste ? Un bouillon à la surface duquel flottent quelques petits pois ?

— Salut.

Perséphone s'assied sur le tabouret que Kirsten lui gardait avec son sac, un faux Coach qu'elles ont acheté ensemble dans Canal Street, lors d'une virée shopping.

— Salut.

La cuisine sert jusqu'à 23 heures, l'heure où ferment les autres restaurants de la ville, le glacier, le caviste, la baraque à pizzas, le stand de palourdes et la cabane à fruits de mer sur le quai. À quinze kilomètres à la ronde, presque tous les établissements baissent le rideau en même temps, libérant une foule d'employés – cuisiniers, serveurs, hôtesses, barmen, commis, plongeurs –, leurs pourboires de la soirée en poche, impatients de décompresser et d'alimenter des habitudes autodestructrices. Il faut bien que ces gens aillent quelque part, il faut bien que quelqu'un les déleste de leur argent.

Cette clientèle est la véritable source du récent succès commercial du Balestron. Ce n'est pas la salade de betteraves anciennes et son chèvre frais en direct du producteur, photographié dans le magazine de la ville. C'est la pinte d'IPA et le whisky que Suze pose devant Perséphone, et les centaines d'autres verres qui seront servis entre le départ du dernier retraité en chaussures bateau et la fermeture – sans compter les frites, les cheeseburgers et les ailerons de poulet – tout cela pendant que Greg, ancienne star du lycée et capitaine de l'équipe de football du comté, deale des cachetons, de l'héro et un peu de crack à l'occasion. À l'époque, Kirsten et Perséphone avaient supervisé l'édition de leur album de promo et avaient écrit ensemble la double page consacrée à Greg. Et maintenant, regardez-le qui s'éclipse discrètement aux toilettes…

— Alors, raconte ! demande Kirsten. Tu m'as grave mis l'eau à la bouche.

Perséphone lève son whisky, le vide d'un trait.

— D'accord, mais personne ne doit savoir que ça vient de moi. Sérieux. Tu dois me le promettre, K. C'est archi important.

— Je te le jure.

Perséphone glisse la main dans la poche arrière de son jean, regardant les autres clients autour d'elle. Comme d'habitude, Jerry est perdu dans la contemplation de son verre.

— Tu vas halluciner. Ne hurle pas trop fort, dit-elle en indiquant l'avocat.

Elle tend les papiers pliés à sa plus vieille amie. En primaire, elles jouaient au foot ensemble, puis elles ont rejoint la revue littéraire du lycée. Elles sont toutes les deux allées à l'université et ont poursuivi en troisième cycle, déterminées à devenir des intellectuelles et à vivre de leur plume. Puis elles ont réintégré le domicile familial, s'enlisant dans les marécages de l'adolescence.

— C'est quoi ?

— Un rapport de police.

— J'ai vu. Et alors ? Laurel Turner ? On la connaît ?

— C'est le nom de la personne qui se fait maintenant appeler Ariel Pryce.

Kirsten la regarde, bouche bée. Elle tourne une page, revient en arrière.

— Une plainte pour viol qui remonte à quatorze ans ?

Perséphone hoche la tête.

— Et son fils, il a quel âge ?

— Tout juste.

— Attends, c'est un truc de malade !

— Et ce n'est pas le plus explosif.

Kirsten feuillette le document, cherchant sans comprendre.

— Là. Le nom du violeur présumé.

— Non ? Tu déconnes ?

— Absolument pas.

— Oh. Merde.

43

Jour 3 – 5 h 43

Ariel ne sait pas quoi dire à ces policiers espagnols. Ils ne la croiront jamais, son histoire est trop rocambolesque, mais elle n'a pas d'inspiration. Elle craint que son cerveau ne soit en panne. Trop de stress, trop de peur, pas assez de sommeil.

— Vous allez penser que je suis folle, dit-elle enfin, s'adressant à celui qui semble être le chef, à moins qu'il ne soit simplement le seul à parler anglais. Lundi matin, alors qu'il était en voyage d'affaires à Lisbonne, mon mari a été enlevé. J'ai signalé sa disparition à la police et à l'ambassade américaine, mais ils ne pouvaient rien faire. J'ai réuni le montant de la rançon, grâce à une relation aux États-Unis, et hier soir, j'ai payé les ravisseurs, qui ont relâché mon mari. Nous avons immédiatement fait notre déposition, mais nous ne nous sentions plus en sécurité à Lisbonne. Nous ne faisions plus confiance à la police. Nous ignorions si elle n'était pas impliquée dans l'enlèvement de mon mari.

— C'est une accusation très grave.

— Ce n'est pas une accusation, mais une inquiétude. Sans doute pas très rationnelle, mais nous venions de vivre une expérience traumatisante et nous n'avions pas, nous n'avons pas les idées très claires. Nous voulions simplement rentrer chez nous, aux États-Unis. La nuit dernière, nous avons quitté l'hôtel sans prendre de bagages, au cas où nous serions surveillés.

— Surveillés ? Par qui ?

— Ceux qui ont enlevé mon mari, par exemple.

— Dans ce cas, pourquoi avoir dit que vos bagages avaient été volés à l'agent de sûreté ?

— Parce que, comme vous venez de l'entendre, la vérité n'est pas simple. Je voulais éviter les complications inutiles.

— Pourquoi votre mari n'est-il pas avec vous ?

— Nous avons décidé de voyager séparément. Pour être sûrs qu'au moins un de nous rejoindrait mon fils sain et sauf.

— Et où est-il, maintenant ? Votre mari ?

— Je n'en sais rien. Il devait acheter un billet pour New York sur un autre vol.

— Ici ? À l'aéroport de Séville ? Avec quelle compagnie ?

— Je l'ignore.

— Merci de noter son nom là-dessus. Et sa date de naissance.

Elle s'exécute. Pendant ce temps, l'homme parle à voix basse à son collègue qui hoche la tête, puis détache la page sur laquelle sont notées les informations et disparaît. Le policier semble réfléchir au récit d'Ariel et se demander encore s'il doit la croire.

— Si nous contactons la police de Lisbonne, elle confirmera vos dires ?

— Bien sûr. Même si elle ignore qu'on ne lui fait pas confiance. Tenez, ajoute Ariel, sortant une série de cartes de visite de son portefeuille.

Elle pose celle d'António Moniz sur la table, puis celle de Carolina Santos.

— Ce sont les inspecteurs chargés de l'affaire. Ils nous ont interrogés hier soir, mon mari et moi. Appelez-les maintenant, s'il vous plaît. J'ai un avion à prendre.

En fin d'après-midi, Ariel sortit de l'hôtel de l'Upper East Side où elle avait élu domicile depuis quelques semaines. Une humidité étouffante l'enveloppa aussitôt. Le goudron miroitait, les gaz d'échappement étaient suffocants, et des bouffées d'air froid surprenantes s'exhalaient des magasins climatisés lorsque les portes s'ouvraient sur des femmes chargées de sacs contenant de la lingerie, des maillots de bain, du maquillage ou des lunettes de soleil. La beauté, un ouvrage qu'il fallait sans cesse remettre sur le métier.

Elle arriva en avance. Elle voulait se donner le temps de rassembler ses esprits.

Elle s'installa au bout du long comptoir poli sur lequel étaient posés des verres abritant des bougies et des roses thé dans de petits vases. Tabourets tendus de cuir souple couleur chocolat, jazz passe-partout en sourdine. Dans ce bar, elle buvait habituellement un délicieux montrachet premier cru à vingt-huit dollars le verre, mais cette fois elle opta pour une eau gazeuse. Les fines bulles éclataient sur sa langue et lui chatouillaient les narines, contrebalançant l'amertume du zeste de citron.

Tous ses sens étaient aiguisés. Elle avait l'impression d'être une scientifique étudiant son environnement. S'étudiant elle-même.

Quinze ans plus tard, certains aspects de cette période s'étaient estompés. Les gens qu'elle voyait, la façon dont elle passait ses journées, les séances de psy, les avocats, sa vie entière qui s'écroulait autour d'elle : tout était brumeux dans son esprit. En revanche, elle avait gardé des images très précises de cet après-midi-là. Elle avait répété la rencontre des dizaines de fois. Elle savait qu'elle devait se préparer à un genre de négociation totalement inédit pour elle. Les échanges avec les agents immobiliers, les éventuels employeurs, les vendeurs du marché aux puces semblaient dérisoires, par comparaison.

Elle avait choisi de ne pas s'asseoir face à la porte. Elle ne voulait pas donner l'impression qu'elle l'attendait ni paraître anxieuse. Qui croyait-elle berner ?

De sa place, elle pouvait quand même surveiller l'entrée dans le miroir derrière le bar. Elle le vit donc arriver, hocher la tête à l'intention de l'hôtesse et passer sans ralentir devant le poste du maître d'hôtel comme s'il était chez lui, arborant le sourire confiant de l'homme qui a tout, la version adulte du garçon à qui on a toujours assuré que le monde lui appartenait, qu'il pouvait avoir tout ce qu'il voulait, faire ce qu'il voulait.

Son acte n'aurait sans doute pas dû la surprendre. C'était prévisible. Voire inévitable.

Charlie ne savait pas comment la saluer. Autrefois, il l'aurait embrassée sur la joue, lui prenant le bras, le coude, ou posant la paume sur ses reins si les circonstances s'y prêtaient. Il avait la main baladeuse. À présent, il n'oserait pas.

Il s'assit à côté d'elle et elle eut un mouvement de recul involontaire.

Le barman s'approcha immédiatement. Charlie Wolfe était un homme qu'on ne faisait pas attendre.

— Que puis-je vous servir, monsieur Wolfe ?

Charlie laissa passer une seconde de plus que nécessaire avant de répondre, une micro-pause, un petit jeu de pouvoir, pour rappeler à l'autre qu'il était à sa disposition, pour établir le rapport de force. Charlie Wolfe était ce genre de connard. Il l'est toujours.

— Un verre de barolo, s'il vous plaît, Danny. Vous savez lequel.

Ariel en déduisit que ce vin ne figurait pas sur la carte, qu'il ne se vendait pas au verre, sauf pour Charlie, un homme qui réclamait, qui exigeait des privilèges auxquels le commun des mortels n'avait pas accès, auxquels il n'aurait même pas songé. C'était le but, non ? Charlie se fichait du barolo. Il voulait juste qu'on lui serve quelque chose de cher, d'exclusif, qui prouvait qu'il était important.

— Tout de suite, monsieur Wolfe.

Ariel ne lui avait pas encore jeté un regard, mais elle le sentait qui l'observait, curieux et pourtant silencieux.

— Je ne tiens pas à ce que cette conversation dure plus longtemps que nécessaire, dit-elle enfin, contemplant les bouteilles alignées contre le miroir qui reflétait la salle déserte, les sièges vides, pas de témoin.

— Alors ? dit-il d'un ton qui exprimait beaucoup de choses : le doute, l'hostilité, la condescendance.

— J'irai droit au but.

Curieuse de voir son visage quand elle lui annoncerait la nouvelle, elle se tourna vers lui, mais elle eut une réaction de dégoût instinctive. C'était la première fois qu'elle se retrouvait face à lui depuis le viol, et elle avait beau se répéter qu'elle maîtrisait la situation, qu'elle était en position d'avantage et ne risquait rien dans un espace public, son corps lui disait le contraire.

Elle savait que cette conversation serait pénible sous toutes sortes d'aspects qu'elle ne pouvait pas prévoir, et c'en était manifestement un.

Elle serra les dents, ravala sa nausée et se lança.

— Je suis enceinte.

Charlie n'ouvrit pas la bouche, ne haussa pas les sourcils, ne réagit pas. C'était impressionnant, il fallait le reconnaître. Elle admirait presque son sang-froid. Presque. Mais ce qu'elle ressentait, dans le fond, c'était de la répulsion, du mépris, et aussi une forme de jalousie ignoble. Il était en mesure de contrôler son propre corps. De contrôler le sien à elle, alors qu'elle-même n'en était pas capable.

Elle sentit monter un nouveau haut-le-cœur.

Le barman posa un sous-verre en tissu devant Charlie et un verre à très large calice. Danny lui présenta l'étiquette avant de verser lentement trois centimètres d'un vin pourpre, épais comme le sang d'un gros gibier qui a été abattu, vidé et empaillé, puis présenté cérémonieusement avec un salut obséquieux au chasseur satisfait. Danny essuya le goulot et s'éloigna, coupant court au spectacle de la servilité.

— Merci, Danny, dit Charlie avant de s'adresser à elle. Et tu penses qu'il est de moi ?

— Non. Je le sais.

Charlie choisit de ne pas répondre. Il prit une gorgée, reposa le verre soigneusement sur son napperon. Il avait l'air de réfléchir au barolo – était-ce un 1993 ou un 1994 ? Ce calme était feint, bien sûr. Il ne pouvait pas être aussi indifférent, personne ne l'aurait été dans une telle situation.

Qu'est-ce qui était le pire ? Un calme authentique ou un calme affecté ? Cela revenait peut-être au même. Ariel ne pouvait pas le haïr plus, de toute façon.

— Comment ?

— Comment quoi ?

— Comment peux-tu le savoir ?

— Tu veux que je te fasse un topo sur la reproduction chez l'être humain ?

— Comment sais-tu que je suis le….

Il ne semblait pas capable de terminer sa phrase. N'en avait pas envie.

— On ne t'a jamais expliqué ? En cours de biologie ? Ton père, peut-être ?

Charlie hocha la tête. Pas un geste d'acquiescement, mais l'admission d'un désaccord, d'un antagonisme.

— Très bien, dit-il, opinant toujours. Alors je vais être franc. Je ne te crois pas.

— Ah oui ?

La nausée s'était soudain dissipée, ne laissant que de la fureur.

— Mais que tu me croies ou non, je m'en moque. C'est la beauté de la science. Ce n'est pas une question de foi.

Elle but une gorgée d'eau, pendant que Charlie réfléchissait. Recueillir de l'ADN n'était pas un problème, il y en avait partout : sur les verres et les brosses à dents, les peignes, dans les lavabos, les kits d'examen en cas de viol, les frottis vaginaux, les prélèvements de sperme. Elle n'avait pas besoin de lui donner de détails, ils en étaient conscients tous les deux.

Charlie se vantait souvent de ses talents de négociateur. Il étudiait les tactiques, scénarisait les conversations, s'entraînait devant la glace. Il savait attendre quand il le fallait, mais aussi provoquer et dégainer le premier. L'important, c'était que ça marche – et dans certains cas, il valait mieux ne pas tergiverser.

— Que veux-tu ?

Quand il est évident que tu ne peux pas gagner, ne te bats pas.

— Te voir en prison.

Charlie inspira lentement par les narines. Peut-être allait-il enfin perdre son calme savamment étudié. Il regarda autour de lui pour s'assurer que personne ne risquait de l'entendre. Il n'était même pas 17 heures, trop tôt pour qu'il y ait du monde, mais le restaurant se trouvait en plein milieu de leur quartier. On pouvait aisément les remarquer, ce qui le mettait mal à l'aise. C'était la raison pour laquelle elle avait choisi ce lieu. Dans ce genre de situation, il n'y a pas de petit avantage.

— Alors, pourquoi tu me dis ça ? Qu'est-ce que je fais ici ?

— Je voulais voir ta tête quand tu apprendrais que ta vie était finie.

Elle prit son sac sur le comptoir.

— Malheureusement, ça n'en valait pas la peine. Je te laisse régler.

Elle retira ses pieds de la barre de cuivre, les posa sur le sol de marbre et se leva.

— Attends, dit-il enfin.

Ariel voit le second policier réapparaître et échanger quelques mots rapides en espagnol avec son collègue.

— *Señora*, personne ne répond à Lisbonne.

— Ce n'est pas très étonnant, il est à peine 6 heures du matin.

L'homme ne dit rien.

— Bon, que me reprochez-vous au juste ? Vous pensez que j'ai commis quel genre de délit ?

— Je ne vous accuse d'aucun délit. Mais vous êtes une voyageuse inhabituelle. Vous avez menti à la sécurité. Vous nous racontez une histoire difficile à croire.

— Exactement. Une criminelle aurait un récit plus crédible, non ?

Le policier lui adresse un sourire indulgent, comme s'il avait affaire à une enfant qui a inventé une excuse extravagante après avoir cassé une lampe. Ariel a l'impression de pouvoir lire dans ses pensées : *Pas nécessairement. Pas si vous êtes stupide.*

— Vous me prenez pour une imbécile, c'est ça ? Vous croyez que je suis une délinquante idiote ?

— S'il vous plaît. Je ne vous prends pas pour une imbécile. Je ne crois pas que vous soyez une délinquante. Mais vous comprenez que je suis obligé de vérifier votre histoire ?

Nicole Griffiths regarde par la vitre de l'hélicoptère l'aube se lever sur la péninsule Ibérique.

— Heure d'arrivée ?

— Atterrissage à 6h55, répond le pilote.

— À quelle distance du terminal ?

— Environ un kilomètre.

— On a quelqu'un au sol avec un véhicule ?

— C'est à moi que vous posez la question ?

— Non, intervient Kayla.

— Et on est censé rejoindre le terminal comment ?

— En courant.

Antonucci ronchonne. Pas question qu'il coure un kilomètre. Il n'est pas en état.

— Merde. Et son vol embarque à 7h10 ? On n'y sera jamais à temps.

Nicole cherche quelle est la voie hiérarchique la plus rapide pour être mise en relation avec un agent d'embarquement à l'aéroport de Séville, un jour de semaine à 6h30. Il n'y en a aucune qui le soit réellement.

Cette histoire commence vraiment à la gonfler.

Pete Wagstaff a l'impression d'être un hypocrite. Pendant des années, il a clamé haut et fort que la numérisation des archives était contraire à l'éthique, amorale, et une atteinte à ses droits de journaliste. Il se rappelle en avoir débattu avec fougue : aucun d'entre nous n'a jamais donné son accord, ni les reporters, ni les photographes, ni les chroniqueurs, nous n'avons jamais consenti à une exploitation permanente de notre travail dans des médias dont nous n'envisagions même pas qu'ils existeraient un jour. Un argument peu apprécié par la direction et qui n'a pas rendu service à sa carrière.

Et voilà qu'aujourd'hui, grâce à ces archives vilipendées,

Wagstaff a découvert que, durant les mois précédant leur séparation, les Turner ont assisté à trois réceptions rapportées dans la presse et illustrées par une demi-douzaine de clichés dont les légendes nomment en tout quinze personnes. Autant de témoins potentiels de la fin abrupte du mariage. Mieux encore, toujours grâce à la révolution numérique, ces gens sont instantanément localisables, dans la mesure où il s'agit de figures plus ou moins publiques, ou tout au moins de figures que le désir d'être publiques rend faciles à contacter. Wagstaff a déjà au moins un e-mail, un numéro de téléphone ou un profil sur les réseaux sociaux pour chacune des personnes identifiées.

Et cette photo-là ? C'est presque trop beau pour être vrai. Six personnes à une réception d'été, femmes en petite robe, hommes en pantalon clair. DE GAUCHE À DROITE, M. ET MME BUCKINGHAM TURNER, M. ET MME CHARLIE WOLFE, ET M. ET MME SLADE WASSERMAN, lit-on en dessous. Mme Wasserman se prénomme Tory. Son téléphone, son e-mail et ses pseudos sur les réseaux sociaux figurent sur la page contact de son site internet : *A TORY STORY*, CONSULTANTE MODE EXCLUSIVE. Allez savoir ce que ça veut dire. Wagstaff ne comprend plus la moitié des intitulés de métiers.

Les yeux de Charlie balayèrent le restaurant presque vide.

— Ton téléphone, s'il te plaît.

— Pardon ? Pourquoi ?

Il lui jeta un regard noir. Il ne souhaitait pas le dire à haute voix, mais elle savait pourquoi il réclamait son portable, et sa demande n'était pas déraisonnable. Elle posa donc son Nokia sur le comptoir.

— Déverrouille-le, s'il te plaît.

Il examina l'écran.

— Enlève la batterie.

Elle obéit, mais il n'était toujours pas satisfait. Charlie avait une peur paranoïaque des enregistrements clandestins, et ce bien avant que la plupart de ses contemporains ne songent à s'en inquiéter. Il avait une longueur d'avance dans de nombreux domaines.

Il fit signe au barman.

— Danny, nous allons nous asseoir à cette table un instant. Vous voulez bien veiller sur le sac de Madame ?

— Bien sûr.

Danny avait répondu sans sourciller, même s'il se posait certainement des questions. Seul un imbécile ne se serait pas interrogé, et les imbéciles n'ont pas leur place au bar de ce genre d'établissement. Mais les employés obéissaient sans discuter aux hommes comme Charlie Wolfe, parce qu'ils savaient que ceux-ci n'hésiteraient pas à les faire virer. Ils étaient prévenus. Ces clients-là disaient toujours : « Je vais vous faire virer. » Ils adoraient prononcer ces mots, ça les excitait peut-être plus encore que le renvoi effectif. C'est la démonstration de la domination qui procure du plaisir. Sans mise en scène, elle n'a que peu d'intérêt.

Charlie observa Ariel. Il craignait peut-être qu'elle dissimule un micro sur elle, mais il n'allait quand même pas lui demander de l'accompagner aux toilettes pour vérifier.

Ils s'assirent sur une banquette, à l'autre bout de la salle, à l'écart des rares clients, loin du sac à main de la jeune femme et d'un éventuel enregistreur.

— Que veux-tu réellement ?

— Ce que je veux réellement ? répéta-t-elle, feignant l'étonnement.

Ils connaissaient tous les deux la réponse : elle voulait lui faire mal. Elle voulait qu'il souffre ; elle voulait le voir souffrir.

— Ne te fous pas de ma gueule. Tu me comprends très bien.

Sa voix était calme, mais féroce. Il était doué pour cela.

De son côté, Ariel était consciente qu'elle ne pouvait pas dépasser une certaine limite. Si ses exigences étaient inacceptables, il s'en remettrait à la justice. Et tout le monde sait que les verdicts sont imprévisibles. À cet égard, ils avaient au moins un intérêt commun : ils ne souhaitaient ni l'un ni l'autre de procès.

— Ce que je veux ? Hum, voyons : un minimum de cinq ans. Mais j'espère que ce…

— Tu n'as pas fini ?

— Je suis sûre, sûre et certaine, qu'une fois que le bruit se répandra, dès que les journaux s'empareront de l'affaire, que les langues se délieront, ici, dans ce bar, au Colony Club, au rayon charcuterie chez Eli's…

— Plus bas.

— Quand on verra qu'il y a une fissure dans la digue, d'autres femmes sortiront de l'ombre.

Il plissa les paupières.

— Combien ?

— La digue cédera et l'inondation emportera tout. Tu sais ce qui arrive aux hommes comme toi en prison, Charlie ? Tu n'es pas tombé de la dernière pluie, je suis sûre que tu es au courant.

— Com-bien ?

Ariel avait fait des recherches pour évaluer la valeur nette de Charlie, son ratio de liquidité, la somme dont il pouvait disposer sans avoir à vendre de placements à long terme. En bref, le maximum qu'il serait prêt à payer pour éviter une publicité extrêmement préjudiciable. Les accusations d'Ariel ne pouvaient pas être balayées sous prétexte d'un « malentendu » de jeunesse, impliquant des « souvenirs différents des événements ». Non, le viol était très récent, et la victime l'épouse d'une relation d'affaires, d'un ami. Il y avait des témoins, un examen médical.

Il devait pouvoir sortir cet argent sans que sa vie soit

bouleversée – sans que sa femme l'apprenne –, sinon, il lui adresserait une fin de non-recevoir. Ce qui, selon les calculs d'Ariel, lui permettait quand même de réclamer une coquette somme.

— Cinq millions.

— Cinq, s'étrangla-t-il. Tu as perdu la tête.

— Vraiment ?

Sous son regard implacable, il détourna brièvement les yeux avant d'entamer l'inévitable marchandage.

— Deux.

— S'il te plaît, un peu de sérieux.

La mâchoire serrée, elle le fixait sans ciller.

Une seconde s'écoula, puis deux, dix, vingt. Elle était totalement silencieuse. Comme si elle se cachait dans un placard pour échapper à un meurtrier.

— Deux et demi, dit-il enfin.

Elle savait qu'elle devrait faire une grosse concession. Un homme avec un tel ego ne supporterait pas d'être le grand perdant dans une négociation.

— On ne va pas y passer la nuit. Je ne descendrai pas en dessous de trois.

En fait, elle était prête à accepter deux et demi. Mais c'était avant qu'il ne les offre. Charlie bouillonnait de rage. Elle dut faire appel à tout son sang-froid pour soutenir son regard. Dix secondes, vingt, peut-être trente ou quarante, elle avait perdu la notion du temps. Elle attendait…

Il finit par capituler.

— Tu devras signer un accord de confidentialité, évidemment.

Oui, évidemment : le secret était l'objet même de cette conversation, car la publicité était l'arme d'Ariel. En ce temps-là, les conséquences à long terme d'un tel accord étaient à des lieues de ses pensées. Elle ne voyait que ses besoins immédiats, la gratification immédiate, ses gains personnels à elle et ses pertes à lui. Elle n'envisageait pas un avenir où ce genre de comportement mobiliserait l'opinion, où la révélation elle-même pourrait devenir la priorité. Cela ne lui traversa même pas l'esprit.

C'était bien avant Harvey Weinstein, avant Trump qui se vantait de les « attraper par la chatte », avant #MeToo. Les chances d'obtenir gain de cause étaient beaucoup plus aléatoires, il y a quatorze ans de ça. Une autre ère. Les recours étaient limités. Ariel avait un objectif précis. Cette discussion entre eux était personnelle, elle n'avait aucune dimension politique, ne revêtait pas une importance nationale.

Elle hocha donc la tête et Charlie fit aussitôt signe au barman, tandis qu'il sortait son portefeuille de sa poche.

— Je me sauve, dit-il à Danny. Je règle le verre de la dame.

La dame…

— Bien sûr, monsieur Wolfe. Je vous apporte votre monnaie.

— Laissez, Danny. Merci.

Un saint.

— Merci beaucoup, monsieur Wolfe.

Ariel n'avait pas besoin de regarder pour deviner qu'il lui avait donné un billet de cent dollars. Charlie allait les chercher exprès à la banque : c'était avant que les distributeurs ne les proposent ailleurs que dans les casinos. Ariel le savait, car Bucky en faisait autant. Les deux hommes se ressemblaient plus qu'elle ne voulait l'admettre. Même physiquement : les yeux, les cheveux, le nez. Ils auraient pu être frères.

Elle voyait que Charlie était tiraillé. Dès qu'on avait dit oui, on était censé partir, raccrocher : surtout ne pas tout gâcher. Mais il devait lutter contre une autre impulsion : le désir de l'insulter, de la rabaisser, de l'humilier, de se disputer avec elle. Le refus de perdre. D'admettre qu'il avait été dominé.

Mais il parvint à se maîtriser. Il se leva et sortit sans un mot. Ariel s'autorisa enfin à pousser un long soupir.

Trois millions de dollars.

C'était amplement suffisant pour repartir de zéro. Mais ce n'était pas une véritable vengeance, parce que, au bout du compte, il ne souffrirait pas. Dans certains cas, l'argent résolvait tout. Dans d'autres, ce n'était qu'un début.

Ariel n'espérait pas obtenir justice, jamais. Jusqu'au jour où la solution lui tomba du ciel.

44

Jour 3 – 7 h 02

— Je vous en supplie, dit Ariel, désignant sa montre. Je vais rater l'embarquement.

— Il y aura d'autres vols, réplique le policier espagnol. New York n'est pas une destination exceptionnelle.

— Je dois rentrer chez moi, mon fils m'attend.

— Vous allez rentrer chez vous. Dès que nous aurons parlé à la police de Lisbonne.

Son collègue réapparaît, il tient toujours à la main le papier portant le nom et la date de naissance de John. Les deux hommes confèrent à voix basse.

— Quoi ? demande Ariel. Il a eu l'inspecteur Moniz ?

— Non, *señora*. Il s'agit d'autre chose. Nous n'avons pas trouvé votre mari. Il n'a pas acheté de billet.

Ariel aimerait afficher une attitude impassible, mais elle a l'impression d'avoir épuisé toutes ses ressources.

— Il n'est pas passé au contrôle de sécurité.

Tout ce qui reste, c'est la panique.

Lorsque le téléphone sonne, il est encore beaucoup trop tôt pour António Moniz. Il regarde le numéro sur l'écran – un appel venant d'Espagne – et appuie sur REFUSER, puis essaie de se rendormir. En vain. Il consulte sa boîte vocale. Son espagnol est approximatif, et il doit écouter le message trois fois pour être certain d'avoir bien compris : un policier à l'aéroport de Séville retient une Américaine du nom d'Ariel Pryce qui lui a communiqué les coordonnées de l'inspecteur Moniz. Pourrait-il les rappeler dès que possible ?

Au moins, il sait à présent ce qu'ont fait les Américains lorsqu'ils les ont semés.

Moniz se traîne à la cuisine et met du café dans le percolateur. Tandis que l'eau chauffe, son téléphone sonne encore. Cette fois, c'est Carolina Santos.

— Tu as reçu un appel d'un flic espagnol ? demande-t-elle sans préambule.

— Il m'a laissé un message.

— Moi aussi. J'étais sous la douche. L'un de nous devrait le rappeler.

— Je m'en charge.

— Et tu comptes lui dire quoi, António ?

— Je ne sais pas, la vérité ?

— Laquelle ?

Il ne comprend pas ce qu'elle veut dire.

— Y compris nos soupçons ?

Il ne répond pas.

— Et après ? poursuit Carolina. Est-ce qu'on va exiger que la police arrête John Wright ? Demander l'extradition et l'accuser de faux enlèvement ? Les Espagnols vont dire quoi, à ton avis ?

— Je pense qu'ils seront ravis de nous aider.

— Oh, pour nous aider, ils nous aideront. Et ils seront ravis, c'est sûr.

Moniz éteint le brûleur. Il verse une tasse pour lui et une autre pour Julio.

— Mais avant, António, ils vont nous poser quelques questions. Pourquoi n'avez-vous pas arrêté l'Américain sur votre sol, si vous étiez certains de sa culpabilité ? Pourquoi ne pas avoir surveillé John Wright ? Alors, on devra avouer qu'on le surveillait et qu'il nous a échappé.

Moniz emporte les tasses dans la chambre et observe un instant son époux endormi. Le week-end prochain, ils fêteront leur dixième anniversaire de mariage. Un grand dîner chez sa sœur cadette, à Cascais, au bord de la mer. Catia a épousé un riche banquier. Un abruti de la pire espèce. Mais ils ont une maison sur la côte et une autre en ville, toutes les deux spectaculaires, Catia n'a pas eu besoin de travailler depuis une décennie et ils ont une petite fille adorable. Tout le monde fait des compromis au fil des ans. Au moins, dans le cas de Catia, les avantages sont flagrants.

— Ce qui signifie qu'ils vont se payer notre tête, António. On va être la risée des agents de sûreté aéroportuaires.

Elle a raison. Comme toujours. Ou presque.

— John Wright a été malin de fuir vers l'Espagne. Très malin.

Moniz pose la tasse sur la table de chevet de Julio et ressort silencieusement de la chambre.

— Très bien, qu'est-ce que tu proposes, alors ? demande-t-il, bien qu'il la sente venir.

— Le délit, s'il y a délit, a été commis par un Américain. Les victimes sont son épouse américaine et le citoyen américain qui a fourni la rançon. C'est donc un problème américain. Personne ici à Lisbonne n'a été lésé, ni physiquement ni financièrement, et il n'y a aucun risque d'infraction future…

Moniz n'est pas étonné qu'elle préfère assurer ses arrières.

En revanche, il a du mal à croire qu'elle est prête à laisser un coupable s'en tirer à si bon compte.

— Je pense que nous ne gagnerions pas grand-chose à poursuivre cette affaire. Qu'en dis-tu, António ?

Après le départ de Charlie, Ariel prit quelques minutes avant d'affronter les rues étouffantes de Manhattan pour rentrer à l'hôtel où elle vivait dans les limbes depuis son retour. Enfin, elle sortait de l'incertitude.

— Veuillez m'excuser, madame Turner. Vous auriez un instant, s'il vous plaît ?

C'était Mustafa, le gérant.

— Bien sûr.

Il l'entraîna à l'écart.

— Quand nous avons voulu régler les frais d'hier, la carte de crédit dont vous nous avez donné le numéro a… je suis confus… mais elle a été refusée.

Bucky l'avait annulée. Elle n'était pas surprise. Elle savait qu'il pouvait être revanchard. Son arrogance impitoyable comptait parmi les traits qui l'avaient séduite, du temps où elle avait une autre vision de ce qui faisait le charme d'un homme. Et lorsqu'ils avaient commencé à se fréquenter, ses fanfaronnades n'étaient pas dénuées de second degré, comme s'il jouait un rôle sciemment, avec un petit clin d'œil à l'intention d'Ariel. Elle aimait sa gaieté, son enthousiasme. Puis, avec le temps, il s'était débarrassé de ce détachement ironique, comme d'une mue, jusqu'à la métamorphose finale sur Montauk Highway, le révélant tel qu'il était réellement. Impossible de se méprendre. Impossible de l'ignorer. Impossible de le supporter.

Depuis, Bucky avait tenté de la joindre à plusieurs reprises. Elle avait laissé passer une semaine avant de se sentir la force de lui parler. Et même à ce moment-là, elle avait voulu que ce soit bref. Arracher le pansement d'un coup.

— Excuse-moi, avait-il dit.

— Pourquoi tu t'excuses ? Est-ce que tu le sais seulement ?

Encore une fois, il avait mis trop de temps à répondre.

— J'aurais dû être plus présent.

Présent. À l'écoute. Reconnaissant. Bucky avait glané des mots ici et là auprès de ses copains, rigolant au bar : toutes ces conneries qu'il ne fallait pas dire pour que leurs bonnes femmes leur foutent la paix.

Il y avait différentes façons d'être lâche, mais il avait sans doute choisi la plus impardonnable. Ariel prit conscience que son mari lui sortait par les yeux. C'était arrivé comme ça, un robinet qui se fermait, l'amour soudain tari.

— Tu m'as abandonnée de la pire manière qui soit, au moment où j'avais le plus besoin de toi. Tu comprends ?

— Oui, répondit-il, sur un ton qui signifiait le contraire. Que dois-je faire pour réparer ça ?

Qu'imaginait-il ? Qu'il suffisait d'appeler un artisan et de lui glisser un billet de vingt dollars pour recoller les morceaux du mariage qu'il avait négligemment brisé ?

— Je ne crois pas que ce soit possible. Et si tu es honnête avec toi-même, est-ce que tu le désires vraiment ?

— Évidemment ! Comment peux-tu me demander une chose pareille ?

Ariel avait fait un examen de conscience ces derniers jours.

— Bucky, je pense que tu ne m'aimes pas autant que tu le voudrais. Et c'est peut-être mon cas aussi.

— Mais…

Il s'interrompit, ne sachant que dire.

— Je suis désolée.

Elle regretta aussitôt ces mots. Elle n'avait pas à s'excuser.

Elle devait se débarrasser de cette mauvaise habitude. Entre autres.

Bucky n'était pas d'accord avec elle, mais il ne pouvait pas l'obliger à changer d'avis. Il lui dit qu'il lui donnait quelques jours pour réfléchir et qu'il la rappellerait. Il ne le fit pas.

Ariel entreprit alors de contacter les meilleurs spécialistes du divorce – du droit de la famille, ainsi que les avocats la corrigeaient aimablement –, qui les uns après les autres lui firent une réponse similaire : ils ne pouvaient pas la représenter, en raison de consultations antérieures avec son époux. Elle avait aussitôt compris qu'il ne tarderait pas à lui couper les vivres. Il pouvait être charmant et passionnant, drôle et chaleureux. Mais chaleureux ne signifie pas bienveillant. C'est même parfois le contraire. Souvent.

Il était temps de quitter cet hôtel, où la nuit coûtait aussi cher que le loyer mensuel de son nouvel appartement, dans la petite ville où elle avait décidé d'emménager. Un logis modeste en rapport avec sa situation.

— Je comprends, dit-elle à Mustafa. Je pars ce soir.

Elle aurait bientôt trois millions de dollars, ainsi que la pension compensatoire prévue par leur contrat de mariage. Mais pour l'instant, elle n'avait rien. Elle était presque à sec, et ne tarderait pas à l'être complètement. Elle venait de passer sa dernière nuit à New York.

Elle donna à Mustafa une carte de crédit datant d'avant son mariage, ni noire, ni platine, ni dorée, sans crédit illimité, sans statut privilégié ni avantages particuliers, uniquement les taux d'intérêt usuraires qui endettaient des millions d'Américains ordinaires, contraints de réfléchir avant chaque achat essentiel. Ariel était redevenue une Américaine ordinaire.

— À quelle heure dois-je libérer la chambre ?

— C'était à midi, madame Turner. Mais je vous en prie, prenez votre temps.

— Merci. Pour tout.

Ariel était une femme enceinte, sans argent, sans compétence et sans emploi, qui quittait son mari. Il lui avait fallu deux semaines pour avoir le courage de raconter le viol en séance de thérapie et depuis, elle avait travaillé uniquement là-dessus, rendez-vous supplémentaires, émotions supplémentaires. Mais ça aussi, c'était fini. Elle n'avait plus les moyens de payer un psychiatre de Park Avenue ; elle ne vivait même plus à Manhattan.

— Je vous en prie, répondit Mustafa. Je vous appelle un taxi ?

— *Hola. Me llamo António Moniz. ¿ Habla portugués ?*

— *No. ¿ Inglés ?*

— Oui. Vous m'avez laissé un message. Au sujet de l'Américaine.

— Merci. Voilà, nous retenons une certaine Mme Pryce ici, à l'aéroport. Elle est arrivée sans bagage et nous a raconté une histoire à dormir debout au sujet de son mari, qui aurait été enlevé à Lisbonne. C'est vrai ?

— Oui.

— Un citoyen américain du nom de John Wright a été enlevé ?

— Oui.

— Et il a été libéré après que sa femme a payé la rançon ?

— Oui.

— Et ?

— Et que voulez-vous d'autre ?

— Je ne sais pas, comprendre pourquoi ils sont partis en pleine nuit pour rejoindre Séville ?

— Je l'ignore. Mais j'imagine qu'ils ne se sentaient plus en sécurité à Lisbonne.

— Pourquoi ?

— Ma foi, c'est ici qu'il a été enlevé. Que dit M. Wright ?

— Nous n'avons pas pu lui parler. Il n'était pas avec sa femme quand nous l'avons interceptée. Elle prétend qu'ils ont décidé de voyager séparément, par prudence, mais nous n'avons pas pu le localiser.

L'affaire prend un tour intéressant. Mais elle ne regarde plus António Moniz.

— Inspecteur, y aurait-il selon vous une raison de retenir Mme Pryce ?

Il ne saura sans doute jamais le fin mot de l'histoire et il le regrette. Il est maintenant certain que ce n'est pas ce qu'il avait imaginé.

— Je n'en vois aucune. Souhaitez-lui bon voyage de ma part.

On appelle son nom au micro : *Señora Aariiel Pryyyce. Aariiel Pryyyce, por favor* – pas besoin de traducteur pour comprendre le message : dernier appel, grouille-toi, on t'attend. Bien sûr, son avion se trouve à l'autre bout du terminal. Tout en courant, elle voit qu'il n'y a plus personne dans la file. L'agent d'escale est au comptoir et les portes s'apprêtent à se fermer.

— Je suis là ! Ariel Pryce ! crie-t-elle, agitant sa carte d'embarquement.

L'agent hoche la tête et elle s'engage sur la passerelle. À bord de l'avion, elle se dirige seule vers son siège et se laisse choir à côté d'une vieille dame qui lui coule un regard désapprobateur par-dessus ses lunettes de lecture. Puis une hôtesse annonce : « *Señoras y señores, bienvenidos.* » La porte de la cabine se ferme. Enfin, Ariel s'autorise à respirer, à relâcher ses épaules tendues. Elle a réussi, ce voyage éprouvant est terminé.

Mais que se passe-t-il, à présent ?

La porte se rouvre sur un homme d'allure très espagnole, dans une tenue BCBG elle aussi très espagnole. Il parle à voix basse à l'hôtesse qui l'écoute en hochant la tête, puis examine les sièges les uns après les autres, jusqu'à s'arrêter sur Ariel qui croise son regard. À cet instant, une seconde personne monte à bord de l'avion, une femme qu'Ariel reconnaît aussitôt, même si, pendant une fraction de seconde, elle refuse de l'admettre.

Ils sont venus la chercher.

— Pete ? C'est une blague ?

— J'ai attendu jusqu'à une heure raisonnable.

— Dans quel univers est-ce que 7 heures est une heure raisonnable ?

Wagstaff n'a pas dormi de la nuit, surexcité par sa découverte, de plus en plus sûr qu'elle va lui valoir un Pulitzer. Sa rédactrice en chef à Londres n'a peut-être pas tort sur un point : le mot raisonnable lui est étranger.

— Je sais qui c'est.

— De quoi tu parles ?

— L'homme qui a fourni la rançon, le père de son enfant.

La veille, voyant que l'affaire prenait de l'ampleur, il a envoyé quelques informations à Judy. Il est conscient que ce n'est jamais une bonne idée de mettre son patron, ou en l'occurrence sa patronne, devant le fait accompli.

— OK, alors, qui ?

— Charlie Wolfe.

Silence.

— Judy ? Tu es toujours là ?

— Oui.

Il l'entend respirer.

— Quelle probabilité ?

— Quatre-vingt-quinze pour cent.

— Ne te fous pas de ma gueule, Pete. Ce n'est pas un jeu. Tu es sûr de toi ?

— Oui.

Wagstaff sait que sa conviction personnelle et les éléments concordants ne suffiront pas. Il sait aussi qu'il sera difficile de trouver des preuves tangibles d'une liaison vieille de quinze ans, qui s'est conclue par la naissance d'un enfant illégitime, un divorce et un contrat de confidentialité. Quel genre de preuve pourrait-il rester aujourd'hui ?

Ce serait compliqué à établir, c'est certain. Mais il est prêt à parier qu'il ne s'agissait pas d'une liaison.

— Cette femme vient de racketter le prochain président des États-Unis.

V

LA RÉPARATION

45

Jour 3 – 8 h 22

— Où va-t-on ? demande Ariel.
— En lieu sûr, répond Nicole.
Plus personne ne parle pendant cinq, dix, quinze minutes. Ariel regarde Séville défiler de l'autre côté de la vitre, des toits de tuiles rouges, des murs blanchis à la chaux et des clochers, tandis que le lourd véhicule s'enfonce dans des rues de plus en plus petites à mesure qu'ils se rapprochent du centre, selon la topographie de beaucoup de villes européennes.
— Allongez-vous.
— Pardon ?
— Allongez-vous, répète Nicole, indiquant le plancher à l'arrière du SUV.
— Vous plaisantez ?
Nicole ne daigne pas répondre.
— Où est mon mari ?
— Je pensais vous avoir dit clairement que je ne répondrais pas à cette question. Antonucci, tu m'as entendue ? Je lui ai bien dit « Je ne répondrai pas », alors arrêtez.
Ariel regarde le visage méchamment amoché de l'agent

qu'elle a assailli dans la rue. Elle espère qu'il ne compte pas se venger.

— Ouais. C'est exactement ce que tu as dit, acquiesce Antonucci.

— Il me semblait bien. Maintenant, au sol, ordonne Nicole à Ariel.

John traverse le terminal dans l'autre sens, examinant plus attentivement les magasins de vêtements, les boutiques de cadeaux, le duty free. Il sait déjà quelles toilettes sont les plus grandes et les plus fréquentées, lesquelles sont plus petites et tranquilles. Il sait où est postée la police. Où sont les points de contrôle et les issues.

Il sait également qu'on a fait descendre Ariel de l'avion et qu'elle a quitté l'aéroport sous escorte par une sortie de secours. Il a observé la scène de derrière un journal, caché au milieu d'une foule qui attendait un vol pour Barcelone. C'est le billet le moins cher qu'il a trouvé, et il l'a acheté à l'aide d'un faux passeport et d'une carte de crédit au nom de quelqu'un d'autre. John n'a jamais eu l'intention de prendre ce vol. Il voulait juste pénétrer dans la salle d'embarquement, pour voir si Ariel partait sans encombre.

C'est aussi dans cette zone que sont les boutiques. Il commence par se procurer un téléphone prépayé.

Le SUV se gare dans une cour agrémentée d'un oranger chargé de fruits et d'une petite fontaine carrelée sans eau.

— Par ici, dit l'homme de l'avion.

Ariel ne l'a jamais vu, un agent local, sans doute. Et la maison doit être un point de chute de la CIA. Ils gravissent un escalier de pierre extérieur, traversent une galerie où règne une agréable fraîcheur et franchissent une vieille porte en bois usé derrière laquelle les attend un appartement confortable. Ariel constate avec soulagement qu'il n'y a ni grille à l'entrée ni barreaux aux fenêtres. Elle ne met pas la barre très haut en ce moment. Elle remarque néanmoins un pied sur lequel est posée une petite caméra, qu'Antonucci allume.

— Asseyez-vous, dit Nicole Griffiths, lui indiquant la table de la salle à manger.

L'Espagnol les laisse et Antonucci disparaît derrière une porte.

— Que me voulez-vous ? demande Ariel.

— Asseyez-vous, répète Griffiths d'un ton sec. Nous n'avons pas beaucoup de temps.

Ariel ignore ce qu'elle doit en conclure, mais elle a peur de le demander.

— Comment avez-vous rencontré votre mari ?

Elle s'attendait à ce genre de question, mais elle hésite à répondre. Que doit-elle révéler à cette femme ? Que veut exactement savoir la CIA ? Pourquoi ? Elle est prête à lui fournir tous les détails : le verbatim de leurs conversations, les expressions de son visage, la chorégraphie du premier baiser. Ce n'est pas si vieux, c'était important. Mémorable. Mais ce n'est pas nécessairement pertinent.

— C'était un client de la librairie.

Ariel commence aussi simplement que possible. Si quelqu'un veut qu'elle donne plus de détails, ils n'ont qu'à demander. Elle n'a pas oublié le conseil que Jerry lui a donné un jour qu'elle se préparait à une audience de la commission d'urbanisme : la réponse à la question *Est-ce que vous avez l'heure ?* devrait être *Oui*.

— Main Street Books, c'est ça ? Original…

La librairie s'appelait ainsi lorsqu'elle l'a reprise, mais Ariel ne dit rien.

— Il a acheté des livres ?

— Qu'est-ce que ça peut vous faire ?

— Je dois vraiment le dire ? J'ai l'impression d'être dans une mauvaise série policière, mais d'accord : c'est moi qui pose les questions.

— Oui. Il a acheté des livres.

— Lesquels ? Vous vous rappelez ?

— En fait, oui. Deux best-sellers en grand format, un roman policier et un ouvrage historique sur les présidents américains.

— Ce sont des sujets qui l'intéressent particulièrement ?

— Je suppose.

— Vous ne lui avez jamais posé la question ? Vous n'en avez jamais parlé ?

— Non.

— Ah bon ? Moi, j'ai l'impression que c'est typiquement le genre de bouquins qu'achèterait un type qui s'en moque et se trouve dans une librairie pour une autre raison.

— Je vous l'ai dit, on n'en a pas reparlé.

— Et il vous a draguée direct ?

— Non.

— La fois suivante ?

— On s'est croisés dans un restaurant.

— Une rencontre fortuite, allons bon. Et il est arrivé le premier, ou c'était vous ?

— Il était déjà là.

— Il vous a invitée ?

— Toujours pas. C'était quelques semaines plus tard, quand je suis tombée sur lui au supermarché.

— Le hasard fait bien les choses.

— C'est une petite ville.

— Parlez-moi donc de cette rencontre fortuite au supermarché.

Ariel remarque soudain le grand miroir au mur.

— Que voulez-vous savoir ?

— C'était à quel rayon ?

— Sérieusement ?

Encore quelqu'un qui lui pose des questions sans intérêt, sans doute uniquement pour comparer ses réponses sans intérêt à celles de John.

— Je veux tout savoir.

— On était entourés par des piles de fruits.

Cette femme veut tout savoir ? Elle va être servie.

— Il m'a saluée et m'a demandé si je me souvenais de lui. Il s'est présenté, on a bavardé : il était nouveau dans la région, pas moi. Est-ce que j'allais souvent au restaurant où on s'était croisés la dernière fois ? J'ai ri. Il s'est excusé, en disant que ça devait ressembler à de la drague. Je lui ai demandé si c'était le cas. Il a dit probablement. J'ai fait : probablement ? Il a rougi et il a répondu oui, on pourrait peut-être y retourner ensemble à l'occasion.

— Comme c'est mignon. Vous vous en souvenez bien. Très précisément.

— C'est comme ça que j'ai rencontré mon mari. Et ce n'est pas si vieux.

— Et vous avez accepté ? Quand il vous a invitée, là, au rayon fruits ?

— Oui.

— Pourquoi a-t-il choisi cette ville ? J'ai cru comprendre que ce n'était pas le genre de villégiature prisée des jeunes loups de Manhattan. Surtout qu'il y a les Hamptons beaucoup plus chics à côté.

— Il voulait justement éviter cette population. Il n'aime pas New York.

— Pourquoi vivre là-bas, dans ce cas ?

— Pourquoi les gens vivent à New York, à votre avis ?

— Mais comment a-t-il atterri dans votre ville en particulier ?

— En explorant. En se baladant en voiture.

— C'est courant dans votre coin ? De sillonner la région pour louer des maisons ?

— Qu'est-ce que j'en sais ? Je ne suis pas dans l'immobilier.

— Votre relation a-t-elle évolué rapidement ?

Ariel plisse les yeux.

— Vous me demandez quoi, au juste ?

— Eh bien, si vous voulez que je mette les points sur les i, vous avez couché quand ?

— Pardon ? Ça ne vous regarde pas !

— Tout me regarde, vous n'avez pas encore compris ? C'était au premier rendez-vous ?

Ariel soupire. Si ça l'amuse.

— Au second.

— Vous n'avez pas traîné, dites donc.

— Le temps passe et on ne rajeunit pas.

— Vous vous êtes renseignée sur lui ? Avant ?

— Oui, j'ai vaguement fouiné sur le web. Je n'ai rien trouvé d'inquiétant.

— Et son changement de nom ?

— Je ne l'ai pas découvert toute seule. Il me l'a dit quand on a décidé de se marier. On a fait un… je ne sais comment dire, on a fait un grand déballage. Voilà tous les squelettes dans le placard, regarde bien.

— Tous ? C'est à ce moment-là qu'il vous a parlé de son arrestation pour possession de cocaïne ?

Ariel ne peut retenir un mouvement de surprise.

— Non ? Il a omis ce détail ? On a abandonné les poursuites, finalement. Il n'a donc pas de casier. Mais quand même. Ce n'était pas une petite quantité de drogue.

— C'est arrivé quand ?

— Il y a six ans.

— Il y a longtemps, déclare Ariel d'un ton qui se veut indifférent.

— Oui et non à la fois.

— Que voulez-vous que je vous dise ? On se connaît depuis un an à peine, et on est tous les deux adultes. Je ne lui ai pas fait subir un interrogatoire sur ses erreurs de jeunesse parce que je m'en moque.

— C'est généreux de votre part. Et le jour du grand déballage, c'est là qu'il vous a dit, au sujet de sa sœur ?

— Quoi, sa sœur ?

— Sa tentative de suicide ? Ou plutôt ses tentatives.

Cette annonce lui fait l'effet d'un coup de poing dans l'estomac. Elle secoue la tête.

— Non ? Oh ! Pourquoi aurait-il négligé ce détail, selon vous ?

— Je n'en sais rien. Peut-être parce qu'ils ne sont pas très proches.

— Vraiment ? Vous croyez ?

Ariel ne répond pas.

— Dans ce cas, vous serez surprise d'apprendre que, pendant des années, ils se sont parlé au téléphone pour ainsi dire chaque semaine.

Ariel ne réagit toujours pas.

— Ce, jusqu'à il y a trois mois. Les appels ont cessé brutalement. Savez-vous pourquoi ?

— Non.

— Vous avez sûrement une idée de ce qui s'est passé. Il ne vous a rien dit à ce sujet ? La raison pour laquelle il battait froid à sa sœur ?

— Non.

— Mais vous la connaissez ?

— On ne s'est croisées qu'une fois, au mariage. Elle vit au Maroc.

— Oui, le Maroc. Drôle de choix pour une femme célibataire. Enfin, moi, ça ne me dérangerait pas. Mais c'est particulier, non ?

— D'après ce que j'ai compris, c'est une personne particulière.

— Et vous ne l'avez pas vue depuis que vous êtes en Europe ?

— Comme je vous l'ai déjà dit, je ne l'ai rencontrée qu'une fois, il y a trois mois.

— Oui, oui. Revenons à votre grand déballage.

— Oui ?

— C'est là que vous avez avoué à John que le père de votre fils était Charlie Wolfe ?

Il était catégorique, pas d'accord sans avortement. Charlie ne voulait pas d'un petit bâtard qui pourrait un jour ressurgir dans sa vie. Trop risqué, sans même parler des éventuels tests génétiques.

— Pour moi, c'est rédhibitoire, avait rétorqué Ariel, tout aussi intraitable.

— Très bien, lui avait dit son avocate. Mais, pour que je comprenne bien notre position dans la négociation, puis-je vous demander pourquoi ?

Ariel savait qu'elle était protégée par le secret professionnel. Un avocat n'est pas censé divulguer les propos d'un client dans une telle situation. Non seulement c'est contraire à l'éthique et le contrevenant peut être radié du barreau. Mais Charlie avait le bras long et il était déjà évident à cette époque que son influence irait croissant. Ariel n'avait aucun pouvoir et n'en aurait sans doute jamais. Elle ne pouvait pas s'en remettre à un quelconque code de bonne conduite. Elle ne pouvait se fier à personne.

— Non, répondit-elle. C'est personnel.

John se dirige vers une table au fond du magasin où s'empilent des pulls légers. Il s'arrête devant, le dos à la porte. Il opte pour un modèle bleu marine. Alors qu'il se dirige vers la caisse, il prend au passage une casquette rouge avec le logo du club de football local. Au comptoir, il choisit également une paire de lunettes de soleil sur un présentoir. Il tient ses achats en un petit paquet serré contre son ventre, hors du champ de la caméra de sécurité qui se trouve juste au ras du plafond, à côté de la porte donnant sur le hall. Il pose ses affaires devant la vendeuse, son corps les masquant à l'objectif.

— *Buenos días*, dit-il dans son meilleur castillan, s'efforçant de faire siffler les s, avec un grand sourire pour la caissière dépourvue de charme.

Il paie en espèces.

Ariel réfléchit quelques instants : est-il possible que Nicole Griffiths connaisse l'identité du père de George ? Avec certitude ?

La réponse est non. Où que cette femme travaille, quelles que soient les données auxquelles elle a accès, il n'y a aucune preuve. Elle a peut-être des doutes, et une capacité de déduction impressionnante. Mais elle ne peut pas en être sûre.

Ariel reprend confiance en elle. Nicole Griffiths a voulu la déstabiliser, lui montrer qu'elle en savait plus qu'elle sur son propre mari, son arrestation pour détention de cocaïne, les tentatives de suicide de sa sœur. Mais elle est allée trop loin. Ariel lève bravement le menton et se tait.

— Et que vous a dit John au sujet de son passage à la CIA ?

Ariel ne bronche pas non plus à cette nouvelle bombe.

— Oh, il a oublié de le mentionner aussi ? Oui, après sa formation militaire et quatre ans dans l'armée, votre mari a travaillé pour la CIA pendant deux ans.

Ariel hausse les épaules.

— Autrement dit, pendant presque une décennie, John Wright a appris à être toujours aux aguets, à se défendre, à réagir vite dans des situations périlleuses. Pourtant, ce même homme s'est laissé bêtement enlever en plein jour devant un grand hôtel.

C'est un vrai tir de barrage, et Ariel ne sait pas comment esquiver.

— Ne me dites pas que vous ne comprenez pas.

Ariel hausse les sourcils.

— Vous êtes tombée dans le panneau. Votre mari tout beau tout neuf? Il s'est moqué de vous.

Les deux femmes se dévisagent pendant quelques secondes.

— Je vous écoute, répond Ariel de son ton le plus condescendant. Expliquez-moi votre théorie.

— Ce n'est pas une théorie, réplique Nicole en plantant ses coudes sur la table. Un type débarque sans crier gare dans une ville où il n'a aucune attache et vous tombez sous son charme. Cet homme séduisant, et si je puis me permettre, passablement plus jeune que vous, après quelques mois d'une liaison intermittente, décide soudain qu'il veut à tout prix fonder un foyer avec vous – une femme mûre encombrée d'un fils adolescent, d'une librairie qui bat de l'aile et d'une ferme délabrée –, tout en continuant à vivre une partie de la semaine à New York. Il vous demande aussitôt en mariage. Il n'y a rien qui vous met la puce à l'oreille? Vous vous croyez vraiment irrésistible?

Ariel se tait.

— OK, je comprends. Il baise comme un dieu. Ça obscurcit le jugement. La faute aux orgasmes multiples. Ils ont affaibli vos hum… facultés.

— C'est horrible de dire ce genre de choses à une autre femme.

— Peut-être, mais expliquez-moi : pourquoi se marier si vite ?

— Nous sommes amoureux, la vie est courte. Vous n'avez peut-être pas eu encore le temps d'y penser, à cause de votre carrière, tous ces pauvres citoyens américains traumatisés que vous brutalisez après les avoir enlevés dans des aéroports étrangers, mais faites-moi confiance : vous avez moins de temps que vous ne le croyez.

— Bien sûr, sourit Nicole. Donc, votre jeune mari vous demande de l'accompagner en voyage d'affaires à Lisbonne, sous le prétexte fallacieux que son client requiert votre présence. Il est enlevé pendant le séjour, dans une ville où on enlève des citoyens américains en moyenne zéro fois par an. Afin de le sauver de ce péril rare, vous êtes contrainte de menacer un homme dans une situation où il est particulièrement vulnérable au chantage. Vous récupérez l'argent, vous donnez deux millions d'euros à quelqu'un dans une impasse et, ô surprise, votre mari est relâché en pleine forme, hormis une petite coupure au visage. C'est ce qui s'est passé ?

— Les sarcasmes en moins, oui, répond Ariel.

Un détail la turlupine, mais elle ne parvient pas à mettre le doigt dessus.

— Alors, pourquoi vous être enfuis de Lisbonne en pleine nuit ? C'était une sortie pour le moins théâtrale. Et, je dois ajouter, parfaitement planifiée. Parfaitement exécutée.

Ariel n'arrive pas à savoir ce qui la gêne.

— Nous ne nous sentions pas en sécurité à Lisbonne. C'est si difficile à comprendre ?

— Non, mais pourquoi le long trajet en voiture pendant la nuit ?

Ça y est ! Nicole Griffiths a parlé de deux millions d'euros, alors que la rançon était censée s'élever à trois millions. Ariel a-t-elle mentionné le million manquant devant elle ? En a-t-elle parlé à qui que ce soit ?

Non. Seulement aux ravisseurs. Et à John. Donc, comment le sait-elle ?

— Madame Pryce ?

— Pardon, oui ?

— Ça ne vous a pas paru excessif de rouler toute la nuit pour aller de Lisbonne à Séville ?

— Non. Dois-je vous rappeler que mon mari avait été enlevé ?

— Qui a eu l'idée de quitter Lisbonne de manière aussi précipitée ? Vous ou John ?

— Moi.

— Vous en êtes sûre ? C'était vraiment vous ou il s'est débrouillé pour que vous pensiez que ça l'était ?

Ariel se tait.

— Qui a eu l'idée de se séparer à Séville ?

— John.

— Et ça n'a déclenché aucun signal d'alarme ?

Aurait-elle dû s'en inquiéter ? Peut-être. Mais elle secoue la tête.

— Est-ce que votre mari a passé beaucoup de temps en Russie ?

— En Russie ?

Ariel sent un frisson lui parcourir l'échine.

— À ma connaissance, non.

— Vous seriez donc surprise si je vous disais que l'an dernier, il s'est rendu à Moscou trois fois ?

Oui, c'est une surprise, mais elle continue de nier.

— Non. Honnêtement, aucune destination ne m'étonnerait. Aller dans des capitales étrangères fait partie de son travail.

Arrête de dire *honnêtement*, se gronde-t-elle. Pourquoi ne peut-elle pas s'empêcher d'employer ce mot ?

— Mais Moscou, en particulier : il n'a jamais mentionné de séjour là-bas ?

Ariel se creuse la tête. Elle ne pense pas.

— Et Hambourg ? Il vous a dit s'y être rendu ?

— Oui.

— Anvers ? Belgrade ?

— Oui, je crois.

— Qu'allait-il faire à Belgrade, à votre avis ?

— La même chose qu'ailleurs quand il est en voyage d'affaires.

— Saviez-vous que c'était à Belgrade qu'il était en poste lorsqu'il était à la CIA ? Oh !

Nicole claque des doigts.

— J'oubliais, vous n'étiez pas au courant de ses deux années dans les renseignements, c'est ça ?

Ariel soupire.

— Donc, vous me dites que John vous a parlé de tous les voyages qu'il a faits au cours de l'année avant votre rencontre, à l'exception de ses trois séjours à Moscou. Je ne me trompe pas ?

Ariel hausse les épaules.

— Et sa moto ?

Ce coq-à-l'âne la fait sursauter.

— Sa moto ?

— Il y a quelques mois, votre mari a acheté une moto d'occasion. Pourquoi l'a-t-il payée en espèces ?

Ariel doit faire appel à tout son sang-froid pour répondre d'une voix calme.

— Nous n'avons pas discuté du mode de règlement.

— Pourquoi acheter une moto ?

— Pour le plaisir. Il aime conduire sur les routes de campagne.

— Depuis quand n'avait-il pas eu de moto ?

— Aucune idée.

— Il l'a payée deux mille cinq cents euros. Vous avez tant d'argent à gaspiller que ça ?

— Qu'est-ce que vous voulez que je vous dise ? Je ne sais rien de cette fichue moto.

— Mais vous l'avez vue ?

— Bien sûr. Elle est dans ma grange.

— Et vous n'avez pas remarqué la similarité ?

Ariel voit très bien où Nicole veut en venir. Mais elle n'a pas le choix.

— Quelle similarité ?

— Entre la moto de votre mari et celle du ravisseur qui vous a donné le téléphone.

46

Jour 3 – 9 h 09

Les deux femmes se taisent. Ariel ne sait pas quoi répondre, alors elle garde le silence.

— Je ne peux pas m'empêcher de me demander pourquoi un homme dans la position de Charlie Wolfe donnerait tout cet argent à une femme dans votre situation, dit enfin Nicole.

Elle ne peut pas en être sûre. Tout comme elle ne peut pas être sûre que Charlie est le père de George. Elle bluffe.

— Parce que, même si Wolfe était intervenu par pure bonté d'âme, et c'est un putain de si majuscule, il se tirerait un peu une balle dans le pied, non ?

Ariel la regarde posément.

— Écoutez, on sait que vous avez fait chanter Charlie Wolfe. Ce n'est pas la question. Tout ce qu'on veut savoir, c'est comment, et qui est derrière tout ça.

Qui est derrière tout ça ? Nicole Griffiths est arrivée bien vite à cette conclusion. Encore une allégation qu'Ariel préfère ignorer.

— Vous pensez que vous pouvez vous contenter de rester là sans rien dire ?

Ariel croise les bras.

— Très bien, à votre guise. Mais vous devez comprendre une chose : vous ne sortirez pas d'ici tant que je n'aurai pas de réponse. Je vous donne quelques minutes pour y réfléchir, conclut Nicole en se levant.

Nicole voit très bien ce qui s'est passé : un manipulateur, jeune et bel homme, rencontre une femme plus âgée, mère célibataire, seule, vulnérable, qui ne demande qu'à se laisser séduire. Elle confie à John Wright le secret qu'elle n'a jamais révélé à personne : le père biologique de son fils est un homme puissant et riche qui récemment a été propulsé sur le devant de la scène nationale. C'est une occasion en or : organiser un faux enlèvement, rafler le pactole, un gros tas de billets dont on ne pourra jamais retrouver la trace, et se volatiliser en Europe. Un scénario facile à mettre en œuvre, surtout pour quelqu'un ayant le passé et les talents de Wright. Le jeu en vaut la chandelle : quelques mois de travail pour se la couler douce jusqu'à la fin de ses jours.

Si c'est réellement aussi transparent, alors, John Wright ne relève pas de la sécurité nationale, ce n'est pas le problème de la CIA et Nicole peut classer l'affaire. Un simple escroc qui se trouve avoir commis son arnaque chez elle, à Lisbonne.

En revanche, s'il travaille pour une puissance étrangère, c'est une autre histoire. Dans ce cas, l'enjeu n'est pas l'argent, mais le chantage en soi. L'objectif est de transformer le prochain vice-président – et peut-être le prochain président des États-Unis – en informateur ennemi.

Une opération magistrale que Nicole ne pourrait qu'admirer.

Toutefois, même si aucun pays hostile n'est impliqué, même si on n'entend plus jamais parler de John Wright, Charlie Wolfe reste une menace pour la sécurité nationale. Car il vient d'être prouvé qu'on pouvait le faire chanter. Si les Russes n'ont rien à voir là-dedans cette fois, alors ce sera la prochaine.

Ariel Pryce et John Wright ne mettent pas réellement en danger le pays. Le vrai risque, c'est l'homme qui sera nommé vice-président des États-Unis dans quelques jours.

— La Russie ? fait Antonucci.

— Ça valait le coup d'essayer.

— Wright n'a jamais mis les pieds en Russie, si ?

— Non, mais sa femme ne le sait pas, et maintenant le doute est semé. Regarde.

Ils se tournent vers le miroir sans tain.

— Elle se demande : mon mari est-il un agent russe ?

— Tu y crois ?

— Pas vraiment. Mais les Russes seraient tout à fait capables de s'arranger pour qu'un des leurs épouse une femme uniquement parce qu'elle est la mère d'un enfant illégitime de Wolfe. Un excellent moyen de pression sur un homme dans sa position, avec ses relations, ses perspectives. À leur place, je n'hésiterais pas.

— OK. Admettons que John Wright soit un agent et qu'il ait tendu un piège à Wolfe pour le faire chanter, est-ce que sa femme serait au courant ?

— Peu probable, je suis d'accord avec toi.

— Dans ce cas, qu'est-ce qu'on fout avec elle ?

— On lui flanque la trouille de sa vie, puis on la relâche et on voit ce que la peur lui fait faire.

John allume le nouveau téléphone chargé au minimum. Il attend le réseau, puis il tape un numéro qu'il connaît par cœur.

— Oui ?

— Dix minutes, dit-il.

— OK. Ford Fiesta blanche.

Il raccroche, traverse le hall bondé et s'engouffre dans les toilettes les plus fréquentées du terminal. Il se dirige vers la cabine du fond. Il arrache les étiquettes de ses achats, enfile le pull bleu par-dessus son tee-shirt noir, enfonce la casquette rouge sur sa tête, met les lunettes de soleil. Il fourre le sac en plastique à la poubelle.

Alignés devant la rangée de lavabos, des hommes se lavent les mains, le visage. Quelqu'un a même un rasoir électrique. John jette un coup d'œil dans le miroir. Il pourrait passer pour un Espagnol.

Il se faufile jusqu'à la sortie et joue des coudes à travers la foule pour rejoindre la zone de retrait des bagages où règne une totale anarchie. Il continue sans ralentir, franchit les portes et monte dans la petite Ford blanche qui l'attend le long du trottoir.

— Écoutez, vous savez ce qu'est un accord de confidentialité ? Vous savez quel genre de sanctions ces contrats comportent ?

— Oui.

— Dans ce cas, vous devez comprendre qu'ils ne souffrent aucune exception, non ? Le fait que ce soit la CIA, le FBI ou la police ne change rien. C'est comme si je parlais à un journaliste, à un membre de ma famille ou à un ami. Je ne peux rien dire. Même si j'étais, par exemple, interrogée par la CIA dans un lieu secret en Europe, sans avocat et au mépris de toute procédure légale.

— Nous pouvons vous protéger.

— Arrêtez. Vous n'y croyez pas vous-même. Avec les personnalités qui sont impliquées ?

— Je vous le promets.

— Vous me le promettez ? Pff. D'accord, dans ce cas, je veux une lettre signée du procureur général des États-Unis.

— Vous n'êtes pas sérieuse.

— Je n'ai jamais été aussi sérieuse de ma vie. Vous ne pensez pas que ce genre de situation serait de son ressort ? Évidemment. Si vous voulez vraiment me protéger, vous savez ce que vous avez à faire. C'est ça ou rien.

Nicole pousse un soupir exaspéré.

— Vous ne m'avez pas dit pour qui vous travailliez ni ce que vous faisiez, reprend Ariel. Si ça se trouve, vous ne m'avez même pas donné votre vrai nom. Et vous me demandez de vous faire confiance ? De mettre ma *vie* entre vos mains ? Vous rêvez ?

Ariel s'interrompt un instant, se penche en avant.

— Écoutez, nous ne sommes pas des ennemies. Je ne cherche pas la guerre. Mais j'aimerais bien savoir : qu'est-ce que vous me voulez, à la fin ?

— Je veux la vérité.

Ariel laisse échapper un petit rire sans joie.

— La vérité ? Le prix à payer est beaucoup trop élevé.

— Là ! s'écrie Kayla Jefferson. Avec la casquette rouge. Regardez le pantalon, les chaussures : c'est lui.

Le policier espagnol hoche la tête et dit quelque chose au technicien de la sécurité, qui fait aussitôt défiler des images provenant de différentes caméras : le terminal, l'escalier mécanique, la zone des bagages, la sortie, le trottoir…

Kayla est prête à appeler sa supérieure – « On le tient ! » –, puis elle se ravise. Elle demande au policier de lancer une recherche sur la plaque d'immatriculation, puis continue de visionner les bandes avec le technicien. Ils repèrent la petite auto blanche sur une autre caméra, et encore une autre, jusqu'à l'entrée du parking couvert.

Ils passent à la première caméra à l'intérieur de l'édifice : plus de voiture.

Sur la suivante : rien.

La troisième, la quatrième, la cinquième : rien, rien et rien.

— Où diable… ?

Une autre, encore une autre, sans plus de succès.

— Est-ce qu'on pourrait voir toutes les issues du parking au cours des dix dernières minutes ?

Le technicien fait défiler les images en accéléré. Des dizaines de véhicules sortent, peut-être une centaine, mais la petite Ford blanche avec une plaque d'immatriculation commençant par M n'apparaît nulle part.

— Merde ! Qu'est-ce qui s'est passé ?

La question est purement rhétorique. Soit John Wright est toujours dans la Ford, caché quelque part dans le parking, soit il s'est échappé à bord d'un autre véhicule.

— Le dernier visuel remonte à quand ?

Le technicien jette un coup d'œil aux images.

— La Ford est entrée il y a vingt-sept minutes.

On peut faire beaucoup de choses, en vingt-sept minutes.

— *Señorita*, dit le policier en raccrochant. On a signalé le vol de la voiture la nuit dernière.

Kayla détourne le regard de l'écran pour réfléchir. John Wright et le conducteur ont dû abandonner la voiture volée dans le parking et grimper dans l'un des cent et quelques véhicules qui ont quitté les lieux au cours de la demi-heure passée. Les caméras à la sortie ne serviront à rien, car soit il était allongé à l'arrière, soit il avait pris la place et les vêtements du chauffeur. Fausse barbe, perruque chauve, cornette de bonne sœur, allez savoir.

Ils pourront peut-être identifier le véhicule à bord duquel ils se sont enfuis, mais ce sera beaucoup plus difficile. Et plus long.

Le temps de le trouver, ils en auront sans doute changé encore, ou ils l'auront abandonné pour monter dans un train, un avion, ou simplement se fondre dans la foule…

Kayla appelle sa supérieure, mais ce n'est pas pour lui annoncer la nouvelle qu'elle espérait.

— Désolée. On l'a perdu.

Nicole Griffiths réapparaît avec une feuille imprimée pliée en deux. Elle se rassied à la petite table en face d'Ariel.

— Alors, où est votre mari, à présent, selon vous ?

— Sans doute encore à l'aéroport, où il attend son vol.

Nicole tapote la feuille, mais ne la lui montre pas.

— Il était bien à l'aéroport. Où il semble avoir acheté des vêtements qu'il a enfilés dans les toilettes, avant de grimper dans une voiture qui l'a récupéré à la sortie.

Elle déplie la feuille et la pousse vers Ariel.

— Cette voiture. Avec cette femme au volant. Vous la connaissez ?

Nicole voit Ariel entrouvrir la bouche, reculer légèrement le buste. Sa surprise a l'air sincère.

La définition est mauvaise et l'angle de la prise n'arrange rien. On distingue une femme à travers le pare-brise sale, le visage mangé par d'énormes lunettes de soleil, portant ce qui ressemble à un foulard en soie sur la tête. N'importe qui aurait du mal à l'identifier, même s'il s'agissait de sa meilleure amie. Si cette personne est répertoriée dans une base de données quelconque, les logiciels de reconnaissance faciale ne seront d'aucun secours, car la photo n'est pas assez nette. Si ça se trouve, ce n'est même pas une femme.

— Non, dit Ariel. Mais comment voulez-vous reconnaître qui que ce soit là-dessus ?

Nicole fait une pause de quelques minutes dans la pièce voisine. Alors qu'elle observe Ariel Pryce à travers le miroir, elle imagine les conversations qui vont suivre. D'abord, le directeur des opérations, qui se verra contraint d'informer le directeur de la CIA, qui à son tour devra réveiller le président, lequel n'est pas exactement du genre à prendre des décisions calmes et rationnelles en pleine nuit.

Elle ment. Le chef de l'État est d'une loyauté aveugle envers ses vieux copains, jusqu'à ce qu'il les laisse tomber. *C'est un bobard. Un de plus.*

Le directeur de la CIA ne va certainement pas le contredire. Son entourage évite de le contredire. C'est précisément pour cette raison qu'ils font encore partie dudit entourage. CQFD.

Cette sale menteuse se trouve en Espagne ?

Oui, monsieur le président.

Qu'elle y reste. En fait, elle ferait sans doute mieux d'y mourir.

Et voilà comment le commandant en chef des armées va condamner une citoyenne américaine pour garder un secret qui nuirait à son gouvernement.

Le directeur de la CIA se risquera-t-il à protester ? Non. D'autant plus que, si Nicole en croit les rumeurs, l'homme est un va-t-en-guerre. Un excité de la gâchette – tant que ce n'est pas lui qui presse la détente. Ce qui est souvent le cas des amateurs dans sa position, persuadés qu'une balle dans la tête suffit à résoudre n'importe quel problème.

Le directeur transmettra la consigne à Farragut, qui refusera catégoriquement cet ordre illégal et sera renvoyé sur-le-champ. Le directeur donnera alors directement l'instruction à Nicole. Elle aussi s'y opposera, ce qui mettra un terme brutal à sa carrière. Pourrait-on la poursuivre en justice pour ça ? Oui, bien sûr. Le président et le directeur de la CIA peuvent fabriquer n'importe quoi, contre n'importe qui.

Et Ariel Pryce finira morte, de toute façon.

Nicole a probablement tiré de son invitée toutes les informations que celle-ci pouvait lui fournir ; à présent, il est temps de faire son rapport. Elle compose un numéro.

— Désolée de vous réveiller, monsieur.

— Parce que vous croyez vraiment que je peux dormir, en ce moment ?

— Je n'ai pas de bonne nouvelle à vous annoncer.

— Je m'en doutais un peu.

— L'Américain enlevé s'est évanoui dans la nature. Il avait un plan bien préparé pour échapper à notre surveillance et s'enfuir de l'aéroport. Il avait une complice et on a très vite perdu leur trace.

— Du travail professionnel ?

— On dirait. Je viens d'interroger sa femme à Séville, où on l'a interceptée après qu'ils ont quitté Lisbonne en pleine nuit. Je suis sûre qu'elle a été manipulée.

— Et lui ?

— Il y a une vieille histoire de drogue. Un changement de nom. Sans parler de son passage dans l'armée et de ses deux ans chez nous. Son CV ne fait pas nécessairement de lui un coupable, mais il a l'entraînement tactique, les compétences et le tempérament pour planifier et exécuter une opération de renseignement clandestine.

— Où a-t-il combattu ?

— En Afghanistan.

Ils savent l'un comme l'autre que beaucoup de soldats américains ont laissé leurs illusions là-bas.

— Et quand il était chez nous ?

— En Serbie.

— Les Balkans. Ah.

Les Balkans grouillent d'agents russes depuis la Seconde

Guerre mondiale. Ils pourraient très bien avoir retourné un membre de la CIA en poste à Belgrade.

— Si ce type est un simple arnaqueur qui opère en solo et qui a vu là le moyen de toucher le jackpot, on pourrait passer les infos au FBI et s'en laver les mains. En revanche, si c'est une opération menée par une puissance étrangère, on est très mal. Mais, à la limite, peu importent les responsables, on pourra toujours les punir ou organiser des représailles. Qu'il y ait ou non une volonté politique derrière tout ça, ce qui m'embête, c'est qu'on sait maintenant qu'il est possible de faire chanter Wolfe, parce que c'est arrivé hier. Et si ça se reproduisait dans quinze jours, alors qu'il sera vice-président ? Ou dans deux ans, s'il est élu à la tête du pays ?

Jim Farragut soupire. Ce sont des arguments difficilement réfutables.

— Alors, que recommandez-vous ? Qu'est-ce qu'on fait d'elle ?

Nicole se tourne vers le miroir sans tain et regarde Ariel Pryce affalée sur sa chaise, vaincue, désespérée, exténuée. On pourrait très bien lui ordonner de garder cette femme en détention, ou de la transférer clandestinement vers une prison secrète de la CIA en Europe de l'Est, ou même de la tuer, ici, maintenant. Que disait Ariel ? Le prix à payer pour la vérité est trop élevé ?

— Je pense qu'on devrait la libérer et la surveiller. Elle a un fils qui l'attend, elle ne va pas s'envoler. Ce n'est pas elle, l'agent étranger, s'il s'agit vraiment de ça. C'est au pire une complice involontaire. On la tient à l'œil. Ou on demande au FBI de s'en occuper.

Cette conversation pourrait finir dans une étude de cas, devant une commission du Congrès, ou être utilisée comme élément à charge dans un procès. Nicole Griffiths ne devrait pas admettre que la CIA a l'intention de surveiller en secret une citoyenne américaine à l'intérieur des frontières nationales. C'est illégal. Pourtant, c'est précisément ce qu'ils vont faire.

— D'ici quelques jours, on va apprendre beaucoup de choses. J'en suis certaine.

— Peut-être, répond Farragut sans conviction. Si on peut se permettre d'attendre quelques jours.

On ne le peut peut-être pas, pense Nicole. Mais quelle est l'alternative ?

Un détail la tarabuste, mais elle n'arrive pas à l'isoler des théories qui se bousculent dans son esprit, essaient tour à tour de prendre la première place pour se faire rejeter à l'arrière-plan… Tout a un prix… c'est Ariel qui a mentionné quelque chose à ce sujet, mais quand ? Il y a un jour et demi ? Elle parlait du prix à payer pour le confort de son ancienne vie. Nicole était curieuse d'en savoir plus, mais la sonnerie du téléphone a interrompu leur conversation.

Elle regarde encore Ariel de l'autre côté du miroir. *Que t'est-il arrivé ?* se demande-t-elle.

— Tout va bien ?

John contemple le paysage délavé, les oliveraies qui défilent le long de la route, la Sierra Nevada au loin, les sommets couronnés de neige même en été.

— Je suis crevé, dit-il.

La main droite de la conductrice glisse du volant pour prendre la sienne et la serrer.

— Merci, dit-elle. Je sais que tu l'as fait pour moi et que c'était très dur. Je t'en serai éternellement reconnaissante, j'espère que tu en es conscient.

John tâche de sourire. Il devrait se sentir bien. Il devrait être sur un nuage. Il file sur une route d'Europe à côté de quelqu'un qu'il chérit, avec deux millions d'euros dans le coffre. Peut-être est-ce l'épuisement, ou le contrecoup de l'adrénaline. L'inévitable descente qui suit des événements exceptionnels. Ou peut-être est-ce parce que, en dépit de tout, il a fini par tomber réellement amoureux d'Ariel, ce qui ne faisait pas partie du plan. Et maintenant, il ne la reverra probablement jamais. Comment ne pas être triste ?

— Hé ! dit-elle, sans retirer sa main. Regarde-moi.

Il obéit. Elle est toujours aussi belle. Pendant des années, il a pensé qu'elle était la plus belle femme du monde.

— Je t'aime, ajoute-t-elle.

— Moi aussi.

47

Jour 3 – 12h51

Escortée par la CIA, Ariel se fraie un passage à travers la foule qui piétine dans le hall des départs, les doigts crispés sur sa carte d'embarquement. Nouveau vol, nouvelle correspondance et nouvelle heure d'arrivée à la maison où l'attendent son fils et sa mère, qu'elle vient d'appeler d'une cabine, ne lui révélant que l'essentiel. Ariel a dix-sept heures de voyage devant elle. Si tout va bien.

— Quand avez-vous vu votre belle-sœur pour la dernière fois ? lui demande Nicole.

— Je vous l'ai déjà dit, répond Ariel sans ralentir l'allure. Je n'ai rencontré Lucy qu'une fois. À notre mariage.

— Vous ne l'avez donc pas vue à Lisbonne ?

Jusqu'à la dernière minute, elle va essayer, c'est clair. Elles arrivent devant le contrôle de sécurité.

— Non.

— Et ce n'était pas elle au volant de la voiture blanche qui a emmené John ?

— S'il vous plaît !

— Savez-vous que Lucy Reitwovski a pris un avion pour Madrid il y a une quinzaine de jours ?

— La police de Lisbonne m'en a informée.

— Que fait-elle en Espagne ?

— Aucune idée.

— Et vous, que faites-vous ici ? Pourquoi votre mari a-t-il usé de prétextes pour vous traîner en Europe ? Vous ne vous êtes pas posé la question ?

Ariel est sur le point de craquer. Exaspérée, elle s'arrête. Elle n'a pas la bonne réponse, et elle n'a même plus l'énergie de le dire.

— Vous n'avez peut-être pas envie de l'entendre, madame Pryce, mais votre mari n'est pas l'homme que vous croyez.

Ariel ferme les yeux, luttant contre les larmes.

— Même si c'est vrai, qu'est-ce que je peux y faire, maintenant ? Sérieusement ? Qu'est-ce que vous attendez de moi ?

Nicole lui tend une carte.

— Je veux que vous m'appeliez dès que vous aurez de ses nouvelles. Si vous en avez.

Ça ne risque pas, plutôt mourir, mais accepter la carte n'engage Ariel à rien.

— Pourquoi avez-vous dit qu'il y avait un prix à payer pour tout ?

Ariel ouvre de grands yeux.

— L'autre jour, quand vous parliez de votre premier mariage. Vous avez insinué qu'à un moment donné, vous n'étiez plus prête à payer le prix de cette vie. C'était quoi, le prix ?

Ariel éprouve soudain un besoin irrépressible de s'épancher. Que la vérité se déverse et emporte tout sur son passage ! Comme le raz-de-marée qui a dévasté Lisbonne au XVIIIe siècle, rasant la vieille ville et laissant l'espace idéal pour bâtir quelque chose de neuf, d'international, de beau.

Mais elle n'en a pas le droit.

— Vous verrez, répond-elle avant de s'éloigner.

— Excusez-moi, vous avez dit que vous vous appeliez…
— Pete Wagstaff.
— Et vous me demandez ce que je sais sur le divorce de Laurel et Bucky ?
— Exactement.
— C'est dingue. Je viens de la voir. Cela faisait une éternité. Je n'avais pas de nouvelles depuis son départ de New York, il y a quoi ? Quinze ans. Et là, je lui tombe dessus dans une librairie où elle *travaille* ? C'est juste complètement dément !
— En effet, une coïncidence intéressante. Et au sujet de M. Turner ?
— Eh bien, pour tout vous dire, leur divorce ne m'a pas étonnée plus que ça. Ils n'étaient pas très bien assortis.
— Ah bon ?
— Oui, elle avait été genre *comédienne*, et elle avait un petit job dans l'édition. Elle se la racontait un peu. Bucky, lui, son truc, c'était la finance. Il pensait peut-être qu'elle se prenait pour une artiste et elle le trouvait sans doute vulgaire. Encore que, ça n'a jamais eu l'air de la gêner quand il s'agissait de dépenser son argent.

Peut-être que si, songe Wagstaff, mais il n'est pas là pour débattre avec Tory Wasserman.

— Quoi qu'il en soit, la dernière fois que je les ai vus ensemble, c'était à cette grande soirée aux Hamptons, chez Charlie Wolfe. Nous étions à la même table. Laurel s'était éclipsée et soudain elle est réapparue, toute pâle. Un instant plus tard, Bucky et elle partaient avec un autre couple.
— Qui ça ?
— Je ne m'en souviens plus. En tout cas, après ça, elle a disparu de la circulation. Elle n'allait plus à la salle de sport, ne se montrait plus aux déjeuners et aux dîners, ne décrochait

plus son téléphone. Un soir, j'ai croisé Bucky qui m'a dit qu'ils avaient eu une prise de bec, qu'ils avaient besoin d'une pause. La pause s'est prolongée indéfiniment. On n'a jamais revu Laurel à New York. Personne ne savait ce qu'elle était devenue. Et je lui tombe dessus il y a quelques jours. C'est insensé.

Wagstaff a l'impression d'être en pleine redescente, après la nuit blanche sous coke, suivie d'une courte sieste et, à l'instant, d'un troisième expresso. Il est fébrile, a les idées embrouillées et il ne voit pas bien où Tory Wasserman veut en venir.

— Et donc, quelle est la cause de leur divorce, selon vous ?

— Eh bien, des gens pensaient qu'il s'était passé quelque chose entre Laurel et Charlie.

Wagstaff sent son cœur s'emballer.

— Quelque chose ? Une liaison ?

— Euh… pas exactement.

— Quoi, alors ?

Silence.

— Allô ?

Il a peur qu'elle ait raccroché.

— Oui. Je suis là. Écoutez, si je vous parle, vous ne pouvez pas me citer.

— Bien sûr, ça peut faire partie du *background*.

— C'est-à-dire ?

— Je reprends vos paroles, mais je ne donne pas votre nom. Je peux mentionner une source proche du couple à l'époque, si vous voulez.

— Je ne suis pas sûre… Non. Aucune citation.

— D'accord. Alors ?

— Eh bien, Charlie avait la réputation d'être un peu… euh…

— D'avoir la main baladeuse ?

— Non. Insistant.

Ah. Ça devient intéressant.

— Un peu insistant ?

— Non, pas qu'un peu, en fait. Très.

Wagstaff a l'impression qu'il va exploser.

— Êtes-vous en train de me dire qu'il avait la réputation d'agresser les femmes ?

— Non, je n'irais pas jusque-là. C'étaient des rumeurs, plutôt. Des gens le disaient.

L'objection ne semble pas très catégorique. Ni très sincère. Wagstaff marche sur des œufs. Il ne doit pas l'effrayer. Il doit l'aiguiller vers l'étape suivante.

— Quelqu'un en particulier ?

Tory ne répond pas.

— Je ne mentionnerai pas votre nom, je vous le promets.

Toujours rien.

— On parle d'un homme qui va devenir vice-président, et qui sera peut-être le prochain président des États-Unis.

— Attendez, vous le saviez avant d'appeler ? Que Charlie Wolfe était impliqué ?

— Vous n'êtes pas ma seule source, admet Wagstaff, ne mentant qu'à demi. Mais j'ai besoin de confirmations. Ce genre d'accusation est vite balayée, surtout quand il s'agit d'une personnalité comme Charlie Wolfe.

Wagstaff se rend compte que Tory Wasserman a beaucoup à perdre si son nom se trouve mêlé à cette affaire. Peut-être même plus qu'il ne l'imagine.

— Si cet homme est un violeur en série, poursuit-il, vous ne croyez pas que les citoyens américains ont le droit de le savoir avant qu'il ne devienne vice-président ?

— C'est en off ? demande Tory. Vous me le jurez ?

— Je vous le jure.

— Alors, oui, Charlie Wolfe est un violeur, sans l'ombre d'un doute.

Ariel ne s'autorise à respirer qu'après le décollage de son second avion, elle est rassurée, elle va bel et bien rentrer chez elle. Elle n'a toujours ni téléphone, ni ordinateur, ni accès internet. Elle s'en moque. Tout ce qu'elle veut, c'est dormir. Elle sait que l'épreuve n'est pas terminée. En fait, le pire n'a même pas commencé. Ce vol est peut-être sa dernière occasion de se détendre avant longtemps.

Se détendre. Est-ce le mot ? Pourra-t-elle jamais profiter de ce luxe ?

— Pete Wagstaff à l'appareil. Je vous appelle au sujet d'une vieille affaire impliquant Charlie Wolfe.

— Oh, c'est pas vrai, soupire l'homme. Je vous l'ai déjà dit et je l'ai répété à vos collègues. Je ne peux rien dire.

— C'est la première fois qu'on se parle. Qui entendez-vous par mes collègues ?

— Je n'ai rien à dire.

Wagstaff jette un coup d'œil à ses notes. Tory Wasserman lui a fourni les noms de quelques femmes, mais d'abord le journaliste souhaite creuser l'affaire principale, au moins pour son premier papier. Il est certain qu'il y en aura une série, à présent. Un scoop pareil risque de faire la une pendant un moment.

— Je veux juste savoir si le 2 août 2007 Laurel Turner s'est bien présentée à la police pour accuser Charlie Wolfe de viol.

Wagstaff ne connaît pas la date exacte de la plainte, ni l'endroit où elle a été déposée, ni même si Laurel Turner ou qui que ce soit a porté plainte. Ce sont des ballons d'essai, pour voir si la police confirme, nie ou complète.

Mais l'homme au téléphone ne dit rien.

— Allô ? Capitaine Pulaski ?

— Pas de commentaire.

Il raccroche.

Ce n'est pas une preuve, Wagstaff le sait. Mais c'est un indice plus que révélateur.

Les roues glissent et rebondissent sur le tarmac, glissent encore, puis l'inversion de poussée s'enclenche et le fuselage vibre. Les passagers ne prêtent pas attention à la brutalité de l'atterrissage. Ils se jettent sur leurs appareils, modifient les réglages et attendent, les yeux rivés sur l'écran, impatients d'être reconnectés au réseau électronique qui les relie au reste de la planète, à la toile géante qui capture tout et tout le monde.

Sauf Ariel. Elle vit dans un désert numérique total depuis vingt-quatre heures, ce qui ne lui était sans doute pas arrivé depuis l'invention des smartphones. Depuis la mort de la vie privée.

Elle n'aurait jamais cru être si heureuse de revoir JFK. Elle s'arrête dans un restaurant où elle paie un dollar pour accéder à internet, et cinq dollars pour un mauvais café. C'est l'été, une journée paisible pendant une semaine de congés. Pas de grosse actualité, hormis les audiences de confirmation du vice-président qui débutent dans trois jours.

Ariel tape son nom dans le moteur de recherche, puis celui de John. Rien, pour l'instant, aucun article. Elle est déçue et soulagée à la fois.

Elle ne fait pas encore la une.

— Nicole Griffiths au téléphone.

— Merci, dit Jim Farragut à son secrétaire. Je la prends. Fermez la porte, s'il vous plaît.

Le directeur des opérations clique sur le document d'information qu'il lisait et réduit la fenêtre de la boîte de réception sur son écran. Il veut réserver toute son attention à cet appel. Lisbonne, qui l'eût cru ? Il ne s'attendait certainement pas à ce qu'une menace pour la sécurité nationale surgisse de là.

— Griffiths ?

— J'ai le rapport préliminaire.

— Je vous écoute.

— Après la mort de leurs parents, John Reitwovski, 12 ans, et sa sœur Lucy, 15, ont été recueillis par un oncle dans un trou perdu de l'Ohio. Un homme qui n'était peut-être pas fait pour élever des enfants, en particulier une adolescente qui n'était pas sa fille biologique. Lucy n'a pas tardé à s'enfuir. Elle s'est installée dans une ville universitaire de la région. L'année où Charlie Wolfe est arrivé dans la même ville pour suivre un cursus de droit.

Jim Farragut laisse retomber sa tête fatiguée sur son cou douloureux. *Merde.*

— Lucy a utilisé de faux papiers pour décrocher un emploi dans un bar appelé Mulligan's, où elle a été hôtesse pendant un an, puis elle a été serveuse dans un autre établissement pendant quelques mois, avant de déménager. Wolfe et elle se sont donc retrouvés tous les deux pendant environ dix-huit mois dans une ville de cent mille habitants. Pour l'instant, c'est tout ce qu'on sait. Mais on commence juste à explorer cette piste.

Farragut doute que ce soit une simple coïncidence.

— Autre chose ?

— Oui. Je viens de vous envoyer un mail. Ouvrez-le, s'il vous plaît.

Farragut clique sur la pièce jointe.

— Qu'est-ce que je regarde ?

— Une capture d'écran d'un tweet.

— Je vois, et après ?

— C'est une photo d'Ariel Pryce devant l'ambassade américaine à Lisbonne, prise il y a deux jours et publiée il y a quelques jours.

CETTE #MAÎTRESSEDECHARLIEWOLFE EST-ELLE UNE #ESPIONNERUSSE ? lit-on en dessous.

— Quoi ? Ce truc a vraiment été déjà retweeté trois cents fois ? Comment est-ce possible ?

— Bonne question. Ce doit être des bots. À ce rythme, il y en aura des milliers d'ici une semaine. Soit quelqu'un a allongé un gros paquet pour toucher un maximum de monde sur Twitter, soit cette personne n'a pas besoin de payer, parce qu'elle a ses propres bots.

— Les Russes ?

— Ce serait logique.

— On peut en être sûrs ?

— Sans doute pas. En tout cas, pas rapidement. La publication est aussi reprise sur Instagram et Facebook, d'une manière qui semble similaire. D'ici deux ou trois jours, la rumeur aura fait le tour des États-Unis.

— Merde… Et c'est vrai ?

— Qu'elle est sa maîtresse ? Non. Je suis sûre qu'il s'agit d'autre chose. Que c'est pire.

— Pire qu'une maîtresse ? demande Farragut, découragé. Quoi ?

— Je pense que Wolfe l'a violée.

Ariel quitte le parking longue durée de l'aéroport. Elle ne peut pas s'empêcher de regarder dans le rétroviseur toutes les deux minutes. Lorsqu'elle remarque une voiture de police, son pouls s'accélère. Elle vérifie le compteur. Le régulateur de vitesse est toujours sur 110 kilomètres à l'heure.

La voiture se rapproche rapidement.

Il y a très peu de véhicules sur la route. Ariel met son clignotant et dégage la voie centrale pour les laisser passer, et aussi pour se rassurer. Non, elle ne dépasse pas la limite. Personne n'est verbalisé à 110 sur la Long Island Expressway.

Le gyrophare s'allume.

Le cœur battant à tout rompre, elle appuie plusieurs fois sur le frein pour désactiver le régulateur, prête à se ranger sur le bas-côté. Elle se prépare à argumenter, à plaider, à trembler. Si un flic l'arrête à 110, ce n'est pas pour excès de vitesse. Ses feux arrière fonctionnent, sa plaque d'immatriculation est en règle, il n'y a pas de mandat contre elle, aucune raison valable de l'appréhender.

Elle jette un coup dans le rétroviseur. La police a disparu. Presque aussitôt, les lumières stroboscopiques la dépassent à toute allure, à la poursuite d'un autre véhicule. Elle laisse échapper un sanglot de soulagement.

Le soleil s'est couché. La circulation s'est espacée et maintenant elle est presque seule. Sur la ligne droite, Ariel voit à plus d'un kilomètre devant elle : pas le moindre feu arrière. Derrière elle, une voiture suit à huit cents mètres. La même, à la même distance depuis un moment déjà.

Elle prend la sortie, s'arrête au stop au bout de la bretelle. Les phares réapparaissent derrière elle.

Ariel bifurque à gauche, accélère aussi vite que son vieux pick-up le lui permet, passe devant la station-service, tourne sur les chapeaux de roues, franchit la voie ferrée, et retrouve la campagne familière, les champs, les éoliennes, le magasin de matériel agricole. Elle emprunte une petite route, une voie étroite bordée de cultures. Elle file vers l'horizon embrasé par les derniers rayons du soleil.

La voiture est toujours derrière elle, mais plus loin, s'efforçant sans grand succès de se cacher. Ou peut-être qu'elle n'essaie même pas. La CIA veut peut-être qu'Ariel sache qu'elle est surveillée.

Elle s'engage enfin dans le chemin qui mène chez elle. La nuit est sombre, sans lune. Sa maison se trouve derrière la butte suivante, sur un terrain qui descend en pente douce sur près de deux kilomètres jusqu'aux hautes falaises qui dominent la plage de galets. Son fils, sa mère, toute sa vie est là, juste après la crête.

Tout sera différent, dorénavant. Pendant les longues heures de voyage, elle a tenté d'imaginer à quoi ressemblerait sa nouvelle existence, sans parvenir à se la représenter clairement. Elle ne voyait que des morceaux épars et disparates, qui ne formaient pas un tout cohérent. Et rentrer chez elle avec une escorte de la CIA la suivant à cinq cents mètres n'a jamais fait partie de ses projets.

Elle ne peut pas s'empêcher de douter, une fois de plus. Ça ne changera donc jamais ?

La porte s'ouvre grand et George dévale les marches de la véranda dans une cavalcade dégingandée, encadré par les deux chiens qui remuent frénétiquement la queue. Tout ce petit monde se jette sur elle.

Au moins, elle n'a jamais eu de doute concernant cet aspect de sa vie. C'est peut-être suffisant.

48

Jour 4 – 5 h 25

Ariel est déjà à la table de la cuisine quand le soleil point à l'autre bout de ses trente hectares de maïs, les tiges vertes striées de rouge et d'or : un spectacle magique.

Elle a encore mal dormi, tenaillée par la peur, les regrets et les doutes, des angoisses aussi bien générales que spécifiques. Ariel a l'impression de revivre la période qui a suivi la naissance de son fils : la fatigue qui s'accumule et les effets du manque de sommeil plus marqués chaque matin.

C'est plus dur aujourd'hui qu'il y a quatorze ans. Son corps est moins résistant, moins souple. Elle a une sale tête, elle le sait. Ce n'est pas grave. Après ce qu'elle vient de subir, elle a le droit d'avoir une sale tête.

— Toujours pas de nouvelles de John ?

La mère d'Ariel ne l'a jamais rencontré. Si George ne pouvait pas témoigner de son existence, elle refuserait de croire que c'est un être en chair et en os. Elaine pense que sa fille a tout fait pour se rendre inaccessible : pas facile à désirer, pas facile à supporter, pas facile à aimer. Elle se demande sans doute quel genre d'homme a surmonté tous ces obstacles. Et pourquoi il a pris cette peine.

— Pas encore. Il est coincé en Europe.

— Coincé ? En Europe ? Tu me prends pour une idiote ?

Ariel se détourne. Il faudrait tout lui raconter dans le détail pour qu'elle comprenne. Mais Ariel a déjà essayé et elle a été échaudée par la réaction de sa mère. Il n'y a aucune raison d'espérer mieux cette fois. Les gens ne changent pas. Pas tant que ça. Ils se rapprochent de qui ils sont vraiment, c'est tout.

En outre, Ariel ignore où est John. Et elle ne tient pas à l'avouer à Elaine ni à qui que ce soit. C'est l'un des nouveaux secrets qui vont remplacer ceux qui n'en seront bientôt plus.

Ariel hausse les épaules.

— Merci pour tout, maman.

— Tu sais qui c'est ? demande Kayla en tendant sa tablette à Nicole.

— Par pitié. Je suis tellement crevée que je n'ai plus les yeux en face des trous. Je n'ai pas envie de jouer aux devinettes.

Nicole a à peine dormi au cours des dernières quarante-huit heures. Elle est consciente que son enquête est une course contre la montre. Elle ne pourra pas empêcher la bombe d'exploser, mais elle pourra peut-être déterminer qui protéger de la déflagration, afin de limiter les dégâts pour le pays.

Ça, c'est son travail. Mais il y a autre chose. La curiosité, bien sûr. Ainsi qu'une empathie étonnante pour Ariel Pryce. Et le pressentiment qu'il se joue quelque chose qui lui échappe à l'arrière-plan.

— C'est Lucy Reitwovski sur les images d'une caméra de sécurité à Genève. On la voit pénétrer dans une banque rue du Rhône avec un sac, et ressortir sans cinq minutes plus tard.

— Putain !

Nicole a de nouveau l'esprit en alerte. Décidément, cette affaire est pleine de rebondissements.

— Si de Séville ils ont filé directement à Genève, en faisant seulement les pauses indispensables, ils ont dû arriver il y a environ deux heures, ce qui correspond au moment où ces images ont été filmées.

Il y a deux heures. Ils sont donc peut-être encore à Genève, même si Nicole en doute fort. Ils peuvent être ailleurs en Suisse, en France, en Italie. Ils ont pu prendre n'importe quelle direction, et deux heures, c'est une avance confortable. Néanmoins, il ne coûte rien de vérifier.

— Qu'on fasse le tour des hôtels de la ville, et qu'on envoie quelqu'un à l'aéroport et à la gare. Est-ce qu'on a vu Wright aussi, ou seulement la sœur ?

— Seulement la sœur.

Pas étonnant. Ils ne retrouveront jamais John Wright, elle en mettrait sa main au feu : un homme de taille et de corpulence moyennes qui est passé par l'armée et la CIA, un escroc retors planqué avec deux millions d'euros sur un continent où presque tout le monde lui ressemble. Il ne réapparaîtra jamais, ou en tout cas pas avant que ça n'ait plus aucune importance, ce qui ne saurait tarder. Peut-être d'ici ce soir.

Nicole se remet au travail.

— George, tu vas entendre des choses à mon sujet, dans les jours qui viennent.

Ariel et son fils sont assis à l'avant du pick-up.

— Genre ?

— Certaines seront vraies. D'autres non, j'en suis sûre.

Ariel s'engage lentement sur une route bordée de taillis, où elle voit souvent des dindes sauvages, et de temps à autre une famille de chevreuils. Parfois il ne suffit pas d'être prudent ;

parfois il faut redoubler de vigilance pour ne pas en blesser un par mégarde.

— Ce qui est vrai, c'est qu'il y a longtemps, avant ta naissance, un homme m'a violée. Tu comprends ce que ça signifie ?

— Oui. C'est dégueulasse.

Ariel a appris récemment que le pick-up est le lieu idéal pour avoir une conversation à cœur ouvert avec son fils. Un endroit où ils ne peuvent pas se regarder dans les yeux, où aucun des deux ne peut se lever et partir, où rien ne ressemble à un affrontement direct, même si c'est parfois le cas.

C'est aussi à l'avant d'un véhicule qu'elle avait choisi de parler à Bucky du même événement traumatisant.

— Cet homme est très puissant, aujourd'hui. En fait, c'est le prochain vice-président.

Du coin de l'œil, elle voit George tourner la tête vers elle, puis très vite regarder de nouveau devant lui.

— Charlie Wolfe ?

— Tu sais qui c'est ?

— Évidemment.

— Un des mensonges que tu risques d'entendre, c'est qu'il est ton père.

— Ce n'est pas lui ?

— Non.

— Ça veut dire que tu connais le nom de mon père ?

— Oui. Il s'appelle Bucky Turner. Nous avons été mariés pendant quelques années.

Le soir du viol, son test de grossesse était positif. Elle était déjà enceinte lorsque Charlie Wolfe l'avait agressée. Bucky était le père, c'était certain. Ariel n'avait donc jamais eu besoin de faire de test génétique.

— Tu m'as toujours dit que tu ne savais pas qui était mon père ! Que c'était un donneur anonyme d'une banque de sperme.

Ariel est consciente que son fils n'aurait jamais prononcé les mots « banque de sperme » devant sa mère ailleurs que dans un véhicule, face au pare-brise.

— Je t'ai menti. Et je te demande de me pardonner. J'ai menti pour plusieurs raisons. L'une d'elles était que je ne souhaitais pas que tu cherches à connaître ton père et que tu te sentes obligé d'avoir une relation avec lui.

— Qu'est-ce qu'il a de si horrible ?

— Je ne sais pas, mon chéri. Rien d'horrible, sans doute.

Ariel a toujours fait attention à la façon dont elle parlait des hommes à son fils. Elle ne voulait pas avoir l'air trop critique, trop hostile. Elle n'avait pas envie qu'il pense que sa mère détestait tous les hommes, et qu'il en vienne à se détester parce qu'il en était un. Elle ne souhaitait pas non plus qu'il se méfie des femmes parce que sa mère était une folle qui haïssait les hommes. C'est un aspect de son éducation qui l'a toujours préoccupée : saurait-elle faire de lui un homme qui croyait les femmes ?

— Bucky est simplement quelqu'un qui s'est révélé lâche et égoïste dans une situation difficile. Et je me suis rendu compte que je ne voulais pas passer ma vie avec lui.

Ariel sent monter les larmes. Le manque de sommeil a tendance à la rendre émotive. Et ce sujet particulier encore plus.

— Épouser la mauvaise personne, c'est une chose qui arrive. Et je suis contente de m'en être aperçue avant qu'il ne soit trop tard. Mais je suis aussi heureuse d'avoir vécu assez longtemps avec Bucky pour t'avoir.

L'adolescent ne dit rien.

— Et si Bucky n'est pas horrible, il y a des hommes qui le sont. Charlie Wolfe en fait partie.

— Tu es sûre qu'il n'est pas mon père ?

— Certaine.

Ariel s'arme de courage pour continuer.

— Mais il croit l'être.

George est déconcerté, à juste titre.

— Pourquoi ?

— Il m'a violée, George. C'est abject, tu comprends ? Mais je ne pensais pas pouvoir le prouver devant un tribunal. Et je craignais de perdre ma vie à essayer.

Ariel avait 33 ans, à l'époque. Une femme enceinte sans ressources qui s'apprêtait à divorcer. Elle se sentait seule au monde. Elle parcourait les rues de New York dans un état second, imaginant différents scénarios, ce qui se passerait à court et à long terme, les enquêtes, le procès, les reportages télévisés, les témoins de la défense, les contre-accusations, les portraits diffamatoires. Quel que soit le cas de figure, ce serait toujours un cauchemar qui s'étirerait sur plusieurs années, et se solderait probablement par l'acquittement de Charlie.

Porter plainte reviendrait au mieux à jeter quelques cailloux sur sa route, par ailleurs parfaitement dégagée. Après, Charlie reprendrait le cours normal de son existence. Ariel, non. Elle serait à jamais la femme qui avait accusé un homme puissant de viol.

Elle était encore en train de se chercher. Elle ne voulait pas que cette étiquette la définisse.

— Alors, au lieu d'aller au tribunal, j'ai fait la seule chose qui, à mon sens, pouvait m'apporter un semblant de justice. Je lui ai dit que j'étais enceinte à la suite du viol et que je pouvais le prouver. Et que je me tairais contre un dédommagement financier.

— Tu lui as menti à lui aussi ?

Ariel est tentée de retenir ses larmes, de les cacher. Mais c'est quelque chose que son fils doit voir. Qui doit faire partie de sa construction. Les mensonges, les larmes, tout ce gâchis.

— Oui.

Son mensonge à plusieurs millions de dollars. Son premier mensonge à plusieurs millions.

49

Jour 5 – 9 h 19

Ariel conduit George au camp. Elle se rend au supermarché, où elle remplit son chariot sans réfléchir. Elle remercie abondamment sa mère, esquive ses questions et lui dit au revoir. Elle emmène Scotch et Mallomar à la plage et lance la balle jusqu'à ce qu'ils renoncent, épuisés. Elle rentre, le pick-up plein de sable, une odeur réconfortante de chien mouillé autour d'elle. Elle essaie de se persuader que la vie va reprendre son cours. Elle sait que c'est faux.

Nicole devrait laisser tomber, mais elle n'y arrive pas, et elle met la pression à Kayla et à Guido pour qu'ils continuent à fouiller dans le passé de John Wright et de Lucy Reitwovski, d'Ariel Pryce et de Charlie Wolfe ; elle leur demande de remonter quatorze ans en arrière, vingt, vingt-cinq…

— Oui, je me souviens d'elle.

Nicole perçoit une tension dans la voix de la femme.

— C'est horrible, ce qui est arrivé à cette petite.

Nicole se redresse sur son siège. Enfin.

— Vous voulez bien me raconter ce que vous vous rappelez ?

— Je n'oublierai jamais. Nous étions trois à faire la fermeture, ce soir-là. J'étais la barmaid, donc j'étais au rez-de-chaussée pour nettoyer le comptoir, mettre sous clé les alcools, faire la caisse, porter l'argent au dépôt de nuit. Le commis lavait la vaisselle dans la cuisine. Lucy se chargeait de la salle au sous-sol, où il fallait ranger le second bar, le billard et le jeu de fléchettes, verrouiller l'issue de secours, éteindre les lumières.

Nicole a son stylo à la main, mais elle n'écrit rien. Elle se souviendra de chaque mot.

— Quand Lucy a ouvert les toilettes, un homme l'a attirée à l'intérieur et l'a violée. Après, il s'est enfui par la porte du sous-sol. J'étais allée déposer l'argent au coin de la rue. À mon retour, j'ai bien vu que Lucy n'était pas dans son assiette, mais elle n'a rien dit. Elle s'est rendue à la police au bout d'une semaine seulement.

— Pourquoi avoir attendu si longtemps ?

— Je n'en sais rien. Elle était mineure, travaillait illégalement avec de faux papiers. Elle avait peut-être peur de perdre son job. Ou elle s'inquiétait de l'accueil qu'on réserverait à sa plainte. Comme beaucoup de femmes – de jeunes filles.

— La police a enquêté ?

— Oui. Un type a été interrogé. Je ne sais pas qui c'était. Mais il n'y avait aucune preuve médico-légale, aucun témoin. Elle a dit qu'il l'avait violée. Il a dit qu'elle était consentante. Classique. Elle a fini par laisser tomber les poursuites.

— Pourquoi ?

— À votre avis ? Les parents du garçon ont mis la main à la poche. Dix mille dollars en échange de sa signature au bas d'un accord de confidentialité.

— Ses parents ? Donc il était étudiant ?

— Oui. Le bar était le repaire de la fac de droit.

La fac de droit. Bien sûr.

— Dix mille dollars, ils s'en sont bien sortis. Elle avait 16 ans !

Le premier article est loin d'obéir aux critères de la déontologie journalistique – c'est l'époque qui veut ça. Un papier bâclé en première page d'un site d'informations, qui se trouve être le concurrent principal d'un média en ligne détenu par une société de Charlie Wolfe. Ce n'est sans doute pas une coïncidence. Le site n'est pas précisément réputé pour sa crédibilité et n'emploie pas de journaliste de renom. Cela dit, Ariel a le sentiment que la plupart de ses publications s'appuient sur des faits réels. Il a sorti quelques scoops du même acabit, à propos de célébrités ayant commis des bêtises plus ou moins graves. Un genre très apprécié aux États-Unis. Si vous êtes un tant soit peu connu et que vous fautez, les Américains le sauront.

Ariel parcourt LE VILAIN SECRET DE CHARLIE WOLFE, un chef-d'œuvre de la littérature putaclic. C'est un ramassis d'allégations sans fondement, où il n'est question que de rumeurs de harcèlement et d'agressions sexuelles, sans la moindre citation d'un représentant de la police ou du bureau du procureur, sans témoignages – personne n'a pris la peine d'appeler Ariel –, sans preuve. En revanche, les photos ne manquent pas.

Il y a deux signatures. Une journaliste indépendante très active sur le Net, qui a pour fonds de commerce les ragots hollywoodiens ; c'est sans aucun doute elle qui a réussi à placer l'article. L'autre est une quasi-inconnue : Kirsten Tabor. Employée par un petit journal local, elle n'a jamais couvert d'événement national, n'a pas l'habitude d'écrire sur les célébrités ni sur la politique, n'a aucune expérience digne de ce nom – mais c'est elle qui a sorti l'affaire.

Sur les réseaux sociaux, Ariel suit une dizaine de personnes, des amis de George pour la plupart. Elle aime bien savoir ce que les jeunes font en ligne, même s'ils ne révèlent que ce qu'ils ont envie de montrer. Elle n'a pas accès à leurs faux comptes, leurs alias, sans parler des applis dont elle n'a jamais entendu parler, où ils partagent des mèmes, des blagues salaces et Dieu sait quoi.

L'une des rares adultes qu'elle suit est Perséphone_Déesse_du_Livre. Ce compte est également religieusement suivi par la journaliste Kirsten Tabor, qui *like* cent pour cent de ses publications. Notamment les photos qui montrent les deux femmes en train de lever un verre ou d'exhiber leur dernier tatouage. Les meilleures copines du monde. De celles qui n'ont aucun secret l'une pour l'autre, même quand le secret en question ne leur appartient pas.

Wagstaff sait qu'il est facile de voir dans ce genre d'article à sensation une simple attaque partisane, un scandale inévitable à la veille d'une nomination, qui sera rapidement partagé, amplifié et contribuera au climat politique général. La plupart des consommateurs de ragots puérils ne se soucient guère d'éthique journalistique. C'est précisément pour cette raison que ces informations restent des ragots puérils. Mais ce n'est pas parce que le premier compte rendu d'une affaire est irresponsable qu'il n'y a rien derrière. Et une mince frange des amateurs de potins attache de l'importance à l'éthique et aux faits : des journalistes consciencieux qui travaillent pour des médias plus établis, enquêtent sur des sujets plus graves et obéissent à des critères plus rigoureux. Des gens comme Pete Wagstaff.

Les reporters sérieux se penchent parfois sur les rumeurs concernant les célébrités. Pas seulement sur les faiblesses humaines des amuseurs publics trop payés. Et plutôt deux fois qu'une quand il s'agit d'un crime violent commis par un membre du gouvernement et des dispositifs qu'il est capable de mettre en place pour étouffer le scandale : verser secrètement une rançon de plusieurs millions, prendre des décisions politiques qui influent sur la vie des citoyens afin de cacher ses propres transgressions, compromettre la sécurité nationale, affaiblir la confiance dans les institutions américaines.

Dévoiler ce genre de comportement, ce n'est pas être un vulgaire colporteur de ragots, ce n'est pas exploiter des commérages. C'est précisément pour cette raison que le premier amendement de la Constitution protège expressément la liberté de la presse. C'est quelque chose que les Américains savent au fond d'eux, même s'ils ont tendance à l'oublier : il est essentiel pour la démocratie que les puissants rendent des comptes.

Wagstaff a une avance confortable. Mais maintenant que l'affaire commence à s'ébruiter, d'autres journalistes ne vont pas tarder à le rattraper. Il est temps de passer un dernier appel.

Ariel est étonnée d'être aussi émue, alors qu'elle lit la prose médiocre et l'enquête mal ficelée sur l'écran graisseux de son ordinateur portable. Son traumatisme personnel a maintenant une vie propre, qui échappe à son contrôle. Ce n'est plus qu'une question de temps. Et après ?

Son téléphone sonne, un numéro précédé de l'indicatif 351.

— Allô ?

— Bonjour, ici Pete Wagstaff. Je parle bien à Ariel Pryce ?

— Vous êtes gonflé de m'appeler !

— Tout d'abord, je sais que vous avez subi une épreuve très dure et je tiens à vous assurer de toute ma sympathie. Mais j'ai été soulagé d'apprendre que votre époux avait été relâché sain et sauf.

Ariel ne va pas le laisser s'en tirer à si bon compte. Voire ne pas le laisser s'en tirer du tout. Elle se tait.

— Je ne veux surtout pas vous importuner. Mais c'est mon

travail, comprenez-moi. Je dois donc vous demander : quelle est votre relation avec le secrétaire au Trésor ?

Elle ne répond pas.

— Des éléments indiquent que Charlie Wolfe vous aurait fourni l'argent de la rançon.

— Ah bon ? Lesquels ?

Ariel ne peut livrer aucune information au journaliste, mais elle peut peut-être lui en soutirer.

— C'est vrai ?

— Je respecte votre travail, Pete. Mais ce que vous avez fait est dégueulasse. Vous en êtes conscient ?

— D'après les témoignages que j'ai pu recueillir, il se serait passé quelque chose entre Charlie Wolfe et vous il y a quatorze ans. Vous êtes tombée enceinte. Vous avez accepté un règlement à l'amiable, de l'argent en échange de votre silence. Puis, quand votre mari a été enlevé à Lisbonne, vous avez menacé M. Wolfe de divulguer certains faits pour l'obliger à payer la rançon.

Ariel continue de se taire.

— Si un ministre peut céder au chantage aujourd'hui, alors que sa vie est sous le feu des projecteurs, ne pensez-vous pas que cette vulnérabilité sera toujours là, et qu'elle risque même d'augmenter s'il devient vice-président ?

Le journaliste attend qu'elle réagisse, ce dont elle se garde bien.

— Ou président ?

Wagstaff doit se douter qu'Ariel ne va pas s'associer à ses conjectures. Mais il faut bien qu'il lui fournisse l'occasion de commenter, de nier, d'expliquer ou de protester. Même s'il sait qu'elle ne peut pas et pourquoi. Ce qui est manifestement le cas.

— Les citoyens américains peuvent-ils faire confiance à cet

homme ? Croire qu'il fera passer les intérêts de la nation avant les siens ?

Non, pense-t-elle, certainement pas.

— Vous devez être consciente qu'il s'agit d'un sujet d'importance nationale, madame Pryce. Avec des ramifications internationales. Les audiences de confirmation débutent demain, ce qui rend cette question aussi urgente qu'essentielle. Et vous êtes peut-être la seule personne susceptible d'éclaircir la situation. Alors, le ferez-vous ? Officiellement ?

Ariel suppose que l'appel est enregistré, par Wagstaff évidemment, mais également par la CIA ou le FBI, voire les deux.

— Vous souhaitez réagir ?

Cette conversation est un élément à charge potentiel. Et c'est elle qui risque de se retrouver au tribunal. Rupture de contrat, calomnie, sans parler des preuves qu'on pourrait fabriquer contre elle. Elle pourrait même se voir accusée de haute trahison.

— Madame Pryce, est-il vrai qu'il y a quatorze ans, Charlie Wolfe vous a violée ?

Waouh, pense-t-elle. Beau travail, Pete. Ça n'a pas traîné.

— Je suis navrée, dit-elle simplement avant de raccrocher.

Et en même temps, il a fallu une éternité.

50

Jour 5 – 13 h 11

La ligne fixe d'Ariel sonne, ce qui est exceptionnel. Elle la garde parce que son abonnement lui coûterait paradoxalement plus cher si elle la supprimait, une absurdité qui signifie clairement qu'il y a de l'abus et qu'on laisse faire. Les sociétés de téléphonie n'essaient même plus de s'en cacher.

Elle ne reconnaît pas le numéro, mais il commence par 202 : l'indicatif de Washington.

— Allô, Steph Barton à l'appareil, du bureau du sénateur Alan Brown. Puis-je parler à Ariel Pryce ?

— C'est moi.

— Madame Pryce, vous appelez-vous également, ou vous appeliez-vous Laurel Turner ?

— Que désirez-vous ?

— Eh bien, madame Pryce, ou préférez-vous Turner ?

— Pryce.

— Je vous appelle au sujet de M. Wolfe, qui, ainsi que vous le savez sûrement, a été désigné pour être vice-président, une nomination qui doit au préalable être approuvée par le Congrès.

Le sénateur Brown joue un rôle majeur dans le processus de confirmation.

— Je vois.

— Madame Pryce, connaissez-vous Charlie Wolfe ?

Ariel ne répond pas.

— Depuis combien de temps le connaissez-vous ?

Silence.

— Madame Pryce ? Quelle est votre relation avec le secrétaire au Trésor ?

Relation ? Comme elle y va.

— Quand l'avez-vous vu pour la dernière fois ? Quand lui avez-vous parlé ?

Ariel regarde par la fenêtre, tandis que la femme continue.

— Vous êtes consciente que vous pouvez être assignée à comparaître ? Contrainte de témoigner devant le Congrès ?

Oui, j'en suis parfaitement consciente, songe Ariel. Elle raccroche.

Ariel envoie un e-mail à John, par curiosité. Et – pourquoi pas ? – elle essaie son portable. Elle sait qu'il n'a plus son ancien appareil ; il l'a jeté dans une poubelle du marché couvert de Lisbonne, avec celui d'Ariel. Mais elle en a acheté un nouveau et elle a gardé son numéro. Il en a peut-être fait autant. Sinon, il doit toujours avoir accès à sa messagerie.

— Salut, c'est moi. Je suis inquiète. Tu pourrais me rappeler ?

— Peut-on étouffer l'affaire ?

Jim Farragut marque un temps d'arrêt avant de répondre. Il ne veut pas avoir l'air condescendant. Il se rend compte qu'il est sur un siège éjectable. Il ne craint pas pour son intégrité physique, mais sa carrière pourrait exploser en plein vol ici même, à cet instant.

Depuis que les premières rumeurs ont éclaté et se propagent sur internet, Charlie Wolfe n'est parvenu qu'à aggraver son cas. « Pas de commentaire » a été sa seule réponse à toutes les questions concernant l'existence d'une éventuelle maîtresse. Farragut sait qu'il ne peut rien dire, car, comme Ariel Pryce, il a signé un accord de confidentialité. Mais auprès de ceux qui l'ignorent – autrement dit tout le monde –, il passe pour un menteur. Et maladroit, avec ça.

Ses exigences se sont retournées contre lui. Pas uniquement parce que le contrat l'oblige à se taire, mais aussi parce qu'un avocat du Congrès est remonté jusqu'à la société anonyme aux Caïmans qui a versé le prix du silence à Ariel Pryce, transformant la simple existence de ces paiements en preuve accablante. Et on a appris que d'autres femmes avaient reçu de l'argent par l'intermédiaire de cette société. Ce qui signifie que Charlie Wolfe peut difficilement traiter les accusations par le mépris.

C'est mauvais pour sa réputation, et ce n'est pas en voie de s'arranger. Dix minutes plus tôt, Farragut était au téléphone avec sa cheffe de poste à Lisbonne, qui lui annonçait avoir découvert unc nouvelle victime de Wolfe. Une gamine de 16 ans ! Il ne s'en relèvera pas.

C'est pour cette raison que Farragut a sollicité cet entretien avec son supérieur.

— Je suis désolé, dit-il au directeur de la CIA. Mais je crois qu'il est trop tard.

— Vous êtes désolé ? À d'autres !

Farragut ne mord pas à l'hameçon.

— Vous n'avez jamais aimé notre président. C'est évident.

Évident ? Jim Farragut en doute. C'est de la paranoïa, un mal éminemment contagieux. Et il est somme toute logique que le directeur du renseignement soit le plus atteint.

— Non, monsieur, je ne vous permets pas de dire cela. J'ai

sur cette affaire un regard professionnel et détaché, et force est de constater que la position de M. Wolfe est intenable. Il ne sera pas le prochain vice-président, et plus vite le président prendra ses distances avec lui, mieux il s'en portera, ainsi que le gouvernement et la nation. Nous n'avons pas le choix.

— N'importe quoi. On a toujours le choix.

— Les faits sont publics. La police portugaise et les renseignements portugais les ont en leur possession, et rien ne les oblige à les garder secrets. Étant donné la façon dont nous avons traité le monde ces derniers temps, je doute qu'ils aient très envie de nous faire une fleur.

Le directeur le foudroie du regard.

— Est-ce qu'on ne peut pas enfermer cette femme ?

Farragut prend sur lui pour conserver son sang-froid, mais c'est précisément le genre de connerie qu'il redoutait d'entendre quand il a pénétré dans ce bureau : qu'on lui demande de commettre des actes illégaux, impulsifs, irrationnels et contre-productifs.

— Vous voulez arrêter la femme que Wolfe a violée ?

— *Aurait* violée.

Farragut hoche la tête, s'efforçant d'apparaître raisonnable face à la déraison.

— Je pense que si le FBI arrêtait cette femme, ce serait un désastre total en matière de relations publiques.

— Peut-être. Mais je n'ai pas parlé du FBI.

Farragut hausse les sourcils, se demandant si son supérieur se rend compte de ce qu'il dit.

— Je n'ai pas non plus parlé d'arrestation. Ni de public.

Ariel va chercher George au centre de loisirs. C'était son dernier jour. Certains membres du groupe enchaînent sur d'autres activités pendant la seconde partie des vacances. Aujourd'hui, il y a eu des compétitions amicales, des remises de prix et des adieux émus. Elle contemple les camarades de son fils. Des adolescentes de 13 ans boutonneuses, brassière de sport et appareil dentaire, qui font quinze centimètres de plus que les garçons. Des monitrices stagiaires de 16 ans hâlées par le soleil, le visage constellé de taches de rousseur, la queue-de-cheval blondie par l'eau de mer. Ce petit monde a l'air tellement jeune, innocent, protégé. Si seulement c'était vrai.

Les gens ont soudain pris conscience de l'existence d'Ariel, la nouvelle s'est propagée comme une épidémie : rapide, incontrôlable, létale. Elle a reçu un nombre incalculable de messages vocaux, d'e-mails et de SMS d'amis, de collègues, d'une demi-douzaine de journalistes, de deux assistants parlementaires et d'un individu qui se prétendait du FBI. Tout le monde a quelques questions à lui poser, merci de rappeler dès que possible, c'est important, c'est urgent, c'est essentiel.

Elle découvre ce qui se passe en coulisses, le travail à l'arrière-plan avant que les faits ne deviennent des informations, avant que le grand public ne soit au courant. En attendant, beaucoup de gens sont au courant.

Ariel ne rappellera personne. Lui laisser des messages ne suffira pas. Elle a besoin de ce filet de sécurité, de ce bouclier, de pouvoir dire sans mentir : je me suis contentée de décrocher le téléphone.

Tandis qu'elle écoute sa boîte vocale, de nouveaux messages arrivent. Ses deux appareils sont pris d'assaut. Sur le fixe, un journaliste de presse écrite lui explique qu'il a recueilli un témoignage intéressant.

— J'ai parlé à un barman, un certain Dan Shannon, qui vous a vue discuter avec M. Wolfe il y a quatorze ans, dans l'établissement de l'Upper East Side où il travaillait à l'époque…

C'est fou ce que les reporters sont capables de déterrer, et à quelle vitesse, lorsqu'ils sont motivés.

— Selon M. Shannon, l'échange était tendu et la gestuelle particulière. C'est pour cette raison qu'il s'en souvient. Quel était le sujet de votre conversation ?

Ariel ne répond pas.

— Il y a quelques jours, M. Wolfe vous aurait aidée à payer la rançon de votre mari. D'après mes sources, il vous aurait fourni la somme de cinq millions de dollars.

Cinq millions ? D'où sort-il ce chiffre ? Ariel se mord la langue pour ne pas le corriger, lui expliquer qu'il s'agissait de deux millions, en euros. Mais de tous les éléments de l'affaire, le montant est le plus insignifiant. Et rectifier les chiffres d'un journaliste professionnel ne relève pas des responsabilités d'Ariel.

Parfois, il vaut mieux se taire qu'avoir raison.

— Madame Pryce, j'ai parlé à plusieurs sources qui laissent entendre que Charlie Wolfe vous aurait agressée il y a quatorze ans. Que, à la suite d'un accord à l'amiable, vous auriez renoncé à porter plainte. Et que récemment, vous auriez menacé de tout révéler pour obliger M. Wolfe à aider votre mari.

On y est. Une fois le premier sang versé, les requins ne tardent pas à rappliquer.

— Madame Pryce ? Pouvez-vous confirmer ou nier cette série d'événements ?

Ariel a décidé qu'elle ne répondrait à rien. Elle ne sait même pas si elle peut s'autoriser un simple « pas de commentaire ». On peut toujours tomber sur un interlocuteur sans scrupule, qui ment sur ses références, invente des citations, déforme les conversations. Ariel est dans une situation délicate. Pourquoi prendre ce risque alors que rien ne l'y oblige ? Elle enregistre tous ses appels, au cas où. Elle crée les preuves qui lui permettront de se disculper si besoin est.

Les médias devront se débrouiller sans la citer ; la police devra enquêter sans son témoignage. Les journaux, les émissions de télé, le Congrès : ils devront tous passer par l'avocat qu'elle n'a pas encore engagé. Les assignations, les dépositions, les comparutions se briseront contre un refus catégorique : elle ne peut pas faire de commentaire.

Elle raccroche.

La première photo paraît en fin d'après-midi. Un autre article en ligne bourré de spéculations, sans certitude ni confirmation. Puis la même image est diffusée sur CNN. Et à partir de là, elle tourne partout.

Ariel s'en souvient très bien. Elle avait été prise ce funeste samedi soir, avant le coucher du soleil, pour être publiée dans le journal le week-end suivant. Six personnes à une réception, bronzage et vêtements d'été, l'océan en toile de fond. Elle est l'une des six. Charlie Wolfe aussi.

Elle savait qu'elle n'échapperait pas aux photos. Mais, même quand on est préparé, ça fiche un coup. Parce qu'on est conscient que ça va encore empirer.

Ariel n'est qu'à demi surprise de voir un camion télé devant sa maison. Elle envisage de battre en retraite à l'intérieur, puis se ravise. Elle sort et verrouille derrière elle.

— Madame Pryce, depuis combien de temps connaissez-vous M. Wolfe ?

Elle s'efforce de marcher calmement jusqu'à son pick-up, sans croiser les yeux du reporter, qui se tient de l'autre côté de la barrière séparant sa propriété de la voie publique.

— Quand lui avez-vous parlé pour la dernière fois ?

Le journaliste tend un micro vers Ariel. Derrière lui, un caméraman braque une impressionnante caméra, et encore derrière se trouve le camion télé, dont l'antenne s'élève vers le ciel.

— Est-ce vrai que votre mari a été enlevé au Portugal ?

Si elle dit quoi que ce soit maintenant, elle sera sur une chaîne nationale dans les minutes qui suivent. Aussi simple que ça. Un malheureux écart sur la route, et vous vous retrouvez sur la voie de gauche, à contresens.

— Madame Pryce ? Le secrétaire au Trésor a-t-il payé la rançon de votre mari ?

Elle grimpe dans le véhicule, claque la portière.

— Madame Pryce ?

La rapidité à laquelle la presse a eu vent de l'affaire étonne encore moins Nicole Griffiths. Elle se demande seulement si quelqu'un a assemblé toutes les pièces du puzzle. Si quelqu'un y parviendra un jour. Peut-être fallait-il être impliqué dès le début pour pouvoir reculer d'un pas et admirer l'œuvre dans son ensemble. Si elle-même n'avait pas entrepris le tortueux voyage de la découverte, elle n'aurait sans doute pas compris. C'est peut-être parce qu'elle a enquêté en abordant l'affaire sous un autre angle qu'elle y est arrivée.

Elle regarde les images montrant Ariel Pryce se diriger à grands pas vers son pick-up, aussi vieux et rouillé qu'elle l'a dit. Elle refuse de faire le moindre commentaire, ainsi qu'il se doit. Une femme qui s'efforce de mener une vie paisible à l'écart du monde, pas une militante, ni une provocatrice accro aux réseaux sociaux, ni une imprécatrice. Une femme qui ne réclame pas la lumière, qui n'en veut pas.

Génial.

Ariel pénètre dans la librairie pour la première fois depuis une semaine. Elle n'a jamais été absente aussi longtemps depuis qu'elle a repris l'affaire.

— Ariel ! s'écrie Perséphone, avant de l'étreindre chaleureusement. Comment ça va ?

— Ça va, merci. Et ici ?

La jeune femme plisse le nez.

— Hum, disons… bizarre ? Il y a plein de journalistes qui appellent, qui demandent à te parler. Plus quelques clients normaux qui sont venus au magasin. À peu près normaux. Et certains n'ont pas été super aimables.

— Qu'est-ce que tu dis aux gens ?

— Rien de spécial. Simplement que tu n'es pas à la librairie en ce moment.

Ariel remarque que Perséphone n'a pas lâché son téléphone. Elle le tient à la main, le pouce replié juste au-dessus de l'écran, prêt à cliquer, balayer, faire défiler. Sa génération ne sait pas faire autrement. À l'école, il aurait dû y avoir des cours et des exercices pour apprendre à poser son téléphone, à se concentrer sur l'interlocuteur présent. Mais qui aurait pu deviner jusqu'où ça irait ?

— Parfait, P. Continue comme ça.

— Il faut que je te dise. On a aussi eu quelques appels d'insultes.

Ariel hoche la tête. Elle en a reçu à la maison également. Sous sa pimpante façade estivale, la ville cache une réalité pas toujours très reluisante. La haine se fait connaître vite et fort, dans le monde moderne. Les répercussions peuvent être violentes.

— Je note tous les numéros, et ce qu'ils disent. Au cas où on devrait faire intervenir la police.

— Bonne idée. Perséphone, je vais avoir besoin des documents que tu sais. Et du reste.

— Oui, bien sûr ! J'ai tout remis à sa place, dans le trou du mur, recouvert par l'affiche.

— Bien joué, merci.

— Il te faut autre chose ?

— Non. Tu as assuré.

Perséphone a tenu la librairie en son absence sans problème apparent, en dépit des circonstances.

— Merci. Maintenant, je comprends mieux pourquoi la cliente de la semaine dernière t'a appelée Laurel.

Ariel lui offre un sourire pincé en guise de réponse. Elle ne souhaite pas en discuter et elle veut que ce soit clair.

Après avoir tergiversé, Ariel a décidé de ne pas lui reprocher d'avoir révélé des informations confidentielles à son amie journaliste. Si elle insinue qu'elle sait ce qu'elle a fait, il faudra sans doute qu'elle la congédie. Perséphone a trahi sa confiance d'une manière inexcusable. Ariel devrait peut-être même appeler la police, porter plainte, pour prouver qu'elle n'a rien à voir avec la fuite.

Ce serait excessif, et ce serait injuste. Comme de frapper un chien pour avoir mangé une saucisse qu'on a laissée sur une table basse. Perséphone est curieuse et indiscrète, c'est un fait. Ariel le sait. Mais c'est elle qui a mis la saucisse sur la table.

Les chiens sont les premiers à flairer quelque chose. Oreilles dressées, truffe frémissante, queue basse. Un grondement sourd s'échappe de la gorge de Mallomar. C'est inhabituel, mais pas exceptionnel. Des renards s'aventurent parfois dans le jardin, des ratons laveurs et des opossums, des chevreuils qui sautent par-dessus la barrière, des taupes, des campagnols, des lapins : les chiens ont mille raisons de grogner.

Mais Ariel le sent dans ses tripes : c'est autre chose. Elle éteint la lumière de la salle à manger.

— George, arrête ça.

Il joue à un jeu vidéo assis par terre dans le salon, coiffé d'un casque qui lui donne l'allure d'un pilote d'hélicoptère.

— Maintenant !

— Quoi ? Pourquoi ?

— Obéis !

Ariel éteint une petite lampe, puis une autre. La vieille maison n'a presque pas de plafonniers, et elle ne cesse d'appuyer sur des interrupteurs.

Maintenant que l'écran du téléviseur est devenu noir, ils sont dans l'obscurité complète.

— Monte, chuchote-t-elle. Vite !

Les deux chiens aboient bruyamment, à présent.

— Qu'est-ce qu'il y a ?

George pleure. Il ne comprend pas, mais il se rend compte que c'est grave. Ariel compose le numéro d'urgence tandis qu'ils grimpent au premier en courant. Dans le noir en plus, contre toute règle de prudence.

— Ici le 911, je vous écoute.

— Quelqu'un est en train de pénétrer chez moi par effraction ! Mon adresse est…

Et soudain c'est le chaos.

51

Jour 5 – 21 h 09

George monte devant elle. Il arrive au premier étage à l'instant où des projecteurs illuminent le palier par la vitre. Des cris d'hommes, des pas bruyants, des aboiements et le choc sourd de corps qui tombent sur le sol de la véranda en bois. Ariel pousse son fils dans le couloir, puis dans sa chambre. Elle ferme à clé derrière eux, se précipite vers la fenêtre qu'elle avait laissée grande ouverte pour aérer. Elle donne un coup de poing dans la moustiquaire et elle sort, George à sa suite. Ils marchent sur les bardeaux de cèdre qui recouvrent l'extension abritant la salle à manger, face au maïs argenté qui brille sous la lune, puis s'accroupissent au bord du toit, avant de sauter un mètre plus bas dans l'herbe humide de rosée, à quelques mètres de la remise où s'entasse le matériel de sport. C'est là qu'elle s'enferme avec son fils.

— Madame Pryce, il n'y a plus de danger !

Elle ignore qui est l'homme qui crie de l'autre côté de la maison.

— Vous êtes en sécurité, maintenant !

Exactement ce que dirait un individu malintentionné pour endormir sa méfiance.

Elle s'empare d'une batte de base-ball. Derrière elle, George tremble.

— Attends-moi ici, murmure-t-elle.

— Reste, s'il te plaît.

— Il faut que j'aille voir. Je ne m'éloigne pas. Promis.

Ariel traverse le petit carré de pelouse qui sépare la partie habitation des bâtiments agricoles à l'arrière. Elle s'agenouille derrière le buis et épie à travers le feuillage compact. Elle distingue un homme allongé sous la véranda, le visage contre le sol. Un autre, vêtu de noir, est en train de lui attacher les poignets dans le dos avec un lien de plastique. Un troisième, également en noir, regarde autour de lui.

— C'était juste un paparazzi ! crie-t-il.

En effet, à présent, Ariel voit l'appareil photo équipé d'un téléobjectif et la sacoche. Elle comprend. Elle veut bien le croire.

Ariel a été plusieurs femmes au cours de sa vie. Désormais, elle fait manifestement partie de celles qui sont harcelées par des paparazzis et protégées par des commandos de la CIA.

Ce n'était pas prévu. Mais tout compte fait, elle n'est pas surprise. Plus rien ne l'étonne.

52

Jour 6 – 10 h 08

Le lendemain matin, Ariel est devant son téléviseur, attendant le début des auditions, quand les présentateurs sont interrompus par un journaliste qui se tient devant le Capitole. Elle monte le volume.

— Le président du comité, le sénateur Alan Brown, vient de publier un communiqué : « En raison de complications imprévues, les audiences préalables à la confirmation du vice-président qui devaient s'ouvrir ce matin à 10 heures ont été suspendues jusqu'à nouvel ordre, en attendant les résultats de l'enquête. »

— Que savons-nous de ces complications ?

— Elles seraient liées à une série d'événements rocambolesques qui ont débuté en début de semaine à Lisbonne, où un citoyen américain du nom de John Wright a été enlevé alors qu'il était en voyage en compagnie de son épouse, Ariel Pryce. Celle-ci aurait alors contacté M. Wolfe, le secrétaire au Trésor, et l'aurait menacé de révéler un secret qui lui porterait un grave préjudice, s'il ne l'aidait pas à payer la rançon. En raison de la nature extrêmement sensible et complexe de l'affaire – le kidnapping à l'étranger d'un citoyen américain, et le chantage qu'aurait subi un membre du gouvernement –, des enquêtes parallèles ont été menées en temps réel par les forces de l'ordre américaines et étrangères, ainsi que par les services de renseignement.

— C'est un journaliste qui a fait éclater la vérité ?

— Oui. Pete Wagstaff, un correspondant basé à Lisbonne, a rassemblé les pièces du puzzle, et a divulgué dans un article publié la nuit dernière le scandale que M. Wolfe s'efforçait d'étouffer : il y a quatorze ans, il aurait violé Mme Pryce. Dans la foulée de cette révélation, deux autres femmes l'ont à leur tour accusé d'agression sexuelle.

— Et Mme Pryce ? Que dit-elle de tout cela ?

— Elle se refuse à tout commentaire.

— Connaissons-nous la raison de ce silence ?

— Il est très probable qu'elle ait signé un accord de confidentialité dans le cadre d'un arrangement à l'amiable, stipulant qu'elle renonçait à porter plainte en échange d'une somme d'argent. Mme Pryce a été catégorique : elle ne peut ni ne veut s'exprimer sur l'affaire.

En quelques heures, une tempête médiatique s'abat sur la ferme. Une dizaine d'antennes de camions-régies s'élèvent dans le ciel bleu au-dessus des champs ; des voitures au plancher jonché d'emballages de sandwichs et de gobelets de café attendent aux abords de la maison ; des hommes et des femmes aux vêtements chiffonnés font le pied de grue sur la route de campagne habituellement déserte. Tous guettent Ariel pour lui arracher une photo ou un commentaire.

Elle ne sort pas.

Au bout de vingt-quatre heures, les journalistes se lassent et commencent à remballer leurs jouets. Mais, même sans image de la victime ni de l'agresseur – Charlie Wolfe fait profil bas –, la télé, la radio et internet couvrent l'affaire sans interruption.

Lorsque le scandale a éclaté, Ariel a vite décidé qu'elle devait se protéger. Elle ne pouvait pas écouter les mêmes informations en boucle du matin au soir, sinon, elle allait devenir folle. Malgré tout, elle finit par allumer la radio, dans l'espoir d'apprendre du nouveau :

— … ce qui porte à quatre le nombre de femmes accusant le secrétaire au Trésor de comportement déplacé, et met en lumière plusieurs décennies de violences sexuelles que Charlie Wolfe et sa famille étaient parvenus à étouffer jusque-là, à grand renfort de dédommagements financiers. Les femmes qui ont décidé de rompre le silence ont reçu un large soutien sur les réseaux sociaux, et les tribunes libres dans les journaux se multiplient.

— Comment réagit le ministre ?

— Un porte-parole a publié un communiqué déclarant que ces allégations étaient sans fondement.

— Pour qu'il n'y ait pas de malentendu, que lui reproche-t-on exactement ?

— Charlie Wolfe est accusé de viol avec violence.

Le lendemain, le coup de grâce : « Soumis à une pression croissante, Charlie Wolfe a démissionné du gouvernement, après que le procureur de New York a annoncé hier l'ouverture de plusieurs enquêtes sur les accusations à son encontre. C'est un revers inattendu pour un homme dont la confirmation à la vice-présidence ne faisait presque aucun doute il y a encore quelques jours. Par ailleurs, un concert de protestations s'élève contre la sévérité des sanctions encourues par les victimes de viol et d'agression sexuelle signataires d'un accord de confidentialité, lorsqu'elles brisent le silence. C'est un procédé utilisé depuis longtemps par les hommes fortunés pour ne pas avoir à répondre de leurs crimes et museler leurs victimes, expliquent les critiques. »

La cote des actions de la société de Charlie Wolfe plonge à la Bourse et sa valeur nette chute d'un quart de milliard de dollars. Sa femme le quitte et emmène leurs enfants. Sa vie s'écroule à une vitesse vertigineuse, comme c'est parfois le cas à notre époque : sans arrestation, ni mise en examen, ni procès. Pas d'appel, pas d'espoir de rédemption. Un jugement instantané, une oblitération totale et immédiate.

Ariel gare son vieux pick-up sur le parking à l'arrière des magasins et rejoint Main Street. Une fin d'après-midi animée en plein été : des amoureux, des familles qui mangent des glaces. La porte d'un bar s'ouvre pour laisser passer des jeunes femmes radieuses, toutes vêtues du même débardeur : un enterrement de vie de jeune fille. Ariel repère très vite celle qui ne boit pas. Elle prend une amie par le bras, regarde à droite et à gauche avant de traverser, puis se retourne pour s'assurer que tout le monde est là, en sécurité. Ariel se demande s'il s'agit d'une prudence normale ou d'une vigilance plus spécifique.

Deux couples d'une quarantaine d'années se tiennent devant le snack qui vend des hamburgers, bloquant le trottoir, tongs aux pieds, tatouages délavés flasques, drapeaux américains sur les tee-shirts et les casquettes. L'une des femmes tombe en arrêt lorsqu'elle remarque Ariel, et murmure quelque chose à ses amis.

— Excusez-moi, dit Ariel en se faufilant entre le groupe et un SUV géant – un de plus, à croire qu'ils dévorent tous les autres véhicules.

La femme qui l'a manifestement reconnue marmonne quelque chose sur son passage. Ariel n'a pas entendu ce qu'elle disait, mais elle a l'impression que les mots lui étaient adressés.

— Pardon ?

— Va te faire foutre avec tes mensonges, sale pute.

Ariel est sidérée. Ce n'est pas tant l'émotion qui la choque – c'est ainsi, de nos jours, il faut faire avec – que la méchanceté. Le fait qu'une personne – une femme – estime qu'il est légitime de cracher sa haine au visage d'une inconnue. Ariel poursuit son chemin.

António Moniz soupire en regardant la femme assise en face de lui. C'est une camée, clairement, et elle est défoncée. Elle prétend avoir été dévalisée, une histoire sans queue ni tête. Elle sait qui l'a agressée, elle sait où est le coupable et oui, elle pourrait sûrement l'identifier sur une photo, mais est-ce qu'il ne vaudrait pas mieux aller l'arrêter ? Là tout de suite ?

Moniz trouve à peine l'énergie de prendre des notes.

— Et vous affirmez que vous ne connaissez pas personnellement cet individu ? demande Carolina Santos.

La camée hoche la tête. Elle n'ose pas prononcer à voix haute ce mensonge flagrant.

Rien n'est crédible dans cette histoire. Elle est là pour faire arrêter un homme, c'est évident. Une vengeance pour quelque chose, peut-être même un vol, ainsi qu'elle le prétend. Mais pas ce vol-là. Et le coupable n'est pas un inconnu.

Moniz se laisse distraire par Tomas et Erico, bouche bée devant la télé à l'autre bout de la pièce, où un journaliste explique comment l'enlèvement de John Wright a entraîné la chute d'un Américain très puissant. Et tout a commencé de la même manière : une femme qui a débarqué au poste avec une histoire invraisemblable.

— Comment savez-vous, pour le fusil ? demande Carolina.

— Il l'avait sur lui.

— Dans la rue ? Aux yeux de tous ?

— Sous son manteau. Il avait le fusil sous son manteau.

— Son manteau ?

C'est l'une des soirées les plus chaudes de l'année.

Décidément, cette fille ne veut pas seulement le faire arrêter, elle veut le faire tuer. Elle ne voit donc pas que ses mensonges crèvent les yeux ? Elle les prend pour des demeurés ou…

Moniz se lève et traverse la pièce.

— António ?

Il se plante devant l'écran et regarde les images d'archives de l'Américaine.

Ariel Pryce savait qu'on ne la croirait pas. Bien sûr. Elle savait que son histoire semblerait suspecte, mais elle savait aussi que la police serait obligée d'enquêter, et l'ambassade également, les journalistes, tous devraient faire les vérifications d'usage, et ils finiraient par tomber sur des informations qu'elle ne souhaitait pas révéler…

Ou était-ce justement le but recherché ?

— António ?

Il se tourne vers Carolina qui l'a suivi, laissant la camée mariner dans ses mensonges.

Devrait-il en parler à sa partenaire ? Le croirait-elle ? Quelqu'un le croirait-il ? Ou le prendrait-on pour un menteur de plus, qui réécrit l'histoire à sa convenance ?

C'est le problème de nos jours. On ne croit plus personne.

Jerry est assis au bar, là où Ariel pensait le trouver, à côté de la grande fenêtre ouverte.

— Qui sont tous ces gens ? demande-t-il en désignant la salle à manger bondée du Balestron, la rue qui grouille de monde.

La foule parade en tenue estivale. Le gay moustachu super mince en tee-shirt super moulant PROVINCETOWN, la femme au foyer du Connecticut en marinière qui descend du break Mercedes : tous dans la peau de leur personnage. Jerry tient le rôle de l'avocat alcoolique d'un trou paumé. Et Ariel a son rôle à elle.

La plupart du temps, on est la personne que l'on paraît être. Sauf quand on joue la comédie. Et c'est là qu'on peut être le plus convaincant. Si on se prépare sérieusement, si on s'exerce consciencieusement, si on se donne à fond.

Ariel l'a appris durant sa formation d'actrice, et elle ne l'a jamais oublié : savoir habiter un rôle, même quand personne ne regarde. Même seule dans une chambre d'hôtel, au buffet du petit déjeuner, perdue dans les ruelles d'une ville inconnue. Chaque geste, chaque échange, chaque moment conscient, et aussi inconscient avec un peu de chance. Pas uniquement pour avoir l'air vrai, mais pour être capable de raconter son histoire ensuite sans avoir à inventer de mensonges. De cette manière, il n'y a qu'à dire la vérité.

— Merci d'être venue, dit Jerry. Ça ne doit pas être évident, en ce moment.

— Je suis pourchassée par des meutes de journalistes. Et d'assistants parlementaires. Je trouve des paparazzis menottés par la CIA sous ma véranda. Ah oui, il y a un instant, je me suis fait insulter dans la rue.

— Ouille. Dur. Les risques du métier, hein ?

Ariel sent un frisson lui courir le long de l'échine. Jerry boit une gorgée. Son verre est presque vide.

— Suze ? appelle Ariel.

Elle commande et pose deux billets de vingt sur le bar. Avec Jerry, c'est toujours elle qui paie.

— Comment va John ?

— Il va bien, merci.

Ariel n'en a aucune idée, en réalité. Ses e-mails n'ont pas reçu de réponse, ses appels ne passent plus. Elle se dit qu'il la contactera quand il le pourra, quand il le voudra. S'il le peut.

S'il le veut.

— Merci, dit Jerry en indiquant le verre du menton. C'est fou, hein, tout ce cirque au sujet de cet accord de confidentialité qui n'est plus du tout confidentiel.

L'inquiétude d'Ariel est bien réelle, à présent.

— En même temps, tu n'y es pour rien. Partout, j'entends et je lis : Mme Pryce ne répond pas aux appels. Mme Pryce n'est pas joignable. Mme Pryce refuse de dire un mot.

Cette sensation dans son ventre, c'est comme quand un cerf surgit au milieu de la route, et qu'on voit défiler dans sa tête tous les accidents potentiels, certains coûteux, certains mortels.

— Tu t'es bien appliquée à ne rien dire dans un sens ou dans l'autre.

Son malaise s'intensifie.

— J'y suis légalement tenue.

— Hum, fait Jerry, prenant encore une gorgée. Tu ne bois pas vraiment, hein ?

Elle n'est qu'à demi surprise par ce brusque changement de sujet. Jerry adore les coq-à-l'âne, qui souvent se révèlent ne pas en être.

— Non.

— J'avais remarqué ça. Parfois, tu acceptes un second verre, mais tu n'avales jamais plus d'une gorgée. Tu n'as jamais bu ?

Elle secoue la tête.

— Si tu buvais deux verres, tu en sentirais sans doute l'effet. Tu serais éméchée. Soûle, peut-être ?

Ariel ignore où il veut en venir, mais elle connaît Jerry. Il a une idée derrière la tête. Il ferait un excellent avocat, s'il n'était pas aussi inadapté à la vie en société.

La barmaid rend sa monnaie à Ariel, un éventail de petits billets.

— Tu me regardes et tu penses : ce mec boit quatre, cinq,

six verres chaque soir. Voire plus. Si toi tu consommais cette quantité d'alcool, tu roulerais sous la table. Alors, tu te dis, ce brave Jerry, il est tout le temps bourré, il ne se rappellera jamais ce qu'il a raconté quand il avait un coup dans le nez.

Ariel a envie de partir en courant.

— Mais je suis plus lourd que toi, ce qui signifie que la même quantité d'alcool nous affecte différemment. Et il y a le phénomène d'accoutumance. Plus on boit, plus on devient résistant, c'est comme tout. On s'est vus ici combien de fois, tous les deux ? Une vingtaine ? Plus ?

Ariel hausse les épaules, esquisse un pâle sourire.

— Je suis conscient que je bois trop. Je suis conscient que certains soirs je ne devrais pas conduire. Et je ne le fais pas, tu le sais ?

— Oui.

— Mais je me souviens parfaitement de chacune de nos conversations.

À présent, Ariel voit très bien où il veut en venir. Elle porte son verre à ses lèvres…

— Après la mort de Cyrus, on a discuté du transfert de propriété de son bouc. Il s'appelait comment déjà ?

Ariel sent sa gorge se serrer. Elle se force à avaler.

— Fletcher.

— C'est ça ! Fletcher.

Elle serait prête à parier qu'il se rappelait parfaitement le nom du bouc.

— Je me suis souvenu d'une phrase que j'avais prononcée à ce sujet. Et de ta réaction. C'était manifestement une révélation pour toi. Comme si j'avais appuyé sur un interrupteur.

Ariel n'a pas besoin de lui demander de s'expliquer. Elle regarde à gauche, puis à droite, s'assurant que personne ne peut les entendre. Encore une conversation secrète avec un homme dans un bar. Encore un échange qui bouleverse une vie.

— Ariel, connais-tu l'adage latin *cui bono* ? « Qui y gagne ? » À qui profite le crime, si tu préfères. C'est une question qu'il est toujours intéressant de se poser.

Jerry boit une autre gorgée.

— Mais parfois, il est tout aussi important de se demander *cui plagalis ?* Tu sais ce que cela signifie ?

Ariel pense le deviner mais elle ne répond pas.

— Qui en souffre ? Qui perd ?

Il la dévisage pendant quelques instants.

— Je ne vais pas insulter ton intelligence ni la mienne en te réclamant des détails. D'autant plus qu'il vaut mieux que je ne sache rien, pour toi comme pour moi. Beaucoup mieux.

Ariel a l'impression que détourner les yeux équivaudrait à un aveu. Elle s'oblige donc à soutenir le regard de Jerry.

— Est-ce que tu te rends compte que tu ne t'es pas seulement mis à dos le… ta cible, mais aussi l'un des hommes les plus puissants du monde ?

Ariel se tait. Depuis quelques jours, ne pas répondre est devenu un automatisme. Bien qu'elle ait fait appel à ses services par le passé, elle ne sait pas dans quelle mesure elle pourrait se fier à Jerry s'il avait le dos au mur. Si son gagne-pain était menacé, voire sa vie. Elle est presque sûre que cela va arriver à un moment ou un autre. C'est peut-être déjà le cas. Si ça se trouve, c'est le but de cette conversation, et l'avocat est équipé d'un micro.

Le seul niveau de confiance acceptable dans ce genre de situation, c'est cent pour cent. Et Ariel a appris que cent pour cent, ce n'était pas réaliste. Alors, elle continue de se taire.

Jerry prend un billet d'un dollar sur le comptoir.

— Tu permets ?

— Je t'en prie.

— Ça ne relève pas de mon domaine d'expertise. Mais bon, ce n'est pas comme si j'avais un quelconque domaine d'expertise. Je te recommande donc de me virer sur-le-champ et de t'adresser à un avocat qui sait de quoi il parle. Mais, en attendant, c'est moi que tu as engagé pour te représenter.

Jerry plie le billet en deux, le range dans sa poche.

— J'ai un conseil à un dollar pour toi, reprend-il en se tournant vers elle pour lui faire face. Sois très, très prudente, Ariel. À tous les niveaux.

Rien de nouveau sous le soleil. Elle aurait pu se passer d'un tel avertissement. Ariel est très prudente, elle l'a été toute sa vie. Mais la prudence s'est révélée insuffisante. C'est une stratégie uniquement défensive.

— Aujourd'hui comme demain, ajoute Jerry.

Parfois, a-t-elle compris, il faut savoir attaquer.

— Jusqu'à la fin de tes jours.

Épilogue

Trois mois plus tard

Ariel se réveille, et pendant un instant, elle ne sait plus où elle est.

Ah oui : un avion. Elle est coincée sur un siège central – pour changer –, au fond de l'appareil, les pieds écrasés par son bagage de cabine. Lorsque le numéro sur sa carte d'embarquement lui a permis de monter à bord, les compartiments de rangement étaient tous pleins. Dans le système de caste rigide des compagnies aériennes, Ariel est quelqu'un qui voyage inconfortablement.

— J'ai besoin de me changer les idées, a-t-elle expliqué à ses amis, ses employés, sa mère. D'oublier le battage médiatique, la maison, tout.

George a entamé sa première année en pension, dans l'établissement où Ariel a étudié il y a une trentaine d'années, et il a l'air de bien s'adapter. Lorsqu'elle a lancé cette idée, elle s'attendait à ce que son fils la rejette d'emblée. Mais il s'est montré réceptif, ce qu'elle a trouvé à la fois rassurant et déprimant, une combinaison qui lui semble désormais résumer la condition de parent.

À quelques semaines de la rentrée, le bureau des admissions a fait une exception pour George, en raison des épreuves qu'Ariel avait traversées, et des conséquences néfastes pour l'adolescent : l'excès d'attention, le danger physique.

Depuis près d'un an, elle se demandait ce que serait son existence une fois George parti. L'attitude de plus en plus distante de son fils lui rappelait constamment que cette phase de sa vie touchait à sa fin, que bientôt il irait à l'université, ne rentrerait plus que de temps en temps. Il n'y avait rien à faire dans leur petite ville. C'était ce rien qui avait attiré Ariel, mais il devait s'y sentir à l'étroit, la petite classe dans une petite école, les petites équipes sportives, un petit monde.

Peut-être Ariel en a-t-elle elle aussi fini avec cet endroit. Quand George la quittera, elle sera une femme de 50 ans, seule sur une petite exploitation agricole, avec ses petits animaux et sa petite librairie, un petit groupe d'amis. Une petite vie.

Ariel regarde par le hublot le soleil se lever sur l'Europe. Elle savait qu'elle devrait affronter cette réalité depuis des années. Et voilà, ça y est.

Le chauffeur brandit une ardoise blanche mentionnant son nom. Le trajet dure une heure. Elle se rend à la réception de l'hôtel, monte dans sa chambre et enfile un maillot de bain pour aller faire quelques brasses revigorantes dans l'Adriatique, entourée d'un décor idyllique : les montagnes à l'arrière-plan, la côte ponctuée des murs de pierres et des toits rouges du vieux village, l'île fortifiée, les chaises longues et les parasols.

Elle s'enveloppe d'une serviette moelleuse, s'étend sur le transat grinçant et admire l'apparente perfection qui l'entoure. C'est un travail sans fin de maintenir ces chaises longues alignées, la rangée de tables parfaitement droite, le sable propre, le personnel d'une politesse indéfectible, son verre jamais vide, une pile de serviettes repassées toujours renouvelée. Elle soupçonne que cette perfection cache beaucoup de misère.

La station balnéaire est presque déserte, hors saison. Il est facile de repérer les autres clients : ils ne sont qu'une poignée, personne de suspect. Néanmoins, on n'est jamais trop prudent. Ariel demande à changer de chambre.

— Vous n'en auriez pas une avec un balcon qui donne sur la mer ?

— Bien sûr, madame. On va déménager vos bagages immédiatement.

Le coup à la porte la fait sursauter, bien qu'elle l'attende : c'est même la raison de sa présence ici.

Elle jette un bref regard critique dans le miroir – un de plus –, lisse sa robe. Puis elle ouvre et il est là, le sourire étincelant, l'œil malicieux. L'air plus détendu. Comme elle.

Ils ont le droit de l'être : ils ont réussi. Tout s'est déroulé selon leur plan.

Ou presque. Elle n'avait pas anticipé une célébrité si rapide, si oppressante ; elle ne s'attendait pas à la violence des réactions, au harcèlement incessant ; elle n'avait pas prévu d'envoyer son fils en pension et d'accélérer le début de la fin de cette phase de sa vie. Rien de tout ça ne faisait partie du plan. Mais ils savaient tous les deux qu'il y aurait des dommages collatéraux.

Il ouvre les bras et elle se laisse enlacer, accepte l'étreinte chaleureuse et amicale. Mais pas de baiser passionné. Ils n'ont pas ce genre de relation.

Ou ne l'avaient pas, jusqu'à cette fameuse nuit à Lisbonne. Mais ils ne se sont pas vraiment revus depuis, n'en ont pas parlé, et Ariel ignore quelle relation ils sont censés avoir désormais. Peut-être n'y a-t-il plus rien entre eux. Peut-être tout.

— Eh bien, tu as bonne mine, s'écrie-t-elle.

Il est bronzé, arbore une courte barbe, les cheveux longs. Il a l'air chez lui, ici. Mais qu'en sait-elle ? Elle le connaît à peine.

Le seul élément véridique de leur histoire, c'est qu'ils se sont rencontrés à la librairie.

— Je vous demande cinq minutes, lui avait-il dit à la caisse. Laissez-moi vous offrir un café.

Il l'avait déjà appelée deux fois, ce John Wright. La seconde fois, elle lui avait raccroché au nez et elle avait cru qu'il avait renoncé. Mais, une semaine plus tard, il se présentait en personne, l'invitait à boire un café dans un établissement voisin. Elle n'allait pas le laisser lui payer un café dans sa librairie.

— Merci d'accepter de m'écouter. J'irai droit au but. À 16 ans, ma sœur Lucy a été violée par Charlie Wolfe.

Ariel étouffa un cri de surprise.

— Elle s'était enfuie de la maison, travaillait dans un bar. Elle était extrêmement vulnérable. Quand les parents de ce prédateur lui ont proposé de l'argent pour retirer sa plainte, elle n'avait pas vraiment le choix. Elle a signé un accord de confidentialité et elle a encaissé le chèque de dix mille dollars, qui lui a permis de payer l'avortement.

— Oh non !

— Sa colère ne s'est jamais éteinte. De loin, elle l'a vu devenir de plus en plus riche, puis de plus en plus puissant. Et pour finir, il a été nommé secrétaire au Trésor, et voilà que maintenant on dit que cette ordure pourrait être le prochain président des États-Unis.

C'était vrai : pendant longtemps, Charlie Wolfe était resté un nom parmi d'autres dans les pages financières, et, du jour au lendemain, il n'y en avait plus que pour lui. Il semblait invincible, inévitable.

— Il faut arrêter ce monstre, reprit John d'une voix enrouée par la colère.

Ariel connaissait cette fureur. Elle l'avait éprouvée. Elle pensait à Charlie exactement en ces termes : un monstre.

— Lucy ne peut rien faire. Elle s'est installée au Maroc, où je la soupçonne de vivre d'expédients plus ou moins légaux. J'ignore ce qu'elle fait et je préfère ne pas le savoir. C'est ma sœur, je l'aime, mais il y a des sujets que nous évitons. Et je suis bien conscient que Lucy ne fera jamais une accusatrice crédible ni un témoin fiable. Certainement pas dans la situation politique actuelle, face à un homme pareil, avec les ressources dont il dispose. Il serait peut-être même capable de la faire tuer.

C'est fort possible, pensa Ariel.

— Il faut vraiment être un salopard pour faire ça à une gamine, et nous savons tous les deux qu'il ne s'en est pas tenu là. Il n'a jamais été inquiété. Pourquoi se serait-il arrêté ?

Ariel se sentait bouillonner intérieurement, même si elle était consciente qu'elle se laissait influencer par la rage de cet homme.

— J'ai commencé à me renseigner. J'ai engagé un détective privé et il m'a fourni une série de victimes potentielles. Puis j'ai demandé à un autre détective d'enquêter sous un angle différent, un peu comme une expérience scientifique, pour voir si les résultats se recoupaient. Je ne voulais pas faire irruption dans la vie d'une inconnue sans être sûr de moi. La liste du second détective n'était pas tout à fait la même. Mais un nom figurait sur les deux. Et dans les deux cas, ce nom se trouvait en tête.

Ariel devinait la suite.

— Vous.

Au fil des ans, la colère d'Ariel avait fluctué, avant de grimper crescendo, à mesure que Charlie Wolfe gagnait en influence.

— Il vous a violée. Et vous avez signé vous aussi un accord de confidentialité dans des circonstances pénibles.

Ariel ne dit rien. Bien sûr. Elle ne pouvait pas parler.

— Je me trompe ?

Elle se tut.

— Dix mille dollars, c'est tout ce que la vie de ma sœur valait pour lui.

Elle avait honte. Elle avait obtenu trois millions, de l'argent qui lui avait permis d'acheter sa ferme et la librairie, de prendre les meilleures assurances maladie pour elle-même et son enfant à la santé fragile, d'ouvrir un compte pour les études de George, de prévoir sa retraite. Elle pouvait s'estimer heureuse, comparée à la sœur de cet homme, qui avait seulement 16 ans au moment des faits.

— On ne peut pas le laisser nuire en toute impunité.

John avait l'air tellement peiné, tellement sincère. Ariel reconnaissait ce désespoir, elle l'avait éprouvé pendant près de quinze ans, le désir de faire quelque chose, n'importe quoi, en dépit de son sentiment de totale impuissance.

Bien sûr, il y avait toujours la possibilité que la détresse de cet homme soit feinte, un piège pour se débarrasser d'elle, de la menace qu'elle représentait. Risquait-elle la prison simplement parce qu'elle admettait la vérité devant un inconnu ?

— C'est injuste de faire porter ce fardeau aux victimes. Elles ne devraient pas être seules à prendre des risques. D'autres doivent agir. Pas uniquement être solidaires, pas uniquement exprimer leur soutien sur Instagram, accrocher une banderole, ou donner cinquante dollars.

John planta son regard dans celui d'Ariel et se pencha en avant.

— Je suis prêt à faire n'importe quoi. Et je sais faire pas mal de choses.

Que suggérait-il ? Un assassinat ?

— Je suis désolée, dit Ariel, et elle l'était réellement. J'aimerais pouvoir vous aider.

C'était vrai, mais elle se leva et laissa John Wright devant le café qu'il n'avait pas touché. Il avait fait cent cinquante kilomètres pour rien. Ariel se retrouva dans la rue, le visage baigné de larmes, et regagna sa petite librairie tranquille, sa petite vie tranquille, persuadée qu'elle n'entendrait plus parler de John Wright.

— Comment ça va ? demande-t-il.

Ils sont assis sur le balcon, face à l'Adriatique. Ici, on ne peut pas les espionner ni braquer des micros directionnels sur eux.

— Ça n'a pas été évident.

Ariel a changé de chambre pour être sûre qu'il n'y aurait pas de micros. Ils se sont donné rendez-vous dans une station balnéaire, hors saison afin de pouvoir repérer plus facilement une éventuelle surveillance. Ils sont au Monténégro, parce qu'il n'y a pas de traité d'extradition avec les États-Unis, et parce que c'est là que John vit désormais, un choix qui n'est pas dû au hasard.

— Je suppose que tu as regardé les infos, poursuit-elle. D'une certaine façon, ce n'est pas le pire. On peut toujours éteindre le poste, et même ignorer les réseaux sociaux. Ce n'est pas comme si je les suivais beaucoup, de toute façon. Mais les attaques dans la vraie vie, c'est dur. Des personnes hostiles qui viennent au magasin, chez moi, qui harcèlent George à l'école, qui me lancent des horreurs au supermarché. Il y a beaucoup de dingues, aux États-Unis, et il n'en faut pas beaucoup pour faire de ton quotidien un enfer.

— Je suis désolé.

— Et Lucy ?

— Ça lui a apporté une forme de consolation, c'est sûr.

L'argent a vraiment changé sa vie. Et maintenant, il y a une chance que Wolfe aille en prison.

Ariel pousse un petit grognement dubitatif. Les délais de prescription sont étonnamment courts, en ce qui concerne les crimes et les délits sexuels. Ou peut-être n'est-ce pas si étonnant. À son époque, il était de cinq ans seulement. Quelles que soient les informations révélées, quel que soit le nombre d'agressions commises après, quels que soient les changements législatifs ultérieurs. Il n'aurait jamais à comparaître pour le viol d'Ariel.

De son point de vue à elle, la prison n'a jamais été un espoir réaliste. John a toujours été le plus idéaliste des deux. Ariel s'est efforcée de rester pragmatique, de se concentrer sur des objectifs concrets et accessibles. Et surtout, de faire en sorte qu'ils ne soient pas pris.

C'est Ariel le cerveau de l'opération. C'est elle qui a concocté ce scénario alambiqué.

Ce soir-là, elle avait laissé Jerry au bar devant son quatrième ou cinquième whisky, et elle était rentrée à la ferme où l'attendaient Fletcher le bouc orphelin, les deux chiens qu'elle avait recueillis, un nombre indéterminé de chats de gouttière, et son fils qui s'enfermait dans sa chambre pour faire Dieu sait quoi depuis qu'il était devenu un adolescent boudeur.

Ce qui tournait dans son esprit, c'était le commentaire de Jerry sur les accords de confidentialité : si quelqu'un qui n'avait rien signé découvrait les faits par lui-même? Tous les contrats du monde n'y pourraient rien.

Lorsqu'elle pénétra dans la cuisine, elle était sûre que c'était possible. Elle feuilleta son agenda, remontant dans le temps, faisant défiler les semaines, les mois, jusqu'à retrouver le nom et le numéro de l'homme avec qui elle n'avait pas bu de café.

Comment planifie-t-on les conversations les plus importantes de sa vie ? Doit-on tout prévoir, dresser le décor, la scène, formuler ses attentes ? Ou suffit-il de se lancer, de parler et de voir ce qui se passe : on pousse un rocher, on provoque un glissement de terrain, et on laisse faire la pesanteur, l'élan, l'effet d'entraînement ?

À l'école, on apprend la trigonométrie, la reproduction des drosophiles, la table périodique, Shakespeare, tous ces trucs inutiles. Le calcul infinitésimal ! Mais il n'est jamais question de ce qui est réellement important.

— John ? Ici Ariel Pryce. Vous vous souvenez de moi ?

— Bien sûr.

— Je crois que j'ai une idée.

Ils se marièrent, ce qui était assez facile. Il aurait été trop bête de se faire prendre parce qu'ils ne l'avaient pas fait. Ils inventèrent leur histoire commune ensemble. La conversation au supermarché, le flirt maladroit, le premier rendez-vous, le premier baiser, la première fois au lit, un tourbillon romantique, des cadeaux attentionnés, le mariage, la lune de miel, des détails petits et grands, cruciaux et anodins. Les détails anodins, c'est ce qui fait vrai. Ils répétèrent leur histoire jusqu'à ce qu'elle devienne une seconde nature, aussi réelle que leur vie. Plus réelle.

John savait conduire une moto, mais il n'en avait pas fait depuis des années. Il en acheta donc une petite d'occasion à un garagiste de la ville. Il s'entraîna pendant des jours, par tous les temps, d'abord sur les routes de campagne désertes autour de chez Ariel, puis à New York, où il sillonna les avenues embouteillées, monta et descendit les collines du Bronx, se faufila dans les ruelles sinueuses de Wall Street.

Pendant ce temps, Lucy s'occupait du travail de terrain.

Son expérience de petite délinquante à Marrakech se révéla un atout. Elle passa plusieurs semaines d'affilée à Lisbonne en repérage, nota la position des caméras de sécurité, la fréquentation des lieux touristiques, les funiculaires, les tramways, les taxis, les issues de secours des bars et des restaurants, les ruelles et les impasses, les zones du parking de l'aéroport de Séville hors du champ des caméras. Elle se procura la voiture, vola de vieilles plaques minéralogiques, dénicha une maison abandonnée isolée de l'autre côté du Tage, où John et elle pourraient se cacher le temps de l'enlèvement. Elle acheta le déguisement de hippie et la perruque à dreadlocks blonde, un article à la fois.

Le moment venu, elle se rendit sur la place à 4 heures du matin pour désactiver plusieurs caméras de sécurité. C'est elle qui conduisit la voiture de l'enlèvement, et encore elle qui prit la photo d'Ariel devant l'ambassade et initia le buzz sur les réseaux sociaux. Elle chorégraphia chaque détail : l'enlèvement au petit matin, le trajet d'Ariel de la police à l'ambassade, puis le retour à l'hôtel, le passage de John à moto pour livrer le téléphone portable, puis le parcours dans la ville pour semer les filatures, et la remise de rançon dans l'impasse. Après avoir récupéré l'argent, Lucy traversa le bar avec son sac à dos rempli de billets et elle se fondit dans la foule, croisant les policiers frénétiques qui la cherchaient.

Ce fut la seule rencontre entre les deux femmes, après le mariage et le bref voyage de noces, un week-end presque exclusivement consacré à la préparation de l'enlèvement.

Ariel et John échangèrent bien sûr le traditionnel baiser devant le juge de paix. Comment l'éviter ? Ils se mariaient. Mais ce fut chaste : bouches fermées, lèvres pincées. Yeux grands ouverts.

C'était pour George qu'Ariel s'inquiétait le plus. Son fils n'avait jamais connu de père, n'avait vécu qu'avec elle, n'avait croisé aucun de ses amants éphémères, des relations qui n'empiétaient pas sur son quotidien, dont elle n'attendait pas grand-chose, vouées à une fin rapide.

— Tu vas voir John plus souvent pendant un petit moment. Il va dormir ici de temps en temps.

George s'efforça sans grand succès de jouer les blasés.

— C'est ton copain ?

Ariel ignorait ce que son fils mettait derrière les mots copain, copine, sexe, mariage. Ses pensées lui étaient devenues inaccessibles au moment même où il commençait à s'intéresser à ces choses. L'un expliquant sans doute l'autre.

— Non, mon chéri. Nous n'avons pas ce genre de relation.

John était venu plusieurs fois déjeuner, dîner, et ils avaient passé un après-midi autour de la table en teck sous le vieux chêne, à boire du thé glacé en discutant de leur plan. Il ne dormait jamais à la ferme. Ne montait jamais au premier.

— Je ne suis pas amoureuse de John, ni lui de moi. Mais nous allons nous marier temporairement, pour des raisons pratiques.

Ariel devait lui dire la vérité, mais elle n'avait pas besoin de tout dire. Juste assez pour qu'il ne se sente pas trahi, pour qu'il accepte ce bouleversement apparent.

— Il dormira deux nuits par semaine à la maison, dans la chambre d'ami, en bas. Mais les gens doivent croire que nous vivons réellement en couple, c'est important. D'accord ?

— D'accord. Tu veux que je mente, donc ? répondit George, sans quitter des yeux le pare-brise.

— Peut-être un peu. Et seulement si on te pose la question. Ce qui n'arrivera sans doute pas. Tu veux bien ?

Il haussa les épaules.

— Il ne sera pas mon beau-père ?

— Non, comme je te le disais, c'est temporaire.

— Pour des raisons pratiques.

— Voilà.

S'il le fallait, Ariel était prête à tout révéler à son fils. Mais, pour une fois, sa maussaderie adolescente et sa froideur antiparentale l'arrangeaient.

— Comme tu veux, répondit-il, avant de se concentrer à nouveau sur l'écran de son téléphone.

Ariel et John se confièrent tout ce qu'ils pouvaient sur eux-mêmes : films préférés, livres, vins, émissions et séries télé, restaurants, positions au lit. Ils ne pouvaient pas savoir à l'avance quelles questions leur seraient posées, par quel type de service, dans quelles circonstances, quels risques ils courraient. Il était peu probable qu'on les passe sur le gril séparément au sujet de leur vie sexuelle, mais, si cela se produisait, ils n'auraient pas droit à l'erreur. C'est comme l'entraînement d'un pilote de chasse : si on veut monter dans le cockpit, il faut être capable de s'éjecter.

La veille de l'enlèvement était arrivée. Leur jet supersonique était sur le point de décoller.

— Comment tu te sens? lui demanda-t-il.

C'était un aspect de John qu'elle avait appris à apprécier : il s'inquiétait de ce qu'elle éprouvait. Il posait toujours la question, et il écoutait vraiment la réponse.

— Je suis en ébullition.

Elle avait l'impression de n'être plus qu'une boule de nerfs, un bouillon d'énergie, d'hormones, d'impatience. L'excitation qu'elle ressentait était presque sexuelle.

— Moi aussi.

Elle n'avait pas prévu de boire. Elle voulait garder les idées claires. Mais, au restaurant, ils avaient décidé qu'ils avaient besoin d'un verre pour ne pas exploser. Ils avaient donc partagé une bouteille de vin. L'alcool avait détendu Ariel, pas assez pour qu'elle perde le contrôle, juste ce qu'il fallait pour se sentir libre.

Au détour d'une rue, ils tombèrent en arrêt devant la vue : les vieilles maisons, les clochers, le fleuve, la lune. Ils restèrent là un moment, s'imprégnant du paysage.

— C'est magnifique, s'extasia John.

— Oui.

Elle sentit ses yeux se tourner vers elle, et elle le regarda.

— Toi aussi, tu es magnifique, ajouta-t-il.

Une foule de questions se bousculèrent dans son esprit pendant le bref laps de temps qui s'écoula avant qu'elle réponde : dit-il la vérité ? Est-ce réel ? Qu'est-ce que je veux ? Que se passe-t-il ?

Ce n'était peut-être pas réel. C'était peut-être le vin, les circonstances, le grand frisson avant un coup monté qui allait peut-être changer le cours des choses, un bouleversement dont ils seraient entièrement responsables. Cela n'avait peut-être aucun rapport avec Ariel et John en tant que vraies personnes dans la vraie vie. Ils jouaient peut-être simplement leur rôle.

La dernière question qu'elle se posa fut : quelle importance ?

Il savait déjà qu'elle n'aimait pas la climatisation, le chardonnay élevé en fût de chêne et tout ce qui avait trait à l'univers SM, parce qu'elle le lui avait dit. Il savait également ce qu'elle aimait, dans quel ordre, quelles positions. Elle le lui avait dit aussi. Le seul point de désaccord, c'était la clim.

Les superlatifs du genre « Il m'a fait grimper aux rideaux », Ariel n'y croyait pas. Elle n'avait jamais connu cela. Elle avait eu quelques relations sexuelles mémorables, d'autres non, et certaines franchement nulles. Mais le sexe n'avait jamais rien eu de transcendant. Jusqu'à ce dimanche soir, à Lisbonne.

John sort une petite enveloppe et lui en montre le contenu : deux clés en cuivre et une carte de visite au nom d'une banque située rue du Rhône, à Genève, avec un numéro de coffre tamponné à l'arrière.

Elle secoue la tête.

— Non, je t'ai déjà dit que je ne voulais rien.

Elle n'a pas fait ça pour l'argent. Pour elle, c'était une bataille qui faisait partie d'une guerre ; survivre était la priorité, gagner venait en second. Mais elle ne voulait pas avoir l'impression d'être une profiteuse, de s'enrichir sur le dos d'une cause qui la dépassait. D'entrée de jeu, ils étaient convenus que la somme irait entièrement à Lucy.

En outre, Ariel aura bientôt une rentrée d'argent inespérée, la vente de la librairie à la femme de Brooklyn qui désire démarrer une nouvelle vie à la campagne avec son artiste conceptuel de mari et leur fils de 7 ans dont les cheveux n'ont jamais dû être coupés. Elle sera sans doute folle de joie à l'idée d'hériter du bouc en prime.

— Ce n'est pas grand-chose. Pour te dépanner en cas d'urgence.

— En cas d'urgence ? Si je me retrouvais dans une situation difficile alors que je passe des vacances en Suisse ?

John sourit.

— On ne sait jamais.

Le soleil vient de disparaître sous l'horizon, quelque part du côté de l'Italie. Encore une vue magnifique.

Elle s'arme de courage.

— Au fait, à propos de cette nuit à Lisbonne…

C'est quelque chose qu'elle a appris : l'importance d'être claire, sans équivoque. Pas uniquement au sujet de ce qu'elle ne veut pas, mais également à propos de ce qu'elle veut. C'est important aussi.

— Oui ?

John a cet œil malicieux et ce sourire qu'elle connaît bien. Il sait que c'est son choix, et il voit à son expression ce qu'elle a décidé.

La colère et le rejet des autres, ça va un temps. Dire non à ci, non à ça, détester celui-ci et celui-là, mettre tous les hommes dans un même panier avec l'étiquette NON dessus, les jeter à la poubelle avec ses cheveux longs et ses jeans moulants, elle en était revenue depuis qu'elle avait compris qu'une autre voie était possible, pas seulement en ce qui concernait sa façon de vivre, mais aussi pour obliger un homme puissant à assumer ses actes. Elle n'aurait pas à brandir les preuves de sa souffrance, à raconter son histoire à qui voulait l'entendre, une histoire qu'on pourrait toujours relativiser, critiquer, tourner en dérision, déformer, en l'accusant d'avoir des préjugés, des motifs cachés, un agenda politique, une animosité personnelle. Elle allait retourner la richesse et le pouvoir de cet homme contre lui, utiliser ses exigences pour révéler l'étendue de ses vices ; elle allait se servir des doutes qu'elle inspirait, et pousser les autres à enquêter, justement parce qu'ils ne la croyaient pas. Son récit serait crédible parce que ce n'était pas elle qui le criait sur les toits, et parce que, au bout du compte, un fait reste un fait, n'en déplaise aux tenants de la « vérité parallèle ».

REMERCIEMENTS

Cela fait maintenant trente-deux ans que je travaille dans l'édition. Après des remplacements au service marketing, j'ai été assistant éditorial, correcteur-relecteur, responsable d'édition, éditeur adjoint, prête-plume et, plus récemment, romancier. Pendant vingt-sept de ces trente-deux années, j'ai exercé tous ces métiers pour une seule et même maison. L'édition est un village. La maison appelée aujourd'hui Penguin Random House m'a vu grandir. Au 666 5th Avenue et au 201 East Street, au 1540 et au 1745 Broadway, j'étais entouré de collègues que je connaissais depuis toujours. On se croisait dans les salles de conférences et à la cafétéria-auditorium, dans des petits bars de quartier et aux soirées de lancement, chez Langan et chez Ashton. Ensemble, on a travaillé sur des fiches d'informations et des pré-pré-ventes, et effectué d'innombrables révisions d'innombrables comptes de résultat.

Mais, tôt ou tard, tout le monde déserte le domicile familial. Pour ce livre, j'ai finalement quitté Penguin Random House pour Farrar, Straus and Giroux, où j'ai été soulagé de retrouver quelques visages familiers, et enthousiasmé d'en découvrir de nouveaux. Quand on déménage, on sacrifie la sécurité de l'habitude pour l'excitation de l'aventure. Ce qu'on perd d'un côté, on le gagne de l'autre.

C'est l'éditrice Daphne Durham qui m'a présenté à la famille Farrar, Straus and Giroux et je n'aurais pu rêver meilleure intermédiaire.

Comme élever un enfant, publier un livre est une entreprise complexe qui regroupe des activités très différentes et en apparence sans rapport entre elles. Daphne les maîtrise toutes. Merci à Gretchen Achilles pour la réalisation graphique, à Alex Merto pour la couverture, à Musa Gurnis pour la dernière relecture critique, à Chandra Wohleber pour les révisions, à Janet Renard et Elizabeth Schraft pour la relecture des épreuves, à Lydia Zoells qui était toujours là pour répondre à mes questions et résoudre les problèmes, et à January LaVoy qui a accepté d'être la voix du livre audio.

Je tiens également à remercier, chez FSG et chez Macmillan : Mitzi Angel, Madeline Day, Daniel Del Valle, Nina Frieman, Jonathan Galassi, Brian Gittis, Jennifer Gonzalez, Debra Helfand, Sean McDonald, Caitlin O'Beirne, Guy Oldfield, Shelia O'Shea, Brianna Panzica, Hillary Tisman, Claire Tobin, Don Weisberg et Amber Williams.

Quand j'étais tout jeune, à Doubleday, au début des années 1990, j'avais (plus ou moins) investi le directeur éditorial d'un rôle parental, et c'est ainsi que je vois David Gernert, qui est mon agent depuis dix ans. David a lu patiemment chacune des nombreuses versions de ce manuscrit, il m'a écouté couper les cheveux en quatre, puis s'est mis en quête d'une nouvelle maison pour ce roman, et m'a tenu la main pendant le déménagement.

Je souhaite aussi exprimer toute ma gratitude aux personnes qui ont lu les premiers jets de ce texte et qui ont eu l'immense générosité de me fournir des remarques pertinentes et précieuses : Lily Burnes-Heath, Hannah Griffiths, Katie Lundstrom, Paula McLain, Sarah MacNally, Jennifer, Wallace et Anna Worrall. Ce livre n'existerait pas sans ce que vous m'avez appris.

Enfin, bien sûr, je remercie ma femme, Madeline McIntosh, qui habite ce village avec moi depuis un quart de siècle.

Je vous suis à tous et à toutes infiniment reconnaissant.

Composition : APS-ie.
Achevé d'imprimer
sur Roto-Page
par l'Imprimerie Floch
à Mayenne, le 20 juillet 2023.
Dépôt légal : juillet 2023.
1er dépôt légal : avril 2023.
Numéro d'imprimeur : 102935.

ISBN 978-2-07-298552-2 / Imprimé en France.

621393